향기

Song Ju Hee
ad_coco@naver.com

폐하의 소꿉친구 1

송주희 장편소설

Emperor's Childhood Friend

폐하의 1
소꿉친구

가하으맛

폐하의 1
소꿉친구

지은이 송주희
펴낸이 이형기
펴낸곳 도서출판 가하

초판인쇄 2015년 7월 17일
초판발행 2015년 7월 24일
출판등록 2008년 10월 15일 제 318-2008-00100호

주소 서울 영등포구 양평로 67, 1209 (당산동5가, 한강포스빌)
전화 02-2631-2846 **팩스** 02-2631-1846

www.ixbook.co.kr

ISBN 979-11-295-4020-1 04810
      979-11-295-4019-5 04810(set)

값 12,000원

01

Once upon a Time

윤기가 나도록 뽀득뽀득 닦은 테이블 유리에 내 모습이 투명하게 비친다. 가지런한 속눈썹, 작고 둥글둥글한 얼굴. 솜사탕처럼 확연한 분홍색 머리카락이 얼굴을 감싸며 어깨 너머로 흘러내렸고, 아빠를 닮은 황금색 눈은 유리에 박힌 듯 선명히 반사되었다. 음음, 다시 태어난 보람이라고 말해도 무리가 아닐 만큼 나는 이 독특한 색채가 마음에 들었다. 이 정도는 예뻐줘야 세상 편하게 살지. 부디 앞으로도 이대로만 자라야 할 텐데.

새하얀 얼굴이라 더욱 도드라지는 벌꿀빛 눈동자가 크림에 박힌 황금 장식 같았다. 머리카락부터 식욕을 돋우는 색이라 거울에 비친 모습을 볼 때마다 단음식이 당겼지만, 먹고 또 먹고 계속 처먹어도 얼굴이 귀여우니 음식을 내놓으란 투정 따위를 부려도 모두가 내게 친절하게 굴었다.

명망 높은 중앙 귀족, 그레이스 공작가의 보물인 무남독녀 보니 안젤리크 멜론느 그레이스로 새로운 삶을 시작한 이래 나는 수많은 사람에게 폭발적인 사랑을 받아오면서 쑥쑥 자랐다. 얼마 전 성대하게 열린 내 열두 번째 생일 파티에는 황제 폐하까지 오셔서 선물 바구니를 주고 가셨다. 요즘 없어서 못 판다는 멜리사치오의 특제 롤케이크도 가져다주셨는데, 이건 아무리 생각해봐도 뇌물임이 분명한 듯싶었다. 무식하고 울보인 데다 극심한 떼쟁이에 맨날 사고만 치는 황태자 전하와 잘 좀 놀아달라는 거라든가 같은 의도로 보낸 것이 틀림없었다.

사랑스럽기론 천사보다 더하기로 소문난 늦둥이 황태자 발루아진 윙그비아 아자젤은, 심히 유감스럽지만 내 둘도 없는 소꿉친구였다.

솔직히 황태자는 나랑 친구가 됐다는 것만으로도 운이 상당히 좋은 편이었다. 나는 전생을 기억하고 있기 때문에 세상을 편히 사는 방법을 알았으니까. 권력자에게 빌붙는 것 말고도 여러 가지가 있지.

뭐, 사실 지금에서야 이렇듯 초연하게 구는 거지, 예전엔 어림도 없는 일이었다. 지난날 나는 이 황태자가 어떤 상태인지를 전혀 모르는 상태에서 황제 폐하의 부탁을 수락했다. 은근슬쩍 접근했다가 되레 봉변을 당하고 만 것이었다. 히잉, 내가 미쳤지. 저 바보가 이유도 없이 왕따일 리가 없는데 그걸 모르고!

갑자기 내가 이를 갈아대자 맞은편에 앉은 루아가 토끼눈을 뜨고 나를 올려다보았다. 물빛이 어린 듯 투명한 눈이 너무나 깨끗해 보였다. 사람 속을 절로 비틀리게 만드는 끔찍이도 순수한 눈이었다.

"보니야, 보니야, 무슨 생각 해?"

"네가 귀찮다는 생각."

시리도록 푸른 하늘색 눈이 반짝반짝 빛난다. 티 하나 없이 순수한 루아가 얄미워서 나는 매몰차게 쏘아붙였다. 루아가 천사도 울고 갈 얼굴로 여지없이 코를 훌쩍였지만, 한두 번 일도 아니라 나는 코웃음을 쳐주곤 가볍게 무시했다. 네가 질질 짜봤자 이미 아웃이거든?

이왕 새롭게 태어난 거, 황태자비가 되어볼까 하는 생각도 예전엔 아주 없지는 않았는데 이젠 깔끔하게 포기했다. 잰 주입식 교육을 해도 알아들을까 말까 한 희대의 바보 천치였다.

"너무해. 보니 미워!"

지긋지긋하게 똑같은 패턴이었다. 루아의 사랑스러운 복숭아색 뺨이 발갛게 달아오른다 싶더니, 작은 입술에서 히끅거리는 소리가 나왔다. 이윽고 열두 살짜리 남자애가 엄마 손을 놓친 여섯 살 꼬마처럼 울음을 터뜨렸다.

"으앙! 으아앙!"

어쩌면 저렇게도 쉽게 우는지 모를 일이었다. 그렁그렁하게 고인 눈물이 금세 한가득 차올라 뺨을 타고 뚝뚝 떨어졌다.

저 구제불능은 정말 방법이 없다. 나는 볼을 부풀리고서 순금 접시에 담긴 커다란 딸기 케이크를 마저 먹었다. 나야 전생의 기억을 가진 열두 살이지만 루아는 진짜 열두 살이다. 그러니까 이거, 문제가 좀 있는 거 아니야? 하지만 내가 아무리 말해도 귀담아들어주는 사람은 없었다. 황제가 서른, 황후가 스물여덟에 낳은 첫아이라 더욱이 금지옥엽이었다. 그러니 별수 있어? 나라도 황태자를 훈육시켜야지. 원래 애는 울면서 커야 돼. 사실 좀 처맞기도 해야 하지만 황태자를 때렸다간 내 목이 남아나질 않을 테니 얌전히 참겠다.

"우읔, 우으으……."

이 바보 황태자의 울음소리가 밖으로 새어나갔는지, 시녀들의 발소리가 들려오는 것 같았다. 왜 안 방해하나 했다. 나는 눈을 동그랗게 뜨고 숨이 넘어갈 듯 서럽게 우는 황태자를 다급하게 끌어안았다. 시녀들에게 내가 루아를 또 울렸다는 걸 들키면 이래저래 귀찮아질 게 뻔했으니까. 소꿉친구는 말뿐이고 나는 내가 애를 조련하는 듯한 착각이 들었다.

"울지 마, 루아야. 네가 울면 내가 황제 폐하께 벌을 받는단 말이야. 저번에 내가 했었던 말 그새 잊어버렸어?"

너 짜증 나! 입 좀 다물어! 나 좀 그만 괴롭히란 말이야! 원래 하고 싶은 말은 이거지만 나는 나보다 루아의 머릿속에 깊이 박혀버린 일을 끄집어냈다.

예전에, 루아와 나무타기 놀이를 했다가―물론 나무에 오른 건 루아만이다. 나는 우아하게 구경만 했다―황제 폐하에게 들켜 잔소리를 들은 적이 있었다. 그날 나는 일부러 루아가 보는 앞에서 엄청나게 울어댔다. 이런 계기 정도는 있어줘야 했으니까. 덕분에 루아는 다른 사람들한테 절대로 내 욕을 하지 않았다. 루아는 내가 우는 걸 나보다 싫어했다.

루아 너, 나랑 다시는 놀고 싶지 않아? 내가 황제 폐하에게 또 혼났으면 좋겠어? 나는 끓어오르는 불만을 억누르고 협박이 아닌 척 조곤조곤 속삭였다. 그러나 다년간의 학습으로 이 경고를 눈치채지 못할 루아가 아니었다. 루아가 숨을 들이켜더니 미친 듯이 고개를 가로저으며 눈물을 닦았다.

때를 맞춰 도착한 시녀가 문을 두드렸다. 아, 역시 내 감은 쓸 만하다니까.

"보니 아가씨? 황태자 전하? 잠시 들어가도 될까요?"

"들어와."

아이치고는 거만할 따름인 내 허락에 기름칠을 두른 문이 매끄럽게 열렸다. 잽싸게 울음을 뚝 그치고 눈물을 닦은 루아가 헤실헤실 웃었다. 얘가 순간적으로 표정을 확 갈무리할 때마다 나는 조기교육의 필요성을 절절하게 느꼈다.

나를 담당하는 시녀 메리와 마가렛이 막 만든 듯 촉촉하게 반짝이는 쿠키를 들고 들어왔다. 워낙 내성적이라 손을 꼬물거리며 쑥스러워하는 루아와는 달리 나는 한껏 늘어진 채 분홍색 머리카락을 매만지고 있었다. 아, 사탕 먹고 싶다. 푸딩도 좋지만. 음음, 생크림을 듬뿍 올린 초코우유도 환영인데!

달콤한 디저트를 상상하려니 입안에 군침이 돌았다. 마가렛이 접시를 내려놓기도 전에 나는 까치발을 들고 다급하게 손을 뻗어서 쿠키를 낚아챘다. 재빨리 입안에 물자 오도독 하고 씹는 소리가 울려 퍼졌다. 어제 먹었던 것보다 맛이 좋았다.

나는 열심히 입술을 오물거렸다. 만족스럽게 쿠키를 꿀꺽 삼키려니 루아가 소심하게 입맛을 다셨다. 내 눈치를 살피길래 나는 건성으로 먹던 쿠키를 루아의 입에 물려주었다. 아기처럼 뽀얀 피부에 오밀조밀한 이목구비는 정말 귀여웠지만 매번 이러다 보니 내가 루아의 친구인지, 엄마인지 도통 헷갈렸다.

루아의 입에 들어간 쿠키가 내가 먹었던 것임을 알고 마가렛이 인상을 썼으나, 깔끔하게 무시해줬다.

"오늘은 실내에만 계실 건가요?"

루아를 챙겨주는 나를 뿌듯하게 응시하면서 메리가 물었다. 그 말에 루아는 꼼질거리며 데굴데굴 눈알을 굴렸고, 마가렛은 한숨을 내쉬었다. 나는 어깨를 으쓱였다.

"안 나가. 밖에 나가봤자 할 것도 없는데 뭐."

결정적으로 귀찮아. 귀찮다고!

"그럼 멜리사치오에 한번 가보시는 건 어떨까요? 이번에 새로 나온 블루베리 케이크가 그렇게 맛이 좋다더라고요."

귀찮지만 먹을 거 앞에선 어쩔 수 없다.

"뭐? 그런 건 진작 말해야지!"

온전히 나를 위해 일하는 하인이란 것들이 주인이 진정으로 원하는 걸 모른다! 아니, 알면서도 루아와 노는 시간을 늘리기 위해 일부러 숨겼던 것이겠지! 아, 짜증 나. 진짜 짜증 나. 빌어먹게 짜증 나!

내가 루아와 놀아주길 바라는 건 비단 황제 폐하만이 아니었다. 거의 온 세상 사람들이 그랬다. 그저 나만 미칠 노릇이지.

삽시간에 기분이 가라앉았으므로, 나는 통통 부어서 루아를 잡아당겼다. 이번이 처음은 아니어도 나로서는 억울하기 그지없었다. 왜 내가 루아의 놀이상대로 쓰여야 돼? 난 체력이 부족한 열두 살 여자애지, 루아가 필요할 때마다 같이 놀아주는 장난감이 아니란 말이야. 나쁜 놈 같으니. 이게 다 얘 때문이다. 아무것도 모르는 척 순진한 얼굴 하기는. 실로 가증스럽다.

　나는 사나운 얼굴을 하고 루아를 재촉하며 밖으로 나갔다. 루아는 영문도 모르는 채 단지 나와 같이 논다는 것만으로도 좋은지, 마냥 천진난만했다.

　동백나무 꽃 핀, 화사한 봄날이었다. 거리는 제법 붐볐지만 덩치가 큰 호위 기사가 알아서 길을 터주니 별다른 불만은 없었다. 나는 손잡고 걷자며 찡찡거리는 루아의 손을 억지로 쥐곤 귀족들이 즐겨 찾는 고급 제과점 멜리사치오에 발을 들였다. 사실 시녀들이 알아서 주문할 수도 있는데, 내가 루아와 나가 놀기를 바라고 일부러 말을 건넸으니 나로서도 별 도리가 없었다. 이런 시녀에 이런 친구를 두었으니 변명할 것도 없는 내 인과지.

　나는 억지로 눈물을 삼켰다. 흑, 그래서 슬퍼.

　문을 열자 경쾌한 소리가 났다. 투명하게 울려 퍼지는 윈드 차임 소리를 들으며 나는 종업원의 안내에 따라 탁 트인 창가에 자리했다. 당분 중독인 나는 알아주는 단골이었고, 루아도 나를 따라서 자주 왔기에 우리는 지정석도 따로 내어받았다.

　자, 겉치레 따위는 아무래도 좋으니까 빨리 내가 먹을 디저트를 내오도록 해! 나는 급하다고! 메뉴판을 탁탁 두드리며 재촉하자 여자 종업원이 잠시만 기다려달란 인사와 함께 사라졌다.

　혹시라도 일이 잘못되어 종업원과 시선을 마주칠까 염려했던 루아가 안도의 한숨을 내쉬었다.

　나는 시큰둥하게 고개를 기울였다. 하여간 쟤는 정말로 이상하단 말이야. 황태자가 대인기피증이 의심 간다고 하면 누가 믿을까?

과연 애가 황제는 될 수 있을지 의문이다. 즉위하자마자 암살이나 안 당하면 다행이게. 나는 비딱하게 다리를 꼬고 앉아서 팔짱을 꼈다.

내가 혀를 쯧쯧거리는 것도 모르고 창밖 구경에 삼매경이던 루아가, 별안간 입술을 벌리더니 들뜬 어조로 날 불렀다.

"우와, 보니야, 저 구름 보여?"

"응? 웬 구름?"

별로 관심도 없지만 측은한 마음에 대충 맞장구를 쳐주자, 루아가 더욱 신 나하면서 꾸물꾸물 손을 펼쳤다.

나는 루아의 작은 손가락을 따라 시선을 올렸다. 부풀기 직전의 팝콘 같은 뭉실뭉실한 흰빛 구름은 주변의 다른 구름들과는 다르게 길쭉한 모양새였다.

루아가 입을 예쁘게 벌리고는 봄처럼 사랑스럽게 웃었다.

"꼭 빗자루 같지 않아? 마녀가 타고 다니는 거!"

나는 얼마 전 루아가 열성적으로 읽던 동화책 '나쁜 마녀와 빗자루'를 떠올리고는 눈을 가늘게 떴다. 손에 쥔 포크가 불만스럽게 물 컵을 탁탁 두드렸다. 참아야 한다. 동심을 깨뜨리지 말자. 깨뜨려봤자 나만 황제한테 갈굼당할 게 뻔하잖아! 열두 살의 동심, 열두 살의 동심, 으악! 이건 진짜 너무하잖아! 얜 백치가 분명해! 우리 제국은 망했어!

내 신세가 저주스럽다. 나는 이를 갈면서 대답했다.

"조금 닮은 것 같기도 하네."

"그렇지? 보니가 타도 괜찮겠어!"

이 나쁜 꼬마야, 설마하니 지금 내가 선량한 사람들을 괴롭혀 금품을 갈취하는 나쁜 마녀라는 거야? 그 동화에 나오는?

루아가 마냥 아이처럼 배시시 웃음을 터뜨렸으나, 나는 왠지 모를 짜증에 입술을 비틀었다. 내 말이 곧 법이란 세뇌를 나름대로 공들여 시켰는데 아직 부족한가 보다. 애가 갈수록 기어오르는걸.

길러준 은혜도 모르고 나쁜 마녀를 운운하며 놀리는 꼴이 괘씸하기 이를 데 없었다. 나는 입술을 꾹 다물고 침묵을 지켰다. 자신이 뭘 잘못했는지조차 모르는 루아는 갑작스러운 내 침묵에 당황한 기색이 역력했지만 그건 내가 알 바가 아니었다. 맞은편의 테이블에서 오고가는 작은 대화가 내 흥미를 더 끌었기 때문이다.

"그래서 아예 마을을 봉쇄했다는 거야? 세상에, 이거 정말 위험한 것 같은데. 이러다 황성까지 문제가 생기면 어떡해?"

"읔, 그런 말은 짐작으로라도 하지 마. 어쨌든 그 문제로 요즘 폐하께서 골머리를 앓고 계시다나 봐. 조만간 마법단장을 데려가서 직접 시찰하실 계획이라는 소문도 나돌던걸? 아무리 외성이라지만 알아볼 수도 없을 정도로 처참하게 부서졌으니 말이야. 그런데 이상한 게, 그날 밤에 경비대가 그 근처에서 서성이는 금발 머리 남자애를 봤었대."

은근슬쩍 루아를 곁눈질했으나 루아는 저 이야기에 대해선 전혀 아는 눈치가 아니었다. 하긴, 내가 얘한테 뭘 바라니. 내 이름 두 자를 기억하는 것만도 신기할 따름인데.

사실 이렇게 말하는 나도 공작이신 아빠에게 들은 바가 조금도 없었다. 애당초 우리 부모님은 내가 아프지만 않고 루아와 잘 놀면 다른 문제들은 대부분 눈감아주셨다. 나는 예전부터 상당히 별난 아이로 찍혔었는데―전생의 삶을 기억한 채 다시 태어났다는 사실을 깨달았을 때의 충격이 좀 컸다―그 독특함을 완화시켜주는 존재가 아이러니하게도 루아였다.

내 은근한 시선이 따가웠던 것인지, 청년들은 곧 자리를 떴다. 하는 수 없이 나는 고개를 돌려 루아를 지그시 바라보았다.

"으, 으응?"

무슨 생각을 한 건지, 갑자기 루아가 휘둥그레 뜬 눈을 한 번 깜박이지도 않으며 딸꾹질을 했다. 어지간히 놀란 듯했다. 뭐 매일이 그렇지.

"화났어, 보니야? 내가 또 잘못한 거야?"

"됐으니까 이쪽으로 와."

나는 대답하는 대신 손짓으로 루아를 불렀다. 루아가 지체할 것도 없이 의자에서 내려가더니 쪼르르 달려왔다.

체념한 건지, 숙명으로 받아들인 건지는 나도 잘 모르겠다. 나는 말 잘 듣는 루아를 맞은편이 아닌 옆에 앉혀두고서, 예쁘게 곱슬거리는 루아의 금발을 만지작거렸다. 애가 꼭 강아지 같단 말이야. 징징거리지만 않으면 지금보다 훨씬 더 귀여워해줄 텐데.

루아가 둥글둥글한 눈을 굴리며 제 머리를 쓰다듬는 내 손을 신기하게 올려다보았다. 이윽고 다섯 명이서 배가 터지도록 실컷 먹어도 남을 것 같은 커다란 케이크가 나왔다. 하트 모양의 민트초콜릿이 케이크의 윗면을 예쁘게 장식하고 있었다. 우아, 진짜 맛있겠다! 대박!

우유와 버터와 설탕을 섞은 달콤한 향기에 나는 혼절하기 직전이었다. 내가 이 맛에 세상을 살아요.

나는 크림을 섞은 코코아에 마시멜로 덩어리들을 퐁당퐁당 빠뜨리면서 즐겁게 콧노래를 불렀다. 루아는 나를 기쁘게 해주려고 케이크를 잘라 접시에 담고 있었다. 새하얗게 빛나는 통통한 뺨을 자두색으로 물들이고서 긴장으로 입술을 꾹 다문 모양새가 무척 열중하고 있다는 걸 알려주었다. 자르는 게 어려운 것도 아니건만 숨도 안 쉬는 것 같다. 아이고, 참 귀엽기도 하지.

"다 됐다! 어서 먹어봐, 보니!"

루아가 활짝 웃으며 접시를 건넸다. 초롱초롱하게 눈을 반짝여서, 나는 내가 먼저 먹어보지 않고 루아에게 한입 떠먹여줬다. 루아는 오랫동안 알고 지내온 나에게만큼은 전혀 낯가림을 하지 않았으므로, 토끼처럼 조그만 입을 냉큼 벌려서 내가 떠준 케이크 조각을 받아먹었다.

나는 루아의 입을 손수건으로 닦아주곤 한 손으로 턱을 괴었다.

"어때?"

"진짜진짜 맛있어!"

예의상인 내 물음에 씹지도 않은 음식을 꿀꺽 삼키고는 루아가 소리 나도록 고개를 끄덕였다. 얼른 먹어보라는 루아의 권유의 따라 나도 만족스럽게 맛을 보는데, 막 들어와 근처에 자리 잡은 귀족 영애들이 알게 모르게 루아를 기웃거렸다. 얼굴에 옅은 홍조를 피운 채였다.

나는 아연하게 웃으며 눈을 돌렸다. 루아는 빽빽 울어대지만 않으면 세상에서 가장 뛰어난 장인이 섬세하게 조각한 프랑스제 인형 같아서, 그들이 꺄꺄대는 이유를 모르는 것도 아니었다.

"어머나, 정말 귀여우셔라……."

"방금 웃으시는 거 봤어? 나한테도 그렇게 웃어주시면 좋으련만!"

"쉿! 전하께서 쑥스러움을 많이 타신다는 거 몰라? 아무 말 하지 마."

아주 인기 폭발이구나. 새삼스러울 것도 없는 질투 어린 시선을 뒤로한 채 나는 푹신하고 말랑거리고 또 보드라운 블루베리 케이크를 한가득 퍼서 입안에 넣었다. 층층이 쌓인 케이크의 사이사이에 달콤한 블루베리가 듬뿍 담겨 있었다.

루아도 영애들의 수군거림을 들은 것인지, 뺨을 토마토처럼 새빨갛게 물들이고는 몸을 움츠렸다. 괜스레 아래를 보며 손을 조물거리는 꼴이 그럼 그렇지 싶었다. 제국의 황태자가 거의 병적으로 소심하고 내성적이라는 사실은 소문이 워낙 파다하게 퍼져서 모르는 이가 없었다. 그렇기에 될 수 있으면 다른 귀족들은 루아를 보고도 못 본 척했다. 예의를 중시하는 귀족이지만 언제나 예외는 있기 마련이니까.

루아는 나와 관련되지 않으면 성 밖으로 나가는 것도 꺼려했다.

내가 생각하기에, 제국을 손에 쥔 부모를 두었으니 루아는 하늘 높은 줄 모르고 거만하게 자랐어야 옳았다. 모든 귀족을 발밑에 거느리는 군주로 말이다. 그런데 도리어 정반대의 결과가 나와버렸다. 이유는 황제 폐하도, 황후 폐하도, 나도 모른다. 그저 시간이 약이려니 할 뿐.

"아까 들었던 말 있잖아, 어떻게 생각해?"

아침도 단거, 점심도 단거, 저녁도 단거로 골라 먹어치우는 나를 초점이 흐린 눈으로 응시하던 루아가 돌연 화들짝 놀라 몸을 움츠렸다.

"으응? 뭐가?"

딴생각 하고 있었구나, 너. 하여간 같이 놀아줘도 이런 반응이에요. 나는 입술을 삐죽이면서 루아에게 얼굴을 바짝 들이밀었다.

"예쁜 언니들이 자기들한테도 그렇게 웃어주면 좋겠다잖아."

"어어, 그치만⋯⋯."

"그치만 뭐?"

내가 눈을 부릅뜨고 묻자 갑자기 루아는 말더듬이가 됐다. 저⋯⋯, 어⋯⋯, 그러니까⋯⋯ 라는 단어만 반복적으로 뚝뚝 나열하다 제풀에 지쳐 울상을 지었다. 이건 즉 말하기 싫다는 의미이기도 했다. 사람들을 꺼리는 이유라든가 같은 얘기를, 아직은 다른 누구에게 털어놓고 싶지 않다는 것이었다.

　꼬마 주제에 벌써부터 비밀이 많아서는. 나는 한숨을 쉬며 등받이에 몸을 기댔다. 루아는 어울리지 않게 눈치가 있어서, 대인관계에 대한 대화가 나올라 치면 초장부터 차단해버려 나만 심통이 난다. 이번이 몇 번째 실패인지 횟수 세기도 싫었다.

　푹푹 떠먹느라 케이크는 금세 절반이 아작났다. 음음음, 내가 또래에 비해 조금 많이 먹기는 한다. 지금은 안중에도 없지만. 잘난 황태자 전하 덕분에 씩씩거리며 나왔다가 마찬가지로 씩씩거리며 돌아가게 생겼으니까.

　잔뜩 긴장한 루아가 조심조심 입을 열었다.

　"어째서 화난 거야?"

　"그걸 몰라서 물어? 이럴 때마다 넌 매번 피하기만 하잖아. 나한테 네 이야기를 들려주는 게 그렇게도 무섭니?"

　나는 가자미눈을 뜨고 루아를 노려보았다. 루아가 나와 시선을 마주치지 못해 쩔쩔매면서 울먹이자 순간적으로 기분이 차갑게 식었다. 짜증 나, 짜증 나! 이런 꼬마 애를 데리고 대체 뭐 하는 짓인지 모르겠다. 나까지 덩달아 어려지는 기분이야. 너 정말 미워.

　너에겐 심각한 문제가 있어! 나 말고는 아무도 모르는! 아니, 일부러 모르는 척하는! 오늘이야말로 반드시 루아에게 그 문제를 말해주겠노라 나는 굳게 다짐했다. 뭐……, 사실 알아듣지도 못할 것 같긴 한데 그렇다고 계속 이렇게 안일하게만 굴 수도 없는 노릇이었다.

루아는 장차 황제의 자리에 오를 몸이다. 하나뿐인 윙그비아의 정통 후계자였다. 그냥 평범한 일개 시민이었다면 멍청해서 죽든, 덜떨어져서 죽든 알 바가 아니지만, 루아에게는 막중한 사명이 있었다. 기왕 새로운 삶을 얻은 거, 나는 부잣집 딸로 편하게 살다가 죽고 싶다. 모자란 황제 밑에서 죽도록 고생하고 싶지는 않아. 으응, 절대로!

거울 앞에 똑바로 서서 몇 번이고 마음을 다졌다. 그러나 이런 내 결심은 루아가 수줍게 내민 직사각형의 작은 함으로 인해 와르르 무너졌다.

"이거 받아."

해가 떠오르기 무섭게 나를 찾아온 걸 보면 어지간히도 빨리 선물을 전해주고 싶었던 모양이었다. 하여간 귀엽기도 하지. 나는 고개를 갸웃거리며 수상한 상자를 유심히 들여다보았다. 백금을 띠처럼 둘러 테두리를 장식한 마호가니 함은 선뜻 가치를 매길 수도 없을 만큼 값비싸 보였다. 손가락으로 살살 더듬자 마호가니의 결이 생생하게 만져졌는데, 함은 자물쇠로 굳게 잠긴 채였다.

이걸 어떻게 열어야 돼? 내가 눈을 깜박이자 루아가 헤실헤실 웃는 낯으로 기다란 백금 열쇠를 내 손에 쥐여주었다. 열쇠가 새하얗게 반짝였다.

이거, 너무, 지나치게 화려한 감이 있는데? 나는 슬며시 미간을 찌푸렸다. 아무리 황태자와 고위 귀족의 딸이라도 우리는 아직 어린 아이인걸. 가문의 재산을 함부로 사용하는 건 불가능했다. 특히나 이렇게 한눈에 보기에도 나 비싼 몸이에요 하고 자랑하는 귀중품에는 손도 못 대는 게 철칙이었고.

나는 코를 킁킁거리며 진한 마호가니의 염세적인 향기를 깊이 들이마시고는, 귀엽게 토끼눈을 뜬 루아를 노려봤다. 이 상자를 장식한 모든 것은 전부 고급임이 분명한 듯했다. 비싼 냄새가 나. 루아가 또 사고 친 것 같단 말이야.

"정말로 내가 받아도 괜찮은 거야?"

전부터 루아는 나에게 진귀한 선물들을 많이 주었다. 그러나 그중에는 황제 폐하와 황후 폐하의 개인적인 물건을 몰래 빼돌린 것도 있어서, 나는 진땀을 흘리며 두 분에게 돌려드려야 했다. 심지어 어설픈 옥새가 찍힌 땅문서도 받은 적 있다. 무식하면 용감하다는 말은 루아에게 완벽히 들어맞는 말이었다.

손을 꼼질거리던 루아가 활짝 웃었다.

"물론이지! 저번 생일날 어머니께 선물받은 거야. 이젠 내 거니까 내가 보니한테 줘도 괜찮아. 그러니까 어서 열어봐, 얼른!"

아니, 얘가 왜 이렇게 열성적이지? 불길해서 미쳐버릴 것 같다! 나는 떨떠름한 심정을 숨기지 못하고 루아가 내 손바닥에 꼭 쥐여준 열쇠를 상자 구멍에 끼워 넣었다. 열쇠가 조심스럽게 맞물리며 딸깍거리는 소리를 냈다.

부디 이상한 것만 아니었으면 좋겠는데 말이야.

마른침을 삼키고 조심스럽게 상자를 여니, 안에 들었던 보석이 그제야 온전히 제 모습을 보였다. 세상에, 이거 진짜 예쁘잖아! 나는 나도 모르게 입을 벌렸다.

"야명주야. 밤에만 빛나는 보석인데 정말로 예뻐."

우리밖에 없는데 굳이 소곤거리는 루아의 목소리가 부드럽게 귀를 간질였다. 나는 마법이 걸린 것도 아니건만 밤하늘에 박힌 별처럼 영롱하게 빛나는 황금 빛깔의 보석을 뚫어져라 주시하기만 했다.

나 또한 다른 소녀들처럼 비싼 장신구와 달콤한 디저트에 환장을 하는 몸이었다. 수집 욕구를 불러일으키는 모양 좋은 것이면 우선 눈독부터 들였다. 그러나 공작가의 후계로 태어나 부족한 것 없이 자랐음에도 보석함만은 텅 비어 있었다. 애초에 부모님이 생일 때마다 사주시는 치장물은 비싸긴 해도 애 티가 나서 엄청 유치했다. 그런데 이건, 마치 자그마한 소행성 같다. 오직 나만을 위해 만들어진 우주처럼 환해서, 그 안에 별들이 가득 들어 있는 듯 보였다.

가까스로 호박빛이 일렁이는 보석으로부터 시선을 떼고 루아를 바라보았다. 꼬물꼬물 손장난을 치는 루아가 지금만큼은 세상에서 제일 귀여웠다. 괜히 소꿉친구는 아니라고, 루아는 내가 좋아하고 마음에 들어 하는 것을 나보다 더 잘 알았다.

나는 다시 야명주를 빤히 응시했다. 어떤 보석도 이것보다 예쁘진 않겠다.

"이거 진짜로 나한테 주는 거야? 정말?"

황홀경에 빠져 루아를 다그치자, 루아가 눈을 깜박였다.

"응, 보니 네가 기뻐할 것 같았어."

"당연하지! 너무, 너무, 너무 마음에 들어! 진짜로!"

벅차오르는 감격을 주체할 수가 없었다. 꺅 소리치며 루아를 덥석 끌어안자 루아가 마냥 순진하게 방긋방긋 웃으며 내 목에 목걸이를 직접 걸어주었다. 보석을 매단 백금 체인이 비단처럼 고와 걸리는 느낌도 전무했다.

금구슬이 박힌 펜던트가 쇄골 아래서 부드럽게 떨어지는 걸 뿌듯하게 보면서 나는 혼자 실실거렸다. 빨리 자랑하고 싶다! 누군들 나를 안 부러워할까.

나는 답례로 루아의 뺨에 수십 번은 뽀뽀해주었다. 내가 만족스럽게 미소 짓자 루아가 부끄러운 듯 뺨을 빨갛게 물들이곤 기어들어가는 목소리로 작게 속삭였다.

"보니랑 정말 잘 어울려."

"나도 그렇게 생각해."

내가 좀 예뻐야 말이지. 나중에 크면 고전소설 속의 퇴폐적인 악녀처럼 나라를 쥐고 흔들 정도의 어마어마한 미인이 될지도 몰라. 나는 키득키득 웃으며 아무렇게나 늘어뜨린 분홍색 머리카락을 버릇처럼 꼬았다. 어디 얼마나 어울리는지 볼까. 이 사랑스러운 외양을 감상하지 않는다는 건 죄나 다름없다.

나는 사뿐사뿐 걸어 벽면에 걸린 커다란 전신거울을 바라보았다. 딱 귀엽다 싶을 정도로 도톰하게 부푼 산호색 입술을 장난치

듯이 오므린 작은 여자아이가 보였다. 풍성한 벚꽃빛 머리카락이 거울 속 여자아이의 동그란 얼굴을 덮고 있었는데, 금을 녹여 넣은 듯 반짝이는 눈이 루아가 말했던 대로 펜던트와 몹시 어울렸다. 가늘고, 여리고, 무엇보다 사랑스러운 장신구다. 정말로 나를 위해 만들어진 것 같았다.

아, 진짜 세상 살아가는 보람이 있어.

"보니야?"

루아가 여린 꽃사슴 같은 눈으로 날 쳐다보았다. 나는 몸을 틀어서 루아의 머리를 잠깐 끌어안았다가 놓아주었다. 새삼스럽게도 기분이 좋았다. 희미한 잔상으로만 남아 있는 전생에선 딱히 예쁜 얼굴이 아니었어서. 남의 것을 훔친 전례가 많아 도둑년이란 꼬리표가 내내 떨어지지 않았던 데다 구박당하며 살기도 했고.

루아의 이마에 다시 한 번 뽀뽀를 하고 나는 생글생글 웃었다.

"넌 조금 더 커야겠다. 아직 나보다 한참 작잖아."

"아니거든! 별로 차이 안 나!"

내 장난스러운 투에 루아가 볼을 부풀리며 항의했지만 나는 한 귀로 흘려들었다. 기왕 반박할 거면 네 머리를 쓰다듬는 내 손도 어디 매몰차게 쳐내지그래? 그렇게 강아지처럼 눈만 부릅뜨고 뚱한 채 있으면 더 괴롭히고 싶어진다는 사실을 루아는 영 모르는가 보다. 귀엽기도 하지.

선물도 받았으니 그냥 넘어가기도 뭐해서 나는 루아와 함께 외출에 나섰다. 루아가 이렇듯 자유롭게 돌아다닐 수 있는 이유는,

루아와 내 호위 기사가 적당한 거리를 두고 따라다니기 때문이다. 루아의 호위에 동원된 기사들은 군대나 다름없을 정도로 뛰어난 실력을 자랑했다. 거기다 루아는 황실 마법사가 만든 마법 장치도 가지고 있고. 아직까진 별 문제가 없어 루아도, 나도 크게 구속받지는 않는다.

"어디 특별히 가고 싶은 데라도 있어? 오늘은 어디든 데려가줄게."

생각보다 햇볕이 따사로워 눈이 아렸다. 내가 생화를 매단 보닛을 고쳐 쓰면서 묻자 루아가 고심하는 기색을 보였다. 호수처럼 말간 눈망울이 또르르 굴러 내렸다.

보나마나 또 갈등 중이군 그래. 루아의 속내를 알아채고 나는 살짝 인상을 썼다. 루아는 지금 가고 싶은 장소를 정하지 못해서 뜸들이는 것이 아니라 말해도 괜찮을지 몰라 망설이는 거였다. 하여간 저놈의 소심병은 진짜 약도 없다.

"루아야? 괜찮으니까 말해봐. 나 지금 엄청나게 기분이 좋거든. 이대로 천사가 되어 날아갈지도 몰라."

그 말에 루아가 화들짝 놀라 나를 붙잡았다. 내가 정말 자기를 두고 날아가버릴까 봐 불안해하는 눈치였으므로, 나는 빨리 말하라며 계속 다그쳤다.

그러자 루아가 입술을 우물우물거리며 말했다.

"으응, 그럼 나……, 나, 플라워 가든에 가고 싶어!"

"플라워 가든?"

거의 고함에 가까운 대답이었으므로, 나는 의아하게 고개를 기울였다. 플라워 가든이 어딘지야 지나가듯이 몇 번 들어서 알기는 안다. 그러니까 돈 많고 시간 많은 귀족들이나 중산층들이 은밀하게 출입한다는 유명한 데이트 장소……, 응?

데이트 장소? 어라?

나는 고개를 갸우뚱했다. 얘가 왜 갑자기 거기를 가자는 거지?

"응. 거기 갈래."

루아는 더듬지 않고 분명하게 다시 말했다. 이런 적은 상당히 드문 경우라 나는 당황하지 않을 수 없었다.

내가 아는 루아는, 한심하다 싶을 만큼 자기 주관이 없는 아이였다. 남이 하자는 대로 무조건 따르며 그걸 옳다고 믿어 의심치 않았고 울기도 잘 울었다.

그 문제의 시발점이 과연 언제인 것일까. 정확히 언제부터 어떤 계기로 루아가 이렇게 내성적이게 됐는지 나는 잘 모른다. 나는 황실 가문의 속사정을 잘 모르는 데다가, 루아와 처음 만났을 무렵의 일을 어렴풋이만 기억하고 있으니까. 별로 중요한 일도 아니었거니와 나에겐 그것 말고도 기억해야 할 일이 산더미처럼 많아서.

시간이 지날수록 전생의 기억이 희미해지고 있었다. 나는 영혼까지 보니 안젤리크 멜론느 그레이스가 되어가는 중이었다.

이 변화가 정말로 싫지 않았다. 새로운 삶이 마음에 들었다. 타인의 것을 훔치지 않고도 화려하고 호화로운 생활을 마음껏 누릴 수 있으니까.

하지만 역시 루아에게는 뭔가 미심쩍은 구석이 있었다.

"우아, 덥다."

루아가 작고 도톰한 입술을 벌려 탄성을 내질렀다. 따사로운 오
후의 햇살이 루아의 벌꿀색 머리칼을 더욱 반짝이게 만들었다. 나
는 루아를 곁눈질하면서 가볍게 한숨을 쉬었다. 뭐, 아직은 어리
니까 괜찮겠지. 내가 전생의 기억을 가지고 있기에 너무 예민하게
반응했던 건지도 몰라.

그리고 어차피 나는 루아의 부모가 아니다. 내가 신경 쓰지 않
아도 두 분께서 어련히 챙길 거 아니야. 그리고 내가 할 수 있는 건
아무것도 없다.

나는 적당히 타협 보고는 플라워 가든이라는 목적지에 대해 심
도 깊은 고민을 시작했다. 쟤가 날 좋아하나? 어디서 본 건 있어가
지고 나를 거기로 데려가려는 거야? 그런 뒤에는 고백이라도 하려
는 걸까.

버릇처럼 잡은 루아의 손을 물끄러미 내려다보았다. 눈처럼 희
고 아기처럼 여린 느낌이다. 나는 내가 한 상상에 어처구니가 없
어서 허탈한 웃음을 흘렸다. 말도 안 된다. 설령 사실이라고 해도
나는 루아를 전혀 그런 방식으로 본 적이 없었다. 그렇지만 진짜
로 내가 좋다고 하면 어떡하지? 사람들이 다 보는 데서 떼를 쓰면
어떡해?

나는 살짝 인상을 썼다. 그건 그것대로 좀 많이 곤란하겠는데. 역시 이제라도 거절하는 편이 나을까. 다른 볼 만한 곳도 많잖아.

그러나 애석하게도 목적지가 곧이었다. 나는 결국 루아에게 이끌려 아름다운 꽃들이 흐드러지게 피어난 가든 안으로 발을 디뎠다.

유혹하듯이 코끝을 맴도는 꽃향기가 정말 매혹적이었다. 진하고, 아찔하고, 중독적인 향긋함이 마치 눈에 보이는 것 같았다. 어떤 꽃은 달콤했고 어떤 꽃은 상큼했으며 어떤 꽃은 풀잎처럼 알싸한 향기를 피워 올렸다. 꽃들의 종류가 얼마나 많은지 수를 가늠하는 것조차 불가능해서, 동화 속 세계의 정원에 온 듯한 착각을 불러일으켰다.

귀족들이 자주 찾는 이유를 이제야 알겠다. 어쩌면 이렇게도 조화로운지. 떠나려는 봄을 싸그리 끌어 모은 듯했다. 몰래 꺾어 가고 싶을 정도로 활짝 벌어진 꽃들은 수줍은 소녀처럼 하늘거렸는데, 그 풍성한 잎이 솜털보다 부드러워서 만지면 사르르 녹아내릴 것만 같았다.

나는 대형 토피어리(식물을 자르거나 또는 다듬어서 예술적인 모양으로 만드는 것. 주로 물이끼를 이용한다)로 미로처럼 꼬인 가든 내부를 탐욕스럽게 훑었다. 하트 모양의 테두리에 가득 들어찬 장미꽃이 참 예쁘고 마냥 고왔다. 그런데 갑자기 루아가 마구 내달리기 시작했다.

"루아야?"

나는 루아와 손을 잡은 채였으므로 덩달아 움직였다. 어어, 야! 구경도 안 해?

"샤론! 샤론!"

이윽고 고전적으로 꾸며놓은 쉼터가 보였다. 루아가 달려가면서 나는 전혀 모르겠는 사람의 이름을 부르자, 궁전 같은 가제보에 기대어 있던 한 여인이 고개를 돌렸다.

문득 아주 이상한 기분이 들었다.

내가 나도 모르게 멈춰 서는 것과 동시에, 여자의 눈이 커졌다.

"전하?"

여자가 부드럽게 응답했더니 루아가 내 손을 놓았다. 일말의 망설임도 없는 행동이었다.

아, 이건…… 뭐지? 생각할 겨를도 없이 루아가 냉큼 뛰어가 여자의 품에 폭 안겨들었다. 무척 자연스럽게. 이보다 반가운 만남은 없다는 것처럼.

졸지에 찬밥 신세가 되어버린 나는 차갑게 가라앉는 기분을 다스리려고 애써 심호흡을 했다. 뭐야, 저 여자는? 누구길래 루아가 경계심도 없이 저렇게 덥석덥석 안기는 건데? 손바닥을 간지럽히던 루아의 온기가 대기에 쓸렸다. 곧 완전히 날아가버렸다.

당연하지만 루아가 제 부모님이나 내가 아닌 다른 상대에게 저런 무방비한 미소를 보여주는 장면을 나는 처음 보았다.

내가 왜 기분이 더러워지는지도 전혀 모르는 채 여자를 빤히 주시했다. 여자는 조금도 황태자답지 않게 구는 루아의 어리광을 전

계하의 1
소꿉친구

부 받아주면서, 뭐가 그렇게도 좋은지 환한 미소를 머금었다. 인정하긴 싫지만 솔직히 저 여자가 제법 예쁘장하게 생기긴 했다. 그래봤자 내가 크면……, 아, 몰라. 내가 왜 저런 아줌마를 견제해야 돼? 그것도 루아 때문에? 진짜 짜증 난다!

"어찌 말씀도 없이 오셨어요, 전하."

"그동안 잘 지냈어? 샤론, 샤론, 정말로 보고 싶었어!"

놀고 있네. 나는 뭐 씹은 표정을 하고선 지나칠 만큼 살갑게 대화하는 두 사람을 비딱하게 응시했다. 여자는 딱 보기에도 귀족이 아니었다. 옷차림도 썩 단정하지 못했으며 하는 됨됨이도 그냥 그랬다. 그런데 어째서 루아와 아는 사이인 거야? 도통 이해할 수가 없다.

내 시선을 느꼈을 텐데도 여자는 한참 뒤늦게 나를 바라보았다. 드디어 내 존재를 알아차려주는구나 싶어서 눈을 흘기려니 여자의 입가에 부드러운 미소가 걸렸다. 그게 또 괜히 분해서 성질이 났다. 웃겨, 진짜. 누가 저런 꼬마를 좋아한다고! 친구가 나밖에 없어서 잠깐 놀아준 것뿐인데!

나도 내가 유치하게 군다는 걸 알지만 그래도 분했다. 이 배신감을 말로 표현할 수조차 없어. 루아는 내가 키운 거나 다름없단 말이야! 내 자식이나 다름없다고! 당신이 뭔데 나한테서 루아를 뺏어 가려고…….

나는 내 생각에 흠칫 놀랐다. 여자가 죄의식이 들 정도로 상냥하게 말했다.

"황태자 전하, 저 귀여운 아가씨와 같이 오셨나요?"

보면 몰라? 인상을 확 쓰며 숨을 삼켰다. 아니, 아니지, 진정해야지? 다 필요 없고 어디 이유나 한번 들어보자. 내가 이렇게도 예쁘게 꾸미고 나왔는데 매몰차게 손을 놓아버린 그 이유를!

나는 여자의 인사를 깔끔하게 무시하고서 루아에게 시선을 돌렸다. 얼굴이 너무 뜨거워서 누군가가 내 망막을 불로 지졌다고 말해도 믿을 것 같았다.

"루아야, 저 여자와는 어떻게 아는 사이야?"

잘못 대답하면 주먹으로 칠 기세에 루아가 여자의 품속에서 움츠러들었다. 소심하게 눈알을 굴리며 우물거리는 아기 같은 모양새가 심히 거슬렸지만 참았다. 참고, 참고, 또 참아주었다.

그래도 한 삼 초 정도는 버틴 것 같다.

"루아 너! 빨리 대답 안 해?"

짜증 섞인 음성이 날카롭게 울려 퍼졌다. 삽시간에 주위가 조용해지며 사람들의 시선이 한데 모였지만, 나는 개의치 않고 루아를 쏘아보았다.

적당히 거리를 뒀던 호위 기사들이 앞으로 나섰다. 아무리 어리다고 해도 무시할 수 없는 직분이라, 잠깐의 소란이 있었다. 혹시 찾아올지 모를 화를 피하려 거의 대부분의 사람이 자리를 떴다. 물론 나는 루아를 보며 으르렁거릴 뿐이었다. 너, 이거 명백한 배신이야! 나 몰래 다른 친구를 사귀다니! 스스로가 매우 유치하게 느껴졌으나 어쩔 수 없었다. 나는 예전부터 속이 좁았으니까. 그리고 나는 보상받을 권리가 있었다.

나는 루아와 다섯 살 때부터 친구였다. 내 몸 하나 건사하기도 힘든 나이에 툭하면 울고 찡찡거리는 루아까지 챙겨가며 보살폈다는 얘기다. 이래서 자식 같은 건 키워봐야 소용없다더니. 그리고 저 여자가 다른 속셈으로 루아에게 접근한 걸지도 모르잖아? 그, 그래 맞다! 루아는 황태자야. 그리고 보아하니 저 여자도 그 사실을 아주 잘 알고 있어.

나는 루아가 걱정되어 그러는 거지, 저 여자가 나와는 근본부터 다른 우아한 분위기를 풍길뿐더러 예쁘고 성숙하기까지 해서 화난 게 아니었다.

내가 사납게 몰아붙이자 루아의 푸른 눈망울에 투명한 눈물방울이 고였다. 여자가 난감한 기색으로 루아를 끌어안으면서 내게 간청 아닌 간청을 했다.

"아가씨? 전하께서 다소 놀라신 것 같은데 조금 진정하시는 편이……."

"시끄러워. 너한테 안 물었어."

나는 꿋꿋하게 턱을 들어올렸다. 훌쩍이는 어린 꼬마아이와 그런 아이를 감싸고도는 선량한 평민 여자라니. 어쩐지 전형적인 악역이 된 듯한 기분이 들었다. 씨, 내가 진짜 서러워서! 앞으로는 루아랑 놀려고 몇 시간을 공들여 치장하고 나오진 않을 거다. 절대로! 토끼 모양으로 과일을 깎아달라며 칭얼거려도 안 들어줄 거고, 밤늦게 불쑥 찾아와 종이학을 접어달라고 떼를 써도 들어주지 않을 거였다.

　내 얼굴이 갈수록 험악해지고 있는지 루아가 더듬더듬 설명을
했다.

　"저, 저번에 시장에 갔다가…… 길을 잃어버렸을 때 샤론이랑
처음 만났어. 네가 나를 내버려두고 그냥 가버렸잖아."

　아, 뭐라고? 누가 내 머리에 얼음물을 끼얹은 것 같았다. 그거야
네가 실수로 발을 거는 바람에 내가 넘어져서 다쳤으니까 그렇지!
하필 계단에서 고꾸라지는 바람에 정말 아팠다. 어린 아이의 몸으
로서는 감당하기 힘든 충격이라 당시엔 진짜로 눈에 뵈는 게 없었
더라지. 그래서 그냥, 울먹거리는 루아를 내버려두고 나 혼자 돌
아갔다. 어차피 뛰어난 실력의 호위 기사들도 있으니 문제될 것도
없겠다 싶어서였다.

　생각할수록 과거의 잔재가 연달아 떠올랐다. 나는 그때 붕대를
칭칭 감고 있었건만 루아는 내가 아프다는 말만 듣고 놀 수 없으니
문병 오지도 않았다. 아예 그 사건을, 그러니까 딱 내가 '다친' 부
분만 기억 속에서 지워버린 것처럼 굴었다.

　나이가 어리니까 그냥 그러려니 하라고? 나는 그렇게 착하지 않
다. 애당초 아직 기억에 남아 있는 전생부터가 그렇게 못돼먹은
인간이었다. 용서? 아량? 인내심? 다 개나 처먹으라지. 나는 한
번도 애들에게 관대했던 적이 없었다. 루아를 제외하고는.

　루아는 언제나 모든 것에서 예외였다. 속이 부글부글 끓어올랐
다.

"그래, 내가 죄인이다! 너 지금 그렇게 생각하고 있지? 그러면서 왜 나를 여기까지 데려온 거야? 친구도 새로 만들었으니까 이제 나랑 안 논다고 말하려고? 그럼 이제 볼일은 끝났겠네! 나는 엄청나게 똑똑해서 아주아주 잘 알아들었거든!"

버럭 소리치고 나서 매몰차게 등을 돌린 뒤 나는 무조건 달리다시피 걸었다. 나쁜 놈, 자기만 알고 자기만 생각하는 망할 꼬맹이! 다시는 애 같은 거 안 키울 거야!

씩씩거리며 나는 가제보에 있는 루아와 최대한으로 거리를 뒀다. 여러모로 마음이 편치 않았다. 루아가 밉다, 라는 생각이 들다가도 내가 마냥 루아에게 상냥했던 것이 아니라 덩어리 같은 무엇인가가 마음에 걸렸다. 내가 오죽 미웠으면 친구―라고 해도 여자는 성인이지만―를 만들자마자 곧장 나를 내버렸을까. 하지만 나도 그만큼 차곡차곡 쌓인 것들이 많았다.

왜 이렇게 됐지? 아침까지만 해도 완벽한 하루였는데. 나는 시무룩한 채로 루아가 선물한 세상에서 가장 예쁜 펜던트를 만지작거렸다. 이젠 따라오지도 않는구나. 아무래도 저 어린 꼬마에게 나는 별로 중요한 사람이 아닌 모양이었다.

정말 기운 빠진다. 뛰듯이 걷던 걸음도 늦추고 나는 힘없이 벤치에 걸터앉았다. 참담하기 그지없었다. 마냥 향기롭던 꽃향기가 어느새 맡기도 싫은 끔찍한 악취가 되어버리고 말았다.

한숨을 푹푹 내쉬는데 다가오는 발소리가 들린다 싶더니, 멋지게 차려입은 신사가 '백합 구역'이라는 팻말이 세워진 꽃밭 앞에서 멈춰 섰다.

"실례, 귀한 손님이 와 계셨군요. 어쩐지 소란스럽더라니."

누구냐며 물을 기운도 없었다. 머리 위에서 들려오는 음성에 나는 미간을 찌푸리는 걸로 대답을 대신했다. 꼬마한테 삐져서 이러고 있다니 나도 참 한심한 인간이다.

내가 독차지한 벤치를 아쉬워하던 신사가 돌아가든 말든 나는 무릎을 세우고 앉아 그 위에 머리를 박았다. 루아가 나를 찾아오지 않는다면, 이제 정말로 끝이 되겠다. 황제 폐하께서 부탁하셔도 다시는 안 놀 거야.

구석에 짱박혀 신세 한탄을 하고 있으려니 내가 안쓰럽게 느껴진 건지, 나를 호위하는 기사 레뮤시가 평소와 달리 넌지시 나를 불러왔다.

"아가씨."

"왜 불러? 혹시라도 충고 따위를 할 생각이면 진짜 꼬집어버릴 거야."

통통 부어서 부루퉁하게 말하자 레뮤시가 짧게 웃었다.

"먼저 사과하지 않으실 생각입니까?"

"여태껏 우는 거 달래줬으면 걔도 한 번 정도는 숙여줘야 하는 거 아니야? 내가 무슨 자원봉사자도 아니고……, 이건 불공평해! 난 성인군자가 아니란 말이야! 쟤 보모는 더더욱 아니고!"

아직도 분이 안 풀렸으므로 나는 애꿎은 돌멩이를 걷어찼다. 그러면서도 망설여지는 것을 어찌할 수가 없었다. 아, 내가 미쳐. 진짜 애 다 됐네.

자꾸만 속에서 울컥울컥 감정이 치솟았다. 사과할지 말지를 두고 나는 한참을 갈등했다. 자존심이 앞서다가도 아까 들었던 그 말이 머릿속을 떠나질 않아서 재차 망설이고 말았다.

내가 여기서 더 어떡해야 돼? 이러다간 정말 미치고 말겠다. 발을 내딛었다 도로 거두기만도 수십 번을 반복하다가 결국 나는 레뮤시를 앞세워 왔던 길을 되돌아갔다. 이대로 끙끙 앓는 것보다야 뭐라도 하는 편이 나을 듯싶었다. 조, 조금만 훔쳐봐야지.

「네가 나를 내버려두고 그냥 가버렸잖아.」

루아는 진짜 구제할 길 없는 멍청이다! 그렇게 눈짓을 줘도 도무지 몰라! 내 뒤를 따라오라고, 나를 잊어버리지 말라고 몇 번을 다그쳐도 소용없었다. 새하얀 도화지에 새하얀 붓으로 글씨를 쓰는 기분이었다. 아무리 새겨 넣어도 보이지 않는.

순 바보잖아. 울보에다가, 내가 없으면 아무것도 못 하는 애.

잘못도 없는 토끼 모양의 토피어리를 노려보며 나는 얼굴을 구겼다. 어쩐지 성질 다 버리는 듯한 기분이 든다. 자기만 나한테 서운한 줄 아나? 나랑 놀다가도 다른 재밌는 걸 찾으면 아무렇지 않게 내 존재를 잊어먹기 일쑤면서. 오늘도 기껏 마음써줘서 오고 싶다는 곳에 데려왔는데 나는 안중에도 없이 웬 예쁘장한 여자한테 달려가 덥석 안기기나 했어. 나도 정성껏 치장했는걸. 쳇.

루아는 내가 또래의 어떤 여자애보다 예쁘다는 사실을 전혀 모르는 것 같았다.

가든의 길은 뱀처럼 복잡하게 꼬여 있었으므로 하마터면 헤맬 뻔했지만, 레뮤시가 길을 기억하고 있어서 다행이었다. 나는 레뮤시의 옷자락을 붙들고 그의 뒤에 꼬리처럼 숨은 채 주위를 살펴가며 조심조심 걸었다. 상대가 고작 열두 살짜리 꼬마라는 것도, 내가 숨어들 필요가 없다는 것도 무의식 저편으로 보낸 뒤였다.

왜 이렇게 초조한지 모르겠다. 꽃을 틔운 장미덩굴이 감긴 가제보의 지붕이 보여오자 나는 숨을 들이켰다. 지금 이 순간만큼은 저 고전적인 팔각지붕이 제일 무서웠다.

"어때? 있어?"

나는 다급하게 레뮤시의 옷을 잡아당기며 물었다. 레뮤시가 눈을 들어 꽃밭 너머를 훑어보고는 고개를 가로저었다.

"다른 곳으로 가신 듯합니다."

다른 곳이라면 대체 어디로? 나는 나도 모르게 아랫입술을 물었다. 마치 아무도 모르는 밭에 꽁꽁 숨겨놓은 소중한 보물을 누군가 몰래 파내어 가져간 것 같았다. 젠장, 이게 뭐야!

김빠진 기색으로 가제보에 다가가 기둥을 발로 찼다. 너 진짜 뭐야? 사람이 사과하러 왔으면 들어주기라도 해야 할 거 아니야! 아무리 내가 미웠다지만 그 여자를 따라 그새 가버릴 줄은 몰랐다. 자존심도 상할 대로 상했고 기분도 참 더러웠다.

끓어오르는 분노를 못 이겨 이를 가는데, 주위를 둘러보던 레뮤시가 침착하게 물었다.

"아직 멀리 가시진 않으셨습니다. 안내해드릴까요?"

"됐어! 나 집에 갈래."

이미 내 기분은 회생 불가능할 정도로 잡쳤다. 걱정하고 신경 써줘도 코웃음만 치는 그런 울보 따위는 이제 알 바가 아니라는 거다. 이러고 헤어져도 내일이면 내가 다시 잘해줄 것 같지? 천만에. 넌 완전히 아웃이야.

레뮤시가 무슨 말을 하면서 나를 잡으려고 했으나 내 귀에는 들리지도 않았다. 덕분에 입술을 내밀고 전속력으로 모퉁이를 돌다가 맞은편에서 느긋하게 걸어오던 남자와 부딪히고 말았다. 하여간 내가 진짜! 그가 재빨리 나를 잡아줬기에 다행이지, 아니었으면 치마를 입고 넘어지는 민망한 추태를 보일 뻔했다.

"이런, 아직 사람이 있는 줄은 몰랐군요."

굉장히 듣기 좋은 미성이었다. 마치 일부러 풀어놓은 숲의 바람결 같은. 나는 남자의 손길을 뿌리치며 눈을 흘겼다. 이 남자는 아까 벤치를 탐냈던 젊은 신사와 똑같은 말을 한다. 그야 당연히 내가 다른 사람들을 쫓아낸 장본인이니까 그렇지.

그러나 내가 이런 생각을 하기 무섭게, 남자가 뭔가를 깨달았단 표정을 짓고 손가락을 가볍게 튕겼다.

"혹시 아가씨께서 가든의 사람들을 내보낸 건가요?"

"결과적으로는, 그렇게 됐지. 부딪힌 건 미안해."

언제나 그래왔듯이 거만하게 하대를 해주고는 발을 떼려는데 남자가 손을 내밀었다. 레뮤시가 은근히 다가오는 것도 뒤로한 채 남자가 내 눈동자를 빤히 들여다보았다. 어, 어쩐지 심장이 쿵쿵거렸다.

남자는 동화 속에서 튀어나온 것처럼 고상하고 우아한 이미지였다. 생김새며 말씨며 모난 데 없이 반듯해서 아이들뿐만 아니라 어른들에게도 쉽게 호감을 살 수 있을 것만 같았다. 이를테면 탐미적인 지식을 추구하는 학자 같기도 했다. 그럼에도 뭔가 위험한 의미로 잘생겼다는 게 신기하지만. 어쨌거나 검은색 머리카락은 그의 갸름한 얼굴에 무척이나 잘 어울렸다.

그런데 이 남자, 로브를 둘렀네. 그것도 황실의 위압적인 문양이 찍힌.

"처음 뵙겠습니다, 레이디 그레이스. 형식적인 자리가 아님을 빌어 감히 인사 드리지요. 저는 황실 소속 마법사 펠레스라 합니다. 향후 정식으로 소개할 날이 왔으면 좋겠군요."

남자가 소개를 마친 것과, 나에게 뻗은 그의 손을 중심으로 부드러운 바람이 모여든 것은 거의 동시였다. 머리카락이 가볍게 나부낄 정도의 바람이 그의 손바닥 위에서 점점 불투명한 은빛으로 변해가는 게 보였다. 그 예쁜 빛깔의 물결이 물고기의 비늘처럼 꿈틀거리며 뭉쳐들다가, 이내 신비로운 연분홍색 꽃으로 화려하게 피었다. 내 머리색과 똑같은 색채의 작은 꽃이었다. 그것이 꽃밭을 화사하게 장식한 꽃들과는 달리 꽃잎을 쉬지 않고 움직이며 뻐끔거렸다. 숨을 쉬는 것 같았다.

"어……."

와, 정말 신기하다. 이게 바로 마법인 걸까. 마법이 걸린 물건을 가져본 적은 있지만 마법사와 실제로 맞닥뜨린 것은 처음이었으므로 내 눈이 크게 뜨였다.

펠레스가 리본이 달린 보닛 아래로 길게 늘어뜨린 내 머리카락에 꽃을 엮어주면서 말을 이었다.

"황태자 전하께서는 샤론 에니벨이라는 이름의 여인과 가든 밖으로 나가셨습니다. 서두르신다면, 따라잡을 수 있겠지요."

내 이름도 알았고, 루아가 어디로 갔는지도 그는 알고 있었다. 내가 섣불리 대답하지 않고 의심의 눈길을 보내자 펠레스가 어깨를 으쓱였다.

"이 가든은 제 소유입니다. 에니벨은 이곳의 관리인이죠."

나는 미심쩍게 눈을 치켜떴다.

"마법사들은 다 연구실에서 사는 줄 알았는데."

"이런 사람이 있으면 저런 사람도 있는 법이니까요. 그리고 저는 정원을 아주 좋아합니다."

이와 비슷한 질문을 많이 들어봤는지, 대수롭지 않다는 투의 단조로운 답변이었다. 녹빛깔의 눈이 일렁이는 에메랄드색 바다 같았다. 분명 저 안에 하염없이 많은 지식이 들어 있겠지.

정원을 좋아하는 마법사라니.

나는 펠레스가 달아준 꽃을 매만지며 적당히 고개를 끄덕였다. 눈이 호강해서 좋기는 한데 펠레스가 옅게 웃는 걸 보고 있으려니 마음이 불편했다.

"이건 혹시나 해서 물어보는 건데 설마 여태 지켜보고 있었던 건 아니겠지?"

"그랬다면 당신의 호위 기사가 제 존재를 알았겠지요. 안 그런 가요?"

교묘하게 떠보는 듯한 어조 같기도 하고. 레뮤시야 싫거나 불편한 감정을 감추는 데 능숙하여 속을 알 길이 없지만, 딱히 좋아할 거라고는 생각하지 않는다.

나는 이쯤에서 대화를 끝내야 함을 깨달았다. 황실 소속이라고 했지? 루아와 논다는 핑계를 대고 한번 찾아봐야지. 이런 잘생긴 남자 찾기가 어디 쉬운 줄 알아.

속으로만 실실 웃다가, 갑자기 떠오른 생각이 있어서 나는 돌연 정색을 했다. 아니, 잠깐만, 나 지금 루아랑 싸운 상태잖아. 아, 무슨 되는 일이 하나도 없어!

짜증스럽게 미간을 찌푸리고서, 나는 펠레스에게 대충 인사를 하고 레뮤시를 잡아끌었다. 펠레스가 멋지고 이번 만남으로 인연을 끝내기엔 아쉽다는 생각도 들지만 루아를 향한 내 분노가 그보다 훨씬 더 크다는 게 문제겠다. 아쉬워도 다음을 기약하는 수밖에. 플라워 가든이 제 소유랬으니까 나중에 잘 갖춰 입고 찾아오면 그만인 거다.

나는 그렇게 결론을 짓고서도 고개를 갸웃거렸다. 아니, 그런데 쟤는 왜 이런 유명한 데이트 장소를 만든 거야? 설마하니 여자친구가 이미 있어서 대놓고 그렇고 그런 짓을 하기 위해서인가!

"아가씨?"

"아무것도 아니야."

예쁘다는 것 말고는 아무 쓸 데도 없는 답답한 보닛을 집어 던지고 싶은 충동을 느끼며 나는 비뚤비뚤하게 걸었다. 히잉, 피곤해. 하여간 이놈이나 저놈이나 남자라는 생물은 믿을 수가 없다니까. 루아라도 어떻게 잘 키워보려 했건만.

시무룩하게 가든을 막 벗어나려는 찰나, 멀리서부터 다급하게 뛰어오는 작은 형체가 보였다. 굳이 누구인지 알려고 눈을 가늘게 뜰 필요도 없었다. 이미 너무나 익숙해져버렸기 때문에.

"보니야!"

루아의 외침에 레뮤시가 몸을 숨겼다. 저렇게 뛰어오다 또 넘어지겠다! 혀를 차면서 나는 울퉁불퉁한 지면을 위태롭게 가로질러 오는 루아를 향해 내달렸다. 가뜩이나 이상한 걸음걸이라 엄한 데서도 잘 부딪히는 아이였다. 아이고, 내가 못살아.

"내가 갈 테니까 멈춰, 이 바보야!"

"그치만……!"

아니나 다를까였다. 휘청거리던 루아가 바닥에 푹 고꾸라져서, 나는 순간적으로 눈을 부릅뜨고 질겁을 했다. 그러니까 내가 기다리라고 했잖아! 하도 인상을 써서 얼굴에 경련이 일 정도였다. 다행히 루아의 얼굴이 땅에 처박히기 직전의 순간에 호위 기사의 순발력이 빛을 발했다. 루아를 넘어지지 않게 받쳐준 기사가 걱정스러운 기색으로 안위를 물었으나, 루아는 깔끔하게 무시한 채 내게로 왔다.

나는 무심결에 뒷걸음질을 쳤다.

"뭐, 뭐야? 그냥 가버리더니 왜 다시 왔는데?"

당연하게도 나는 말을 내뱉자마자 후회했다. 속마음은 이게 아닌데! 왜! 그러나 루아는 울지도 않고 화내지도 않았다.

"미안해."

어……, 으응? 내 눈알이 당혹스럽게 굴렀다. 루아가 나를 똑바로 바라보았다. 쟤가 약을 처먹었나. 갑자기 왜 이러지.

내가 괜히 치맛단을 잡고 엉뚱한 곳을 힐끔거리는 것도 개의치 않으며, 루아가 앙증맞은 입술을 열심히 움직여 잘도 말했다.

"나는 그냥 너한테도 샤론을 꼭 소개시켜주고 싶었어. 보니 너는 내가 처음으로 사귄 친구니까, 내가 맨날 귀찮게 했으니까. 나랑 노느라 다른 애들하고는 거의 못 놀았잖아. 그래서 나랑만 있으면 따분해할 것 같아서 그랬어."

"뭐? 누가 그런 거 너한테 신경 써달랬어? 이 바보 멍청이가!"

유난히도 뜨거워진 얼굴을 수습하려고 해봤자 한참 늦어 헛수고였다. 당황한 내가 버릇처럼 또 딱딱거리자 루아가 고개를 떨궜다. 아, 진짜 이게 아니라고……. 몸이 어려졌다고 해서 정신까지 어려진 모양이다. 애당초 애들이랑 어울려 놀아본 적이 있어야 알지.

머리가 지끈거렸다. 나는 한숨만 푹푹 내쉬다가 겨우 손을 내밀었다.

"이리 와. 점심이나 먹으러 가자."

"으응, 응! 나 배고파!"

이 토끼처럼 여리고 순진한 애를 도대체 어쩌면 좋답니까. 어쨌거나 나는 끝까지 악역인 것 같았다. 에니벨에게서 루아를 빼앗았으니까. 아니지, 되찾은 거라고 해도 사실은 사실이잖아? 그래, 맞다. 루아는 처음부터 내 거였어. 루아는 내 거야. 내가 먹이고 입히고 키우고 있으니까 가슴으로 낳은 거나 마찬가지지…… 는 내 자식이면 이렇게 멍청할 리 없는데! 죄송합니다, 황후 폐하.

부드러우면서 따뜻한 손을 맞잡고 있으려니 이제야 조금 기분이 풀리는 듯한 느낌이 들었다. 어차피 육체의 나이로만 따지면 나는 아직 열두 살이다. 유치하면 어때. 그 에니벨인지 뭔지 하는 여자는 나중에 자세히 알아보면 될 거고, 이로써 펠레스와의 접점도 다시 생겼으니 나로서는 대만족이었다.

딱히 잃은 게 없는 것 같았으므로, 나는 승리자의 기쁨을 만끽하기로 했다. 점심 메뉴가 너무 맵다며 루아가 징징거리기 전까진.

깜깜한 밤하늘을 보며 나는 침대 깊숙이 몸을 묻었다. 자정이 코앞인데도 잠들 수가 없어서 계속 뒤척이고 있었다.

어처구니없지만 이건 전부 펠레스 때문인 것 같았다. 아까부터 내 머릿속에 박혀 떠나지 않는 한 남자로 인해 자꾸만 얼굴이 달아올랐다. 어째서인진 나도 모르겠다. 그렇기에 더욱 혼란스러웠다.

이성에게 첫눈에 반할 만큼 나는 어리숙하지 않았고, 외로움을 느꼈던 적도 없었다. 그리고 나는 특별히 사내 따위를 필요로 하지 않는걸. 특히나 지지리도 돈 관리를 못 할 것 같은 학자 타입은 쥐도 사절이라 이거지. 그런데 왜?

나는 베개에 대고 애달픈 한숨을 쉬었다.

뚜렷한 이목구비에 짙은 눈썹을 가진 펠레스가 잘생기긴 했지만, 정말 딱 거기까지였다. 게다가 나는 다시 태어나서 나이도 어릴뿐더러, 루아를 데리고 노는 것만도 힘겹단 말이야. 그 와중에 귀족으로서의 예법까지 익혀야 하니 하루가 얼마나 노곤한지 몰라.

두꺼운 이불 아래서도 추위가 느껴졌다. 창문을 열지도 않았는데 어디서 이렇게 찬 기운이 스며드는지 도통 모를 일이었다.

나는 푹신푹신한 이불 깊숙이 파고들어서 몸을 웅크렸다. 햇빛이 유독 환했던 낮에만 해도 한여름 같았건만, 밤이 됐다고 날씨가 급변했다. 매섭게 불어 닥친 바람이 닫힌 창문을 퉁퉁 때리는 소리가 나를 신경질적으로 만들었다. 시끄러워, 진짜 시끄럽다고!

비라도 내리려는 걸까 싶어서 나는 이불을 둘러쓴 채 고개만 삐죽 내밀고 밖을 내다보았다. 달이 안 떴는지 창 밖이 무척 새까맣다. 응, 마치 엄청 부드러울 것 같았던 펠레스의 머리카락만큼 짙어서…….

"악! 그만 생각하란 말이야!"

이 정도면 진짜 병 아닌가? 도대체 왜 이러는 거지? 답답해서 돌아버릴 것 같다! 심장이 미친 듯이 뛰었고, 얼굴은 화끈거려서 손을 올릴 수도 없었다. 이거야말로 첫사랑에 빠진 소녀의 전형적인 증세였으니 다른 설명도 무의미한 셈이다.

꼭 마법에 걸린 것 같은 기분이 들었다. 달콤한 향기에 취한 것처럼, 꿈의 끝자락에서 길을 잃어버린 것처럼 정신이 몽롱했다. 아, 어쩌면 나는 펠레스에게 현혹당한 건지도 몰라.

그저 멍하니 누워 펠레스가 내 머리에 걸어주었던 꽃을 하염없이 바라보았다. 그는 키가 훤칠했고, 바다보다 깊은 눈을 갖고 있었다. 마법사들은 원래 다 그런가? 그동안 내가 들었던 우스꽝스러운 소문들은 마법사를 시기한 사람들이 흘린 헛소문에 지나지 않았던 거야? 하지만 아무리 마법사들이 특별하다고 해도 펠레스만큼은 아닐 것이다. 그는 너무나 고상했고 어쩐지 아주 먼 곳에서 온 것처럼 이질적이었다. 북방의 억양이 섞인 부드러운 말씨라든가, 아닌 듯 신중한 미소가 특히. 그동안 만났던 귀족가의 사람들 중에서도 단연 돋보였다. 응, 너무 특별해. 그래서 나만의 사람이었으면 좋겠어.

언제까지나. 영원히.

그런데 이 기분이 과연 진정일까? 이번이 첫 만남인데, 그것도 아주 잠깐의 마주침이었을 뿐인데, 이런 감정이 드는 게 정말 옳을까?

나는 시무룩하게 입술을 오므렸다. 이 달콤한 감정은 두려울 만큼 매혹적이었지만, 내 것이 아니라는 생각이 들었다. 어쩌면 진짜로 펠레스가 나에게 마법을 걸었는지도 모르겠다. 나만큼 세속적인 여자가 첫눈에 반하는 신기루 같은 사랑에 빠지다니 말이 안 되지. 황홀하고, 애타고, 하늘 끝에라도 닿을 것 같은 이 벅찬 기분은 절대로 내 것이 아니었다.

　나는 현실을 도피하며 전생의 기억을 떠올리는 것으로 끓어오르는 감정을 억눌렀다. 왜일까? 무슨 이유로 그가 대귀족의 하나뿐인 딸에게 마법을 건 거지? 제 목숨이 어떻게 될 줄 알고?

　헛돌기를 반복하는 생각의 늪에 빠져서 한참을 허덕이다가 나는 어느 순간 겨우 잠이 들었다. 그러나 애석하게도 악몽을 꾸고 말았다. 잡생각이 지나치게 많은 상태로 잠들어서였을까? 그래서 그게 형상화된 건지 모르겠다.

　내 꿈에 나온 건 공작가의 영지 전체를 한입에 집어삼키고도 남을 정도로 거대한 괴물이었다. 너무나 커서 눈에 다 들어오지도 않았다. 그것이 흉흉한 녹빛깔의 안광을 빛내며 무기력하게 서 있는 나를 뚫어져라 주시하고 있었다. 그 섬뜩한 기괴함이 현실처럼 생생하고 꿈처럼 비현실적이었다. 달빛을 반사해서 번뜩이는 이가 내 키보다 높고 날카로웠다.

　그것의 형상은 마치 뭍에서 기어 올라온 악마와 같았다.

　뿔이 달린 괴물은 나를 잡아먹지도 않았고, 내 주위의 것을 부수지도 않았다. 단지 막연히 지켜보기만 할 뿐. 그러나 오히려 그것이 더 잔인했다. 그러함을 느꼈다.

　몸이 시리도록 소름 끼쳤다.

　"정말로 괜찮으시겠어요, 보니 아가씨? 날씨도 안 좋은데 오늘은 그냥 저택에 계시는 편이 나을 듯싶습니다만……."

"내 걱정은 관두고 방 정리나 좀 해줘. 아까 마가렛이 빗질하는 거 보니까 머리카락이 엄청 빠졌던데! 설마 이상한 제품을 써서 내 머리를 감겨준 건 아니겠지? 나 벌써부터 탈모 생기면 결혼도 못 하는 거 알아, 몰라?"

내가 매끄럽게 말을 돌린 뒤 오히려 큰 소리를 치자, 마가렛이 절대 아니에요, 아가씨란 말을 반복하며 극구 부인하고는 마차의 문을 닫아주었다. 나는 진득진득하게 내리꽂히는 빗소리를 들으면서 마차치고는 부드러운 의자에 등을 기댔다.

밤새도록 잠을 설쳤으므로 기분이 몹시 저조했다. 나는 신경질적으로 미간을 문질렀다. 그냥 엄마 방에서 잘 걸 그랬다. 엄마 냄새 맡으면 잠 잘 오는데. 짜증이 나서 돌아버릴 것 같았으나, 그럼에도 나는 황성으로 가는 중이었다. 고생하지 말고 순탄하게 살자던 결심은 이미 산으로 갔지. 어휴.

여느 때처럼 나는 다리를 꼬고 최대한 편하게 앉았다. 마차 밖에선 못처럼 굵고 날카로운 비가 엄청나게 부어내리고 있었다. 날씨 한번 끝내주는구나. 여름이 창창한 것도 아니건만 바람도 많이 불어서 거의 태풍이나 다름없었다.

아, 피곤하다. 가볍게 땋은 분홍 빛깔의 머리카락을 매만지며 나는 꾸벅꾸벅 졸았다. 빗소리가 어찌나 우렁찬지 말발굽 소리조차 안 들렸다. 간혹가다 천둥과 번개도 치고 아주 난리였다. 마차가 굴러가는 게 용하다 싶을 정도라 짜증은 더해져만 갔다.

이런 험악한 날에 나오고 싶지 않았다. 커다란 왕관 모양의 마차 안에 이렇듯 혼자 덩그러니 놓여 있는 것 역시 당연하게도 기쁘지 않았다.

하지만 나는 반드시 알아봐야 했다. 어젯밤에 느꼈던 그 비이성적인 호감에 대해서.

펠레스의 번지르르한 얼굴이 취향이든 아니든 간에 정말로 화가 난다 이거지. 감히 나를 현혹하려 들어?

다행인지 불행인지, 잠에서 깨어난 직후부터 나는 펠레스에 대한 생각을 떨쳐버릴 수 있었다. 그가 머리에 걸어준 꽃은, 일부러 두고 왔다. 펠레스를 향한 호감이 남아 있으면서도 왠지 찝찝한 기분이었다. 진짜로 마법이었나? 만일 펠레스가 소아성애자라면 나는 망설이지 않고 부모님에게 일러바쳐서 그를 죽여버릴 거다. 순진한 소녀의 마음을 현혹시킨 그 손가락을 부러뜨려서 다시는 마법을 못 부리게 해야지.

빗방울이 마차의 한쪽 벽면을 조그맣게 장식한 창문을 툭툭 건드렸다. 그 소리가 리듬을 잃은 악기처럼 불규칙적이어서, 내가 잠들 수 없게 짜증을 유발했다.

곧 지긋지긋하게 굴러갔던 마차가 멈춰 섰고, 나는 기쁜 마음으로 내렸다.

"미끄러지지 않도록 주의하십시오."

내가 지면에 발을 내딛자마자 고래 뼈로 만든 화려하고 튼튼한 우산을 급히 씌워주며 레뮤시가 나직이 주의를 줬다. 나는 생글생글 웃는 낯으로 알겠다고 답했다. 역시 귀족이란 참 좋다니까.

그러나, 그 순간적인 들뜸도 잠시였다.

"죄송합니다만, 그레이스 영애, 이 안으로는 들어가실 수 없습니다."

그래도 신경이 쓰여서 펠레스를 찾기 전에 루아부터 만나보려고 했더니 황태자궁에 다가서기 무섭게 황실 근위대가 내 앞을 막아섰다. 푹푹 내리꽂히는 비가 남 일이라는 듯 초연한 태도였다. 한 번도 이런 일을 겪어보지 못했던 나로서는 당혹스러울 따름이었다.

"갑자기 왜요? 무슨 일 있나요?"

"폐하께서 그 누구도 들이지 말라는 엄금령을 내리셨습니다. 현재 교황 성하께서 기력이 쇠한 황태자 전하의 빠른 회복을 돕기 위해 노력하고 계십니다."

귀를 의심할 만한 말이었다. 빗소리가 거슬려서 나는 크게 물었다.

"그러니까, 지금, 루아가 아프다는 거예요?"

그런데 왜 황궁의가 아니라 교황을 불렀지? 이번 대 교황이 가진 신성력이야 대단하다고 소문이 자자하기 때문에 딱히 의심하는 바는 아니지만 뭔가 좀 이상하잖아. 교황이 직접 손을 쓰지 않는다면 나을 수 없는 심각한 병이라도 걸렸나?

나는 미간을 찌푸렸다. 어제까지만 해도 분명히 멀쩡했는데, 그랬는데…….

"송구합니다. 제가 드릴 말씀은 이것뿐입니다."

혼란스러운 기색으로 고개만 갸웃거리는 내가 못내 안쓰러웠는지, 기사가 좀 더 부드러운 어조로 말했다. 나는 멍한 채 가만히 서 있었다.

레뮤시가 걸칠 것으로 내 어깨를 감싸주며 나직이 일깨웠다.

"날이 춥습니다, 아가씨."

"아, 으응, 알았어. 잠깐만, 레뮤시. 그러니까……, 루아는 괜찮아질까요? 교황 성하의 신성력으로 치료하면 완전히 나을 수 있어요?"

덧없는 신기루에 빠진 듯 귀에서 낯선 이명이 웅웅거렸다. 기사는 내 물음에도 그저 고개만 가로저었다.

"저희도 자세한 사항은 알지 못합니다. 말씀드렸다시피 더는 드릴 말씀이 없군요."

정말 모른다는 투였다. 숨이 막혔다. 가슴이 짓눌리는 것 같은 느낌이 들었다. 이게 갑자기 무슨 날벼락이란 말인가.

나는 잔뜩 일그러진 얼굴로 목에 걸린 펜던트를 손에 쥐었다. 네가 선물한 목걸이가 이렇게도 예쁘게 빛나는데 어째서 너는 아프다는 거야? 우리가 같이 울고 웃고 떠들었던 게 얼마나 오래전 일이라고? 바로 어제잖아! 그런데 왜? 나는 전혀 이해하지 못하겠다. 내 머리로는 납득할 수 없는 사실이었다.

예기치 못한, 그래서 더욱 격렬하게 휘몰아치는 불안과 걱정으로 얼굴이 일그러졌다. 조금 모자라고 조금 뒤처져도 언제나 마냥 순진한 아이였다. 정말 지독히도 맹목적으로 나를 따르는. 나 때문에 운 적도 많았으나 기본적으론 나를 제 단짝이라 믿어 의심치 않았다. 나와 떨어지는 건 상상할 수도 없는 끔찍한 재앙이라는 듯이 굴곤 했는데.

생각해봐, 어제도 결국 내게 돌아와주었잖아. 처음으로 사귄 친구라며, 자신이 맨날 귀찮게 구는 바람에 다른 애들하고는 거의 못 놀게 해서 미안하다고 했다. 내가 자신이랑만 있으면 따분해할까 봐 나름대로 묘안도 짜내던 소년이었다.

내가 그렇게 못되게 굴었는데도, 늘 한결같이.

"진짜 최악의 하루네……."

내리는 비에 파묻혀 가만히 혼잣말처럼 중얼거렸다. 추를 매단 듯 차마 발길이 떨어지지 않았다.

돌아가지 않을 거라면 마차에서라도 비를 피하라는 레뮤시의 말을 무시하고 나는 황태자궁을 올려다보았다. 죽은 것 같은 먹구름이 한가득 낀 하늘을 배경으로 그 꼭대기조차 보이지 않는 높은 궁전이 망막에 위태롭게 박혔다. 제 주인을 닮아 어쩌면 저렇게도 내 눈길을 붙잡아두는지.

시리도록 말갛고 푸르렀던 그 눈동자가 자꾸 마음에 걸렸다. 나는 반복해서 한숨을 내쉬며 애꿎은 치마를 쥐어뜯었다. 이대로 이곳에 남아 기다릴 수는 없다. 하지만 그렇다고 그냥 돌아가기도 싫어. 만약 내가 돌아가는 길에 루아가 잘못되면? 내가 그 따위 개 같은 악몽을 꿔서 루아가 아픈 거라면 어떡하지?

무섭다. 루아가 나를 자신의 첫 친구라 말하듯이 내게도 그랬다. 사실 그 바보 멍청이는 보니 안젤리크 멜론느 그레이스의 삶에서 꽤나 많은 부분을 차지하고 있었다. 그 바보처럼 순진해서 아무런 의심 없이 나를 따르는 소년에게 어떻게 애착을 가지지 않을 수 있겠어?

여기서 지체하는 것도 실례고 마차에 들어가 있는 것도 따지고 보면 민폐다. 어디 들어가 있을 만한 적당한 장소가 없을까? 황제 폐하와 황후 폐하에게 누를 끼치는 건 이쪽에서 사양인 것을.

곰곰이 고심하면서 궁전의 앞을 서성이다가 나는 문득 떠오르는 생각이 있어 반색했다.

"아, 그렇지, 펠레스!"

아니, 정확하게는 잊고 있었던 걸 기억해냈다는 편이 더 옳지만. 아무렴 어때. 나는 내 머리에 감탄하면서 레뮤시를 잡아당겼다.

"황궁 마법사들이 있는 별채로 가자. 펠레스를 다시 만나봐야겠어."

"어제의 그자를 말입니까?"

레뮤시가 미간을 살짝 찌푸렸으나, 나는 가볍게 무시했다.

"그래, 그 남자. 설마 이렇게 마음고생이 심한데 외면하지는 않겠지. 그리고 물어볼 것도 있어. 아니, 질문이라기보단 따질 것이라고 해야 되나……."

여전히 이유를 모르겠단 말이야. 나는 인상을 쓴 채 말꼬리를 흐렸다. 레뮤시는 탐탁지 않은 기색이었으나 내 명령이라 어쩔 수 없이 따랐다.

본궁과는 상당한 거리에 세워진 기하학적인 건축물 앞에서 나는 비틀거리며 걸음을 멈추었다. 이미 체력의 한계를 느낀 지 오래였다. 이렇게 멀다는 걸 알았으면 마차를 타고 오는 거였는데. 정말이지 황성은 너무 넓어서 문제였다.

나는 입술을 삐죽이며 눈을 들었다. 역피라미드식의 독특한 건물은 빗물에도 씻기지 않을 것처럼 깨끗하고 단순한 흰색으로 칠해져 있었는데, 주위에 물안개와는 전혀 다른 성질의 매끄러운 은빛 연기가 넘실거렸다. 화단에는 숲이 무색하다 싶을 정도로 뻣뻣한 나무들이 우거졌으며, 피처럼 붉은 상사화가 완연하게 피어 있었다.

지극히 자연친화적이건만 뭔가 이상했다. 일단 바짝 마른 나무들의 기둥이 묘한 검보랏빛을 띠는 데다가 꽃들은 하나같이 무척이나 붉다는 게 문제겠다. 설탕 대신 생피를 뚝뚝 뿌린 것 같았다.

윽, 어쩐지 들어가고 싶지 않아. 꺼림칙하기 이를 데 없어서 나는 눈살을 찡그렸다. 언젠가 멀리서 바라봤던 기사 관저와는 풍기는 분위기부터 달랐다. 어쨌든, 이왕 여기까지 왔으니 이대로 돌아갈 수는 없는 노릇이지. 루아 때문에라도 그럴 수는 없어.

나는 크게 심호흡을 하고 단단한 문을 두드렸다. 새하얀 문에는 마법사들 특유의 과시욕으로밖에 안 보이는 형식적인 마법진이

음각되어 있었다. 세피로트의 나무를 화려하게 변형시켜놓은 것이었다.

이윽고 경비 대신이라는 것인지, 마법진에서 기묘한 빛이 터지는가 싶더니 곧 거대한 사자 모양의 문고리가 말을 했다.

"이곳은 황실 직속 마법사단이 기거하는 관저입니다. 귀하의 성함과 방문 목적을 말씀해주십시오."

"어어……."

문고리가 말을 한다! 역시 여기는 진짜 이상해! 그러나 내가 미처 대꾸하기도 전에 두꺼운 문이 벌컥 열렸다. 내 눈이 휘둥그레졌다.

"펠레스?"

이끼 낀 숲을 연상케 하는 축축한 날씨임에도 여전히 고상한 분위기를 풍기는 펠레스가 내게 가볍게 목례했다. 놀라거나 당황한 기색이 전혀 아니어서 도리어 머릿속이 차갑게 식었다. 아, 그래. 이 정도는 이미 예상했다 이거지.

"들어오시지요."

펠레스는 나를 3층에 있는 응접실로 안내했다. 손님맞이용 방을 왜 3층에 두었는진 잘 모르겠어도 건물 안은 생각했던 것보다 평범했다. 비 오는 날씨에 어울리지 않게 실내 공기가 무척 산뜻했는데 아무래도 마법을 부려 인위적으로 조절하는 듯 보였다.

불쾌하게 끈적거리는 물기가 없어서 기분이 조금 나아졌다. 비록 레뮤시는 여전히 경계하는 기색이었지만. 내가 펠레스와 대화

하기를 원하므로 적당한 거리를 두면서도 그는 의심의 눈초리를
거두지 않았다.

시원스레 트인 창문의 맞은편에 앉아 비 내리는 풍경을 물끄러
미 보고 있으려니 펠레스가 고풍스러운 찻잔에 차를 따라주었다.
나는 따지고 싶은 충동을 참고 짐짓 태연하게 물었다.

"어째서 안 놀라?"

"저를 찾아오실 거라고 예상했으니까요."

"무슨 이유로?"

펠레스가 건네준 찻잔을 나는 입술에 갖다대지 않고 만지작거
렸다. 잔이 뜨거워서 손바닥이 얼얼할 정도였으나 섣불리 마시기
엔 뭔가 꺼림칙했다. 내가 펠레스를 생각하면서 밤새 끙끙댔던 이
유가 그가 주었던 꽃 때문일지도 모르는 일이 아닌가.

내가 지나치게 반응하는 걸 수도 있지만 펠레스는 마법사이니
아주 터무니없는 가정도 아니었다. 돌다리도 두드려보고 건너라
는 말이 있듯이, 의심이란 본디 사람의 목숨을 더 연장시켜주는
역할을 한다고 나는 생각했다.

"황태자 전하께서 위중하시다고 하더군요."

옅게 웃으며 펠레스는 태연히 말을 돌렸다. 너 지금 나랑 해보자
는 거야? 나는 짜증스럽게 얼굴을 일그러뜨렸다.

"루아의 일은 네가 알 바 없잖아? 묻는 말에나 대답해."

그러나 펠레스는 이번 말도 무시했다.

"황제 폐하께서 아가씨의 입궁을 허락하지 않으셨겠지요? 하지

만 아가씨께선 황태자 전하의 안위가 걱정되어 쉬이 떠나실 수 없었을 테고요. 그러나 그 자리에 계속 있는 건 불가능한 일. 아가씨께선 아직 어리니 인연을 맺은 귀족이 있는 것도 아니므로, 어제 만났다고 한들 통성명까지 한 제게 오실 수도 있겠다고 생각했던 것뿐입니다. 그저, 그뿐이지요."

지극히 무미건조한 어투에 순간적으로 나는 울컥했다.

"웃기지 마! 네가 뭔데 내 심리를 꿰뚫어?"

"아가씨께서 무척 유명하시다는 것을 알고 계십니까?"

벌써 세 번째다! 어제 칭찬했던 거 전부 취소야. 너 진짜 엄청나게 재수 없어.

나는 불만스럽게 눈을 내리깔았다. 애꿎은 찻잔만 집어 던질 기세로 노려보는 채 성의 없이 답했다.

"그야 내가 루아의 유일한 친구니까 그렇겠지."

입술이 절로 비틀렸다. 뱃속이 뜨거웠다. 이곳에 오지 말았어야 하는 건데.

"아가씨를 둘러싸고 꽤 재미있는 소문이 나돌더군요. 특히 갓 세상 빛을 보셨을 당시의 일화들이 매우 인상 깊었습니다."

본능적으로 찻잔을 꽉 움켜쥐었다. 나는 전생의 삶을 기억하고 있었으므로, 새 삶을 얻었을 때 엄청난 충격을 받았었다. 나는 울지도, 웃지도 않는 아기였다. 다분히 비정상적인. 모든 사람의 염려를 살 만한.

내가 사납게 눈을 치켜뜨자 펠레스가 뜻 모를 웃음을 머금었다.

얼어붙은 잿빛 겨울을 연상시키는 미소였다.

"그런 아가씨를 무슨 까닭으로 황제 폐하께서 황태자 전하의 친구로 인정하고 받아들이셨을까요? 듣자하니 아가씨에게 상당한 시간을 투자하셨다던데. 생일 연회에도 직접 참석하셨다지요. 악의는 없는 말이니 오해 마세요. 제가 폐하라면 아가씨처럼 문제 많은 소녀를 전하의 곁에 두지 않았을 겁니다."

"당신, 나한테 의도적으로 접근했지?"

"그럴 리가요. 플라워 가든으로 오신 건 아가씨이십니다. 황태자 전하를 버리고 가신 것도 아가씨고요."

능청스러운 말이었고 표정이었다. 진짜 패버리고 싶을 만큼 엿 같네.

이를 갈며 벌떡 일어서다가 나는 그만 손에 쥐었던 찻잔을 떨어뜨리고 말았다. 화려한 붉은 장미가 세공되어 있는 찻잔이 물보라를 일으키면서, 그대로 바닥과 맞부딪혀 산산조각 났다. 찻물이 내 치마에 전부 튀었음은 굳이 말할 필요도 없었다.

"드레스가 엉망이 되었네요."

대꾸할 겨를도 없이 펠레스가 손을 들었다. 그 즉시 내 드레스에 졌던 얼룩이 씻은 듯 사라졌다.

"뭔가 오해를 하고 계시는 것 같습니다만, 저는 황태자 전하와 아가씨께 그 어떠한 해악도 끼친 적이 없습니다. 앞으로도 그러할 테죠. 저는 아가씨를 가여워하고 있고, 폐하의 처신이 너무하다고 생각하는 입장입니다."

속삭임에 가까운 나직한 음성이었다. 나는 얼굴을 찡그렸다. 이 마법사가 어째서 나를 동정한다는 건지 전혀 모르겠다.

 하지만……, 흠, 동정심이라. 나는 눈앞의 마법사를 조금 새롭게 쳐다보았다. 속에서 들끓는 분노를 억지로 다스렸다. 동정이란 구역질나게 역겨운 가식이면서도 제법 이용하기 좋은 것이니까.

 불편한 흥미와 호기심이 적의를 이겼다. 나는 짐짓 차분하게 입을 열었다.

 "당신은 루아가 아픈 이유를 알아?"

 "이 일은 황제 폐하와 황후 폐하, 그리고 교황 성하와 저를 제외하고는 누구도 알 권리를 허락받지 못했습니다. 누구에게도 제 이름을 묻지 않았다니 조금은 실망이군요. 뭐, 당신의 호위 기사라면야 알면서도 말하지 않을 것이라 예상은 했습니다만……."

 영문을 몰라 고개를 갸웃거렸다. 펠레스가 말한 사람들이 하나같이 무시무시한 존재들이라 그런지, 넘어서는 안 될 영역에 발을 내딛은 것 같은 기분이 들었다.

 루아가 아픈 이유는 내가 생각하는 평범한 병 때문이 절대 아니며, 그 진실을 아는 사람이 황제 폐하와 황후 폐하, 그리고 교황과 내 눈앞의 펠레스뿐이라는 건 이해하겠다. 그런데 어째서 펠레스는 내가 불쌍하다는 거지? 그 진실을 나는 몰라서? 루아의 유일무이한 친구인데도 병문안조차 허가받지 못해서?

 하지만 나는 아직 어리고 루아가 많이 아프니까, 그래서 더욱 신중하게 구는 걸 수도 있잖아. 곰곰이 생각해보면 납득하지 못할 것도 아닌데, 왜?

답답해서 숨이 막힐 지경이었다. 나는 고르게 호흡하려고 애썼다. 이미 한참도 전에 지쳐서 체력이 바닥나 있었다.

펠레스가 창가로 다가가 비 내리는 하늘을 내다보면서 입을 열었다.

"교황이 곧 나올 겁니다. 지금 다시 궁으로 돌아가신다면, 무언가 단서를 얻으실 수도 있겠군요."

무료 서비스는 없다 이거지. 나는 눈썹을 추어올렸다. 박살 난 찻잔을 발끝으로 툭 치며 턱을 들어올렸다.

"그래서 너, 이름이 뭐야?"

펠레스가 부드럽게 미소 지었다. 용케도 무시하지 않았다.

"메피스토펠레스라 합니다."

밖으로 나오니 한층 쌀쌀맞아진 바람이 나를 반겼다. 등골을 휘감는 서늘한 한기에 잔뜩 어깨를 움츠리는데 펠레스가 걱정하는 투로 말했다.

"날이 추운데 그 외투로 되겠어요? 아가씨까지 아프면 큰일이 아닙니까."

"여태 우롱하다가 갑자기 웬 걱정? 하나도 안 고맙거든?"

내가 코웃음을 치자 펠레스가 희미하게 미소를 보였다. 꼴에 신사랍시고 그는 레뮤시가 그랬던 것처럼 나에게 우산을 씌워주었다.

"그레이스 영애께선 참으로 매정한 아가씨군요."

웃겨. 나는 상처받은 '척'하는 게 틀림없는 펠레스에게 마음껏 비웃음을 날렸다. 등 뒤에서 레뮤시의 한숨 소리가 들려왔다.

펠레스와 같이 루아가 있는 궁전으로 되돌아가는 동안 나는 레뮤시의 날카로운 시선을 묵묵히 견뎌야 했다. 내가 쟤 주인이건만 어째서 상황이 역전당한 것 같은 기분이 드는 걸까. 보나마나 필시 집으로 돌아가는 길에 잔소리를 실컷 늘어놓겠다.

나는 소리 없는 푸념을 늘어놓으며 옆을 곁눈질했다. 메피스토 펠레스, 이 수상한 놈 같으니. 애시당초 플라워 가든의 주인이라는 것부터가 미심쩍었어. 폐하의 처신이 지나쳐서 나를 가엽게 여긴다고? 나는 폐하보다 네놈이 더 이상해 보여! 전형적인 흑막 같단 말이야! 나는 펠레스를 힐끔 노려보았다. 물론 진짜 악당이라면 이렇게 쉽게 정체를 드러내진 않을 테지만…….

수상해도 너무 수상한 사람이었다. 이쯤 되니까 마치 자기를 의심하라고 일부러 그러는 것 같기도 했다. 그리고 펠레스는 나에 대해서도 잘 안다. 어쨌든 그는 나보다 명석했고 나름대로 달변가였다. 다시 태어난 내가 이 세계에 적응하지 못하고 방황했을 적의 일을 은근히 들먹이면서 폐하를 의심하도록 만들었다. 몇 마디 말로 제 입장을 유리하게 만드는 데 능숙했다.

솔직하게 털어놓자면, 펠레스의 의심이 이해 가지 않는 건 아니었다. 그때만 해도 나는 소문이 안 좋았고, 내 부모님도 나를 많이 걱정하셨으니까. 어린 아기였을 때의 일이라 더더욱 말이 많았지.

악마가 씌었다던가, 귀신이 들렸다던가, 신의 저주를 받았다던가 같은. 그런 악질적인 소문을 죄다 불식시키고 나를 다른 아이들처럼 평범하다고 말씀해주신 분이 바로 루아의 아빠이자 제국의 군주이신 황제 폐하셨다. 그러고 보면 정말로 왜 그러셨는지 의문이다. 단지 내가 루아와 친해서라기엔 그 베푸는 정도가 다소 지나친 감이 있기는 했다.

나와 루아는 다섯 살 무렵에 처음 만났다. 신기하게도 루아는 처음부터 나를 아주 잘 따랐는데, 통성명을 한 지 얼마 지나지 않았을 무렵 내가 달콤한 디저트와 반짝이는 금붙이—특히 보석류—를 무척 좋아한다는 걸 알고 황후 폐하의 보석함을 통째로 훔쳐 와서 선물로 준 적이 있었다. 당연히 황궁은 뒤집어졌고 나는 눈물을 삼켜가며 보석함을 황후 폐하께 돌려드렸다. 황후 폐하께선 루아의 행동을 탐탁지 않게 여기셨지만, 반대로 황제 폐하께서는 오히려 내게 흥미를 보이기 시작하셨지.

그때 황제 폐하께선 내가 루아의 친구가 되어주면 좋겠다고 정식으로 부탁하셨다. 세간에 떠도는 소문을 뻔히 아실 텐데 전혀 개의치 않는 기색이었다. 오히려 그 점을 흥미로워하셨고, 지난 7년의 시간 동안 나를 전폭적으로 지지하셨다. 어지간한 사건사고들은 그냥 넘어가는 아량도 보여주셨다. 나는 어떤 가정교사보다 뛰어난 공작부인인 엄마에게 직접 수업을 받곤 했는데, 내가 얼마나 똑똑한지 궁금하다며 구경하러 오신 적도 있었다.

지금 와서 생각해보니 이거 진짜로 이상한데? 내가 루아의 부모님이라면 힘겹게 얻은 늦둥이 외아들을 위해 보다 나은 친구를 사귀도록 해주겠다. 자존심은 상해도 지난날 떠돌았던 내 소문이 많이 안 좋기는 해서. 응, 어쩔 수 없지.

나는 소문을 불식시키려고 미친 듯이 귀족으로서의 필수 교양을 익혔지만, 그런 건 근본적인 해결책이 못 되었다. 내가 영민한 건 악마의 저주를 받아서이고, 조숙한 건 신의 버림을 받아서라는 소문이 끊이질 않았다. 황제 폐하께서 막아주시지 않았다면 분노한 부모님이 다른 귀족가에 직접적인 압력을 넣었을 것이었다.

분하기는 해도 펠레스의 말은 대부분 옳았다. 나는 제국의 하나뿐인 황태자의 유일한 친구가 되기엔 모자란 감이 있었다. 인정할 건 인정하고 어디 조금 더 속을 캐볼까.

펠레스의 꿍꿍이를 알아보고자 가볍게 한 마디 꺼내려는데 갑자기 그가 우뚝 걸음을 멈추었다. 아예 돌처럼 얼어붙어버렸다.

"응? 왜 그래?"

"이제 나오는군요."

폭풍의 전조처럼 스산히 옮겨가는 펠레스의 시선을 따라 고개를 돌리자 궁전의 입구에서 걸어 나오는 두 남자가 보였다. 한 분은 폐하셨고 다른 한 남자는 내가 처음 보는 이였다. 창백하지만 아직 앳돼 보이는 얼굴이 소년 같았는데 황제 폐하와 나란히 걷는 걸 보면 직위가 대단한 듯했다.

어, 설마하니 그럼 저 남자가 교황인가? 저렇게 어린데? 나는 표정이 없는 백금발의 소년을 보며 경악했다. 교황은 고작해야 열여덟 살 정도로밖에 안 보였다. 성년이기는 한 거야? 최근에 교황이 바뀌었단 얘기는 전혀 듣지 못했으므로, 그저 당혹스러울 따름이었다. 나는 아직 세상사에 무지했다.

미칠 듯이 두근거리는 심장 고동이 귀에 들릴 것 같았다. 잔뜩 긴장한 나는 눈을 깜박이지도 못하고 조마조마하게 눈치를 살폈다.

"수습은 끝냈지만 다음에 또 이런 일이 벌어질 수도 있어요. 제가 조치를 취할 동안 가급적 그 소녀와는 거리를 두게 하십시오."

교황임이 거의 분명한 소년의 말이었다. 그는 다소 지친 얼굴이었다. 펠레스가 마법을 부렸는지 그의 목소리가 빗소리를 뚫고 또렷이 들려왔다. 그들은 우리의 존재를 알아차리지 못한 채였다. 비가 많이 내릴뿐더러 우리와는 비스듬한 각도로 떨어져 있었으니까.

나는 숨도 안 쉬고 그들의 말을 엿들었다. 이러다가 걸리면 끝장이란 것을 알기에 더욱 긴장됐다.

그런데, 소녀라니? 그건 지금 날 두고 하는 말인가? 힐끗 펠레스를 올려다보자 그가 미미하게 고개를 끄덕였다.

폐하께서 담담하게 교황의 말을 받았다.

"내 그리하도록 조치하지. 어미의 뱃속에서 나오자마자 이상함을 보인 아이라 기대했더니 역시 헛수고였군. 루아는 아무것도 달라지지 않았어. 아니, 오히려 더 나빠지고 말았지."

"황태자 전하의 정신이 성숙할수록 그것 또한 자랍니다. 이를 명심하십시오, 폐하. 이번 발작을 막을 수 있었던 것은 순전히 빠른 조치와 천운이 따랐기 때문입니다. 이다음이 어찌 될지는 오직 신만이 아세요."

이게 무슨 말인지 나는 도저히 모르겠어서 나도 모르게 큰 소리를 냈다.

"그거…… 라니? 지금 뭘 두고 말하는 거야?"

세 사람의 고개가 일제히 돌아갔다. 펠레스뿐만 아니라 황제와 교황 또한 내 존재를 알아차리고 얼굴을 딱딱하게 굳혔다. 그럼에도 내가 혼비백산한 채 대답해달란 뜻을 담아 펠레스의 옷을 잡아당긴 것은, 충격이 너무나 컸던 탓이다. 루아가 성숙해지면 '그것'도 같이 자란다니, 이게 도대체…….

"오랜만이군요, 메피스토펠레스. 그레이스 양과 친구였을 줄은 몰랐는데요."

교황이 태연하게 웃으며 내 쪽으로 왔다. 흰 눈을 꼼꼼하게 덧바른 것처럼 새하얗기 이를 데 없는 얼굴이 보이고, 바닷물고기의 비늘같이 독특한 은색 눈동자가 보였다. 나는 숨을 삼켰다. 이 남자가…… 교황이라 이거지.

그가 뜻 모를 시선으로 펠레스를 잠시 쳐다보다가 나에게 시선을 고정했다.

나는 얼떨결에 미간을 찌푸렸다. 의아하게도 그에게선 정의롭고 고결한 느낌이 거의 없었다. 빗물에 씻긴 듯 희미했다.

선의 정점에 선 눈앞의 사내 앞에서 나는 위화감을 느꼈다. 그의 꿰뚫는 듯한 시선이 부담스러워서 자꾸만 뒤로 물러나고 싶었지만, 이런 내 움직임을 눈치 챈 펠레스가 재빨리 손을 뻗어 내가 물러서지 못하게 등을 받쳤다. 덕분에 나는 어정쩡한 자세로 교황을 맞이했다.

"아, 안녕하세요."

얼떨결에 뱉은, 전혀 귀족답지 못한 대사였다. 교황이 생글 웃었다.

"실제로 만나는 건 이번이 처음이군요. 만나서 반갑습니다, 그레이스 양. 저는 신의 대리자인 요한 블라디미르 파우스트라 합니다. 황태자 전하가 걱정되어 오셨나요?"

대단히 아름다우나 어쩐지 무서운 사람이었다. 험난함밖에 없었던 전생의 기억을 통해 제법 기민하게 발달한 본능이 그를 피하라고 경고했다. 이 교황이란 남자, 잘 웃고 어려 보인다고 만만하게 봐선 큰일 날 것 같았다. 몸서리쳐지게 기분 나빠.

나는 자신도 없이 고개를 끄덕이고는 은근슬쩍 펠레스의 뒤로 몸을 숨겼다. 날 여기로 다시 데려온 건 너니까 네가 책임져.

나와의 짧은 인사를 끝내곤 교황은 유쾌하게 고개를 들었다.

"우린 얘기를 해야 할 것 같네요. 그렇죠, 메피스토펠레스? 어째서 그레이스 양을 데려왔는지, 그리고 어째서 저와 폐하의 대화를 엿들었는지에 대해 저는 궁금해서 미칠 지경이랍니다. 당신에게서 직접 이유를 듣고 싶어요. 지금 당장."

무, 무섭다! 뭐 이런 무서운 교황이 다 있어! 펠레스와 교황이 주고받는 눈빛이 어쩐지 눈에 보일 정도로 싸늘했다. 그들 사이에서 아주 이상한 기류가 흘렀다.

내가 펠레스의 옷을 쥐고 끙끙거리자, 보다 못한 폐하가 다가와 나를 황태자궁으로 데려가셨다.

"안으로 들어가거라, 보니. 루아를 만나보도록 해."

상황이 이러하니 내가 루아를 만나는 걸 어쩔 수 없이 허락한다는 투였다. 내가 이 대화를 듣지 않길 바란다는 뜻이 너무나 확고했다. 어쨌거나 적어도 저 성질 더러운 교황에게 맞아 죽지는 않겠구나. 나는 가슴을 쓸어내리며 재빨리 명령을 따랐다.

쉴 새 없이 부어내리는 비 때문에 물비린내가 섞여 확실하진 않았지만, 저 교황에게선 피 냄새가 났다.

이래도 괜찮을까 싶을 만큼 심장이 쿵쿵 뛰었다. 교황의 의뭉스러운 말이 귓가를 맴돌며 나를 혼란스럽게 만드는 데 일조하고 있었다.

발작이라는 그 낯설고 생소한 단어가 너무나 공포스러워서 정말 미치기 직전이다. 이게 다 무슨 말이야? 루아가 그렇게도 위험한 상태인데 왜 아무도 내게 일러주지 않았지? 아니, 나뿐만이 아니다. 사건의 중심과도 같은 네 사람을 제외한 거의 모든 이가 나처럼 루아에 대해 무지했다. 물론 루아가 장차 나라를 짊어질 황태자라서 은폐했을 수도 있겠다. 하지만…….

나는 곤혹스럽게 숨을 삼켰다. 납득하지 못하는 바는 아니었지만 이 진실이 몹시 충격적이라 이성보다는 감정이 더 앞섰다.

「황태자 전하의 정신이 성숙할수록 그것 또한 자랍니다. 이를 명심하십시오, 폐하.」

폐하께서는 루아가 정신적으로 성장하지 않길 바라셨다. 그 이유는 루아가 지금처럼 아프기 때문인 것 같았다.

"어떡하지? 다시 폐하를 모셔 와야 하는 거 아니야?"

"이러다가 정말 큰일 나겠어."

복도를 가로지르기 무섭게 시녀들의 걱정 어린 수군거림이 귀를 파고들었다. 무슨 일이지? 이젠 두려움밖에 들지 않는다. 어디론가 숨고 싶은 심정이었으나, 루아의 마냥 해맑던 얼굴이 떠올라서 도망칠 수도 없었다.

심하게 머리가 지끈거렸다. 이젠 아무래도 상관없다는 듯이 비틀비틀 걷는데 내 비딱한 걸음 소리를 들은 시녀 로벨리안이 반색하며 나를 반겼다.

"그레이스 아가씨!"

나는 한숨과 함께 입을 열었다.

"안녕, 로벨리안. 루아는 좀 어때?"

"많이 안 좋으세요. 계속 울기만 하시고 통 잠드시질 않으셔서……."

나를 핑계로 솜씨 좋게 루아를 구워삶던 로벨리안마저 대번에 난색이었다. 한달음에 달려온 아리엘이 눈물을 글썽였다.

"도와주세요, 그레이스 아가씨. 전하가 걱정돼서 정말 죽겠어요."

시녀들의 울먹임을 가만히 듣고 있으려니 내가 루아의 전용 카운슬러라도 된 것 같은 기분이 들었다. 왠지 모를 찝찝함을 잠시 뒤로하고서 나는 가볍게 숨을 들이켠 뒤 루아의 방문을 두드렸다. 초조하고, 불안하고, 또 무서웠다. 교황의 능력까지 필요할 정도인데 내가 루아에게 도움이 되어봤자 얼마나 되겠냐는 의구심이 자꾸만 나를 괴롭혔다.

나는 방해만 되는 게 아닐까? 문을 사이에 두고 있는데도 가슴이 뛰었다.

"루아야, 나 들어간다?"

대답이 없었어도 나는 문을 열어젖혔다.

가장 먼저, 희미한 빛조차 전부 삼켜버릴 것 같은 두꺼운 벨벳 암막이 보였다. 창문이 죄다 가려져 있었으므로, 틈새로 끼어들어 온 어스름한 빛만이 방을 희미하게 비추고 있었다. 어깨를 내리누르는 공기가 상당히 차고 무거웠다. 숨쉬기도 불편할 정도였다.

나는 조용히 문을 닫고 방 안으로 들어섰다.

벨벳으로 부드럽게 감싼 루아의 방에 들어올 때마다 생각하는 거지만 정말 부담스러울 정도로 넓다. 그리고 화려했다. 도대체 이게 어딜 봐서 열두 살 먹은 꼬마아이의 방이란 말인지. 사방이 금이었고, 보석이었고, 가장 유서 깊은 청동이었다. 터무니없이 큰 가구들이 천장까지 닿을 듯했다. 내 방도 사치스럽기는 한데 이 정도는 아니었다. 그래서 조금 부럽기도 하고 안쓰럽기도 했지.

　나는 주의 깊게 방 안을 훑어보았다. 깔끔한 흰색 벽면에 걸린, 몇 세기 전의 유물 같은 고풍스러운 그림을 지나 최고급 마호가니로 만들어진 책상을 훑고 호화로운 금장식이 수놓여 있는 대형 침대로 눈을 돌렸다. 나는 슬며시 다가가서 캐노피를 들춰보았다. 어디선가 아주 작은 흐느낌이 들려오건만 루아는 어디에도 없었다.

　"루아야?"

　내 목소리가 작게 떨렸다. 나보다 더 두려운 건 루아일 텐데 내가 이러면 안 되지. 교황과의 일은 잠시 잊어버리자.

　"루아야, 나 여기 있어."

　나는 목을 가다듬고 다시 루아를 불렀다. 조금 더 부드럽고 뚜렷하게 부르자, 가까운 곳에서 부스럭거리는 소리가 났다.

　"나 무서워."

　신기루와 같이 금방이라도 사라질 듯 여리고 약한 목소리였다. 창문을 닫고 암막까지 치지 않았다면 듣지 못했을 작은 속삭임.

　나는 황급히 뒤로 돌았다. 루아는 내가 모르는 어떤 위협으로부터 스스로를 방어하려는 듯이 벽의 모서리에서 조그만 몸을 웅크리고 있었다. 위태롭기만 한 그 모습이 너무나 안쓰러워서 가슴이 먹먹했다. 루아의 어깨가 간헐적으로 떨리는 게 보였다.

　"루아야, 이제 괜찮아. 다 끝났어."

　"거짓말."

울음을 참느라 잔뜩 억누른 말에 내 마음이 더 쓰렸다. 나는 루아의 바로 앞에 주저앉아 루아를 껴안았다.

황제 폐하의 심정을 모르는 바는 아니었다. 자식을 사랑하는 부모님의 마음을 내가 어떻게 함부로 평가하겠어. 나는 공작과 공작부인이신 아빠와 엄마를 통해서도 많은 사랑을 받았다. 그분들이 나를 사랑하지 않았더라면, 애정으로 보듬지 않았더라면, 나는 환생한 직후 병들거나 버려졌을 수도 있었다. 여긴 신과 악마가 있고 마법이 존재하는 세상이니까.

이 세계는 타인의 것을 훔치고 의심만 하며 살아온 내게 대단히 호의적이지 않을 수도 있었다. 보니 안젤리크 멜론느 그레이스는 내겐 기적 그 자체였다.

"거짓말 아니야. 난 거짓말 같은 거 안 해."

나는 부드럽게 속삭였다. 평소 같았으면 어느 정도 경계를 늦추었을 텐데, 루아는 여전히 극도로 예민했다. 내 위로에도 불구하고 루아의 어깨가 바들바들 떨렸다. 몹시도 겁에 질려 떨면서도 나를 놓아주지는 않아서, 나는 기다렸다는 듯이 품에 폭 안겨드는 루아를 가만히 다독여주었다. 그리고 큰 충격을 받았다. 맙소사, 열이 상당히 심해. 식은땀이 장난이 아니잖아.

루아가 지금 고열에 시달리고 있다는 건 발그스름한 얼굴을 보고 대충 짐작했지만 이 정도일 줄은 몰랐다. 정말로 황제 폐하를 불러와야 되는 건 아닌가 싶은 걱정이 들었다.

"내가 늦게 와서 화났어? 뭐가 그렇게 무서운 거야?"

마냥 순수한 루아의 눈높이에서 생각하고 사물을 본다는 건 나에게 좀 힘든 일이었다. 나는 루아가 어째서 이토록 무서워하는지 추론해보며 루아의 이마를 손으로 짚었다. 루아가 더 이상 잘못되지 않았으면 좋겠다. 그러나 서로의 온기를 나눠받을 만큼 가까이서 물었는데도 루아는 대답하지 않고 딴소리를 했다. 꼭 변명 같았다.

"나는 잘못한 거 없어. 정말이야."

나는 얼굴을 살짝 찡그렸다.

"그래, 믿어. 너는 그냥 아픈 거잖아?"

"그게 아니야!"

갑자기 루아가 버럭 소리를 지르며 나를 밀쳤다. 덕분에 무방비한 채로 있다가 그대로 몸이 뒤로 넘어갔는데, 황급히 정신을 차린 루아가 재빨리 내 머리를 부여잡고 같이 쓰러지는 바람에 타격이 훨씬 덜했다.

머리카락이 흐트러졌다. 순식간에 세상이 기울어지며 머리 위의 풍경이 보였다. 풍부한 자줏빛이 도는 붉은 카펫 위에 널브러진 채 나는 당혹스럽게 숨을 골랐다. 진짜 머리 깨지는 줄 알았네. 그건 그렇고 루아 얘는 은근히 무겁다. 내가 어린아이의 몸이라 그런가?

루아는 죽은 듯 얌전히 있었다. 하필 내 위에서 그러고 있다는 게 문제였지만, 이윽고 애가 나보다 더 놀랐는지 본격적으로 울음을 터뜨려서 밀어낼 수도 없었다. 치료가 그렇게 아팠나 의심스러울 정도로 루아는 크게 울었다. 열을 감당하지 못해 숨을 몰아쉬며 서럽게 눈물을 뚝뚝 떨어뜨렸다. 그 모습이 너무나 서글펐으므로 가슴이 아렸다.

"싫어. 무서워. 사람들이 자꾸 나를 이상하게 봐."

잔뜩 일그러진 얼굴로 나를 바라보면서 절박하게 속삭이는 말에 숨을 쉴 수가 없었다. 도저히 불가능했다.

"아니야, 절대 그렇지 않아. 왜 그런 생각을 해? 시녀들도 그렇고 우리 부모님도 너를 예쁘게 봐주는걸. 단지 네가 황태자라서……."

"새로운 걸 배우고 싶다고 했어. 어떤 것이든 좋으니까, 지금까지와는 다른 거. 여태까지 내가 배운 건 겨우 말하기랑 글 쓰는 것밖에 없잖아. 심지어 나는 우리나라의 역사도 잘 몰라! 그런데 아빠가 안 된대. 절대로. 나는 아빠가 왜 화내는지 몰라서 그냥 울기만 했는데 갑자기 엄마가 보니 네 이야기를 꺼내는 거 있지? 보니 네가 나한테 악영향을 끼쳤다는 거야. 보니 네가, 나한테 말이야."

내가, 루아에게? 한 번에 알아듣지 못하고 멍하니 눈알을 굴리자 루아가 내 어깨에 달뜬 뺨을 비비적거렸다. 지금의 루아는 어딘가 조금 다른 것 같았다. 그저 아파서라기엔 분위기가 다소 기묘했다.

이곳의 방바닥이, 이렇게도 차가웠나?

카펫 위에 누워 있는데도 등이 시렸다. 어쩌면 루아의 몸이 너무 뜨거워서 온도차가 더욱 극명하게 느껴지는 건지도 모르겠다.

폐하의 1
소꿉친구

"나는 지금 이대로여야 된대. 몸이 자라도 정신은 어린아이인 채로 있어야만 내가 나로서 존재할 수가 있대."

"루아……."

"그런데 그거 다 거짓말이야. 그냥 내가 무서운 거야."

그렇게, 비밀을 말하듯이 아주 은밀한 목소리로 내 귓가에 속삭인 루아가 또다시 훌쩍이기 시작했다. 거리가 거리이므로 커다란 눈물방울이 루아에게서 내게 옮겨왔다. 드레스가 축축해지는 건 시간문제였다. 그러나 내가 달래주려 손을 올리기도 전에 루아가 애원하는 목소리로 나를 멈추게 했다.

"가지 마. 내가 이상하다는 거 아는데 그래도 가지 말아줬으면 해. 나한테는 정말 너밖에 없단 말이야. 더는 이 상태로 있고 싶지 않아."

마지막 희망을 부르는 듯이 애처로운 음성이라 도저히 모르는 척할 수가 없었다. 나는 루아의 등을 가만히 토닥이며 루아가 원하는 답을 주었다.

"알았어. 절대로 안 갈게."

"정말로? 맹세할 수 있어?"

"그래, 맹세해."

내가 확신하는 어조로 대꾸하자 루아는 그제야 좀 안심하는 눈치였다. 황제 폐하께서 이 대답을 별로 좋아하지 않으실 것 같다는 생각이 스쳐갔지만 이미 늦어버린 일이었다. 애초에 나는 어째서 폐하가 루아의 부탁을 들어주지 않으신 건지 전혀 이해 가지 않았다. 왜 배우고자 하는 어린아이의 당연한 욕구를 채워주지 않는 거지?

나는 루아가 꼬물거리면서 내 품에 더욱 파고드는 것을 틈타 질문을 건넸다.

"네가 자라면, 그러니까 정신적으로……, 그럼 어떤 일이 벌어지는데? 어째서 황제 폐하가 교황의 도움까지 받아가면서 네 성장을 멈추는 거야?"

별안간 루아가 울음을 뚝 그쳤다.

"알고 싶어? 그게 궁금해?"

루아가 음울하게 말했다. 지금까지와는 전혀 다르게, 등골을 타고 올라오는 냉기처럼 싸늘하다 싶은 어조였다. 그러면서도 어쩐지 들뜬 듯한. 신경질적인 즐거움이 섞인 것 같은.

무수히 많은 단어가 입안에서 맴돌았다. 가시가 박힌 것 같았다. 루아가 내 어깨에 파묻었던 고개를 들더니 눈물을 그렁그렁 매단 눈으로 나를 가만히 바라보았다. 단지 말갛던 푸른 눈빛깔에 왠지 모를 섬뜩한 붉은색이 어려 있었다. 그 빛깔이 생생한 피와 같았다.

너무나 이질적이었던 데다, 어찌할 수도 없을 정도로 내가 무력하다는 것을 알기에 저절로 몸이 움츠러들었다. 여러 번 눈을 깜박이면서 내 망막에 못 박히는 저 눈이 환상이기를 바라는데 루아가 내 뺨에 묻은 제 눈물을 닦아주며 입을 열었다.

"그렇다면 내 옆에 있어. 그것만으로도 충분해."

아주 찰나의 순간이었지만 루아는 다른 사람 같았다. 이제는 등에 감각이 없다. 어차피 루아가 나를 누르고 있어 피하는 것도 무리였으므로 나는 루아의 손길을 피하는 대신 루아를 올려다보는 채 따져 물었다.

"네 정신이 성숙해질수록 그것도 같이 자란다고 했어."

"그 말을 믿어?"

눈을 동그랗게 뜨고 묻는 물음에 갑자기 바보가 된 듯한 기분이었다. 세상 만민이 아는 진실을 나만 모르는 듯한 불쾌감이 일었다. 뭐지? 이거 정말…… 기분 더럽잖아.

돌연 분노가 끓어올라서 나는 온 힘을 다해 루아를 밀쳤다. 그러나 루아는 꼼짝도 안 하고 내 위에서 그저 아무것도 모른다는 순진한 얼굴로 방긋방긋 웃기만 할 뿐이었다. 얘 진짜 이상하다! 그리고 짜증 나! 실컷 걱정해줬는데 말을 저따위로밖에 못 하다니!

노골적인 조롱에 열이 확 뻗쳤다. 자세가 이상한 것도 사실이라 불편하기 짝이 없건만 루아는 태연히 잘도 말했다.

"잠에서 깨어나면 아마 지금보다도 훨씬 더 멍청해질 거야. 그래도 너는 떠나면 안 돼. 아빠가 뭐라고 해도 계속 내 옆에 있어. 아까 맹세했으니까 반드시 지켜. 배신감 느끼게 하면 정말 가만두지 않을 거야."

그거 그냥 취소하고 싶다! 나는 귀를 의심하며 입술을 깨물었다. 지금의 루아는 다른 사람이라고 해도 믿을 정도로 성질이 나빴다. 내가 알던 루아는 이렇게 건방지고 명령하는 듯한 말씨를 사용하지 않았는데. 오히려 그건 내 역할이었다고! 거기다 얘 지금 나한테 협박까지…….

"그리고 또 뭐가 있더라. 아, 그렇지, 날 위험하게 해봐. 혹시 알아? 뒈지고 싶지 않아서라도 제정신을 되찾을지."

"야! 할 말 다 끝났으면 당장 내려가!"

이 바보, 멍청이, 제멋대로 이중인격자가! 내일부터 닥치고 체력을 단련해야겠다. 가뜩이나 어린 몸이라 감정조절도 힘든데……. 내가 원래 이렇게 무력했나? 이 꼬마 애 하나조차 다루지 못할 만큼 약했어?

루아가 의외라는 양 눈을 동그랗게 떴다.

"왜 울어? 내가 무서워?"

그러니까 그런 놀리는 것 같은 말투 따위는 갖다 버리라고! 나는 방금 전의 루아만큼 서럽게 울면서 육체적으로든, 감정적으로든 약하기 이를 데 없는 몸을 저주했다.

"대체 뭐야? 너 정말로 다른 사람 같단 말이야!"

"그거 다 거짓말이라니까. 나는 나 맞아."

불만 섞인 대답을 불신하며 나는 이를 갈았다. 빌어먹을 거짓말쟁이.

한번 터진 울음은 오래도 이어졌다. 루아에게 제압당한 이 상황이 낯설고 당황스럽고 부끄럽기 그지없었다. 또한 몹시 짜증 났다.

실컷 울어젖히고 나자 창피해서 고개를 못 들 정도로 얼굴이 화끈거렸다. 물론 루아가 여전히 내 위에 있었으므로 고개를 어느 쪽으로 기울여도 내 표정이 루아에겐 훤히 보인다마는. 손을 올려서 얼굴을 가리려고 해도 루아가 짜증스러워하는 바람에 무리였다. 아, 이것이 바로 주객전도구나. 우위가 뒤바뀌고 말았어.

한참을 혼자 투덜거린 것 같다. 결국 집요한 루아에게 나는 항복을 선언했다. 나는 체념의 눈으로 내가 도망가버릴까 봐 걱정하는 루아와 마주했다. 아까부터 루아는 내게서 절대로 눈을 떼지 않고 있었다. 실로 고집스럽고 또 노골적인 시선이라 괜히 얼굴이 달아올랐다. 멋쩍고, 민망하고, 하여간 별 감정이 다 들었다. 그동안 내가 얼마나 신뢰를 주지 못했으면 이럴까. 조금은 후회스러웠다.

자존심이 팍 상하긴 했지만 나는 머뭇거리면서 먼저 입을 열었다.

"이제 다 울었어? 나, 나는 다 울었는데."

음, 어, 음, 여러 번 뜸을 들여가며 조심스럽게 묻자 루아가 보일 듯 말 듯 고개를 살짝 끄덕였다. 그 익숙하고 낯익은 모습에 나는 잠시나마 안도했다. 앵두알 같은 입술을 불만스럽게 내민 채 말간 눈동자를 굴리는 모양새만 보면 예전의 루아가 맞는 것도 같은데 말이지.

하지만 루아의 눈동자에 어린 붉은빛이 다소 걸렸다. 루아의 산새처럼 예쁜 얼굴에 어울리지 않는 괴이한 빛이라 나도 모르게 자꾸 시선이 갔다. 천사의 푸르름에 악마 특유의 우울함을 덧입힌 듯 보였다. 어쩐지 마음을 잡아당겨 홀리는 것 같았다.

소리가 입 밖으로 곧장 나오지 않고 안에서 우물거렸다. 나는 한숨을 쉬었다.

"나는 언제 놓아줄 거야? 너 진짜 무거운 거 알아?"

"안 놔줘. 놓아주면 도망갈 거잖아."

"도망 안 쳐! 아까 맹세했던 거 그새 잊었어?"

거듭 타일렀지만 루아는 도무지 믿는 눈치가 아니었다. 어쩌다가 저 눈에 이토록 강한 불신이 깃들었을까. 내가 너한테 그렇게 잘못했어? 그래서 비뚤어진 거니? 울고 화내고 협박해봐도 루아는 꿋꿋했다. 황제 폐하께서 정말로 나를 가만두지 않으시겠다. 농담이 아니라 진짜 몸을 사려야겠어.

사실 내가 자신을 괴롭혔다며 루아가 눈물 한 방울 떨구기만 해도 나는 목이 날아갈 것이었다. 세상은 루아를 중심으로 돌아간다. 크고 어둠침침한 방에서 혼자 울고 있는 이 가여운 아이를 지키기 위해서라면 앞 다투어 제 목숨을 내놓을 이들이 셀 수도 없을 만큼 많았다.

아이답지 않게 찌푸려진 이마를 보려니 초조해졌다. 극도로 예민한 긴장 상태가 계속되어서 더할 나위 없이 피곤했다. 내가 고양이와 놀았던 게 아니라 맹수의 새끼를 키운 건지도 모르겠다. 황제 폐하께서 교황의 힘을 빌려서라도 루아의 정신적인 성장을 억제하는 이상 우리는 아마 계속 이런 식으로 지내겠지. 하지만 조금 의문인 것도 사실이었다. 내가 도대체 뭘 잘못했길래 교황과 폐하께서 한목소리로 나와 루아를 떼어놓는 것이 당연하다고 하셨던 걸까?

나는 약하고, 루아는 나를 황제 폐하로부터 지켜줄 수 없다. 불현듯 끼친 불안이 실로 무자비했다. 곤두선 손톱으로 머릿속을 긁어내리는 것 같은 느낌이 들었다. 머리가 지끈거렸다. 도대체 말이야.

시시각각 변하는 내 표정을 루아는 재미있다는 듯이 주시했다. 우선은 하나씩 해결하는 편이 낫겠다. 지금은 루아에게 집중해야 돼.

일단 루아와의 문제를 해결하고 보자 결론짓고서 나는 이를 악물었다가 찡그렸던 표정을 순식간에 풀었다. 루아를 설득하는 건 내게 세상 무엇보다 쉬운 일이었다.

"루아야."

그동안 하도 많이 불러와서 내 이름처럼 익숙해진 루아의 이름이 부드럽게 굴려졌다.

"약속했으니까 반드시 지킬게. 그러니까 내 말 믿고 놓아주면 안 될까? 나 정말로 힘들어서 그래. 루아야, 루아야."

입 밖으로 나오는 것과 동시에 흩어지는 미약한 속삭임을 반복하며 나는 루아를 와락 끌어안았다. 내가 좀 짓궂게 굴었기는 했지만 그래도 돈 빌리고 떼먹은 적은 없으니까 이만 믿어주지 않을래? 응? 제발! 아슬아슬하게 상체를 올려 물기를 머금은 눈망울을 여러 차례 깜박이자 이번엔 루아가 한숨을 내쉬었다. 어쨌든 내 위에서 내려오기는 했으므로 아주 수확이 없는 건 아니었다.

"후아, 갈비뼈 으스러지는 줄 알았어."

만족스럽게 웃으며 나는 구겨진 드레스를 가다듬었다. 루아는 아예 벌떡 일어섰는데, 부어오른 눈가를 비비면서 짜증스럽게 입술을 비틀었다. 루아의 입에서 불규칙한 숨이 가쁘게 새어나왔다. 뜨겁고 무의미한 호흡이었다.

저 바보가! 그러고 보면 루아는 아직 심각하게 아픈 상태였다. 식은땀으로 옷이 축축했고 얼굴도 상기되어 있었다. 아마 내게서 비켜난 것도 내 애교에 넘어갔다기보단 힘에 부쳐서일 거다. 정말 미치겠네.

나는 상할 대로 상한 자존심도 잊고 벌떡 일어나서 루아의 이마를 다시 짚었다. 이건 뭐 그냥 불덩어리였다. 아까보다 열이 더 올랐어. 장난 아니게 뜨거워!

"너 이렇게 열이 나는데! 당장 누워! 아니, 일단 옷부터 갈아입고……."

이런 몸으로 잘도 나를 놀렸겠다! 시녀들이라도 불러야 되는 건가 싶어서 나는 더 생각할 겨를도 없이 문가로 달려갔다. 그러나 루아는 내가 외부인을 제 침실에 들이도록 봐줄 생각이 전혀 없었다.

막 침실 문을 열려는 찰나 급작스러운 바람이 일었다. 안과 밖을 가로막는 벽이 허물어지는 것을 절대로 용납하지 않겠다는 강한 의지가 담긴 돌풍이었다. 루아가 어찌나 무자비한 힘으로 문을 몰아붙였는지, 순간적인 바람으로 인해 내 머리카락이 휘날릴 정도였다.

"……루아야?"

진짜, 제대로 놀라버렸다. 소리도 없이 뒤따라온 것은 그렇다고 쳐도 애 주제에 무슨 힘이 이렇게 무식해? 열리자마자 요란한 소리를 내며 닫힌 문이 의아했는지, 밖에서 로벨리안과 아리엘의 음성이 들려왔다.

"그레이스 아가씨?"

"무슨 일 있으세요? 저희가 들어갈까요?"

너무 놀라서 입이 열리지도 않았다. 내가 당황하는 것도 아랑곳하지 않고 루아가 내 어깨에 제 머리를 묻었다. 꿀처럼 달콤한 색의 머리카락이 목을 간질였다.

"나 졸려. 더는 못 버티겠어."

난 네가 무서워서 죽을 것 같거든.

"아가씨? 전하?"

"아, 으응, 아무것도 아니야. 괜찮으니까 신경 쓰지 마."

하는 수 없이 대충 둘러대고는, 길 잃은 해파리처럼 흐물흐물 늘어진 루아를 침대로 데려갔다. 루아는 방금 전의 괴력이 거짓이라는 양 눈을 비비며 얌전히도 따라왔다.

내가 이러다 미치고 말지. 급격히 늙는 듯한 기분을 뒤로하고 나는 루아를 침대에 앉힌 뒤에, 큰 옷장으로 가서 너무 조이지 않는 옷을 꺼내들었다. 어차피 겨우 열두 살인데 좀 봐도 상관없겠지 싶어 손수 갈아입혀주고는, 시큰둥하게 새 옷을 쳐다보는 루아를 강제로 뉘었다.

"이제 자. 안 그러면 시녀들을 불러올 거야."

이 협박은 놀랍게도 효과가 있었다. 비록 여전히 나를 불신하여 내 팔목을 꽉 붙든 채였지만 어쨌거나 루아는 순순히 눈을 감았다.

"가면 안 돼."

"알았어."

투덜거리는 황태자 달래기가 세상에서 제일 힘들었어요. 꾸역꾸역 밀려드는 불만을 억지로 씹어 삼키고 나는 루아를 토닥였다. 두꺼운 이불을 턱밑까지 덮어주면서 덩달아 누워 턱을 괴었다.

루아의 기분을 온전히 이해하지는 못해도, 황제와 교황의 말로 미루어 보아 가장 큰 피해자이자 도움의 손길이 절실한 건 바로 이 아이다. 루아의 어깨에 지워진 짐이 세상만큼 무거웠다.

"내 마음대로 되는 게 하나도 없어. 그래서 너무 짜증 나."

루아가 작게 웅얼거리더니 몸을 웅크렸다. 나는 루아의 옆에 편하게 누운 채 엄마가 밤마다 불러주는 자장가를 노래했다.

황제 폐하와 황후 폐하 사이에선 오랫동안 자식이 없었다. 그로 인해 따로 후궁을 들이자는 관료들의 의견이 무척 많았다고 들었는데, 황후 폐하를 몹시 사랑하셨던 폐하께서는 그들의 말을 듣지도 않고 매일같이 성전에 드나들어 기도를 하셨다고 하더라.

그 정성에 신이 감복했는지 어쨌는지, 황후 폐하는 스물여덟이란 나이에 윙그비아 왕조를 이을 사내아이를 낳으셨고. 제국의 혼인 적령기가 십대 후반 정도니 상당히 늦은 출산이었다.

「어미의 뱃속에서 나오자마자 이상함을 보인 아이라 기대했더니 역시 헛수고였군. 루아는 아무것도 달라지지 않았어. 아니, 오히려 더 나빠지고 말았지.」

금세 잠들어버린 루아의 손을 마주잡고 폐하의 말을 곰곰이 떠올려보았다. 폐하는 내가 엄마의 뱃속에서 나온 직후부터 남달랐기에 내게 희망을 걸었다고 하셨다. 그렇다면 루아도 나와 같았던 걸까?

아, 도저히 모르겠다. 지금의 내가 짐작할 수 있는 건, 황제 폐하의 치료가 루아에게 전혀 도움이 안 된다는 것이다. 이건 루아의 입에서 직접 들은 말이니 아마 확실할 것이었다. 문제는 폐하께서 루아의 말에 조금도 귀를 기울이지 않는다는 거겠지.

솔직히 나도 지금 루아의 모습이 당혹스럽기는 마찬가지였다. 그래도, 루아를 내버려두지 못하는 이유는, 루아가 여전히 나를 필요로 하니까. 내게만 찰싹 달라붙어 칭얼거리고 매달리는 모습은 전과 다름없었다.

"좋은 꿈 꿔, 루아야."

깊이 잠든 루아의 뺨에 살며시 입을 맞추었다. 내가 황제 폐하의 반대에도 굴하지 않고 너와 잘 지낼 수 있을까? 7년의 세월을 헛되지 않게 만들 수 있을까?

작년이었나, 재작년이었나, 입김이 뿌옇게 번지는 한겨울이지만 유난히 해가 쨍쨍한 날이었다. 일찍부터 우리 집에 놀러와 이례적인 폭설로 무릎까지 쌓인 눈을 정신없이 구경하던 루아가 토끼눈을 뜨고 질문했던 적이 있었다.

"보니 넌 아기가 어떻게 생기는지 알아?"

이 앙증맞은 꼬꼬마가 왜 안 물어보나 했다. 아기가 어떻게 생기냐는 질문이야말로 애들은 반드시 해본다는 필수적인 질문이 아니던가. 나는 크림을 잔뜩 묻힌 치즈타르트를 열심히 우물거리다가 꿀꺽 삼키고 입을 열었다.

"아기는 말이지, 적정 나이의 남녀가 침대에서 옷을 벗고 뜨겁게……, 알았으니까 그만 노려봐, 마가렛. 아기는 착한 요정이 서로 사랑하는 부부한테 짠 하고 선물해준단다."

최고급 디저트를 나르다 말고 눈을 부라리는 마가렛을 피해 나는 어물쩍 대답하고는, 달콤한 초코우유를 들이켰다. 루아가 고개를 갸웃거렸다.

"사랑이 뭔데? 보니가 좋아하는 거야?"

음, 이걸 어떻게 설명해야 되지? 애초에 진지하게 설명할 생각도 없었지만 막상 간단하게 정의 내리자니 그것도 조금 어려웠다. 나는 사랑을 해본 적이 없었고, 따라서 제대로 된 연인을 가져본 적도 전무했다.

떠오르는 적당한 말이 없어서 고민하다가 나는 루아에게 열 번도 넘게 읽어주었던 '백설공주'를 손으로 가리켰다. 내 손짓을 따라 루아의 푸른 눈이 테이블 위에 얌전히 놓인 동화책으로 굴러갔다.

"저 동화책에서 왕자가 키스로 깊은 잠에 빠진 공주를 구하지? 그게 사랑이야."

이런 내 대답을 어떻게 받아들인 건지, 루아가 볼을 부풀리며 소리쳤다.

"나도 왕자 할 수 있어!"

넌 왕자가 아니라 황태자거든? 자신만만하게 소리치는 루아를 어이없이 바라보다가 나는 어깨를 으쓱였다. 뭐 아무렴 어때.

"좋아, 그럼 혹시라도 내가 독 사과를 먹고 깊은 잠에 빠지면 네가 나를 구해봐. 만약 성공하면 인정해줄게."

"그럼 나도 보니랑 아이 가질 수 있어?"

"뭐? 말이 되는 소리를 해. 내가 미쳤다고 비실거릴 게 뻔한 너랑 그렇고 그런 짓을……, 알았다니까, 마가렛! 디저트 뺏어 가지 마! 으앙!"

내가 마가렛과 실랑이를 벌이는 와중에도 루아는 고개를 갸우뚱하며 동화책을 뚫어져라 응시했다. 그때 루아가 무슨 표정을 지었더라.

갑자기 나를 둘러싼 모든 게 잔상처럼 희미해져서 나는 불안하게 주위를 두리번거렸다. 찬바람이 불어와 머리카락이 마구 휘날렸는데, 곧 한겨울의 평화로웠던 추억은 다른 기억으로 넘어갔다. 나는 그 뒤로도 계속해서 꿈을 꾸었다. 신기하게도 전부 루아가 등장하는 꿈이었다. 다른 장소, 다른 시간, 다른 날씨였지만 나는 언제나 루아와 함께 있었다. 가끔은 따분하기도 하고 화나기도, 슬프기도 했지만 역시 즐거웠던 적이 압도적으로 많았다. 루아를 있는 대로 귀찮아했던 주제에 어떨 땐 루아보다 더 애같이 굴며 좋아했다.

내가 이렇게 잘 웃는 애였던가.

색색거리며 곤히 자는 루아가 미동도 없어서, 나도 얼떨결에 깜박 졸았던 것 같다. 그러나 현실을 벗어나 무의식 너머로의 여행을 즐기던 것도 잠시였다. 몸이 흔들리는 이상한 느낌에 감았던 눈을 가까스로 들어올리자 나와 똑같은 호박색 눈빛깔을 가진 아름다운 남자, 아이만 그루이데 데르케르드 그레이스가 바로 앞에서 보여왔다.

나는 어리둥절하게 눈을 깜박였다.

어라, 벌써 밤이라니…… 화들짝 놀라 턱을 꼿꼿하게 세우는데 아빠가 부드러운 미소를 지었다.

"일어났니?"

"아빠?"

확인 차 묻는 의혹의 물음에도 아빠는 세상에서 내가 제일 예쁘고 사랑스럽다는 듯이 웃기만 할 뿐이었다. 찬 공기가 훅 끼쳐온다 싶더니 뻥 뚫린 검은 밤하늘이 보였다. 비는 그쳤고, 작은 별들이 휘돌았다.

아빠는 나를 안고서 저택 안으로 들어갔다. 우리 집이었다.

뭐지? 어떻게 된 거야? 아직 잠기운이 남아 상황 파악이 덜 됐다. 내가 주변을 살피느라 고개를 마구 휘저으며 어리둥절해하자 아빠가 다소 망설이는 기색으로 말을 꺼냈다.

"폐하께서 나를 부르셨단다."

심장이 내려앉는 기분이었다.

"왜요?"

나직이 이어지는 아빠의 말이 전부 끝나지도 않았건만 나는 평소보다 높은 목소리로 물었다. 설마 폐하께서 이렇게도 빠른 행동력을 보여주실 줄은 몰랐다. 설마, 설마 싶었다.

내 잠재적인 불안을 고스란히 느낀 아빠가 쓰게 웃으며 말을 이었다.

"아마도 네가 짐작하는 대로일 거야."

"루아 때문이군요."

"보니!"

줄곧 기다렸는지 엄마가 다급하게 뛰쳐나오는 바람에 우리의 대화는 잠시 끊겼다. 아빠에게서 나를 받아 안아든 엄마가 지나치게 안심하는 기색을 보여서, 도리어 내가 더 의아했다. 나는 아무런 말도 없이 사라진 게 아니었고, 황궁이 제국에서 가장 경비가 삼엄한 곳이라는 건 굳이 말할 필요도 없었다. 내가 루아를 만나러 갔단 사실을 엄마가 몰랐을 리가 없는데.

"엄마? 무슨 일이에요?"

엄마가 안도의 한숨을 내쉬며 나를 꼭 껴안았다. 나는 엄마의 품에서 꾸물거리며 불안하게 고개를 갸웃거렸다. 모든 것이 낯설고,

두렵기 이를 데 없었다. 아빠가 부드럽게 내 머리를 쓰다듬으며 엄마에게 넌지시 주의를 주었다.

"진정해, 레이첼. 보니가 놀랐잖아."

"하지만 당신도 폐하의 전언을 들었잖아? 말이 황명이지……, 이건 부당해. 폐하께서 그레이스 공작가 전체를 적으로 돌릴 생각이지 않고서야……!"

"레이첼."

몸이 딱딱하게 굳는 걸 느꼈다. 아무래도 이미 사건이 터진 것 같았다. 이건, 오늘 내가 직간접적으로 접한 일들이 루아와 함께 7년을 지내온 나라도 이해받지 못할 중대한 사안이라는 의미겠지. 어떤 의미로 루아는 판도라의 상자였다.

나를 안아든 엄마와 아빠가 날 선 어조로 대화하는 동안 나는 눈만 멀거니 뜨고서 엄마의 품에 안겨 있었다. 혼란스럽기 그지없어 심장이 마구 뛰었다. 무서웠다. 무력함을 느꼈다. 어쨌거나 지금의 나는 아무것도 못하는 어린애였으니까.

폐하께서 가만히 계시지 않을 거라는 것은 짐작한 바였지만, 그래도 그 피해가 부모님에게까지 미칠 줄은…….

갑자기 엄청난 공포가 밀려들었다.

"엄마? 아빠?"

겁에 질린 부름에 엄마가 급작스러운 다툼을 멈추었다. 엄마는 슬픔을 감추기 위해 얼굴을 일그러뜨렸다가, 참지 못하고 나를 더욱 끌어당겨 안았다.

"괜찮아, 보니, 우리 아가. 다 괜찮을 거야."

머리를 쓰다듬어주는 엄마의 손길이 너무나 좋았다. 끔찍하게 아름답고도 숭고한 절대적인 사랑 앞에서 나는 꺾인 꽃보다 무력했다. 보니가 아니었던 예전의 나는 이런 식으로 부모님의 사랑을 받아본 적이 없었으니까.

"언제나 말했지만 엄마는 너를 세상에서 제일 사랑한단다. 내게는 황태자 전하보다 네가 더 소중해. 네가 내 유일한 희망이야. 너를 위해서라면 직위도, 나라도, 목숨도 전부 내버릴 수 있어. 엄마는 네가 행복하고 안전하기만을 바란단다."

애정이 듬뿍 담긴 엄마의 부드러운 속삭임이 내 귀를 간질였다. 나는 내가 루아에게 한 맹세를 지키지 못하리라는 것을 은연중에 깨달았다.

나도 그래요, 엄마.

오늘 저녁, 황제 폐하께서 우리 집안에 강제 이주령을 내리셨다고 한다. 그것도 제국에서 족히 보름은 가야 나오는 벨모트 왕국으로 말이다. 제국은 위세가 막강하여 정치적인 지배를 받는 두 식민 국가를 갖고 있었는데, 신성 벨모트 왕국도 그중에 속했다.

겉으로는 황제의 신뢰를 받고 벨모트를 감찰하는 것 같은 특별한 황명이었지만, 실상을 들여다보면 이것은 추방이나 다름없었다. 당연히 아빠와 엄마는 몹시 분노하셨다. 그러나, 폐하께서 이렇듯 강경하게 나오는 이유가 나 때문임을 알기에 속만 끓이는 중이셨다. 내가 지켜보는 와중에도 두 분의 얼굴에선 당혹스러움이 사라질 줄을 몰랐다.

황실의 전령이 도착한 것은 단란한 저녁식사 때였다고 한다. 아마도, 폐하께선 나를 루아에게 보내자마자 일처리를 하신 것 같다. 전령은 '루아에게 저지른 내 과오'로 인하여 우리에게 이주 명령이 떨어졌음을 알렸고, 아빠는 폐하의 부름을 받들어 입궁했다. 엄마는 혼비백산한 채 나와 아빠가 돌아오길 기다리고 계셨던 것이었다.

엄마가 쉬지 않고 서성이며 분노를 터뜨렸다.

"아무래도 내가 직접 황성으로 가봐야겠어. 어떻게 폐하께서 다른 사람도 아닌 우리에게 이러실 수 있는 거지? 그레이스 가문이 그동안 황실을 위해 얼마나 많은 희생을 했는데? 세상에, 이건 있을 수 없는 일이야. 어린 아이의 안전을 놓고 공작가를 위협하다니!"

"감정을 앞세워서 섣불리 행동했다가 우리 보니가 다치기라도 하면? 폐하께서 처음부터 이런 극단적인 조치를 취하셨다는 건, 만일 우리가 황명을 거역할 시엔 그보다 더한 일도 행할 거라는 경고인지도 몰라. 우린 반드시 보니를 지켜야 해, 레이첼. 공작가의 위신은 그다음에 생각해도 늦지 않아."

다혈질인 엄마를 이성적인 아빠가 침착하게 말렸다. 나는 우두커니 서서 전령이 전달해줬다는 성 발할라 왕립 아카데미의 추천서를 유심히 들여다보았다.

벨모트 왕국의 수도에 있는 학교라 이거지. 한숨이 나왔다. 추천서에 쓰인 서명은 당연하게도 황제 폐하의 것이었다. 다분히 권위적이고 위협적인 경고였다. 이것은 비단 내 목숨만의 문제가 아니었다.

아빠와 엄마를 조심스럽게 올려다보았다. 부모님. 어떤 조건 없이 나에게 절대적인 애정을 주시는, 정말 너무나 소중한 분들. 그렇게도 갖고 싶었던, 꿈꿔왔던 내 '가족'이었다. 두 분은 내게 무조건적인 사랑을 주셨다. 당연하다는 듯 나를 안아주고 행복을 흘려넣었다.

입안이 썼다. 내가 마른침만 삼키고 있자 아빠가 몸을 숙여 나와 눈높이를 맞추고는 무척 조심스럽게 물었다.

"보니, 황태자 전하와 무슨 일이 있었는지 아빠에게도 말해주겠니? 절대로 너를 탓하려는 게 아니야. 아빠는 너를 믿는단다."

목이 막혔다. 숨을 쉴 수도 없었다.

"나는…… 그러니까……."

나와 똑같은 아빠의 짙은 황금빛 눈동자를 마주하면서, 나는 플라워 가든에서의 일을 떠올렸다. 되짚어보면 거기서부터 시작된 일이었다. 샤론 에니벨과 루아의 친분을 나는 질투했고, 결국 루아에게 그 서운함을 쏟아붓고 말았다. 사과해야 할 건 나였는데 도리어 루아가 내게 미안하다고 말했었다. 내가 자신이랑만 놀면 따분할까 봐 샤론을 소개시켜주려던 거였다는 말도 똑 부러지게 했었지.

그때의 루아는 다른 날보다 조금 어른스러웠다. 샤론은 고작 몇 마디의 말로 루아를 성장시킬 만큼 성숙한 여인이었던 것이다. 하지만 결국, 원인을 제공한 것은 나였다. 루아가 샤론의 조언을 필요로 했던 건 내가 어리석었기 때문이니까. 다시 태어나서, 아직 어린 나이라서 아무렇게나 행동해도 괜찮을 줄 알았던 안일한 생각으로 인한 결과였다.

「황태자 전하의 정신이 성숙할수록 그것 또한 자랍니다. 이를 명심하십시오, 폐하. 이번 발작을 막을 수 있었던 것은 순전히 빠른 조치와 천운이 따랐기 때문입니다. 이다음이 어찌 될지는 오직 신만이 아세요.」

요한 블라디미르 파우스트의 말이 여전히 귀에 남아 있었다. 루아의 비밀을 아는 사람들이 어째서 나를 경계했는지, 이제야 온전히 알 것 같았다.

내가, 루아를 부추겼다.

「새로운 걸 배우고 싶다고 했어. 어떤 것이든 좋으니까, 지금까지와는 다른 거.」

손이 떨렸다. 숨이 가빠지면서 순간 눈앞이 아득했다.

「그런데 아빠가 안 된대. 절대로. 나는 아빠가 왜 화내는지 몰라서 그냥 울기만 했는데 갑자기 엄마가 보니 네 이야기를 꺼내는 거 있지? 보니 네가 나한테 악영향을 끼쳤다는 거야. 보니 네가, 나한테 말이야.」

7년을 나만 보고 살아온 아이였다. 그런 아이가 누구의 도움도 받지 않고 다른 친구를 사귀었으며, 제 자신을 굽히는 법도 배웠다. 샤론 에니벨과 나는 어떠한 접점도 없었지만 루아의 행동이 내게서 기인했으므로 이건 전부 내 탓이었다. 폐하께서 이토록 단호하게 대처하시는 것도 당연할 수밖에.

나는 원인이자 계기이며 동기였다. 내가 시발점이었다.

보니 안젤리크 멜론느 그레이스는, 루아가 어른이 되고 싶어 하는 단 하나의 이유였다.

"내가 루아를 그렇게 만들었어. 새로운 걸 배우고 싶도록, 여기서 만족하고 멈추는 게 아니라 더 성장하고 싶게 만든 거야. 내가 루아를 부추겼어. 루아에게 어른이 되고 싶다는 꿈을 주었다고. 그래서 루아가 폐하께 더 이상 아무것도 모르는 순진한 아이로 남아 있고 싶지 않다고 했대. 하지만 아빠, 그게 진짜 잘못된 거예요?"

평범한 꼬마아이에게 있어 정신적인 성장은 이렇듯 불행으로 취급받을 일이 아니다. 오히려 어른의 문턱에 한발 가까워졌다며 축하받을 일이지.

그러나 루아에겐 아니었다. 적어도 폐하께서 보시기엔 그랬다.

그러니까, 결국에는 이런 것이다. 루아는 태어났을 때부터 어떤 심각한 문제를 안고 있었는데, 그 문제를 쉬이 해결할 수가 없어 폐하께선 덮는 방법을 선택하신 거다. 루아의 정신이 성숙할수록 그것 또한 자란다고 했다. 그렇기에 폐하께서는 교황과 펠레스를 시켜 루아의 정신적인 성장을 억눌러왔던 것이고.

루아가 어른이 될 수 없게.

언제까지고, 평생.

「나는 지금 이대로여야 된대. 몸이 자라도 정신은 어린아이인 채로 있어야만 내가 나로서 존재할 수가 있대.」

나는 이제야 안 사실이지만 루아는 전부터 어렴풋하게나마 인지하고 있었던 듯했다. 그러다 새로운 것을 알길 불허하신 폐하를 통해 확신을 얻은 것이겠지. 내가 만났던 루아가 아픈 상태였든 어떻든, 루아는 폐하를 신뢰하지 않았다. 폐하의 말이 거짓이라면서, 그저 폐하는 자신을 두려워하는 것뿐이라고 말했다.

"나는 아직도 뭐가 뭔지 모르겠는걸……."

혼란스럽다. 내가 누구의 말을 믿어야 하지? 황제 폐하께선 수많은 세상 경험을 접한 어른이시고 또 제국을 다스리는 군주가 아니신가. 분명 심사숙고하셨을 터. 반면 루아는 아직 어리지만 나와 7년을 함께해온 친구다. 내가 도대체 어떻게 해야 돼?

"괜찮아, 보니. 내 사랑하는 딸. 엄마는 언제나 네 편이란다."

엄마가 나를 끌어안고 내 뺨에 입을 맞추며 다독였다. 뱃속이 우글거렸다. 피부로 느껴지는 압도적인 애정에 나는 호흡하는 것도 불가능했다.

내가 비정상이라는 사실을 안다. 인간의 영역을 뛰어넘는 초월적인 것에 대해선 잘 몰라도, 전생의 기억을 갖고 다시 태어난 일이 상당히 드물며 자연스럽지 않다는 것을 나는 깨달은 지 오래였다. 그래서 더욱 평범하게 살고 싶었는지도 모르겠다. 나보다 더욱 괴로워하는 부모님의 모습에, 전생을 잊고 지금의 삶에 충실하겠다고 다짐했었다. 아무것도 모르는 천진한 소녀로, 진짜 보니 안젤리크 멜론느 그레이스로 살아가려 몇 번이고 마음을 다잡았는데.

누구의 말이 진정한 사실이든지에 관계없이, 내가 스스로를 보호하려 한 행동이 루아를 괴롭게 만들었음은 분명했다. 내가 조금만 더 빨리 이 일을 눈치 챘으면 뭔가가 달라지지 않았을까. 무력한 아이의 몸으로도 뭔가를 할 수 있었을지 몰라.

이 비밀이 일부나마 드러난 뒤에도 루아는 여전히 나를 따랐다. 어쩐지 그 사실이 나를 더 슬프게 만들었다.

나는 루아에게 했던 맹세를 지킬 수 없을 테니까.

"미안해요, 엄마. 내가 전부 망쳐버리고 말았어……. 이건 전부 나 때문이야."

"그렇지 않아. 너는 우리의 기쁨인걸? 엄마도, 아빠도 우리 보니를 세상에서 제일 사랑한단다. 네가 우리의 단 하나뿐인 행복이야."

나를 안심시켜주는 엄마의 상냥한 말에 정말 한참을 울었던 것 같다. 엄마와 아빠는 밤새도록 깊이 상의한 끝에 결국 황명을 받들기로 하셨다. 황제 폐하께서 내게 어떤 위해를 가할지 몰라 신중하게 판단한 결과였다.

내가 루아의 비밀을 전부 털어놓지 못했으므로 이 급작스러운 명령에 대해 두 분은 추측만 하실 뿐이었지만, 나만큼이나 루아를 예뻐했으니 루아가 아프다는 말에 걱정도, 상심도 크셨다.

   비가 그치고 고요함만 남은 밤이었다. 폭풍의 기세가 잠시 수그러들었을 때의 부자연스러운 정적. 이 잠깐의 침묵이 어떤 파란을 예고하는지는, 알 수 없었다. 부모님은 내가 루아를 충동질해서 루아가 다쳤던 줄 알고 적당한 선에서 납득하셨고 더 이상 내게 질문하지 않았다.

   두 분은 황제 폐하의 처우가 지나치다는 사실을 알면서도 루아가 황태자라는 것을 생각해 받아들이려고 애쓰시는 중이었다. 사흘 뒤 루아가 우는 얼굴로 찾아오기 전까지는 그랬다.

   루아가 나타난 건, 내가 잔디가 깔린 정원 바닥에 주저앉아서 차곡차곡 쌓이는 짐들을 멍하니 쳐다보고 있을 무렵이었다. 펠레스와 함께라 내 당황이 배는 더 컸지만 그에게 오랫동안 신경 쓰고 있을 수는 없었다. 루아의 작은 얼굴이 어찌나 핏기가 없고 창백하던지 여기까지 온 것만으로도 기적이다 싶을 정도였는데, 루아는 내 놀란 눈에도 아랑곳하지 않고 다짜고짜 눈물을 쏟아냈다. 세상에서 가장 순수한 눈물을 새벽비처럼 떨어뜨렸다.

  "아빠한테 얘기 들었어. 정말로 떠나는 거야?"

  "응, 떠나."

애써 담담하게 말하자 루아의 얼굴이 일그러졌다.

  "나도 같이 가면 안 돼?"

폐하께서 절대로 허락하지 않으실걸. 나는 고개를 가로저었다.

"미안, 이제부터는 너랑 못 놀아. 우리 맹세는 당분간 보류하자."

지난 일을 회상하며 참담하게 뱉은 말이었건만, 루아는 아무것도 모른다는 눈으로 울면서 고개를 갸웃거렸다.

"맹세? 그게 뭔데?"

전혀 모르겠다는 투였으므로, 나는 의아하게 눈을 치켜떴다.

"기억…… 안 나? 그때 네 방에서 우리 얘기했잖아."

"잘 모르겠어. 아무튼 제발 가지 마!"

그땐 그토록 절박했으면서, 왜? 루아의 반응에 오히려 내가 더 당황하고 말았다. 내가 떠난다는 것을 알면 불같이 화낼 거라고 예상했는데 루아는 그저 울기만 한다. 시리도록 푸른 토끼 같은 눈동자에서 말간 물방울이 쉴 새 없이 떨어지고 있었다.

내가 멍하게 입술을 벌리고 있자 루아가 코를 훌쩍이며 나를 껴안았다. 펠레스가 그런 루아에게 가만히 말했다.

"전하, 그러다 또 쓰러지십니다."

쓰러져?

"싫어, 보니야! 어째서 떠나겠다는 거야? 왜?"

루아는 듣지도 않고 아까보다 크게 울었다. 그 어느 때보다. 나는 석상처럼 굳어서 애달프게 우는 루아를 지켜보았다. 이 충격을 말로 표현할 수가 없었다.

이윽고 나는 루아가 제 방에서 나와 나눴던 이야기를 전혀 기억하지 못한다는 걸 깨달았다.

「자고 일어나면 아마 지금보다 훨씬 더 멍청해질 거야. 그래도 넌 떠나면 안 돼.」

당시의 루아는 이미 이런 상황까지 예측했던 것일까. 나는 뻣뻣하게 굳은 팔로 부자연스럽게 루아를 감싸 안고서 펠레스를 쳐다보았다. 다소 피곤한 기색이기는 해도 여전히 꿈처럼 아름다운 펠레스가, 내가 궁금해하는 바를 알고 답해주었다. 그는 내 당혹스러운 표정만 보고도 사정을 꿰뚫을 만큼 예리했다.

"외부로부터 강제로 정신을 들쑤셔지고도 제정신을 유지하는 사람은 드뭅니다. 하물며 성인도 그러한데 그 충격을 전하께서 감당하실 수 있을 리가 없죠. 아마 기억에 공백이 있을 겁니다. 다음 번엔 더 심한 부작용이 따르겠죠."

얼굴이 일그러지는 걸 막을 도리가 없었다. 나는 힘주어 루아를 끌어안으며 일부러 턱을 꼿꼿하게 들었다.

"어째서 나한테 그런 걸 말해주는 거야? 달라지는 건 아무것도 없잖아."

"그저 제 오만한 판단입니다. 아가씨께서도 진실을 모르는 채 떠나는 것보다야 낫다고 생각하지 않습니까? 후일을 위해서라도."

내가 사실을 알고 모르고의 차이가 정말 있기는 한 건지 의문이었으나 그 질문을 입 밖으로 뱉진 않았다.

나는 루아의 머리를 쓰다듬으면서 낮게 중얼거렸다.

"기억하지 못한다면 도리어 잘됐어. 미안해, 루아. 당분간 안녕

이야."

"싫어, 싫어, 싫어! 왜 떠난다는 거야? 이제 나랑 놀기 싫어졌어? 아니면 다른 사람이 괴롭혀서 그래? 응? 가지 마, 보니야. 내가 뭐든 할 테니까 제발 버리지 마. 이대로 혼자 내버려두지 말아줘."

금방이라도 쓰러질 듯 위태롭게 서서 루아는 내가 더 슬플 만큼 서럽게 울었다. 내가 어떻게 해야 좋으니? 다른 것들을 전부 버려도 나만은 놓지 않겠다는 양 루아는 나를 꼭 끌어안고 놓아주지 않았다. 너무나 필사적이라서 가슴이 아렸다.

루아가 투명한 눈물을 떨어뜨릴 때마다 결심이 약해지고 만다. 미안해, 정말 미안해. 나도 너와 함께하고 싶지만 결말은 이미 정해져 있어. 내겐 부모님도 너만큼이나 소중한걸.

"보니? 손님이라도 오셨어?"

갑작스러운 엄마의 부름에 몸이 얼어붙었다. 그러나 엄마 역시 루아를 보고 굳은 건 마찬가지였다.

엄마가 입술을 다물더니 경직된 걸음걸이로 계단에서 내려왔다. 그러는 동안에도 루아는 나를 끌어안은 채였다.

"그레이스 부인."

펠레스가 엄마에게 인사했지만 엄마는 살짝 고개만 끄덕일 뿐이었다. 내가 루아를 밀어내는 것과 엄마가 내 앞에서 멈춰 선 것은, 거의 동시였다.

"여기까진 어쩐 일로 오셨습니까, 황태자 전하?"

화낼 때조차 마냥 고상하던 엄마의 목소리에서 들끓는 노기가 느껴졌으므로, 나는 화들짝 놀라 눈을 크게 떴다. 엄마가 루아의 손에서 나를 낚아채듯이 빼앗아 등 뒤로 숨겼다.

루아도 엄마의 반응이 당혹스러운지 휘둥그레 뜬 눈을 불안하게 굴렸다.

"아줌마······?"

"송구합니다만 존귀하신 황태자 전하, 더는 친분으로 인한 왕래가 없을 것이니 본래 호칭으로 불러주시지요. 그리고 전하를 위해 결례를 무릅쓰고 한마디 드리자면 저희 공작가는 전하의 방문이 달갑지 않습니다. 특히 오늘처럼 예고도 없는 무례한 방문일 경우에는 더더욱 그렇죠. 아시겠습니까? 허면 이만 돌아가주시겠어요?"

"엄마! 아무리 그래도······."

불쾌하다는 뜻을 고스란히 드러내는, 여실히 못마땅한 어조였다. 나는 황급히 엄마를 부여잡고 만류했지만 엄마는 말을 멈추지 않았다.

"이를 명심하십시오. 황제 폐하께서 황태자 전하를 가장 소중히 여겨 품안에 두고 아끼시듯, 저 역시 제 딸을 몹시도 사랑한답니다. 부모가 자식을 애정하는 마음이란 세상의 순리처럼 지극히 당연한 것, 부디 이쯤에서 제 딸아이를 놓아주세요. 공작부인이 아닌 한 아이의 엄마로서 드리는 간청입니다."

엄마의 말이 부드럽게 끝났다. 나무라는 것 같으면서도 실상은 부탁이었다.

말문이 막혀 나는 가만히 숨을 죽였다. 나를 향한 엄마의 이 무조건적인 애정에 내가 무슨 수로 보답할 수 있을까. 엄마가 나뿐만이 아니라 루아까지 염두에 두고 하신 말씀이기에 나는 엄마에게 섭섭함을 토로할 수도, 루아를 미워할 수도 없었다. 루아가 아직도 나를 찾는다는 걸 알면 폐하께서 필시 기뻐하지 않으실 것이다. 이건 나와 루아 모두를 위한 일이었다.

무의미할 만큼 짧은 정적이 어째서 영원처럼 길게 느껴지는지 모르겠다. 루아의 커다란 눈이 정처를 잃고 흔들렸다가, 곧 불안해하는 나를 온전히 담았다.

루아는 맥없이 나를 바라보는 채로 엄마에게 말했다.

"죄송해요. 제가 잘못했어요."

아. 제발 내 앞에서 그런 표정 짓지 마. 나는 입술을 꾹 깨물었다. 손만 뻗으면 곧바로 닿을 거리인데도 루아가 너무 멀다. 아득하게 멀어서 닿을 수 없어. 스며들었던 온기가 급속도로 빠져나가는 걸 느끼며 나는 슬프게 얼굴을 일그러뜨렸다.

루아가 엄마의 눈치를 살피면서 아주 조심스럽게 입을 열었다.

"하지만…… 제발 부탁인데 마지막으로 딱 한 번만 다시 찾아와도 될까요? 보니에게 꼭 주고 싶은 물건이 있어서……. 물론 절대로 폐를 끼치진 않을게요! 그냥 물건만 전해주고 가면……."

"그렇다면 저희 쪽 시종을 보내지요."

엄마의 쌀쌀맞은 말이 끝나자마자 나는 엄마를 설득했다.

“엄마, 나도 부탁할게요. 어차피 마지막이니까, 딱 한 번만.”

“보니.”

“부탁이에요, 엄마.”

내 목소리에 울먹임이 섞여들었다. 결국 엄마가 어쩔 수 없다는 듯 물러나 저택 안으로 들어갔다. 그러자 줄곧 지켜보기만 하던 펠레스가 억지로 울지 않으려 애쓰는 루아에게 넌지시 말했다.

“이만 가시지요, 전하.”

루아가 고개를 끄덕이고는 펠레스를 따랐다. 제 모습이 얼마나 여리고 안쓰러운지 루아는 알까? 길을 잃어버린 천사 같아서, 그렇게도 작고 소중해서 나를 가장 사랑한다는 엄마조차 루아에게는 진심으로 화내지 못한다는 걸 루아가 알지 의문이다.

루아는 마지못해 돌아가면서도 나에게 머뭇머뭇 손을 흔들어 인사를 대신했다. 정말, 미치도록 나를 아프게 하는 아이였다.

나는 너에게 이런 대접을 받을 자격이 없는데.

나는 루아가 탄 마차가 모퉁이 너머로 사라지고 난 뒤에도 한참을 서 있었다. 그 자리에 쐐기처럼 박혀서 하염없이 울었다.

유대감이란 이름으로 서로를 구속하는 인연의 끈이라는 건 참으로 대단하지만 어떤 의미로는 무섭다. 루아가 나에게 의지하는 만큼 사실은 나도 루아를 좋아하고 있었다. 순수한 애정을 밑바탕으로 칠하지 않고서야 내가 어떻게 루아와 7년의 시간을 보냈겠어.

루아는 언제나 화사한 봄 같은 아이였다. 환한 웃음이 눈부신 작은 천사.

그렇게도 나를 순수하게 바라봐준 존재가 또 없었는데.

벌써부터 루아가 그립다. 물의 빛깔과 같이 선명한 푸른색 눈은 누구라도 빠져들게 만드는 신비한 마력이 있었다. 모든 사람이 각자의 마음으로 루아를 사랑했다. 새하얀 얼굴에 꽃물 퍼지듯 번져 가던 그 미소를 내가 어떻게 잊어버릴까? 루아는 내가 얼마나 나쁜 사람인 줄도 모르고 손 내밀기만 기다리는 사랑스러운 요정이었다. 그래서, 은연중에 루아를 독차지하고 싶은 욕심을 가졌던 것 같다. 루아가 황태자라는 걸 알면서도, 이대로는 안 된다는 걸 알면서도, 폐하만 믿고 루아를 알아보려고 하지 않았다. 우리는 계속 친구일 줄 알았으니까. 둘만의 시간이 언제까지고 지속되리라 믿어 의심치 않았으니까.

이 얼마나 무지하고, 안일하고, 바보 같은 생각인가. 잠깐의 달콤한 꿈에 빠져 전생의 혹독함을 잊고 있었다. 불변은 그 어디에도 없는 것인데. 세상이 원래 그런데.

설탕 가루가 떨어져 내린다.

유리로 빚은 세계는 결국 부서지게 되어 있었다.

루아가 그토록 순수했던 건 폐하께서 루아의 정신적인 성장을 강제로 억눌렀기 때문이다. 결코 좋아하지 말았어야 할 잔인함이었다.

"아, 루아야……."

가슴이 아파. 너무나 괴로워서 숨을 못 쉬겠어.

구름에 덮인 우주가 유난히도 멀게 느껴지는 밤이었다. 나는 저택 안으로 들어가지 않고 루아가 되돌아오길 기다렸다. 루아가 반드시 내게 돌아오리란 것을 알았고, 이번이 마지막이라는 것 또한 분명히 인식하는 바였다.

전에는 공이 구르듯 빠르기만 했던 시간이, 오늘은 어쩌면 이렇게도 느리게 흘러가는지. 테이블도 무시한 채 나는 풀밭에 앉아 애꿎은 풀포기를 내내 뽑았다. 폐하께서 혹여 루아의 행보를 알고 막으셨을까 봐 나는 몹시도 초조했다. 아빠까지 짐 꾸리던 것을 멈추고 나와서 나를 걱정할 정도였으니 말 다 한 셈이다.

"그러지 말고 안에서 기다리는 게 어떻겠니? 아빠는 네가 실망할까 걱정이다."

"아니에요. 루아는 반드시 와요. 걔도 오늘이 마지막이라는 걸 아니까."

"그래도 굶으면 안 되지."

아빠가 내게 갓 구운 말랑말랑한 빵을 내밀었다. 그러고 보면 마지막으로 식사한 게 언제인지 기억도 없었다.

수줍게 웃으며 빵을 받아들려는데 갑자기 정적을 뚫고 달음박질하는 소리가 났다. 멀어지긴커녕 빠르게 가까워지고 있어서, 나는 혹시나 싶다가 뽑힌 풀들을 휘날리며 벌떡 일어섰다.

"루아야?"

"너무 오래 걸리진 마렴."

나직이 내려앉는 아빠의 말에 나는 건성으로 고개를 끄덕이곤 길목으로 급히 뛰어갔다.

당혹스럽게도 루아는 혼자였다.

"너 왜 혼자야? 펠레스는? 호위 기사는?"

"지금은 대답 못 해."

해가 떨어진 지 얼마 지나지도 않았건만 루아는 잠옷 차림이었고, 품안에 작은 꾸러미를 숨기고 있었다. 무슨 심경의 변화인 건지, 루아는 더 이상 울지도 않고 내게 꾸러미를 건네주었다. 그러고서야 숨을 돌렸다.

나는 눈을 깜박였다.

"이게 뭐야?"

네모반듯하고 딱딱한 게 마치 책이나 타일 같았다. 고급스러운 붉은 천에 싸인 물건을 가만히 쓸어보자 루아가 눈을 굴렸다.

"연습장이야. 너한테 주라는 메모지랑 같이 있었어."

다소 이상한 말이었다. 나는 의심하며 물었다.

"그 메모지는 누가 쓴 건데?"

"나도 몰라. 저번에 아프고 나서 보니까 책상 위에 놓여 있던걸? 다른 사람한테는 절대 보여주지 말고 너한테 전하랬어."

심장이 빠르게 뛰었다. 그렇다면 혹시 그때의 루아가 직접 준비해둔 걸까?

루아는 자고 일어나면 자신이 그날의 일을 기억하지 못할 것을 미리 알았다. 내게 언질을 주기까지 했으니까 그 점은 분명해. 그러니 이런 걸 준비했다고 해도 이상하지는 않았다.

　잠깐의 침묵이 깃들었다. 먼저 입을 연 것은 루아였다.

　"그럼…… 이제 안녕인 거야?"

　그 티 없이 말갛고 순수한 눈을 외면하기 힘들었다. 네가 기억을 되찾는다면 나를 싫어하게 되겠지. 떠나지 않겠다고 그토록 장담했는데, 결국 이렇게 도망치고 말았으니까. 아마도 너는, 다시는 나를 보고 싶어 하지 않을지도 몰라. 기껏 네 비밀을 알려줬는데 도리어 멀어지고 말았잖아.

　기묘하게 울렁거리는 감정을 억누르고, 책을 잠시 내려놓았다. 그리고 똑바로 서서 나를 응시하는 루아를 마주 보았다.

　"루아, 루아야."

　두 번 다시 돌아오지 않을 오늘의 하루였다. 적어도 지금만은, 온전히 우리 둘만의 시간. 서로의 눈을 들여다보며 천국을 꿈꾸는 마지막 때.

　내 손이 루아의 옷자락을 잡아당기는 순간, 서로의 입술이 아주 짧게 맞닿았다가 쪽 소리를 내며 떨어졌다.

　"작별 인사야."

　내가 다시 돌아올 때도 너는 그대로일까? 지금의 너를 좋아하지만, 그러지 않길 바란다. 나는 폐하보다 너를 믿기로 했으니까. 그래서 폐하의 뜻을 거스르는 거야.

　루아의 눈이 커졌다.

　"보니 너……, 울어?"

"네 말이 진실이라면, 이대로 있지 마. 누구도 너를 부정할 수 없도록, 상대가 누구라도 네 자신을 지켜. 너는 오로지 너 자신만의 것이니까. 그들이 뭐라 지껄이든 상관하지 말고 지금보다 한층 성숙해지는 거야."

　네 정신과 함께 자란다는 그것의 참된 모습이 무엇인지 나는 모른다. 하지만 너는 그 말이 거짓이라고 했으니까, 나는 너를 믿어. 우리가 함께 보낸 시간은 결코 헛되지 않았잖아? 네겐 나뿐이라는 걸 알아. 그렇기에 그토록 절박했다는 걸 너무나 잘 알고 있어.

　그러니까, 루아야,

　"나랑 같이 어른이 되자."

　다른 이들의 걱정은 잠시만 잊는 거야.

　장기간의 여행을 위해 마법을 걸어 흔들리지도 않는 마차 끄트머리에 앉아서 나는 루아가 준 책을 꺼내들었다. 부모님이 잠드신 새벽이야말로 책을 펼쳐볼 절호의 기회였다. 비록 등불이 희미하게 아른거려서 눈을 찌푸려야 글자가 겨우 보인다만 이걸로 불평할 수는 없지.

　정성스럽게 손질된 가죽으로 덮인 책은 생각보다 얇았다. 책에선 장미목의 장작 냄새와 숲의 축축한 내음이 풍겼다. 안에 쓰여 있는 건 동화였다. 왕과 왕비가 나오고 천사와 악마가 등장하는, 그런 고전적인 동화. 어째서 루아가 이것을 마지막 선물로 주었는지 짐작할 수도 없었다.

나는 미묘한 심정으로 책을 읽어내렸다.

옛날옛적에 지혜로운 왕과 아름다운 왕비가 있었어요. 둘은 서로를 몹시 아끼고 사랑했지만 애석하게도 아이가 없었지요.

부부는 매일같이 신께 기도를 드렸어요. 아이를, 고귀한 왕조의 명맥을 이을 하나뿐인 아이를 부디 내려달라고요.

그러자 신이 아닌 악마가 내려와 말하기를, 너희가 원하는 대로 아이를 줄 테니 그 아이에게 자신을 담게 해달라 요구했습니다. 악마는 너무 오래 살았고, 이제 쉬고 싶었어요. 제 늙은 육신을 불태우고 인간의 몸으로 들어가서, 그 인간의 삶이 끝나는 것과 동시에 사라지고 싶어 했죠.

다른 방법이 없었던 부부는 승낙했고, 곧 왕비는 아이를 가졌어요. 하루가 다르게 왕비의 배가 불러가자 악마는 대가를 요구했습니다. 하지만 자신들의 예쁜 아기의 몸에 악마의 영혼을 담을 수 없다고 생각한 부부는 이미 악마를 죽일 만반의 준비를 끝낸 상태였어요.

이윽고 왕의 명령을 받은 교황과 전국 각지에 떨어져 있던 사도 열셋이 모여, 성스러운 의식을 벌였답니다. 그들은 악마를 결박하고는 사지를 열세 조각으로 뜯었습니다.

악마는 탄식하며 죽어갔어요.

"이것이 결코 끝이 아니니. 내 티끌 한 점이라도 기어이 남겨 너희를 징벌하리라!"

악마의 육신은 사라졌으나, 문제가 하나 있었어요. 악마는 죽었지만 그의 넘치는 마력이 갓 태어난 왕자에게 들어간 거죠.

풍부한 힘을 받아들인 왕자는 몹시 어여쁘고, 똑똑하고, 성장이 빨랐습니다. 태어나자마자 고대어를 달달 읊었으며 마법을 사용하기도 했어요.

그 이상함이 두드러지자 왕과 왕비는 왕자의 눈동자에 스며든 무언가에 극도로 강한 두려움을 느꼈습니다. 악마를 죽였으니 보복을 당할까 염려했죠. 왕자에게 악마가 씌었다고 믿어 의심치 않았어요.

왕은 더 이상 지혜롭지 않았습니다. 두려움에 질려 판단력이 흐려진 왕은 바쁘게 고위 마법사와 교황을 불러 해결책을 제시하라고 명령했습니다. 그러지 않을 시엔 그들의 목숨을 거둘 것이라 협박했죠.

이에 한때 떠돌이였던 젊은 마법사가 이르기를, 왕자의 영혼은 오직 왕자만의 것이며, 단순히 마력을 흡수한 것뿐이니 걱정할 것 없노라 말했습니다. 왕자가 장차 역사상 가장 총명하고 뛰어난 왕이 될 것이라고도 주장했죠.

그러자 왕은 크게 격노했어요.

"지금 내 눈을 무시하는 것이냐? 왕자는 무엇 하나 정상인 부분이 없다. 악마의 혼이 들어갔으니 당연하지!"

마법사는 왕의 분노를 받았습니다. 목이 베일 위기에 처했죠. 그 모습을 지켜보고 있던 교황은, 왕의 앞으로 나아가 광대처럼 웃으며 왕이 원하는 대답을 들려주었어요.

"왕이시여, 당신의 말이 옳습니다. 어떻게든 왕자의 육신에 기생하는 악마가 자라나는 걸 막아야 합니다. 왕자의 몸에서 그 악마를 쫓아내야 해요."

왕은 크게 기뻐하며 교황의 말을 곧이곧대로 받아들였습니다. 왕의 허락을 받은 교황은 있지도 않던 악마의 혼을 찾아낸다는 명목으로 어린 왕자의 머릿속을 마구 헤집었고, 그를 지켜보던 마법사는 깊이 낙담하며 등을 돌렸습니다.

당연하게도 교황은 악마를 쫓아낼 수 없었습니다. 악마의 영혼은 왕자에게 있지 않았고, 스며든 마력은 이미 왕자와 완벽하게 융합했으니까요. 정신이 망가진 상태에서도 왕자의 성장이 계속되자 왕은 뒤늦게야 교황을 의심하기 시작했습니다.

후일의 보복이 두려웠던 교황은 마지막 방법을 제시했어요.

"매우 안타깝지만 왕자를 백치나 다름없는 상태로 만들어야 합니다. 왕자의 정신이 성숙해지면 영혼에 붙은 그것 또한 자라날 거예요. 애석하게도 우리에게 남은 방법은 그것뿐입니다. 신의 사자인 저로서도 왕자를 구원할 수 없습니다. 왕자는 신에게 버림받은 악마의 품에 안겨 있어요."

절망에 빠진 왕은 세상을 잃은 듯 비통하게 왕자를 바라봤습니다.

"그건 허락할 수 없다. 저 아이는 왕위를 이어야 할 몸이니라."

"그 점은 걱정 마십시오. 무슨 수를 쓰더라도 방법을 찾아내겠나이다. 그저 그때까지만 시간을 벌자는 겁니다."

그리하여 왕은 기어이 승낙하고 말았습니다. 하지만 다행히도 왕자는 정말로 백치가 되진 않았어요. 왕자의 것이 된 악마의 힘이, 제어받지 못하는 와중에서도 왕자의 가장 근본적인 부분을 지켜주었거든요.

하지만 왕자는 울고 또 울었어요. 너무 아팠고, 괴로웠고, 힘든 시간을 보냈어요. 그러나 그 불행한 기억마저 불시의 공격으로 잊히고 말아서, 어린 왕자는 너덜너덜해졌습니다. 길을 잃어버린 눈 먼 천사가 되었어요.

그러다가, 그 소녀를 만났습니다. 분홍색 별 같은 작은 여자아이.

"아."

천국이 무너지고, 지옥이 목을 졸랐다. 나는 책을 덮고 한참을 울었다.

02
소녀는 잠 못 이루고

새벽의 찬기가 남은 쌀쌀한 아침이 와.

심장을 어루만지는 밤의 그늘이 져.

하지만 너는 어디에도 없지.

그저 내 악몽일 뿐.

자고 일어났는데 나는 전혀 모르겠는 낯선 장소가 보인다. 꾸민
듯, 안 꾸민 듯 예스럽게 장식되어 있는 깔끔한 모노톤의 침실은
아무리 살펴봐도 생소한 느낌이었다. 그럭저럭 고급스럽기는 한
데 뭔가 좀…… 절제되어 있다고 해야 할지. 분위기가 그랬다.

어디지? 영 상황 파악이 안 돼서 나는 어리둥절하게 눈을 깜박
였다. 설마 알아주는 가문의 하나뿐인 딸인 내가 지금 납치를 당
한 건가 하는 생각을 하던 것도 잠시, 엄청난 두통이 찾아와 몸을
일으키려다 말고 머리를 부여잡으며 신음했다. 악! 진짜 머리가
깨질 것 같다. 아스팔트에 머리부터 곤두박질친 것 같은 느낌이었
다.

"으아아. 싫다, 진짜……."

진통제, 진통제가 필요해! 이러다 진짜 죽겠다고! 아프다, 아파.
아무래도 다시 자야겠어. 오색빛깔로 찬란하게 빛나는 꿈의 세계
에 들어가면 이런 고통은 느껴지지 않겠지. 어차피 그 현란함은
잠시고 또 악몽을 꾸겠지만 말이야. 그런데 차라리 그게 더 나을
것 같아.

누워 있는데도 현기증이 일었다. 정말 돌아버릴 것 같아서 이불

을 둘둘 말고 잠투정을 하는데 누군가의 기척이 느껴졌다.

"보니? 제대로 정신 차린 거 맞아?"

어쩐지 나를 심각한 정신질환을 앓고 있는 환자로 보는 것 같은 음성이었다. 경계심이 가득했으나, 그럼에도 익숙하기 이를 데 없었다. 아닌 게 아니라 의심 섞인 소년 특유의 낮고 미끌거리는 목소리는 분명 내가 아는 사람의 것이었다.

아, 별로 달갑지는 않군. 납치가 아니었어. 애석하게도 남자가 사용하는 말은 변형이 거의 없이 부드럽게 구르는 제국어였다. 그의 고향인 퀸즈타운 특유의 날카로운 억양이 섞이긴 했지만.

두통 때문에 이를 악물고 머리를 들자 책상 의자에 앉아 있는 소년이 보였다. 키가 굉장히 컸고, 걱정으로 잔뜩 미간을 찌푸린 채였다.

과연, 혹시나가 역시나였다. 여기서 지방 억양이 섞인 제국어를 쓰는 사람은 그 말곤 없으니까. 체르지안 바젤 베헤모스는 나와 같은 제국 출신이었다.

풍부한 검은 머리칼을 가진, 키가 훤칠하게 큰 소년이 보이는 걸 보면 적어도 지금 상황이 최악은 아닌 것 같았다.

나는 눈을 비비면서 나에게 시선을 고정한 채 복잡한 표정을 짓는 체르지안을 올려다보았다. 체르지안은 나와 같은 아카데미 동기였다. 우리 학교는 성별에 따라 여학생 반과 남학생 반으로 나뉘기 때문에 같이 수업을 듣는 시간은 손에 꼽지만, 제국민이라 아카데미 내에서 제법 살갑게 교류하는 사이였다. 특별히 꺼릴 게 없다는 얘기였다.

나는 울상을 지으며 도로 드러누웠다. 다시 잠들 수 있다면 뭔들 못 할까.

"여긴 어디야?"

"남학생 기숙사."

"아, 그래? 어쩐지 낯설더라니……, 뭐? 어디라고? 너 미쳤어?"

이번엔 상체만 일으키는 게 아니라 아예 일어섰다. 불필요한 친절을 베푼 체르지안에게 책망의 눈길을 보내던 것도 잠시, 머릿속이 빙글빙글 돌아서 도로 주저앉을 뻔했다.

체르지안이 도통 중심을 못 잡고 비틀거리는 나를 잡아주고서 딱딱하게 말을 이었다.

"또 악몽 꾸기 싫다고 독주 퍼마시다가 뻗은 게 누구였더라. 저택에 데려가기에도 늦은 시간이라 일단 여기로 데려왔다. 그 상태로 여학생 기숙사에 들어갔다간 징계 먹을 게 뻔하고. 대체 마법도 못 쓰는 주제에 교수님 개인실 문은 어떻게 연 거냐? 전엔 내 지갑도 털더니……."

잠이고 뭐고 갑자기 식은땀이 흘렀다.

"젠장, 기억하고 싶지 않은데 왜 기억이 나지? 아니, 어쨌거나 그렇다고 나를 여기로 데려오면 어떡해!"

일어나자마자 최악의 상황이라니. 아까 안심했던 거 전부 취소다! 내가 머리를 싸매고 절규하자 체르지안이 심히 어이없다는 듯 헛웃음을 흘렸다.

"그럼 머리에 피도 안 마른 계집애를 길거리에서 뻗도록 내버려 둬? 너 아직 미성년자거든? 열다섯 살밖에 안 됐다고."

"차라리 그랬어야지, 이 등신아! 머저리야! 이제 난 망했어!"

나는 버럭 소리치고 나서 체르지안을 마구 때렸다. 눈물이 앞을 가리고 있었다. 물론 정말로 길거리에 그냥 내버려두지 않은 건 고맙지만 왜 하필 남학생 기숙사로 데려오냔 말이야! 아무래도 체르지안은 벨모트 왕국이 명목상으로나마 '신성'이란 타이틀을 보유했다는 걸 잠시 망각한 모양이었다. 이곳은, 상당히, 보수적인 나라였다. 평화에 찌들어 놀자판인 제국에 비하면 특히.

벨모트는 아직까지 명맥을 유지하고 있는 유일한 신성 왕국이었다. 오랜 기간에 걸친 쇠락으로 인해 이미 그 위세가 땅 끝까지 추락했으나 벨모트 왕국의 사람들은 자국에 대한 자부심이 실로 대단했다. 자신들이 신의 선택을 받았다고 믿어 의심치 않았다. 벨모트는 산 제물을 바치는 의식이 가장 성행하는 나라였으며, 80명의 성인을 기념하기 위해 수많은 축제와 기념일을 만들었다.

난 이제 끝났어. 진짜 망했다! 절망적인 미래가 절로 그려지고 있었다. 그렇고 그런 불미스러운 일이 벌어지지 않았다고 열심히 해명한들 그 누구도 믿지 않을 것이었다. 깨달음을 얻게 해준다며 내게 성흔을 새길지도 몰라. 설사 그렇지 않더라도 일단 소문이 퍼지면 엄마가 내게 그토록 바랐던 '평범한' 학창 시절은 물 건너가는 거였다.

이건 유명한 사실인데 현재 신성 벨모트 왕국에서 가장 유행하는 건 바로 낙인-자기들은 스티그마타(성혼)라고 좋게 포장하지만 내가 볼 땐 아무리 봐도 자해다-을 찍는 것이었다. 이 낙인이란 것은 세례를 받은 사람이 새겨주기도 하고 본인이 직접 박아 넣기도 하는데, 벨모트와 아카시아 제국민이 섬기는 단 하나뿐인 신에게 자신을 제물로 바친다는 의미였다. 낙인을 찍은 사람은 평생동안 결혼할 수 없었다. 덕분에 왕실에서는 매년 하락하는 혼인율로 인해 애를 먹고 있다더라. 결혼하지 않는다는 건 곧 아이를 낳지 않는다는 의미와도 같았다. 백성이 있어야 나라도 존재하는 법이니까.

우리 제국이, 그리고 신성 왕국이 열렬하게 섬기는 신이란 존재는 상당히…… 독특했다. 천의 얼굴을 가졌다고 하며 이름조차 수백만 가지나 되어서, 진짜 정체가 신인지, 악마인지조차 불분명하다니 섬뜩하게 느껴질 수밖에. 오랜 세월 동안 서로의 문화에 영향을 받아온 아카시아 제국과 신성 벨모트에선 그 신을 종교의 주체로 삼아 빛의 발두르라고 부르며 칭송하기는 하지만, 나로서는 별로 믿음이 가지 않았다. 마녀와 인어들이 지배하는 북방에선 이신을 악마들의 왕 바포메트라고 불렀고, 달과 요정들의 세계인 아발론에선 앙그라 마이뉴라고 불렀다.

어쨌거나, 까마득히 먼 옛날부터 상습적으로 다른 나라들에게 시달렸던 벨모트의 백성들은 각국의 억압으로부터 자신들의 의지와 신념을 지키기 위해 그런 극단적인 방법을 선택했다, 그리고 이것이 갑자기 선풍적인 유행을 끌면서 갓 성인이 된 사람들도 결

혼을 포기하기에 이르렀다. 이건 역사서에도 나온다. 마냥 자해만
할 수도 없으니, 산 제물을 바치는 일 또한 크게 늘면서 한참 말이
많았지. 파우스트 교황이 제국에 자리를 잡으면서 더 심각해졌다
고 들었다.

그러니까, 인신공양이.

이곳에선 아직도 순결한 처녀를 제물로 바치는 일이 빈번하게
일어났다. 더욱 끔찍한 건 파우스트가 이를 독려한다는 것이었다.
그는 앞장서서 산 제물을 끌어 모았다.

머리가 너무 아파서 눈물이 나왔다. 어쩌면 내 앞날이 깜깜하기
그지없어서 눈물이 나오는지도 모르겠다.

"난 죽을 거야. 완전히 끝났다고. 수녀원에 들어갈지도 몰라."

깨지기 직전처럼 아찔한 머리를 부여잡고 구슬프게 훌쩍이자,
내 상태를 가늠하던 체르지안의 얼굴이 미묘하게 변했다. 체르지
안은 이미 깨끗하게 씻고 말끔한 셔츠와 바지까지 갖춰 입은 뒤였
다. 어, 교복이 아니잖아? 나는 두어 번 눈을 깜박이다가 인상을
썼다. 아, 오늘 주말이었구나. 그나마 다행이군.

죽어서 만나게 될 신이 내가 가장 사랑하는 풍요와 재물의 신 플
루톤일지, 아니면 날아다니는 스파게티 괴물일지, 그것도 아니
면 이곳의 신인 발두르일지 몰라 고개를 갸우뚱하는데 나를 가만
히 바라보던 체르지안이 곧 표정을 풀고 미소 띤 얼굴로 입을 열었
다.

"나를 너무 무시하는데. 설마 내가 그 정도 사실도 몰랐을 것 같

냐?"

"네가 평소에 좀 세심했어야지."

코를 훌쩍이며 맞받아치자 그가 낄낄대고 웃었다. 이런 긴장감 없는 놈!

"예상을 깨서 미안하다만 네가 남자 기숙사에 들어왔다는 건 나랑 내 룸메이트 말고는 아무도 몰라. 이건 자신할 수도 있고. 그러니까, 네가 이 세상에서 제일 예민하고 까탈스러운 아가씨이긴 해도 우리만 입 다물면 이 사건은 그냥 넘어갈 거란 말이지."

누가 세상에서 제일 예민하고 까탈스럽다는 거야? 당연히 나는 어처구니가 없었다.

그런데 체르지안의 룸메이트가 대체 누구였더라. 도통 기억이 안 나서 잠깐 생각하다 말고 나는 툭 질문했다.

"네 룸메이트가 누군데?"

"알베이흐 릭산나 체르베르타 이슈타르."

지극히 간단명료한 대답에 내 표정이 썩어들었다.

"제국민이라면 경멸해 마지않는다는 벨모트 왕국의 여섯 번째 왕자?"

아주 지옥에나 있을 불구덩이에 처넣는구나. 내가 아연실색해서 말을 내뱉는 것과 동시에 문이 벌컥 열렸다. 등 뒤에도 눈이 달렸고 청력이 엄청나게 좋다던 괴소문이 정녕 사실인지, 알베이흐가 천천히 걸어 들어오면서 나를 응시했다.

환멸 그 이상이 담긴 차디찬 시선에 심장까지 얼어붙을 것만 같은 이질감이 들었다. 확실히 시간이 지남에 따라 전생의 기억을 거의 잃어버린 나는 이런 취급에 익숙하지 않았다.

나는 조마조마하게 그를 바라보았다. 정말로 간 떨어지는 줄 알았다. 괘, 괜찮겠지? 노려보는 시선이 장난이 아니긴 한데 입을 막아야 할 또 다른 사람이 아니니 일단은 안심해도 되지 않을까. 그런데 또 잘생기기는 엄청 잘생겼다. 그야말로 왕자님이었다.

"언제까지 이곳에 있을 셈이지? 봐주는 것도 한계가 있다, 베헤모스. 저 계집을 내보내지 않으면 사감을 부르겠다."

안심하겠다는 말 취소한다. 잘생겼다는 말도 취소……. 왕자는 왕자니까 넘어가기로 하고.

나는 입술을 삐죽이며 알베이흐를 빤히 노려보았다.

"저기요, 서로 초면인 것도 아닌데 너무 야박하신 거 아니에요?"

그러나 그는 가차 없었다.

"나가."

그런다고 내가 순순히 나가줄 것 같니. 밖에 남학생들이 우글거릴지도 모르는데!

나는 알베이흐가 교과서를 챙기고 떠날 때까지 한 마디도 입 밖으로 내뱉지 않았다가 그가 나가고서야 숨을 돌렸다. 주말인데 왜 교과서를 챙기는지 모르겠네. 누가 우등생 아니랄까 봐. 돈도 많으면서 장학금은 꼬박꼬박 타 가는 게 우스웠다. 저런 애 때문에 진짜 가난하고 똑똑한 애들이 장학금을 못 타서 학교를 관두는 거야.

알베이흐가 불쾌하다는 뜻을 담아 쾅 소리 나게 문을 닫고 나갔지만, 나는 눈알만 굴릴 뿐 섣불리 입술을 떼지 못했다.

나는 속으로 정확히 열을 셌다. 그런 뒤 혹시라도 괴물 같은 청력을 지닌 알베이흐의 귀에 닿을지도 몰랐으므로 체르지안을 쿡쿡 찌르며 아주 작게 물었다.

"넌 제국민이면서 어떻게 쟤랑 한 방을 써?"

"남 걱정하기 전에 자기 자신부터 챙기시지. 뒤뜰에 내려줄 테니까 나가기나 해."

자신이 실력 좋은 마법사임을 강조하는 체르지안의 명령에 나는 대꾸할 것도 없이 냉큼 창문 밖으로 뛰어내렸다. 애초에 그리 높지 않아서 두려움은 없었다.

곧 기다렸다는 듯이 부드러운 미풍이 나를 감싸 안는다 싶더니, 어느샌가 내 발은 땅에 사뿐히 닿아 있었다.

우아, 역시 마법이 짱이다. 정신력 소모가 극심하다곤 해도 이럴 땐 만능으로 보였다.

정원사가 솜씨 좋게 다듬어놓은 잔디밭을 열심히 밟고 뛰어가면서 나는 체르지안에게 손을 붕붕 흔들었다.

"고마워, 자기! 나중에 점심 사줄게!"

내 애교 섞인 아부에 체르지안이 쯧쯧거리며 혀를 찼다.

"됐으니까 얼른 들어가. 제발 사고 좀 그만 치고."

그 뒤로는 일사천리였다. 한여름의 해가 쨍쨍하긴 했지만 주말이라 그런지 특별히 감시하는 교수들도 없었고 대부분의 학생은 거리로 나가 있었다.

아, 괜히 가슴 졸였네. 이게 다 벨모트의 잘나신 왕자님 때문이다. 잘생긴 얼굴만큼 마음 씀씀이도 넓으면 좀 좋아? 그런데 어쩐지 찔리는 기분이 드는 건 왜인지 모르겠다. 나는 내가 봐도 예쁘장한 얼굴을 손바닥으로 문지르며 느긋하게 걸었다.

무리 없이 여학생 기숙사 문을 통과하면서 나는 한산한 홀을 둘러보았다. 마치 신이 머무는 성전처럼 웅장하게 꾸며진 여학생 기숙사는 발할라 아카데미의 대표적인 자랑거리 중 하나였다. 사람이 없는 건 다행이긴 한데, 술 냄새가 진동하는구나. 방에 가자마자 씻고 해장이나 해야겠다. 미성년자 음주는 좋은 게 아니에요. 금지하는 이유가 있다니까. 그런데 그렇다고 안 마시고 버틸 수도 없어서.

그 애 때문에.

다행히도 내 룸메이트는 집으로 가고 없었다. 성 발할라 왕립 아카데미에서 나는 3년의 재학 기간 동안 룸메이트를 다섯 번이나 갈아치웠는데, 그 이유가 바로 매일 밤마다 꾸는 악몽 때문이었다.

나는 어린 루아가 나타나 내 목을 조르는 꿈을 우리가 이별했던 그날로부터 지금까지 천 번도 넘게 꾸었다. 잘 자던 애가 새벽이면 그렇게 비명을 내지르니 어떤 룸메이트라도 겁먹을 수밖에. 하물며 대단한 가문의 공작 영애라서 제대로 화를 내지도 못하겠고

폐하의 1
소꿉친구

말이야.

 연휴나 방학이면 나는 집으로 돌아가지만, 부모님에게 루아에 대한 얘기를 묻진 않는다. 물론 고의였다. 부모님께선 가끔가다 제국에 갔다 오셨는데 그럴 때면 혹시라도 내가 루아의 소식을 물을까 염려하시는 것이 너무나 뚜렷하게 보였던 탓이다.

 엄마와 아빠는 내가 루아를 잊길 바란다. 특히 엄마는 제국의 남자들은 다분히 신사적이나 게으름이 많다고 투덜거리면서, 벨모트의 남자들은 가정을 중요시하며 사랑하는 사람이 생기면 목숨을 걸고 사로잡는다는 설문 결과를 나에게 열 번도 넘게 들려주었다. 비록 벨모트가 식민국이기는 해도 어느 정도의 직위가 있다면 세상 사는 데 불편하지는 않다는 것이 엄마의 주장이었다. 졸지에 게으름뱅이가 되어버린 아빠는 엄마의 등살에 밀려 그저 난감하게 웃었다.

 나는 곧장 욕실로 들어가 목욕을 했다. 어느새 허리를 전부 덮고서도 한참이 남는 풍성한 머리카락을 감고 빗질하느라 더욱 시간이 오래 걸렸다. 귀찮지만 자르자니 또 아까워서 그냥 기르는 중이었다.

 목욕을 하고 나서 시계를 보는데 일어난 지 얼마나 지났다고 바늘은 나에게 오후 3시를 알려주고 있었다. 아, 슬퍼. 이렇게 황금 같은 주말을 술에 절어서 날리는구나. 뭐, 그래도 바라던 대로 악몽은 안 꿨으니 본전은 뽑은 건가? 미묘하게 고개를 갸웃거리며 나는 한숨을 내쉬었다.

이젠 전생의 이름조차 기억나지 않건만, 시간순으로 따지면 얼마 차이 나지도 않는 지난날의 어린 시절은 어째서 매일같이 찾아와 나를 옭아매는지. 물감의 빛이 바랠까 봐 누군가 와서 덧칠하는 것 같았다. 절대로 지워지지 않도록. 언제까지나 선명히 남아 있도록.

희뿌연 김을 홀홀 털어내고 욕실 밖으로 나와 침대에 아무렇게나 드러누웠다. 씻고 나니 몹시도 나른해져서 해장이고 뭐고 영 의욕이 나질 않았다.

채 닦아내지 않은 물방울이 분홍색 머리카락을 타고 미끄러지듯 내려가 시트 위로 방울방울 떨어지는 모습을 나는 눈 한번 깜박이지 않고 하염없이 쳐다보았다.

네 잘못이 없다는 걸 안다. 어른들의 생각과 판단에 돌이킬 수 없는 상처를 입었다는 걸 알아. 너를 믿음으로써 참된 진실을 알았는데도 나는 네게 돌아가기가 두렵다. 그렇게 떠나놓고서 태연스레 네 앞에 설 자신이 없어. 너는 반드시 나를 원망할 테고, 애석하지만 그 원망은 지극히 온당한 필연이니까.

햇살 부서지듯 선명했던 네 금빛 머리카락을 기억해.

시리도록 말갛고 푸르렀던 네 푸른 물빛 눈동자를 기억해.

언제든지 나를 붙잡아주던 그 작은 손을 지금도 기억하고 있어.

나는 너와 마주 서는 것을 두려워하는 못난 겁쟁이다. 하지만 너역시 나를 찾으러 오지 않았어. 시도조차 하지 않았겠지.

나는 네게 어른이 되라 말했지만 정작 나는 열두 살이던 그 무

폐하의 1
소꿉친구

렵에서 멈춰 서 있다. 너는 내 꿈을 지배하고, 생각을 지배했으며, 현재의 나를 구축하는 과거의 모든 것이야. 결국에는 이렇게 되어 버리고 말았어.

열다섯, 과거가 아닌 현재의 너는 어떨까.

어떤 눈으로 나를 바라볼 거지?

루아를 생각하다가 내가 깜박 잠이 들었던 모양이다. 종소리가 들려오고 있었다. 크고, 무겁고, 여운이 오래가는 아른함이었다. 꿈인지 현실인지 아득히 멀게만 들려오다가, 어느 순간을 기점으로 엄청나게 커졌다. 증폭 마법을 사용했는지 그 소리가 땅의 끝에서 끝까지 닿을 것 같았다. 귀가 터질 정도로 컸다!

"대체 무슨……."

하도 종소리가 우렁차서 어이가 없을 정도였다. 진짜 경악스러울 만큼 시끄러워서 나는 미간을 찌푸린 채 몸을 일으켰다. 도대체 뭐야? 드디어 빛의 발두르가 깊은 잠에서 깼나? 그래서 속세에 찌든 세상을 심판하려고?

바로 그때, 너무나 큰 목소리로 인하여 세상이 흔들렸다.

"찬란했던 태양이 저물었느니라! 제국의 발아래 놓인 벨모트는 무릎을 꿇고 예를 갖추어 선황제 폐하의 위신을 드높이거라!"

시간이 멈추고 내 호흡 또한 정지했다. 일어나다 만 어정쩡한 자세로 얼어붙어서 나는 숨을 삼켰다.

이게…… 무슨 소리야?

그러나 내가 창문을 열어젖히기도 전에 왕성과 성전을 비롯한 모든 곳에서 동시다발적으로 종이 울렸다.

　그 뒤로 이어진 엄숙한 말은, 내게 이 갑작스러운 상황을 이해시키기에 충분하고도 넘쳤다.

　"선황제 폐하께서 서거하셨다! 선황제 폐하께서 서거하셨다! 벨모트의 모든 이는 무릎을 꿇고 예를 갖추어라!"

　열두 살을 기점으로 멈추었던 내 시곗바늘이 한 칸 움직이는 것 같았다.

　종은 쉬지 않고 울리며 오늘이 아카시아 제국의 황제 하인리히 발렌틴 윙그비아 페르디난드의 임종일임을 전 세계에 알렸다. 그러나 아직 창창한 마흔다섯의 연세셨다.

　심장이 먹먹하더니 순간 내 주위가 일그러지는 듯한 착각이 일었다. 그렇게도 정정하셨는데 도대체 왜? 이 소식이 나는 너무나 갑작스럽다. 받아들이기 힘든 사실이었다.

　젖은 머리칼을 말리지도 못한 채 나는 바쁘게 옷을 갖춰 입고 방문을 나섰다. 머릿속이 새하얗게 변해버리는 것 같은 이 불쾌한 느낌을, 어쩐지 다시 태어나고 나서 더 많이 받는 것 같다. 내가 무슨 정신인지는 나도 의문이었지만, 나는 다급하게 계단을 뛰어내려 아카데미 밖으로 뛰쳐나갔다.

　그리고 곧, 내 선택이 잘못되었음을 깨달았다.

　순결한 소녀의 기도를 품은 고귀한 새벽빛의 거리, 오벨뤼제라

했던가. 하늘에서 내려온 다채로운 빛살을 양껏 머금은 성스러운 유리 길을 가로지르면서 나는 혼란스럽게 주위를 살폈다. 오벨뤼제를 품은 수도 오르페데스의 그 작은 세계가 둘로 쪼개지고 있었다. 거리에 나온 사람은 아주 많았지만, 벨모트 왕국에서 황제의 죽음을 애도하는 이는 아무도 없었다. 오직 혼란으로 점철되어서 어느 누구도 그럴 정신이 없는 듯했다.

황량하고 건조한 모래 바람이 무릎 아래서 낮게 불었다. 젖은 장밋빛 머리카락이 축축 처져서 달라붙는 게 느껴졌다.

사파이어처럼 고결한 새벽의 도시가 내 눈앞에서 일그러진다. 새벽별이 잠시 쉬어 갈 만큼 매혹적인 무지갯길이라 불리던 오벨뤼제는 그야말로 아수라장이었다. 팽팽하게 당겨진 대기에 숨이 막혀왔다.

멀리서부터 수상한 사내들이 환호성을 지르며 행진하는 모습이 보였다.

나는 다급하게 숨을 죽이며 뒷걸음질 쳤다. 그들이 과시하고자 두른 붉은 망토와 검은 가면을 통해 정체를 한눈에 알아볼 수 있었다. 거짓된 혁명가들. 과거엔 이상을 꿈꾸던 젊은 학도들과 용감한 전사들이었으나, 이젠 그마저도 무색한 거리의 범죄자들. 외지인이라면 일단 물어뜯고, 갈취하고, 죽이고 보는 자들이었다. 벨모트에서 가장 고인 물. 지난날 엄마와 아빠에게 거듭 조심하라 주의받았던 바다괴물의 문양이 새겨진 큰 깃발이 보였다. 그 커다란 붉은 천이 깃대에 걸려 펄럭였다.

심장이 당장이라도 터질 듯 거세게 뛰었다. 폭력적인 희열을 못 이긴 몇몇 이는 그 악마의 상징을 흔들면서 미친 듯이 사방을 뛰어다녔는데, 고약한 술 냄새가 났다. 왕국의 병사들이 말썽꾼들을 보는 족족 잡아들이고 있었지만 그들에 비하면 턱없이 수가 모자랐다. 그야말로 작정하고 나온 것 같았다.

잡히는 자도 잡으려는 자도, 쫓기는 자도 쫓는 자도 짐승처럼 흉포했다. 왕의 명령을 받는 벨모트 왕실 직속 기사단인 태양의 기사단원과 달의 기사단원들도 언뜻 보였는데, 그들 또한 난폭하기는 마찬가지였다. 이제 곧 루아가 황좌에 앉을 것이므로 불필요한 마찰을 피하고자 급히 수습에 나선 듯했다. 나라에서 버렸다고 한들 저들도 벨모트의 시민권을 가졌으니까. 신성이란 이름이 무색할 만큼 타락했던 벨모트가 그나마 이 정도의 치안을 유지하게 된 것도 제국의 개입이 있고 난 후였다.

나는 폐하께서 일부러 내 유배지로 벨모트를 고르신 거라 믿어 의심치 않았다. 이곳에서 내가 봉변을 당한다면 폐하께서 직접 손쓰시지 않아도 되니까.

그런데 그 폐하가 돌아가셨다니. 머리가 지끈거렸다.

황제 폐하가 돌아가셨으니, 이제, 곧, 루아가 황위에 오른다. 그럼 황후 폐하는……? 나는 눈을 부릅떴다. 루아의 엄마, 마르가레테 그렌트헨 황후는 어떻게 된 거지?

환한 햇볕이 세상을 보듬으려는 듯 따스하건만 낮게 부는 바람은 주제도 모르고 매서웠다. 모두가 이성을 잃어 눈에 흉흉한 기운이 감돌았다. 오가는 말들뿐만이 아니라 주먹질과 폭력이 난무하는 거칢이 곳곳에서 고개를 치켜들었다. 국가에 허가받지 못한 단체가 기사들에 맞서 폭력을 휘두르기 시작하자 이를 지켜보고 있던 백성들까지 되레 기민하게 반응하면서, 화를 피하고자 집 안으로 도망쳤다. 순식간에 거리가 폭력과 무질서로 물들었다. 족히 수십 년은 지하에 숨어 살았으니 제대로 작정했을 거다.

"그들은 어디에 있지?"

가면 쓴 남자가 위협적으로 고함쳤다.

"빌어먹게 고상한 귀족들은 다 어디로 숨었느냔 말이다!"

이리도 꼿꼿하게 서 있는데 바위에 몸이 짓눌리는 기분이 든다. 저들의 목표가 나라고 예외는 아닐 것이었다. 혈통에서 기인하는 분노는 아이와 어른을 구분 지어 가리지 않는다. 적어도 지금 이 순간만큼은 절대적으로 그렇겠지.

바다보다 깊이 잠긴 물웅덩이에 빠진 것 같았다. 수십여 개의 바늘을 꽂은 것처럼 왼발이 저릿거린다 싶어서 보니 신발을 한쪽만 신은 채였다. 나올 땐 아니었으니 내달리다 벗겨진 모양이다.

나는 불안하게 마른침을 삼켰다. 아무래도 지금 당장 피신해야 될 것 같은데. 안타깝지만 나는 뭔가를 훔치는 데만 재능이 조금 있을 뿐이지, 몸싸움과는 거리가 먼 사람이었다. 소녀답게 여리고 부드러운 몸을 유지하기 위해 운동 같은 건 하지도 않았다.

그래, 지금 당장 도망가야겠어.

나는 다급하게 등을 돌렸다. 그러나 당황스럽게도 눈을 깜박일 시간조차 없이 바로 뒤에 있었던 알베이흐 릭산나 체르베르타 이슈타르와 맞닥뜨렸다. 그의 무심한 눈에도 이미 내 모습이 담겨 있었다.

몇 시간 만의 재회였다. 마냥 안도할 수는 없었으므로 내 어깨가 크게 떨렸다.

"어……, 선배?"

그는 아까 마주했을 때와 똑같이 미간을 찌푸렸다. 그저 불만스럽고 짜증 난다는 기색이라 나는 나도 모르게 그 표정을 따라 했다. 알베이흐 또한 갑작스러웠는지 눈처럼 희디흰 은발이며 옷매무새며 다분히 흐트러져 있었다.

알베이흐가 한심하다는 검은 눈으로 나를 바라보며 즉각 나무랐다.

"위험한 도박을 벌이는군. 너는 시기가 좋지 못하다는 것조차 파악하지 못하는 건가? 저들은 벨모트고, 제국이고 가리지 않는 들개와도 같아. 살고 싶다면 돌아가라, 네가 낄 자리가 아니니. 이제야 알았다면 유감이지만 이곳에서 이런 일은 흔하다."

"저는…….."

"저기 왕자와 제국에서 온 귀족이 있다!"

어느 사내의 외침인지 살펴볼 겨를도 없었다. 내겐 지나가는 찰나의 순간들이 몹시도 급박해 보였으니까.

처음으로 확 튀는 솜사탕색 머리칼이 원망스러워지는 순간이었다. 나는 우거지상으로 고개를 돌렸다. 종이 울리기 시작하고부터 얼마 지나지도 않았는데 다들 무기를 든 채였다. 황제 폐하의 서거 소식을 미리 알기라도 한 것처럼, 정말이지 너무나 완벽하게 그들은 준비되어 있었다.

나는 명명백백한 살의를 보이며 다가오는 여러 무리를 보았다. 어림잡아도 스물은 되는 것 같았다. 장난 아니게 무서웠다.

바로 뒤에서 가볍게 혀를 차는 소리가 들리더니, 알베이흐가 나를 잡아끌었다.

"따라오거라."

하지만 앞뒤가 전부 가로막혔는데! 좁은 골목길을 가로지르며 나는 걱정했지만 그건 쓸데없는 짓이었다.

알베이흐가 재빨리 몸을 숙여 바닥에 손을 대고 기도하듯이 주문을 읊자, 땅이 쿠르릉 하고 낮게 떨다가 커다란 나무를 토해냈다. 새싹이 돋아나는가 싶더니 단 몇 초 만에 풍부한 색감을 가진 종려나무로 자라났다. 마법과는 그 근원부터가 다른 성력의 힘이었다. 왕조의 핏줄을 통해 계승되는, 생명을 창조하는 가장 순수한 능력. 깨끗한 무색의 빛.

벨모트 왕가가 유지될 수 있었던 것은 저 신기하고 이상한 능력 때문이 컸다. 우리의 신이 눈을 떴을 때 종말을 가져다준다고 알려진 것을 생각하면 식물을 싹틔우는 이들의 신성력은 정말 아이러니한 일이었다.

날카로운 바람에 눈이 아렸다. 빠르게 솟아오르는 나무에 발을 붙이고 있는 건 상당히 위험했다. 두 번은 절대 사양하고 싶은 아찔한 경험이었으나, 무척 고맙게도 알베이흐가 나를 놓아버리지 않아 어찌어찌 중심을 잡았다. 적어도 볼썽사납게 넘어지지는 않았다.

알베이흐가 잔뜩 긴장한 나를 무심히 곁눈질했다.

"너는 제국에서도 알아주는 공작가의 직계 후손이다. 지금 같은 시국에 혼자 돌아다니는 건 죽여달라고 비는 꼴이나 다름없지. 그 레이스 공작이 관리한 덕에 예전보단 나아졌지만 이런 날의 오르페데스는 여전히 위험해."

"알아들었어요."

너무 놀라서 그만, 나는 순순히 고개를 끄덕였다. 내가 이 상황을 아직 온전히 이해하지 못했다는 말은 애써 삼켰다. 그리고 이건 충분히 잘한 일이었다.

내 대답을 들은 알베이흐의 표정이 다소 누그러졌다. 그 역시 내가 이런 난장판을 처음 목격했다는 사실을 눈치 챈 듯했다.

"알면 되었다."

그래도 아주 미움받지는 않은 것 같다는 생각이 잠시나마 들었다.

나무가 크게 자라자 알베이흐가 나를 데리고 바로 옆 건물로 뛰어내렸다. 순간적인 돌풍에 젖은 머리카락이 붕 떠올랐다가 어깨 위로 내려앉았다. 떨어지는 머리칼이 어깨에 먼저 닿고, 등을 덮는 느낌이 생생했다. 알베이흐의 은발이 내 볼을 잠시 스쳤는데, 꽤나 부드러운 느낌이라 깜짝 놀랐다. 섬세한 비단을 얇게 갈라놓은 것 같았다.

어리둥절하게 그를 빤히 쳐다보는데 그가 또 돌연 안색을 바꿔 짜증을 부렸다.

"이만 떨어져."

꼭 결벽증 환자처럼 인색하게 굴어서 나는 눈을 흘기며 알베이흐의 팔을 놓아주었다. 그가 구겨진 셔츠를 보고 애석한 표정을 지어서 어처구니가 없었다. 이 신경질적인 결벽증 환자야, 나는 목숨이 걸린 문제였다고! 거기서 떨어졌으면 그대로 거짓된 혁명가들의 밥이 되었을 게 뻔했다.

조심스럽게 고개를 빼고 옥상의 난간 밑을 내려다보니, 제복을 입은 군사들이 달려와 나를 노렸던 사람들을 끌고 가는 게 보였다.

한시름 덜었다 싶으면서도 기분이 울적한 건 어찌할 바가 없었다. 알베이흐가 도와주지 않았더라면 무슨 꼴을 당했을지 모르는 일인데, 잠시라도 생각할 틈이 나면 기다렸다는 양 루아가 떠오르고 만다. 꼬리에 꼬리를 물고 이어지는 이런 식의 연계 때문에 나는 루아를 단 한시도 잊을 수가 없었다. 가슴이 먹먹했다. 루아는 괜찮은 건지 모르겠다. 아무리 미워도 세상에 하나뿐인 아빠잖아.

하나뿐인.

비 내리던 날에 만났던 루아가 눈앞에 아른거렸다. 세상을 담을 것처럼 거대한 방의 구석에서 웅크리고 있던 나의 조그만 아이. 비에 젖고 슬픔에 물든 가련한 천사.

「나 무서워.」

「가지 마. 나한테는 정말 너밖에 없단 말이야.」

겁에 질린 그 목소리가 악몽처럼 불합리하게 떠올랐다. 여전히 눈에 보일 듯 생생해서, 갑자기 섬뜩한 기분이 몰려왔다. 악몽. 3년간 지독히도 끈질기게 내 목을 졸랐던 그 아이. 내가 만들어낸, 놓치지 못한 죄책감.

소름이 끼치며 손이 떨렸다. 천사처럼 예쁘고 사랑스러운 루아의 얼굴이 내 무의식을 뚫고 나와 무섭게 일그러졌다.

꿈이 싫었다. 잠들기가 너무 무서웠다. 나는 환상에 사로잡혀 앞으로 나아갈 수 없었다. 꿈속에서 루아는 언제나 나를 원망하고 있었으니까. 나는 루아를 버리고 도망친 것이나 다름없었다.

나는 영원히 열두 살의 박제된 과거에서 벗어날 수 없었다.

입술을 물어뜯고 주먹을 쥔 것은, 무의식중에 튀어나온 일종의 방어 본능이었다. 다만 알베이흐가 보는 앞에서 그런 반응을 보였다는 점이 문제일 뿐이지.

"두려운가?"

지금의 상황을 두고 던져본 질문임을 알았으나, 그럼에도 나는 고개를 끄덕였다. 현재의 나에겐 나를 둘러싼 세상 전체가 그랬으니까.

루아가 싫다. 증오스럽게 밉고, 다시는 보고 싶지 않다고 느낄 정도로 원망한다. 하지만 그 아이는 잘못한 게 없었다. 그 애를 버린 건 나였다. 다른 누구도 아닌.

"미치기 직전이에요."

나의 죄.

극심한 자기혐오와 함께 내뱉은 대답이었다. 입술을 물어뜯다가 나는 가까스로 발밑에서 시선을 거뒀다. 황제 폐하의 죽음이 모두에게 갑작스러웠으므로 혼란의 혼란밖에는 남은 게 없었다.

혼돈을 추구하는 가면 쓴 자들이 아직도 애꿎은 이들에게 패악을 부리는 소리가 들렸다. 몇 달을 굶은 들짐승의 목울대에서나 울릴 법한 으르렁거림이었다. 그러나 그 살벌함조차 성가시다는 건지, 알베이흐는 일말의 시선조차 한번 주지 않았다. 잠시나마 나를 탐색하다가 그것도 낭비라고 여겼는지, 한숨을 내쉬었다.

"이름을 빼앗겨도 그 의지는 남는다. 하지만 시간이 흐를수록 이마저 흐려지겠지. 결국 순리라는 것이다. 쇠퇴라는 것은 이처럼 야만적이면서 자연스럽다."

이대로 벨모트가 망해도 여한이 없다는 듯, 차라리 그래야 제 속이 편하겠다는 듯 무심하기 이를 데 없었다. 나는 의아하게 눈을 깜박였다.

"왜…… 그런 목소리로 말해요?"

"저들이 뜻을 알아달라며 저리 날뛴들 왕가는 이미 희망을 버렸다. 십 년이 지나고 백 년이 지나면서 제국에게 지배받음으로 인해 얻는 강제적이고 부조리한 평화와 안락함에 적응했지. 다른 나라의 식민지가 될 바에야 이편이 나으니까. 예부터 벨모트는 신성 왕국이 아니었다. 이제는 어떤 조공을 보내야 황제가 기뻐할까 고민하는 아첨꾼들만이 남았어. 썩고 또 썩어가는 주제에 저들은 아직도 그걸 모르지."

무뚝뚝하고, 단조롭고, 평이한 목소리였다. 오히려 그렇기에 와 닿았다.

머리 위에서 쏟아지는 쨍한 햇볕에 갇힌 기분이 들었다. 나는 미심쩍은 눈으로 알베이흐를 응시한 채 숨죽여 속삭였다.

"어째서 이 얘기를 제게 들려주는 거죠?"

"나는 너에게 우리를 두려워할 가치가 없다는 것을 알려주려는 거다."

귀를 파고든 음성은, 마찬가지로 지극히 담백하고 무미건조했다.

아, 떨림이 멎었다. 마구 고동치던 심장이 본래 리듬을 되찾고 부드럽게 뛰었다. 아까 나가라고 했을 때와 지금의 얼굴 표정이 특별히 달라진 것도 아닌데 그가 조금은 덜 무서웠다.

나는 무감정한 알베이흐의 얼굴을 올려다보다가 눈을 감았다.

피곤해.

거리가 제법 한산해지자 알베이흐는 나를 기숙사가 아닌 그레이스 가문의 넓은 사유지까지 직접 데려다주었다. 화려한 외관 덕분에 작은 왕궁이라고도 불리는 대저택 근처부터는 나를 발견한 공작가 사병들의 호위를 받았으므로 숨어 다닐 필요가 없었다. 나는 부모님이 무사하다는 말을 듣고 안심했다.

내가 돌아왔다는 소식을 듣자마자 엄마는 다급하게 뛰쳐나왔다. 나를 이리저리 돌려 살펴보며 무사하다는 사실을 거듭해서 확인한 뒤에, 왜 빨리 돌아오지 않았냐고 나무라며 꼭 껴안았다. 레뮤시와 사병들이 나를 찾지 못해서 걱정이 이만저만이 아니셨다고. 아빠 또한 나를 살피는 데 여념이 없었다. 물론 나 또한 그러했다. 그 순간만큼은 루아와의 대면을 감수하고서라도 당장 제국으로 돌아가고 싶었다.

알베이흐는 눈물 없이는 볼 수 없는 엄마와 나의 감격적인 상봉을 대놓고 무시하고서, 공부를 핑계로 아빠의 인사만 받고 가버렸다.

사유지를 지키고 있는 사병들의 수가 평소보다 배는 더 많았다. 현실이 난국이라 마냥 기뻐하지만은 못하고 조심스럽게 경계하는 엄마와 달리, 아빠는 귀족의 예법으로 알베이흐에게 감사 인사를 전했다. 나중에 이 일에 대한 보답을 하겠다고도 말했으므로 엄마는 다소 탐탁지 않은 기색이셨다. 벨모트의 남자들을 칭찬하던 엄마도 이번 일에는 큰 충격을 받으신 것 같았다. 비록 얼굴을 딱딱하게 굳힌 채로도 내가 궁금해하는 바를 알고 설명해주셨으니 나로서는 그저 감사할 따름이지만.

황궁에 화재가 있었다고 했다. 예상치 못한 큰 불이 급속도로 번져가 마법사들도 당장 손을 쓸 수가 없었다고.

그건 너무나 급작스러운 사고였다. 모두를 충격에 빠뜨린. 그 당시 황제 폐하의 곁에 있었던 이는 오로지 그렌트헨 황후 폐하뿐이셨으며, 가까스로 밀폐된 방에서 탈출하신 황후 폐하께선 현재 정신적 충격이 극심하여 약을 먹고 잠드셨다고 했다. 황제 폐하의 육신이 알아볼 수 없을 정도로 훼손되어 제국 내에서도 말이 많다는 것이 엄마의 설명이었다.

아직 여러 의문점이 남아 있지만 국장을 준비하고 루아의 즉위식 또한 일정을 잡아야 하니 성내가 몹시 번잡하다고 한다. 아빠와 엄마도 제국으로 갈 채비를 하고 계셨다. 벨모트 왕궁에 연결되어 있는 직속 게이트를 통해 제국의 고위 귀족들이 단번에 이동할 예정이라는 말도 언뜻 들었다.

"그럼 엄마, 나도……."

나 역시 짐을 챙기겠다는 말을 하려는데 엄마가 딱 잘라 거절했다.

"넌 저택에서 기다리고 있으렴. 국장에 참예하는 건 우리만으로도 충분해."

나는 얼굴을 찡그렸다.

"하지만 엄마, 다른 누구도 아닌 선황제 폐하의 국장이잖아. 내가 불참하면 말이 많을 게 뻔하다는 사실은 엄마도 잘 알면서……."

"아무리 그렇다고 해도 안 돼. 내 아가, 엄마 말 들어."

나는 미간을 찌푸리며 아빠를 돌아보았다. 아빠가 물안개처럼 옅게 웃으셨다. 성가신 일이 잔뜩 생기겠다며 투덜거리는 엄마와 달리 아빠는 침착했다.

"미안하지만 나도 레이첼의 말에 동의한단다. 어쩌면 제국이 여기보다 더 위험할 수도 있어. 이미 왕국에서 조치를 내렸다고 들었으니 너무 걱정하지 말고 있으렴. 오늘 같은 소란은 벌어지지 않을 거야."

"그래도!"

나를 걱정해서 하는 말이라는 것을 알아도 못내 의심스러운 건 어쩔 수가 없었다. 내가 못마땅한 신음을 흘리자 아빠가 내 이마에 입을 맞추었다.

"최대한 서둘러 돌아올게. 혹시 모르니 외출할 땐 반드시 레뮤시와 동행하려무나. 위험한 짓은 절대로 하지 않겠다고 아빠와 약속할 수 있지?"

나는 부모님의 속이나 썩이는 불량배가 된 듯한 기분에 사로잡혀 한 박자 늦게 아빠를 안심시켰다.

"그야 물론이지."

아빠의 말은 도저히 거역할 수가 없다. 아빠는 거의 언제나 한결같이 다정해도 일단 화나면 저기압이 되어 엄마보다 배는 더 무서웠다.

자포자기한 심정으로 느릿느릿하게 대답하려니 아빠가 내 머리를 쓰다듬고는 나를 꼭 끌어안아주셨다.

"곧 마법사가 와서 이 근방에 결계를 펼 거란다. 앞으로 나흘간 모든 경제 활동이 중단되는 건 너도 알겠지만 아빠는 휴교라고 해서 네가 학생의 업무를 게을리 하지 않았으면 좋겠구나."

"그냥 루아 생각은 하지 말라고 말해도 돼."

"보니, 사랑하는 내 아가."

점잖은 목소리에 나는 눈만 또르르 굴렸다. 반항하고 싶은 걸 억지로 참기 위해서였다. 요새 들어 왜 이렇게 비딱해지는지 모르겠다. 사춘기인가? 어쩌면 하루가 멀다 하고 이어지는 악몽 덕분에 성질이 아예 뒤틀린지도. 궤도를 잃고 표류하는 거다. 하지만 이것은, 적어도 겉으로는 티내고 싶지 않은 나만의 가장 은밀한 비밀.

나는 아빠를 껴안고 작게 속삭였다.

"걱정하지 마, 아빠. 나도 사랑해."

"사랑한다, 보니. 금방 돌아올 거야."

아빠와의 포옹을 푼 뒤엔, 여전히 곱고 아름다운 엄마와 작별 인사를 했다. 사실 엄마는 나와 똑같은 분홍색 머리카락에 부드러운 색감의 갈색 눈을 가져서 요정이 빚은 아침노을 같다. 엄마에게는 어떤 찬사를 퍼부어도 모자랐다.

엄마는 혹시라도 내가 불안해할까 봐 걱정하는 기색을 완전히 지워버리고 내 양쪽 뺨에 키스했다.

"필요한 거 있니? 가는 길에 구해다줄게."

"그냥 무사히만 돌아와."

나는 웅얼웅얼 말했다. 내 기분을 나보다 더 잘 아는 엄마가 못마땅한 얼굴로 망설였다.

"꼬마 주제에 애늙은이 같은 소리 하기는. 정말 필요한 거 없어?

아니면 멜리사치오의 파베 초콜릿이라도 사다줄까?"

나는 입술을 삐죽였다.

"나 단거 끊은 지 오래인지 알면서 또 그 소리야? 됐으니까 어서 가. 사람들 기다리겠다."

내 얼굴을 꼼꼼히 뜯어보느라 머뭇거리는 엄마를 억지로 대문 밖으로 떠밀고서야 나는 안도의 한숨을 내쉬었다. 다시 달콤한 간식을 입에 대느니 차라리 쫄쫄 굶고 말지. 초콜릿이든 케이크든 사탕이든 전부 질색이다. 그런 설탕 덩어리보다 영양가 있는 음식들이 얼마나 많은데!

나는 애써 밝은 체하며 손을 흔들었다. 아빠와 엄마는 그레이스 공작가의 화려한 문양이 수놓인 마차에 올라 곧 떠나버렸다. 매정하다 싶을 만큼 빠른 속도였다.

부모님이 떠나고 나자 기다렸다는 듯이 밀려든 서늘한 한기가 나를 에워쌌다. 실로 무더운 한여름의 미적지근한 밤인데 몸이 시렸다. 레뮤시도 있었고 시녀인 메리와 마가렛과 솜씨 좋은 주방장도 저택에 머무른 채였으나 어쩐지 다들 멀게만 느껴졌다.

나는 저택에서 기르는 새하얀 페르시안 고양이를 품에 안은 채, 입 밖으로 나오지 못한 수많은 말을 삼켰다. 보석처럼 새파란 눈동자를 가진 흰 고양이는 내 품이 만족스러운지 버둥거리지 않고 기분 좋게 색색거렸다.

깊이 파고들었다가 순식간에 사라진 찰나의 외로움에 가슴이 저몄다. 바늘에 찔리고, 가시에 긁힌 듯한 기분이었다. 텅 빈 한가운데, 닫힌 정문을 쳐다보며 호흡을 반복하자 천천히, 천천히 무거운 덩어리 같던 답답함이 가라앉는다. 나는 이번에도 훌륭하게 참는 데 성공했다.

적당히 똑똑하고, 적당히 애교를 부리고, 적당히 떼를 쓰고, 적당히 착한 딸이 되는 일은 아직도 어려웠다. 나는 가장 사랑하는 사람들에게 가장 필사적으로 나를 숨겼다. 나는 부모님과 함께 있어야지만 루아를 잊을 수 있었으나, 정말은 아카데미에도 가고 싶지 않았고 매일 밤마다 미쳐가고 있었으나, 그 사실을 부모님이 꼭 알아야 한다고는 생각하지 않았다. 나는 이미 충분히 이상한 아이였다. 여기서 더 평범함과 멀어질 수는 없는 노릇이 아닌가.

참으로 피곤한 하루가 아니었나 싶다. 나는 조그맣게 야옹거리는 고양이를 쓰다듬으며 조용히 내 방으로 돌아갔다.

기름칠한 문을 매끄럽게 닫고, 어둠이 자리 잡은 공간을 가만히 가로질렀다. 이 고요를 깨뜨리고 싶지 않았다. 나는 정말로 지쳐 있었다.

이대로 잠들어버리면, 너는 다시 나를 찾아와 목을 조르겠지.

별로 가득한 밤이 창문 하나를 두고 들이닥쳐 있었다. 백조자리의 데네브가 거문고자리의 베가, 독수리자리의 알타이르와 함께 여름철의 대삼각형을 완성하며 창 밖에서 반짝였다. 실처럼 스며드는 별빛에 의존하여 나는 이비를 침대에 내려놓은 뒤, 백향목으로 만든 책상 의자에 앉았다.

맨 마지막 서랍을 열어젖히자 아무것도 없는 빈 공간이 나왔지만, 나는 서랍을 아예 끄집어내서 밑에 깔린 얇은 나무판을 들추고 그 아래에 숨겨져 있던 가죽 덮개의 동화책을 꺼냈다. 얼어붙은 동토에서 돋아난 새싹 같았던 루아 특유의 향기는 이미 사라지고 없었으나 그 소중함은 전과 같았다. 따뜻하고, 보드랍고, 또 슬펐다. 벽난로 속의 장작과 젖은 비 냄새가 났다.

책에 얼굴을 묻고서 숨을 깊이 들이마셨다. 내 시간이 멈춘 그날 밤 나는 루아에게 나와 같이 어른이 되자고 약속했다. 루아를 믿었기 때문에. 나와 같은 시간을 보낼 이는 폐하와 교황을 포함한 다른 누구도 아닌 루아였으니까.

나는 원인이자, 계기이며, 루아가 정신적으로 성장하는 데 필요한 단 하나뿐인 열쇠였다. 적어도 과거에서는 그러했다. 동화책을 받기 전에도 나는 그 사실을 어렴풋이 아는 상태였다. 그래서 루아에게 작별 인사로 입 맞추었다. 어린 소녀였을 적의 함께하고픈 마음을 주었다.

부모님이 아무리 필사적으로 막아도 머지않은 날 루아와 재회하리라는 것을 나는 의식하고 있었다. 그럴 수밖에 없는 현실이었다.

피로가 극심했지만, 잠자기가 싫었다. 악몽이 두려워 의자에 앉아 무릎을 세우고 나는 고양이처럼 몸을 말았다. 시녀들이 전부 잠들고 나면 엄마 방으로 가서 잘 생각이었다. 나는 기숙사에서 돌아올 때마다 아빠를 밀어내고 엄마와 함께 잤다. 그러면 악몽을 꾸지 않거나, 나쁜 기억도 금방 사라졌다.

아침이 돌아오기만을 기다리면서, 깊이 잠들라치면 화들짝 깨어나는 새우잠을 반복하는데 별안간 고요했던 대기가 확 찢어졌다. 부유하는 정적을 단번에 깨뜨리고도 남을 예리함이었다. 평범한 바람 소리 같으면서도 여인의 비명처럼 날카롭고 또 섬뜩했다.

뭐지? 내가 눈을 부릅뜨기 무섭게 덜컹거리던 창문이 제 스스로 열렸다. 그 즉시 갇혀 있던 별빛이 엄청난 속도로 비스듬히 쏟아져 내렸다. 나를 따라서 꾸벅꾸벅 졸던 고양이가 크게 야옹거리며 귀를 쫑긋 세웠다.

"뭐…… 뭐야?"

진짜, 제대로, 놀랐다. 잠이 확 달아나는 걸 느끼며 벌떡 일어서자 뒤로 기울어진 의자가 쾅 소리와 함께 바닥과 충돌했다. 그러나 이런 내 당혹스러움이 우습다는 듯, 이윽고 모습을 드러낸 장신의 남자는 너무나 잘 아는 상대였다. 아무것도 비춰들지 않을 것만 같은 검은색 눈을 가졌고, 머리는 헝클어져 있었다.

"왜 그리 놀라냐? 사람 무안하게."

"너! 체르지안!"

정말로 간 떨어지는 줄 알았잖아! 아무래도 얘는 내가 감수성이 풍부하고 또 예민한 성장기 소녀라는 사실을 아예 망각한 것 같다.

나는 사납게 얼굴을 일그러뜨리고서, 내내 껴안고 있던 동화책으로 체르지안을 힘껏 때렸다. 그가 몹시도 쉽게 창틀을 넘어와서 더욱 열받았다. 아무래도 얘는 도둑놈 기질이 다분한 듯해. 내 방에서 뭔가가 없어지면 범인은 체르지안이다.

내가 경악과 놀람과 분노의 감정을 한꺼번에 표출하자 실실 웃던 체르지안이 기겁했다.

"나 안 반가워? 자기라고 부를 땐 언제고 기껏 걱정돼서 왔더니 왜 때려!"

"하나도 안 반갑거든! 네 눈에는 대문이 장식이지?"

"레뮈시가 안 들여보내주니 별수 없잖아? 억울해 죽겠네. 가뜩이나 결계를 통과하느라 실컷 고생했는데 이렇게 구박하기야?"

퍽이나 억울하겠다. 나는 열심히 항변하는 체르지안을 한 번 걸어차주고는, 거만하게 코웃음을 쳤다. 체르지안은 공작가에서 고용한 마법사들이 너무 깐깐하게 구는 바람에 설득하는 데 고생 좀 했다며 투덜거렸다.

"너는 국장에 안 가니?"

나는 그를 흘겨보면서 물었다. 더운지 잔뜩 풀어헤친 얇은 셔츠와 장식이 없는 검은색 긴바지라, 아무리 봐도 가볍게 산책 나온 것 같은 차림새였다.

체르지안이 슬픈 표정으로 나에게 두들겨 맞은 부위를 어루만지다 말고 어깨를 으쓱였다.

"나야 뭐 후계 싸움에서 예전에 빠졌으니 굳이 공식적인 자리에 참여할 필요는 없지. 어쨌거나 나는 정말로 억울하다고. 나의 레이첼이 걱정된다면서 너를 챙겨달란 부탁만 하지 않아도 여기까지 오는 일은 없었어. 천사처럼 사랑스럽게 웃으며 말하는데 진짜 아름다운 거 있지? 세월도 빗겨가는 미색이란 표현은 레이첼을 두고 하는 말인 게 분명해."

우스울 정도로 열광하는 체르지안의 뺨이 상기되었다. 나는 입을 벌렸다.

"야! 우리 엄마가 왜 네 레이첼인데? 그리고 뭐? 사랑스러워?"

당연히 어떻게든 변명할 줄 알았건만, 어처구니없게도 체르지안은 지극히 뻔뻔하게 내 말을 받아쳤다.

"너무 상심하지는 마, 보니. 원래 사랑은 움직이는 거니까. 네가 아무리 레이첼밖에 모르는 바보라고 해도 세상엔 어쩔 수 없는 일이라는 게 있어."

엿이나 처드세요, 인간아. 나는 주변에 있는 물건들을 손에 닥치는 대로 집어서 체르지안에게 던졌다. 그가 마법으로 피하는 바람에 더욱 열불이 났다. 이왕 이렇게 된 거, 주방으로 가서 칼이라도 들고 올까 진지하게 고민하는데, 섬세한 유리공예품이 깨지는 소리를 듣고 급히 달려온 레뮤시가 장미목을 다져 만든 문을 거의 부수다시피 열고 들어왔다.

"아가씨!"

레뮤시의 안색이 창백하게 질려 있었다. 신비로운 별빛이 가득 부어내리는 밤의 소란은 그렇게 잠시 소강상태에 접어들었다.

체르지안을 향한 내 발길질이 의도치 않게 멈추었다. 나는 짧게 자초지종을 설명했고, 레뮤시는 마법을 써서 숙녀의 방에 무단으로 침입한 체르지안을 몹시 불만스럽게 노려보다가, 이미 실컷 때렸으니 걱정 말라는 내 말을 듣고서야 못 이기는 척 나갔다. 아마 물러나기는 해도 체르지안이 떠날 때까지 문 앞에서 감시할 터였다.

나는 레뮤시가 나가자마자 잽싸게 의자를 차지하고 앉은 체르지안을 보며 쯧쯧거렸다. 예나 지금이나 능청스럽게 구는 건 여전하지.

휘파람까지 불어가며 승리를 만끽하는 체르지안을 무시한 채 나는 창가에 걸터앉았다. 별들이 빛날 수 있도록 신기루처럼 희미하게 아른거리는 달을 돌아보던 것도 잠시, 돌아갈 생각이 전혀 없어 보이는 체르지안에게 슬며시 말을 걸었다.

"그럼 너네 저택에는 너만 남았어?"

엄마의 부탁을 받았다고 해도 곧장 찾아온 걸 보면 어지간히 심심했나 싶었다. 이놈이야 원래 애국이고, 나발이고 제 안중 밖이니까.

"일단은 그렇지. 힘없는 막내의 서러움은 아무도 몰라준다니까."

체르지안이 전혀 진지하지 않은 투로 너스레를 떨었다. 장난기가 다분하므로 나는 적당히 흘려듣고 입술을 삐죽였다. 특별히 선별된 학생들만 신청할 수 있는 마법학 수업을 얼마 듣지도 않았건만 이례적으로 두각을 보여 다른 과목의 교수들까지 관심 갖고 지켜보는 놈이 바로 너거든요? 물론 소질이 있는 건 마법학뿐이다. 역사학이나 신학의 성적이 개판인 건 물론이거니와, 귀족의 필수

덕목인 교양학과 예절학, 미술학 과목도 낙제 받지나 않으면 다행이지. 아예 결석하는 과목도 부지기수였다. 이놈은 지극히 흥미 위주라 재미없으면 거들떠도 안 봤다.

짜증이 나서 그런지 갈수록 정신이 또렷해졌다. 나는 내 발에 머리를 부벼오는 고양이를 발등으로 슬슬 밀었다. 얼굴 납작한 꼬마야, 지금은 너 안아줄 기분 아니거든?

잠도 달아나버려 야식이나 먹을까 고심하는 동안, 내 품에서 떨어질 생각을 안 하는 동화책으로 시선을 옮긴 체르지안이 눈을 가늘게 떴다. 방금 전까지 이걸로 실컷 두들겨 맞았으니 순수한 호기심만 보인 건 아니었다.

"그런데 그건 뭐냐? 공부하고 있었어?"

웬일로 네가 공부를 하느냐는 듯한 투의 물음이 짜증 나긴 했지만 여기까지 찾아온 성의를 봐서 나는 순순히 대답해주었다.

"그냥 동화책이야. 어렸을 때 읽었던."

"이야, 내가 정말로 보니 안젤리크 양이랑 얘기하고 있는 게 맞는지 의심스러운데."

그렇게 말한 체르지안이 고개를 갸웃거리며 일어나 내 이마를 짚었다.

"혹시 메리가 오늘은 레이첼의 방에서 자지 말라고 했냐?"

"그러니까 그 입 좀 다물라고! 너 그냥 집에 가!"

1퍼센트라도 영양가 있는 대화를 기대한 내가 바보지! 내가 씩씩거리는 것도 아랑곳하지 않고 체르지안은 단번에 낯빛을 바꾸었다.

"그것도 황태자가 준 거지? 네 목걸이처럼."

하여간 얘는 이상한 데서 예리하다. 이미 다 알고 있으면서 괜히 모르는 척하기는. 나는 마지못해 이비를 안아 올리며 뚱하게 침묵했다. 체르지안은 내 묵묵부답을 긍정으로 받아들였다.

"보니 너, 황태자가 어떻게 지내는지 전혀 모르지? 아니, 이젠 황제 폐하라고 불러야 하나."

비딱한 경계심이 어린 말투에 절로 감각이 곤두섰다.

"그러는 넌 알아?"

불편한 기분이 되살아나 가슴이 답답했다. 손끝에 힘이 들어간다. 갑자기 심장이 두 배는 더 빠르게 뛰었다.

체르지안이 내 목에서 빛나는 야명주를 슥 훑어보곤 수상하게 웃었다.

"알다마다. 하도 들어서 귀에 딱지가 앉을 지경이지. 왜, 궁금해?"

일부러 약 올리는 체르지안의 모습이 하도 얄미워서 또다시 때리고 싶은 마음이 굴뚝같았다. 그저 한숨밖에는 안 나온다. 너 지금 떠본다는 거 내가 다 알거든. 그럼에도 웃을 수 없는 건, 역시 미련이 남아 있기 때문인가 보다.

나는 잠시 뜸을 들이면서 무릎에 늘어진 고양이의 턱을 긁어주었다. 내가 순간적인 충동에 굴복할지, 아니면 굳게 버텨서 부모님의 신임을 저버리지 않을지를 두고 갈등하자 체르지안이 내 안의 양심을 쿡쿡 찔렀다.

"너 지금 레이첼이 걱정할까 봐 망설이는 거지? 그러지 않아도 돼. 비밀은 비밀, 너랑 나랑만 알고 끝내면 문제가 생길 일도 없지. 입 싹 닫는대도."

"엄마를 배신하긴 싫어."

"배신이라고 하면 내가 섭섭하지. 이봐, 예쁜 아가씨? 우리 사이가 고작 이 정도는 아닐 텐데? 거기다 어차피 언젠가는 반드시 알게 될 일이라고."

넘어가지 않을 수 없는 악마의 속삭임이었다. 나는 괜히 눈치를 살폈다. 혹시 레뮤시가 문에다 귀를 대고 엿듣는 건 아니겠지. 아니, 만약 그렇다면 체르지안이 눈치 챘을 거다. 알베이흐만큼이나 귀가 밝은 애니까.

"좋아, 그럼 가장 중요한 거 하나만 말해봐."

나는 이비를 내려놓으며 말했다. 내게도 들리지 않을 만큼 작게 속삭이고는, 체르지안에게로 고개를 가까이했다. 이 정도 선에서 타협하는 건 어떻겠니.

그가 지독하게 짙은 흑빛깔의 눈으로 내 얼굴을 들여다보았다. 바위 밑의 그늘 같은 눈이었다. 베헤모스 후작가에서 오직 그만이 제 아버지를 빼닮아 어두운 눈동자를 가졌다. 그는 키가 컸고, 친하지 않았을 때도 나에게 항상 호의적이었다. 그러나 검은 머리카락을 가진 체르지안을 바라볼 때마다 펠레스가 생각나는 건 어쩔 수 없었다.

서로의 내면을 찌르고도 남을 시선을 잠깐 교환한 뒤에, 체르지안이 입을 열었다. 어느 때보다 진중한 어조였다.

"황태자가 황제 폐하를 시살했단 소문이 나돌고 있어. 황후 폐하가 쓰러진 이유도 그 때문이란 의견이 압도적이고. 덕분에 대의회까지 열렸다고 해."

"뭐……?"

내 눈이 휘둥그레졌다. 어떻게 그런 말이 나올 수 있는지 생각하고 싶지도 않았다. 충격으로 얼굴이 일그러지는 것도 무시하고서 나는 어설프게 웃다.

"말도 안 돼! 루아가 그럴 리 없잖아?"

몸이 떨려서 주체할 수가 없었다. 이런 말을 들으리라고는 정말이지 상상도 못 했다. 내 기억 속의 루아는 도자기 인형처럼 예쁘고 순수한 아이였다. 벌레 한 마리도 죽이지 못하는 애가, 우는 것밖에 못했던 꼬마가 제 친부를 죽였다는 것이 어디 가당키나 한가? 들을 가치도 없는 악질적인 소문이었다. 이 소란을 틈타 어떻게든 제 입지를 굳혀보려고 귀족들과 원로원이 결합한 것 같았다.

나는 고개를 가로저었지만 체르지안은 꿋꿋하게 말을 이었다.

"황성은 중첩 마법진으로 결계를 둘렀을뿐더러 세 개의 마탑에 의해 비호받는다, 라는 사실은 너도 알지? 외부에서는 백날 죽었다 깨도 불지를 수 없다는 의견이 지당하니 압도적이야. 특수합금으로 도배한 성벽이라 마법사의 소행이 분명하다는 사실은 지껄여봐야 입만 아프지. 그렇다면 당시 내부에 있던 황실 마법사들

중에 범인이 있다는 건데, 그땐 마법사들 전부가 수련장에 있었다고 하더군. 내성 근처에는 한 놈도 얼씬거리지 않았단 얘기야."

"하지만 다른 사람이 몰래 궁 안으로 들어왔을 수도 있어. 침입자가 없었다고 단정 지을 수는 없는 거 아니야?"

애꿎게도 체르지안이 원망스럽다. 전혀 이성적이지 않은 내 심정을 눈치 챘는지 체르지안이 아프지 않게 내 머리를 툭 쳤다.

"진심으로 그렇게 생각하는 건 아니겠지, 보니 그레이스. 다른 궁도 아니고 폐하의 침소가 있는 내성에서 벌어진 일이야. 누구든 그 안에서 살의를 품을라치면 성 전체가 병기로 변한다고 하지. 미스릴을 박은 화살이 천 개도 넘는다고. 너도 알잖아? 거기서 살의를 띠고도 살아남는 건 황족뿐이야."

그저 멍했으므로, 나는 더듬거리며 물었다.

"그래서 넌 지금 루아가 마법을 사용했다는 거야? 자기 아빠를 죽이기 위해?"

머리가 지끈거렸다. 체르지안이 미소 띤 얼굴로 손가락을 튕기자 작은 불꽃이 생겨나서는, 통통거리며 튀어 올라 터질 듯한 긴장감으로 에워싸인 방 안을 한 바퀴 훑고 사라졌다.

"보니 네가 모르고 있는 지금의 황태자라면, 아주 불가능한 일도 아니지. 사실 나는 올봄에 열린 황태자 생일 연회에 참석했다가 그대로 황천길 건너는 줄 알았어. 그게 어디 사람이 가질 마력이야? 괴물이 따로 없더군. 인간이 아니라고 해도 믿을 정도였어. 어찌나 잘 숨기던지 나랑 우리 각하 말고는 다들 모르는 눈치더

라. 마법단장만 열외고."

"마력……?"

"그래, 마력. 내가 가진 것과는 비교조차 안 되는."

베헤모스 후작가의 피가 특별하다는 건 안다. 남들보다 족히 백
배는 더 예민한 감각을 타고나서, 주위 변화에 몹시 민감하다고
했다. 하지만 그건 현 베헤모스 후작과 체르지안에게만 해당하는
얘기다. 일례로 내가 거짓말을 하면 체르지안은 이상할 만큼 쉽게
알아차리나 그의 두 형들은 아니었다. 덕분에 여러 번 속여먹었
다.

이 갑작스러운 말을 내가 어떻게 받아들여야 할지 모르겠다. 벨
모트로 와서 나름대로 눈치를 길렀지만 루아의 일은 여전히 한 박
자 느렸다.

내가 단어 하나하나를 신중하게 곱씹는 동안 도로 의자에 앉은
체르지안이 등받이에 푹 기대어 졸린 듯 나른하게 늘어졌다. 그가
이어 중얼거렸다.

"하여간 여기서 문제는 우리 후작 각하와 너네 공작님이 원로라
는 거지. 황태자가 제 아비를 죽인 게 사실이면 원로들도 껨이질
않겠어? 우리 각하야 원래가 개만도 못한 싸움꾼이라 이번에도 작
정하고 튀어갔으니 빽빽거리다 죽어도 할 말 없지만 네 아버지는
억울할 거 아니야. 황제파에서 돌아선 지 삼 년밖에 안 되지 않았
나?"

아빠를 우려하는 투에 찬물을 뒤집어쓴 것처럼 확 정신이 돌아

왔다. 나는 부정의 말로 체르지안을 납득시키길 뒤로한 채 벌떡 일어나 방 안을 서성였다.

"네가 말했던 거, 아빠도 알아? 알고서도 간 거야?"

"벨모트에 정착했어도 공작은 공작인걸. 당연히 나보다 많이 알지 않겠어?"

이럴 때일수록 침착해야 함을 안다. 나는 체르지안을 의심스럽게 쳐다봤다.

"나한테 이 얘기를 해주는 저의가 뭐야?"

"네가 나라면 이 얘기를 듣고 보일 네 반응이 심히 궁금할 텐데."

그러니까 결국 제가 심심해서 나를 떠봤다는 뜻이었다. 나는 욕설을 씹어 삼키고 침대 끄트머리에 풀썩 주저앉았다.

"네가 그래봤자 제국에는 안 가. 루아는 절대 우리 아빠를 못 죽일 테니까. 황제 폐하를 해하지 못했듯이 말이야."

"그걸 어떻게 장담하는데?"

진심으로 궁금하다는 듯한 물음에 나는 간결하게 답했다.

"내가 싫어할 걸 아니까."

체르지안이 어처구니없다는 웃음을 흘렸다.

"첫사랑이 언제까지고 영원할 것 같아? 허튼소리."

첫사랑이라고? 나는 미간을 찡그렸다. 루아는 나한테 구박 받고 울지나 않으면 다행이었고 내 첫사랑은 메피스토펠레스였지만 그걸 굳이 말해줄 생각 따위는 없었다.

"루아가 아무리 나를 미워해도 그런 짓은 안 해. 걔가 나한테 품은 건 경멸이나 증오가 아니라 말 그대로 애증이거든. 만약 네 말대로 루아한테 그런 대단한 능력이 있는 거라면 괴롭혀도 나를 가장 우선적으로 괴롭혔겠지. 나부터 가만두지 않았을 거야."

그 말을 내뱉자마자 나는 흠칫했다. 어쩌면……, 이건 정말 혹시나 싶은 생각인데 내가 3년 동안 똑같은 악몽만 꾸는 것도 루아가 직접적으로 손을 쓴 게 아닌가 싶었다. 물론 루아에게 마력이 있다는 체르지안의 말이 죄 사실이라는 전제 하에 말이다. 단순히 내가 떠안은 죄책감만의 문제는 아니라는 얘기였다.

마냥 좋아할 만한 일은 아니다만, 그렇다면 그날의 작별 인사가 꽤나 효과 있었던 셈이었다. 그 애는 과거에 머물러 있지 않았다는 뜻이 되니까.

하지만, 나는?

다들 흘러가는데 나 혼자 박제된 시간을 끌어안고 서 있어. 나는 여전히, 이 자리에, 열두 살의 시간에서 조금도 나아가지 못한 채. 심지어 그것이 밖으로 튀어나와, 이미 모두가 다 아는 사실인걸.

매일 밤 악몽을 꾸는 것 말고도 내겐 심각한 문제가 남아 있었다.

별빛을 먹은 분홍색 머리카락이 올올이 나뉘어 떨어졌다. 나는 멍한 채로 버릇처럼 기다란 머리칼을 꼬아대다가 애써 태연하게 중얼거렸다.

"누가 아빠를 노린다면 도리어 걔가 지켜줄 거야."

"삼 년을 떨어져 있었는데 그리도 확신이 들어?"

"그냥, 그렇게, 그런 생각이 들어. 다른 누구도 아닌 루아잖아? 물론 사과는 제대로 해야겠지만……."

너와 대면하는 건 여전히 두렵지만 한편으로는 차라리 다행이라는 안도감이 든다. 체르지안의 말이 정말이라면 네가 아직까지 나를 놓지 않았다는 뜻이 되잖아. 너를 만나길 꺼려했던 가장 큰 이유가 바로 그것이었는데. 네가 나를 잊어버렸을까 봐. 더 이상 나를 필요로 하지 않을까 봐.

사실 나는 여전히 그 아이에게 중요한 의미이고 싶었다. 그날, 그토록 가혹하게 버려두고 도망친 그날로부터 세 번의 봄이 지난 지금까지도.

하지만 나는 그대로였다. 나는 어른이 되지 못했고, 내가 멈춰서 있는 동안 루아와의 거리가 너무나 멀어져버렸다. 그 틈이 눈으로도 보일 정도여서, 나는 현재가 아닌 과거에만 머무르고자 했다. 그렇게도 루아에게 가치 있는 사람이고 싶었다. 그렇게도 깊은 애착을 가졌는 줄 미처 몰랐다가 닿을 수 없을 때까지 멀리 떠나고서야 알았다.

늘, 언제나, 항상 그렇지. 손에서 잃어버린 뒤에야 깨닫고 만다. 더 아름다워진 뒤에야, 내 것이 아니게 된 뒤에야.

이어지는 침묵이 낮을 일찍 거둬간 오늘 밤처럼 길었다. 나는 먼저 말을 꺼냈다.

"그래서, 네가 보기에 루아는 좀 자란 것 같니? 극복할 수 있을 것 같아?"

　이런 상황에서조차 너를 위로하러 달려갈 수 없으니 그저 미안하다. 나는 원래가 나빠, 네가 나를 찾아와주길 바라는 이 일말의 이기심을 이해받고자 욕심 부리진 않을 것이다.

　"직접 보는 게 나을 거다. 말해봐야 뭐해, 입만 아프지."

　체르지안이 묘하게 웃고는 동화책을 힐끗거렸다.

　슬슬 졸립다는 이유를 들어 체르지안이 떠나고 난 뒤에도 나는 좀처럼 쉬지 못하고 그가 남겨둔 언어들과 씨름해야만 했다. 대의회의 주체는 단연 아빠와 베헤모스 후작이다. 대외적으로 우리 가문은 황명을 받들어 벨모트를 감찰하기 위해 이주해 온 것이라고 알려져 있었다. 아빠가 귀족파로 돌아서면서 그것이 사실이 아님은 이미 대부분의 귀족이 눈치 챈 듯하지만.

　체르지안의 말에 의하면 베헤모스 후작은 루아가 폐하를 시해했다고 믿어 의심치 않는 듯했다. 후작의 불같은 성격상 분명 기회를 노려 적잖이 몰아세울 거였고, 루아가 곤혹스러울 것은 당연지사였다. 그렇기에 체르지안은 '루아가 황제 폐하를 시살했다'는 가정이 성립된다면 후작과 아빠의 안전을 보장하지 못한다고 말한 것이겠지. 체르지안처럼 루아의 마력이 방대하다는 걸 눈치 챈 후작은 반드시 그 사실을 공론화시킬 것이었다.

　괴물……이라.

　나는 베개를 들고 방을 나왔다. 곧장 엄마 방으로 가서 문을 잠그고, 화려하게 수를 놓은 캐노피 아래 자리한 고풍스러운 침대에 누워 눈을 감았다. 포근한 라일락 향기가 기다렸다는 듯이 나를 감싸주어서, 나도 모르게 울적해졌다.

체르지안에겐 당당하게 말했지만 걱정되지 않을 리 없었다. 그러나 그렇다고 이제 와서 부모님을 도로 데려올 수도 없는 일이고, 어차피 내가 말해봤자 부모님은 듣지 않으실 게 뻔했다. 나만 장례식에 참여하지 않은 것도 충분히 수군거릴 만한 일인데 엄마와 아빠까지 불참한다면 황족 모독죄로 끌려가도 할 말이 없으니.

대의회라고 했지. 나는 기껏 가져온 내 베개를 던져두고 엄마의 깃털베개에 얼굴을 묻고 코를 쿵쿵거렸다. 내 기억 속의 루아는 아주 작고 부서지기 쉬운 열두 살에 머물러 있어서, 체르지안의 반응이 도통 이해 가지 않았다.

어떻게 루아가 내 아빠를 해칠지도 모른다는 말을 하는 거지? 그런 건 상상도 할 수 없는 일이었다.

뒤척이고 또 뒤척이다가 뜨는 해를 바라보며 겨우 잠들었던 것 같다. 기어이 열쇠로 문을 열고 들어온 시녀 메리는 아침 일찍부터 나를 깨우더니 비몽사몽인 내게 엄마로부터 잘 도착했으며 회의도 무사히 마쳤다는 전갈을 받았다고 알려주었다. 제국은 벨모트 왕국보다 다섯 시간이 빠르므로 정오 즈음에 연락 주신 듯 보였다. 벨모트 왕국에서야 한낮에 벌어진 일이지만, 제국에서는 저녁에 일어난 사건이라 다른 귀족들은 바쁜 새벽을 보냈다.

어제 내가 악몽을 꿨나, 안 꿨나. 기억이 가물가물하다. 멍한 채

이를 닦으며 국장의 한 장면을 머릿속으로 그려봤다. 아마 대단히 엄숙하고 성대할 테지. 도대체 무슨 영문인지 모르겠다. 갑자기여도 너무 갑자기잖아.

과거의 어느 날, 루아와 똑같은 벽안으로 나를 바라보시던 폐하의 모습이 신기루처럼 눈앞에 어른거린다. 어제의 그 난리로 인해 폐하의 임종을 실감하고도 눈물이 흐르지 않는 걸 보면 나도 참 감성이 메말랐구나 싶었다. 응, 그저 루아가 걱정될 뿐이라, 그런 주제에 차마 다가갈 용기는 없어서. 바보처럼.

부모님이 무사하다는 연락을 받자마자 나는 또다시 루아를 걱정하기 시작했다. 하지만 그것도 레뮤시로부터 오늘 일정을 전해 듣기 전의 일이었다.

아침부터 바빴다. 나는 메리의 시중을 받아 부드럽게 떨어지는 면사포로 얼굴을 가렸다. 그레이스 가문의 문양을 수놓은 검은 드레스를 갖춰 입은 뒤, 높은 첨탑이 인상적인 오르페데스의 중앙 성전으로 향했다. 나는 제국으로 떠나지 못한 다른 귀족들과 함께 선황제 폐하를 위한 기도를 올렸다. 왕국은 루아에 관한 얘기로 떠들썩했다. 사흘의 수습기간을 거친 후 폐하의 국장이 예정대로 진행될 것이라, 사실상 이미 루아는 즉위한 거나 다름없었으니까.

국장이 거행된 뒤엔 루아의 즉위식이 열릴 것이다. 그다음이 순회 행사였다. 제 의사가 어떻든지 루아는 즉위하고서 아카시아 전역과 정치적으로 묶인 두 연합 국가를 돌아야 한다. 말이 연합이지 사실 식민국이나 마찬가지였지만. 어쨌든 루아는 욜비사를 거쳐 내가 있는 벨모트 왕국에도 올 것이었다.

선황제 폐하께서 더는 루아를 괴롭게 하지 못할 것이므로 차라리 다행일지도 모른다는 이상야릇한 안도가 든다면, 내가 너무 잔인한 걸까. 뭔지 모를 기분으로 성전을 나서다가 나는 햇볕에 닿으면 밝아지는 갈색 머리칼을 가진 엄청나게 귀여운 남자와 마주쳤다. 나와 같은 아카데미 학생이자 아카시아에서 건너온 제국민인 아즈라엘 제니든 위보르트였다. 동글동글한 얼굴이 엄청 동안인데 실은 알베이흐와 동갑이다. 졸업반인 내 선배였다.

"아침부터 네 얼굴을 보게 될 줄은 몰랐는데."

나와 엇비슷한 키의 아즈라엘이 꾸벅꾸벅 졸면서 말을 건네왔다. 아즈라엘에게 평범한 인사를 바라면 안 되겠지. 하여튼 저 멀쩡한 얼굴로 아침이라니 참 속도 편해요.

지금이 12시를 넘겼다는 사실을 말해줘야 하나, 말아야 하나 고민이다. 나는 버릇처럼 얼굴을 살짝 찌푸린 채 새침하게 아즈라엘의 인사를 받았다.

"안녕하세요, 선배. 선배도 오벨뤼제에 남았군요."

"장소가 중요한가? 나를 껴안아보고 싶으면 그래도 좋아. 오늘은 기분이 좋으니까 순순히 안겨줄게."

아니, 나는 네 얼토당토않은 자만 따위를 들으려고 한 말이 아니거든? 그리고 뭔가 핀트가 어긋났어! 너를 껴안고 싶은 생각 따위는 추호도 없단 말이야!

내 얼굴이 절로 구겨졌다. 무, 물론 아즈라엘이 좀 귀엽기는 했다. 빵빵한 볼이며, 부드럽게 구부러진 쿠키색 머리카락이며, 도톰하게 부풀어 오른 산홋빛 입술 같은 게 진짜 인형 같았다. 하지만 열두 살의 루아가 훨씬 더 귀엽다, 뭐.

내가 못마땅한 표정을 짓든 말든 둥글둥글한 곰 인형 같은 아즈라엘은 반쯤 뜬 눈으로 오만하게 턱을 치켜들었다.

"내가 왕국에 남을 걸 알고 여기서 대기했다니, 네 예리함은 날이 갈수록 더해지는군. 집착으로 번지지 않도록 조심하거라."

"딱히 선배를 보려고 남은 건 절대 아닌데요. 거듭 말하지만 저는 선배랑 친해지고 싶지 않아요!"

"미안하지만 오늘은 껴안는 것만 허용하는 날이야. 오늘의 운세가 별로였거든. 내게 사랑을 고백하고 싶거든 나중에 개인적으로 찾아와."

이놈이 지금 뭐랍니까. 나는 썩은 얼굴로 아즈라엘을 쳐다보았다. 도대체 저 막나가는 나르시시즘은 언제 고쳐질까. 아즈라엘이 위보르트 공작의 둘째 아들이 아니며 희고 작은 얼굴이 깜찍하지 않았더라면 아마 내가 아니더라도 여러 사람들이 돌을 던졌을 거다. 소문을 듣기로는 위보르트 공작도 아즈라엘 못지않게 자만이 심하다더라. 그러면서도 인기가 많다는 점이 이상할 따름이야. 우습게도 두 부자는 여성들에게 신물 나리만치 인기가 많았다.

나는 나도 모르게 괴상한 표정을 짓고 말았다. 제국 출생인 귀족 가문의 후손들 중 후계 싸움에서 밀려난 자녀들이 주로 벨모트 왕국의 왕립 아카데미에 다녔는데, 아즈라엘은 그들 중에서도 무척이나 돋보이는 존재였다. 물론 고상한 신사 같은 얼굴로 늘상 뻔뻔하고 능청스럽게 구는 마법 천재인 체르지안에 비하겠느냐마는. 덧붙이자면 아즈라엘은 나와 비슷한 키였지만 체르지안의 키는 벌써부터 백팔십을 훌쩍 넘었다. 심지어 알베이흐보다 컸다.

언제나 그래왔듯이 자기 할 말만 하고 그냥 그대로 가버릴 줄 알았건만, 무슨 영문인지 아즈라엘은 떠나지 않고 내 뒤와 주위를 두리번거렸다. 아즈라엘의 사파이어 같은 눈동자에 의문이 어렸다.

"그건 그렇고 오늘은 변방에서 온 놀음쟁이와 안 다니는 건가? 그 얼뜨기는 마중만 갔지, 왕국에 머무를 거라 들었다만."

나는 비딱하게 눈알을 굴렸다.

"선배가 말하는 얼뜨기가 체르지안이라면 아마 집에 있을걸요."

제국에서 온 왕립 아카데미 학생들 중에 영향력이 큰 가문의 자녀는 나와 아즈라엘, 그리고 체르지안뿐이라 우리는 여러모로 자주 맞닥뜨렸다. 덕분에 친해질 기회도 많았고. 거기다 유일하게 성별이 나뉘지 않는 사교학 수업에서 나는 체르지안과 아예 붙어 있었다. 점심시간은 물론이거니와 일주일에 한 번 있는 미사 제식에도 같이 들어가고는 한다.

나는 불만스럽게 손가락으로 레이스를 만지작거렸다. 체르지안이야 워낙 사교적이라 금방 친해졌지만 얘는 진짜로 정이 안 가. 하루라도 자만에 안 빠지면 입안에 가시가 돋는 모양이었다.

어쨌든 별일이기는 했다. 애가 남을 다 찾고. 나는 의심하면서 그를 살펴보다가 입을 열었다.

"그런데 체르지안은 왜요? 오늘의 운세에서 검은 머리 마법사를 조심하라고 경고하기라도 했어요?"

막상 뱉어놓고 나 스스로가 움찔했다. 괜히 메피스토펠레스가 생각나서 지레 찔린 거였는데, 아즈라엘은 알아차리지 못한 듯했다.

"그건 네가 알 바가 아니지만 특별히 은혜를 베풀어 말해주자면 그놈이 내 책을 빌려 가놓고 갖다주지 않았다. 내가 한 번만 보고 느끼라 그렇게 일렀건만. 하여간 영 말을 안 듣는 놈이야. 이 몸의 피가 되고 살이 되는 조언을 귓등으로 흘려들으니 첫사랑이 바로 코앞에 있는데도 못 차지하지."

느리게 눈을 끔벅이던 아즈라엘이 내 얼굴을 보고는 슬쩍 웃었다. 체르지안이 빌려 갔다는 책이 대체 뭐길래 저러는지 몹시 의심스럽지만 더는 물어보지 않는 편이 신상에 이로울 것 같은 느낌이 든다. 이럴 때는 그냥 그러려니 하고 무시하는 게 상책이지.

내가 그렇게 생각하는 걸 아는지 모르는지, 아즈라엘은 작별 인사도 않고 성전 안으로 들어갔다. 그래도 쟤는 성전에 와서 기도까지 하고 가는구나. 체르지안은 보나마나 침대에서 팔자 좋게 자빠져 있을 것이 뻔했다. 나도 내일이면 그런 신세가 된다는 사실이 슬플 따름이다.

여긴 제국이 아닐뿐더러, 어쨌든 나는 아카데미 학생이므로 밀린 과제를 처리하는 것 말고는 당분간 특별한 일이 없었다. 구태

여 추가하자면 루아를 생각하는 것 정도가 있겠다. 어, 그런데 첫사랑이라니? 체르지안 그놈이 여자를 좋아할 줄도 알았나?

나는 본의 아니게 체르지안의 여자 취향을 곰곰이 되짚었다. 걔는 연하나 동갑보다는 연상의 여자를 더 좋아하는 듯했는데. 그 증거로 우리 엄마에게 흑심을 보였다. 물론 엄마가 요정들의 여왕이라고 알려진 티타니아만큼 예쁘다며 소문이 자자하긴 해도, 그리고 그 소문이 분명 사실이긴 하지만, 이미 백년가약을 맺은 남편이 있는 데다 자기와 동갑인 딸까지 있는데 찬양을 서슴지 않았다. 뭐, 그렇다고 도를 넘어선 적은 없기 때문에 웃어넘기고는 있다. 체르지안도 딱히 진지해 보이지는 않았고. 더군다나 슬프게도 엄마가 걔를 마음에 들어 한단 말이지.

엄마가 아니라면, 그럼 누굴 말하는 거지? 나는 체르지안이 친하게 지내는 여학생을 떠올려보려 애썼으나, 그는 유난히 사교성이 좋아 국적이나 성별에 관계없이 모두와 원만하게 어울렸다. 그 말인즉, 적당한 친분을 쌓은 친구들은 많아도 정작 손에 꼽을 만한 베스트 프렌드는 없다는 뜻이었다. 비공식 생일 파티에 초대하거나 마법까지 써가며 신경 써주는 것도 고작해야 나뿐인걸. 아, 뭐야, 그럼 걔가 날 좋아하나? 참, 나, 퍽이나 그렇겠다.

대수롭지 않게 생각하며 나는 격식을 차리느라 얼굴 위에 늘어뜨린 투명한 베일을 걷었다. 아니면 아카데미에 다니지 않는 다른 여자애를 말하는 걸 수도 있었다. 세상에 여자는 많으니.

더운 날 새까만 드레스를 입고 장갑과 면사포까지 쓰고 있으려니 절로 땀이 났다. 별다른 장식 없이 두껍고 예스러운 모자를 집어 던지고 싶은 충동을 억누르기란 여간 어려운 게 아니었다. 벨모트의 더위는 40도를 우습게 웃돌 정도로 살인적이고, 나는 더위에 취약했다. 살이 타는 느낌이 불쾌하기 그지없었다.

손부채질을 하며 발을 옮기자 양산을 씌워주던 레뮤시가 나직이 물어왔다.

"자택으로 돌아가실 건가요?"

"응, 그래야 엄마가 안심할 거 아니야. 레뮤시는 엄마랑 따로 연락하고 있지?"

소리도 없이 입 모양으로만 웃으며 물어보자 거짓말을 못 하는 레뮤시가 곤란하다는 듯 미소를 지었다. 어차피 대답을 듣고자 물어본 건 아니었으므로 나는 가볍게 어깨만 으쓱이고 말았다. 이런 일로 엄마를 신경 쓰이게 만들고 싶지는 않았다. 순수한 애정에서 기인한 보호를 받는 게 싫지도 않았고. 엄마는 내가 절대적으로 사랑하고 신뢰하는 사람이었으니까.

돌아가서 남은 과제나 대충 처리하고 얌전히 부모님을 기다려야겠다. 그럴 생각이었다. 내가 화려하게 꾸민 공작가의 마차 앞에 멈춰 서자 레뮤시가 문을 열어주었다. 나는 붉은 벨벳으로 감싸인 마차 안으로 들어가 편하게 자리를 잡았다. 가만히 턱을 괴고 눈을 감았다.

아주 잠깐만 자려고 했을 뿐이었다.

꿈인지, 현실인지, 아니면 그 사이의 뭐라 정의 내릴 수 없는 오묘한 공간인지, 사방이 불에 탄 듯 까맣고 어둠침침했다. 가장 깊숙한 내면을 건드리는 지독한 암흑이 순식간에 덮쳐들어왔다.

무의식이 나를 끌어당겼다. 감정의 저변에 깔린 불온한 바람에 에워싸여서 나는 하염없이 가라앉았다. 하늘도, 땅도, 벽도 없으며 안과 바깥의 구분이 없는 이곳은 대체 어디인 걸까. 그 생생함이 실제보다 더해 거짓과도 같았다.

내가 서 있는지, 앉아 있는지도 구분하지 못한 채 그저 악몽에서 깨어나길 비는데 어디선가 뚝뚝 물 떨어지는 소리가 났다.

"나 무서워."

잔잔한 파문과 함께 어둠의 일면이 뒤집어지고 내가 알던 열두 살의 루아가 나타났다. 길 잃은 천사. 나만의 작은 요정. 이 절망적인 어둠에 어울리지 않는 순수한 어린 왕자였다. 시리도록 푸른 루아의 눈동자에서 잉크 같은 검은색 눈물이 쉴 새 없이 떨어지고 있었다.

창백한 뺨에 진한 얼룩을 남기고 떨어지는 눈물이 검은 그늘에 스며들어 일부가 된다. 가슴이 아렸다. 어째서 그렇게 울어. 절대로 떠나지 않겠다는 맹세를 어겨서 그래? 기회가 있었는데도 다시 돌아오지 않아서 그러는 거니?

나는 꿈속의 루아가 내 목을 조를 걸 알면서도 루아를 끌어안았다. 꿈이라 치부하고 멀리하기엔 루아가 너무나 서글프게 울었다.

내 꿈에 나타나는 너는, 내 잘못으로 인한 결과다.

"무서워, 무서워, 무서워."

금방이라도 꺼질 듯 희미하고 작은 목소리였다. 루아가 계속 해명했다.

"나는 잘못한 거 없어. 정말이야."

"알아, 알고 있어. 그러니까 제발 울지 마."

여느 때처럼 힘들게 그 말을 뱉었다. 루아가 제 입술을 물어뜯었다. 검은 피가 나왔다.

"사람들이 자꾸 나를 이상하게 봐."

3년 전, 비 내리던 그날의 말들이 메아리처럼 반복된다. 루아가 처음으로 자기 마음을 보여주었던 날이었지. 거대한 방에서 들은 속삭임들이 예리하게 벼린 칼처럼 나를 찔렀다.

서럽게 울던 루아가 내 어깨에 고개를 파묻고는 눈물 젖은 목소리로 물었다.

"내가 언제까지 기다려야 돼?"

기다리지 마.

"앞으로 얼마나 더 있어야 너랑 만날 수 있어?"

어째서 나와 만나기를 바라니? 너는 과거잖아. 현재가 아니잖아. 지금의 너는 나를 까맣게 잊어버렸을지도 모르는데.

"응? 대답 좀 해봐."

대답하면 무엇이 달라져? 현재의 네가 나를 용서하기라도 하니?

내가 침묵을 유지하자 기어이 루아의 얼굴이 일그러지면서, 나한테 손을 뻗어왔다. 다가올 고통에 대비하여 눈을 감았다가 나는 목이 아니라 뺨에 닿는 손길에 놀라 눈꺼풀을 들어올렸다.

루아가 제 작은 손으로 내 뺨을 어루만졌다.

"내가 싫어?"

나는 믿을 수 없어 하며 대답했다.

"그렇지 않아."

"그럼 왜 그래? 왜 나를 괴롭혀?"

그 말에 기어이 내 눈에서도 눈물이 떨어졌다. 나는 루아를 확 밀쳤다.

"괴롭히고 있는 건 내가 아니라 너야! 언제까지 내 꿈에 찾아올 건데? 내가 도대체 어떻게 해야 만족하겠어? 너는 과거잖아! 현재가 아니라고! 너도 다른 사람들도 전부 변해가는데, 나 혼자 여기 남아서 돌이킬 수도 없는 시간을 놓지 못하고 멍청하게 있어. 이젠 숨기는 것도 불가능하단 말이야. 왜 나를 내버려두지 않아? 너는 나한테 뭘 바라고……."

내가 아는 루아는 백치였다.

나에게 보살핌만 받던 아이였다.

하지만. 이제는. 체르지안의 말이 정말 사실이라면.

"나는 더 이상 너한테 줄 것이 없어, 루아야. 하다못해 나는 이제 너를 지켜주지도 못해."

숨이 막혔다. 전염병처럼 번져든 슬픔이 압도적으로 나를 내리누르고, 뿌리를 박으며 잠식해 들어와 뼛속까지 집어삼켰다. 3년의 밤을 되풀이한 이 꿈은 내가 가진 죄책감이며, 나 자신에게 기인한 분노이자 루아를 향한 일말의 기대였다.

　나는 너를 찾아가지 않을 것이다. 과거의 네가 나한테 의지했다고 해서, 현재인 지금도 그러리란 법은 없잖아. 나는 너를 버렸고, 이제는 네가 나를 버릴 차례야. 나는 그렇게 소리치고서 눈을 감았다. 아, 정말 한심하다. 내가 할 줄 아는 거라곤 이 순수하고 가여운 아이에게 소리치는 것밖엔 없었다.

　체르지안에게 거짓을 말한 건 아니었다. 그저 추측에 의존하여 아빠와 엄마의 무사함을 장담한 것은 아니라는 얘기다. 루아에게 열두 살의 내가 얼마나 큰 의미일지를 알고 있으니까.

　솔직히 말하자면 나는 이 환상이 유리처럼 깨져버릴까 봐 두렵다. 열두 살의 내가 어렸던 루아에게 실로 대단한 영향을 미쳤듯이, 지금의 루아가 기억하고 필요로 하는 건 망가진 열다섯 살의 내가 아닌 열두 살의 나뿐일지도 모른다는 생각이 들어서. 그건 현재의 내가 아니니까.

　열다섯 살인 지금의 나는, 이미 성장해버린 루아에게 별 도움이 안 될 것이었다. 내가 생각하기에 나란 존재는 그냥 발판이었다. 밟고 올라가기 위한 도구. 위로 올라가고 나면 더 이상 쓸모가 없는 소모품. 거기다 나는 온전한 성장을 하고 있는 것도 아니었다.

　나에겐 심각한 문제가 있었다. 혹은 결함이.

　그 사실을 깨달았을 때 나는 루아와 만나기를 포기했다. 나 자신이 상처 입지 않으려고 내 손길을 갈구하는 가련한 천사에게 등을 돌렸다. 열세 살, 열네 살까진 그럭저럭 숨길 수 있었다. 하지만 열다섯 해가 지나고 나자 모두가 그 비밀을 알게 되었다. 엄마도, 아빠도, 체르지안도, 그 밖의 모든 사람도 그레이스 가문의 정통 후계자가 이유를 알 수 없는 후천적 기형이라는 사실을 알았다.

나는 성장하지 않는다.

"나한테 실망할 거면서, 더는 의지하지 않을 거면서 제발 이러지 좀 마. 네가 그 커진 몸뚱이로 나를 쳐다보면서 무슨 생각을 하겠어? 네가 아무것도 모르는 백치였을 때나 내가 필요했지, 정신마저 커버린 지금은 아닐 거 아니야!"

나는 뒤로 물러섰다. 하염없이 눈물을 쏟아내며 루아를 향한 죄의식과, 그럼에도 혹시 루아가 나를 찾아와 예전처럼 대해주지 않을까 하는 무의식 속의 기대감을 터무니없는 것이라 비난했다.

"제발 나를 내버려둬. 더 이상 나를 조롱하지 마. 너는 변했어. 다른 모든 사람도 결국 변해."

너를 만나러 가지 않을 거다.

너에게 위로받고 싶다는 허황된 망상을 꿈꾸지 않을 거야.

어차피 너는 나를 배신할 테니까.

"희망 같은 거 안 가져."

내가 그랬던 것처럼.

그다음은, 급작스러운 수면의 끝이었다. 나는 문 앞에 서서 나를 깨울까 말까 고민하고 있는 레뮤시를 보고, 레뮤시 뒤에 펼쳐진 익숙한 풍경을 당혹스럽게 쳐다보았다. 무의식과 현실의 벽이 어찌나 허술한지, 아직도 검은 그림자가 아른거리는 것 같았다.

"내가 얼마나 잠들었던 거야?"

"오래는 아니셨습니다. 많이 피곤하십니까?"

나는 내가 물어보고서도 레뮤시의 말을 무시했다. 적당히 고개를 가로젓고는, 팔짱을 끼면서 신경질적으로 미간을 문질렀다. 그렇게 머릿속에서 루아를 지웠다.

"괜찮아. 아무것도 아니야."

이것은 나 자신에게 거는 최면과도 같았다. 아무것도 아니다. 그저 누구나 성장하면서 겪는 진통일 뿐이야. 걱정하지 마. 곧 괜찮아질 거야.

내가 마음을 다스리며 읊는 주문은 엄마와 아빠가 불안에 떠는 내게 들려주었던 위로와 똑같았다. 나는 단순히 성장이 더딘 게 아니라 내 몸에 뭔가 심각한 이상이 생겼다는 사실을 본능적으로 직감했고, 엄마는 그렇지 않다며 나를 다독였다. 필요하다면 언제든지 내 말에 귀를 기울였고, 위로해주셨다. 그것이 미친 듯이 다정해서 도리어 숨이 막혔다.

나는 부모님께 결코 좋은 딸이 아니었다. 그렇기에 나는 더더욱 엄마의 말을 따를 수밖에 없었다.

평범하게. 원로들의 눈에 띄지 않게. 단지 조금 아픈 공작 영애로.

나는 예전부터 가장 유력한 차기 황후 후보였고, 부모님은 그 사실을 달갑지 않게 여겼다. 정상적인 성장도 못 하는 내가 부모님

께 해드릴 수 있는 건 부모님의 뜻에 따라 루아와의 접점을 최대한
으로 줄이는 것뿐이었다.

내가 가장 사랑하는 두 분께 할 수 있는 건 고작 그 정도의 보답
뿐.

고작. 그 정도의.

피곤한 달도 쉬었다 가는 평온한 어둠이 지났다. 신기하게도 그
밤에는 악몽을 꾸지 않았는데, 지난 3년 동안 애타게 찾았던 단잠
은 그다음 날도, 그다음 날의 다음 날도 지극히 당연하다는 듯이
나를 찾아왔다. 이상한 일이 아닐 수 없었다.

불안하게 찜찜한 기분은 선황제 폐하의 붕어로 인한 임시 휴업
이 끝나 아카데미에 등교하는 이른 아침에도 여지없이 이어졌다.
나는 마가렛이 신문팔이 소년에게서 가져다준 시사주간지를 보며
부드러운 계란 요리를 마구 떠먹다가 애매한 신음을 삼켰다. 신문
을 장식한 기사들은 대부분이 선황제 폐하의 업적을 열거하면서
폐하의 '숭고한' 죽음을 기리는 내용이었다. 폐하의 임종일에 벌어
졌던 잠깐의 소란에 대한 기사는 단 하나도 실려 있지 않았다. 벨
모트의 왕도에서 벌어진 난동이건만 하다못해 자투리로라도 없
어.

나는 무의식중에 발로 식탁 다리를 툭툭 쳤다. 뭐, 당연하다면
당연한 건가. 나는 짧게 코웃음을 치고 자리에서 일어섰다. 코가
납작하고 볼이 통통한 고양이가 먹이를 찾아 야옹거리며 내 발치

를 서성였다.

"저리 가, 이 먹보야."

얘는 시녀들이 때마다 간식을 챙겨줘도 계속 나한테만 엉겨 붙는단 말이야. 낑낑거리는 고양이를 발등으로 슬슬 밀어내고서 나는 훑어본 주간지를 내려놓고 대신 가방을 챙겼다. 가방 안에는 교과서와 루아가 줬던 동화책이 들어 있었다. 집보다 기숙사에 두는 편이 나을 것 같아서 어젯밤 미리 넣어두었다. 혹시라도 엄마가 발견할까 봐 두려워서였다. 차라리 기숙사 룸메이트에게 들키는 게 훨씬 낫지.

여전히 걱정 가득한 레뮤시에게 작별 인사를 고한 나는 밖으로 나왔다. 보나마나 레뮤시가 나 모르게 뒤를 따를 게 뻔했지만, 그가 진심으로 나를 걱정한다는 것을 알기에 제지하지 않았다.

머리 위의 해가 불로 지진 그림처럼 이글거렸다. 벨모트에 누운 여름이 지나가려면 아직 한참은 더 남았는데 벌써부터 건조하고 무더운 날씨였다. 슬프게도 여름방학이 오려면 아직 몇 주는 더 있어야 했다. 그나마도 기간이 짧았고. 겨울방학은 석 달이나 되면서 여름방학은 겨우 40일이었다.

햇살에 눈이 따가울 정도라서 나는 미간을 찌푸린 채 왕립 아카데미의 문턱을 밟았다. 설상가상으로 오늘 오후엔 사교학 수업도 있다. 오전에는 미사를 드리고, 작문 수업을 포함해서 지긋지긋하게 지루한 이론 수업을 들어야만 했다. 내일은 닥치고 앉아서 차 끓이기만 하는 다과 수업이 들었던가. 진짜 짜증 나. 생각할 것도 산더미처럼 많은데 들어야 될 수업도 마찬가지로 많다. 그나마 과제를 미리 해둬서 다행이지. 어쨌거나 수업에 관한 일이 아니더라도 오늘 나는 충분히 바빴다. 해야 할 것이 많았다.

그러니까 이건 전부 한 대 쳐도 시원치 않을 여사제 때문이었다.

"경쟁자를 동시에 상담한다는 건 상당히 흥미로운 일이죠."

지난밤 잠시 독대했던 여사제 아리아네트가 의미심장한 어조로 내게 건넨 말이었다. 그녀는 열다섯 살이 넘었는데도 전혀 여자로서 성장하지 않는 나를 위해 엄마가 직접 부른 '심리상담사'이자 '치료사'였는데, 애석하지만 그녀와 나는 이 문제를 그녀가 해결할 수 없다는 것을 이미 잘 아는 바였다. 그렇기에 우리는 주로 이야기를 나눴다.

젊고 퇴폐적인 그녀는 홀리는 듯한 눈웃음을 치면서 나에게 기묘한 정보를 제공했다. 성 발할라 아카데미에 다니는 어느 여학생이 그녀의 개인 수업을 받고 있다는 얘기였다. 일종의 실용적인 사교육이었다.

왕실에도 불려갈 만큼 뛰어난 여사제들이 샤프롱(사교계 데뷔를 앞둔 소녀를 보살펴주는 사람)의 역할을 대신하여 귀족가의 영양을 가르치는 것은, 적어도 이 벨모트에선 흔한 일이다. 숙녀들은 여사제에게 부가적이지만 배워서 남 주진 않는 상식을 전수받았다. 사교 파티에서 지켜야 할 에티켓이라든가, 갑작스러운 돌발 상황에 대처하는 방법 따위를. 그러나 아리아네트의 말을 그냥 그러려니 하고 넘길 수 없는 이유가 있었다.

"그 아이는 당신의 곁에 있는 사내를 사로잡기 위해 아주 필사적이랍니다. 빼앗기지 않으시려면 몹시 분발하셔야 해요, 귀여운 공주님. 그러지 말고 제게 본격적으로 수업을 받아보시는 것은 어떤가요? 정말 재미있을 거예요. 제국의 샤프롱만큼 뛰어난 가르침을 드릴 수 있노라 감히 자부합니다."

내 근처에 있는 남학생이라고는 기껏해야 체르지안과 아즈라엘뿐이다. 당연하게도 나는 그 둘을 이성으로 본 적이 결단코 없었지만, 사랑에 빠진 소녀라면야 얼마든지 각색할 수 있겠지. 하지만 어쩐지 그냥 넘어가기엔 석연치가 않아서.

나는 아리아네트의 말에 자존심이 상해 얼굴을 찡그리면서도 이름 모를 여학생의 건방진 심술에 주목했다. 그 여자애가 벨모트 사람이고 또 내게 악의가 있다면, 이런 소문을 퍼뜨리는 것만으로는 만족하지 않을 테니까.

어쨌거나 조금 놀랍기는 했다. 아카데미 밖에서 나를 견제하는 행위는 상당히 무모하고 도전적인 일이다.

철저한 계급사회. 그레이스의 이름을 받고 태어난 내가 나보다 낮은 계급의 귀족을 죽여도 그건 그 귀족의 잘못이지, 내 죄가 아니었다. 내 모자람은 나보다 낮은 계층의 귀족이 태어났을 때부터 가진 계급의 한계에 비할 바가 못 되었다. 이게 내 귀에 들어올 정도면 이미 꽤나 공작을 했단 말이 되는데.

꽃가루를 뿌리는 요정처럼 아리아네트는 점잔을 떨며 나를 탐색했다.

"아가씨는 여름하늘을 수놓는 가장 밝은 별 데네브처럼 아름다워요. 누구라도 소리 높여 찬미하지 않을 수 없겠죠. 아가씨가 가진 우아함은 요정의 피를 물려받은 공작부인처럼 선천적인 예스러움이니까요. 그러나 단지 그것뿐입니다. 눈짓과 손짓, 입술에 밴 말씨와 걸음걸이까지 그 아이에 비하면 아직 모자라요. 귀족은 위엄만 있어서는 아니 됩니다. 오만함까지도 유혹적으로 보일 수 있는 부드러움을 가져야죠. 사내들은 나긋나긋한 여자를 좋아한답니다."

나는 그때까지만 해도 코웃음을 치고 있었다.

"그런데 아가씨는, 음, 부인처럼 타고난 미와 고상함은 가지고 계시지만 그만큼 날카로운 느낌도 강해요. 상대가 누구든 다가오는 것을 허용하지 않겠다는 듯이 말이에요. 예쁜 아가씨, 제가 이제껏 본 소녀들 중 가장 사랑스럽지만 가장 경계심 강한 공주님이시여, 털을 곤두세운 고양이가 아니라 배부른 표범이 되셔야지 않겠어요?"

방금 들은 것처럼 생생하게 떠오르는 말이었다. 그 여학생을 빗대어 내 부족함을 부각시키는 은근한 투를 떠올리며 나는 눈을 가늘게 떴다. 그러니까 내 고상함은 단지 요정의 혈통이어서고 그 여학생이 대단한 건 그만큼 노력했기 때문이라 이거였다. 어이가 없었다. 나는 '악마가 씌었을지도 모르는 이상한 아기'란 소문을 어떻게든 불식시키려고 아주 어렸을 때부터 교양 있는 여성이 되기 위한 수업을 받았다. 그런데 지금 뭐라고 지껄이는 거야.

아리아네트가 여학생의 이름을 알려주지는 않았어도, 직접 알아볼 생각이었다. 조금만 자극하면 알아서 꼬리를 드러낼 테니 어렵지도 않은 일인걸. 도대체 얼마나 잘났기에 나를 도발하는 건지 궁금했다.

진짜 생각할수록 어처구니가 없잖아. 곱씹을수록 부아가 치밀었다. 도저히 여성스럽게 자랄 생각을 않는 몸도, 루아와의 일도 중요하지만 나는 난데없이 걸어온 시비를 무시하고 넘길 만큼 고상하지 않다. 가뜩이나 능력 발휘도 못 하고 찌그러져 있는 것도 서러운데 이젠 별게 다 나를 무시하는구나. 뭐 이런 게 다 있어!

제국에서 쏟아지는 수많은 시선들로 인해 엄마는 내가 어느 것에서도 특출한 재능을 보이지 않길 바랐으므로, 나는 아빠가 제국의 공작임에도 무척 평범하고 가만가만히 살았다. 평균에 딱 맞춘 성적을 받고, 어떤 학문에도 열의를 보이지 않았으며, 그저 시키면 시키는 대로 따랐다. 일부러 수업을 빼먹은 적도 더러 있었다. 그리고 이 모든 것은 내가 가장 유력한 차기 황후 후보이기 때문이었다.

엄마와 아빠는 내가 1순위 황후 후보라는 사실을 제일 마음에 들어 하지 않는 분들이기도 하셨다. 내가 황후 후보인 데엔 크게 두 가지 이유가 있는데, 돌아가신 선황제 폐하께서 대외적으로는 우리 가문을 멸시하지 않으셨던 것과, 고위 귀족의 자녀들 중에서 루아 또래의 소녀가 턱없이 부족하다는 것이다. 어릴 적 루아가 나를 엄청나게 따랐던 것도 한몫 단단히 하지만.

덕분에 나는 혹시라도 내가 루아와 결혼할까 싶어 걱정하는 부모님을 위해 가끔씩 일탈을 즐기는 무난한 학창 생활을 보내고 있었다. 이럴 때만 제외하고. 슬프게도 나를 만만히 보는 애들이 없진 않았다.

그래서 나는, 복수심에 불타 점심시간이 되기만을 손꼽아 기다렸다. 그러면서도 일부러 다른 학생들보다 한발 늦게 식당으로 내려가는 치밀함도 잊지 않았다. 나는 여유로운 척, 살가운 눈웃음을 지으며 이미 식사 중인 체르지안에게 접근했다.

"내가 너무 늦게 내려왔나 봐. 자리가 없어서 그러는데 옆에 앉아도 돼?"

"자리가 없다니?"

내가 먼저 다가올 땐 그냥 입 다물고 있는 게 약이란다. 우리가 한두 번 같이 앉은 것도 아닌데 뭘 그래?

체르지안이 미심쩍다는 눈으로 내 등 뒤의 빈 테이블을 힐끗거렸지만 나는 싹 무시하고 그의 옆자리에 앉았다. 애석하게도 가까운 곳에 알베이흐가 있었다.

고민하다가 나는 어쩔 수 없이 인사를 건넸다.

"안녕하세요, 알베이흐 선배. 지난번에는 정말 고마웠어요."

알베이흐는 고개만 살짝 끄덕이고 말았다. 그래야 내 마음이 편하지. 알베이흐의 무관심에 흡족해하면서 나는 체르지안을 응시했다.

"너 요새 누구랑 어울려?"

"갑자기 웬 사생활 조사? 최근 들어 친해진 사람은 없는데."

선선한 대답이었다. 내가 눈알을 굴리자 체르지안이 식사하다 말고 의아한 표정을 지었다.

으음, 직접적으로 접근한 것도 아닌데 사제의 칭찬을 받았다는 건가? 혹시 거짓말한 거 아니야? 나는 의심스럽게 주변을 훑어보았다. 몇몇 여학생들이 간혹 호기심 어린 얼굴로 나를 곁눈질했지만 누가 그 여자인지 알 길이 없었다.

설마 아리아네트는 날 꾀어서 가르친다는 빌미로 공작가의 돈을 뜯어낼 심산이었나? 그래서 거짓말을 한 거야? 갈수록 알쏭달쏭해지니 도무지 모를 일이었다.

나는 학생들에게서 시선을 떼고 체르지안을 뚫어져라 응시한 채 흰 손수건을 꺼냈다. 공작 영애로서의 위신을 지키기 위해 마지막 수를 두기 위함이었다.

왕도에서도 손꼽히는 미색과 우아함을 겸비한 아리아네트를 통해 도발할 정도면 체르지안에게 대놓고 접근했을 텐데 이건 뭐 안 하무인이다. 아리아네트의 장담이 사실이라면 걔가 너무 자만하는 거고, 거짓일 시엔 나 혼자 속아서 놀고 있는 거였다. 만일 그것도 아니라면 상대가 체르지안이 아닌 아즈라엘이라든가. 이거 왠지 어떤 경우라도 화가 날 것만 같은데. 아즈라엘에게 이 짓을 또 하기는 싫단 말이야.

나는 속으로만 투덜거리며 체르지안에게 내가 지을 수 있는 가장 수줍은 미소를 뿌렸다. 거울을 보면서 연습해온 덕분에 꽤 괜찮아 보일 거라고 생각한다.

"너 입가에 뭐 묻었어."

"응?"

사실 아무것도 안 묻었으나, 괜한 오기가 일어 나는 금사로 수를 놓은 하얀 손수건을 이용해 열심히 그의 입술을 꾹꾹 눌렀다. 신변의 위협을 느꼈는지 얼어붙은 체르지안이 반항도 못 하고 나를 정신병자 보듯이 쳐다보았다.

그가 아예 나이프를 내려놓고, 자못 진지하게 나를 응시했다.

"무서워 죽겠으니까 원하는 게 있으면 그냥 말로 해, 보니. 설마 이번에 우리 각하가 보내온 보석 때문에 그래? 그거 줘?"

얘가 지금 뭐라는 거야? 나는 얼굴을 구겼다.

"입 다물고 가만히 있어. 그게 내가 바라는 거야."

그 와중에도 '후작이 보내온 보석'이란 말을 머릿속에 담고 조용히 체르지안을 협박했다. 어울리지 않게 예전 일이라도 회상하고 있는지 체르지안이 한숨을 쉬었다. 아마 내 짐작이 맞다면, 내가 육안으로도 진짜와 모조 보석을 구분해내던 걸 상기한 것이겠지. 우리가 처음이자 마지막으로 크게 싸웠을 무렵의 일을 생각하는 것이거나.

체르지안은 내 신경질을 전부 받아주고도 남을 만큼 널널한 성격이었으나, 딱 한 번 그러지 못했던 적이 있었다. 그는 내가 후천적 기형일지도 모른다는 사실을 나보다도 더 받아들이지 못했었다.

어깨를 으쓱이면서 나는 습관적으로 다리를 꼬았다. 아리아네트와 다시 만나면 이 일을 반드시 추궁해야겠어. 경쟁 심리를 부추길 모양이었겠지만 내겐 모욕으로밖에 와 닿지 않았으니까.

나는 통통한 딸기를 입에 물고 우물거렸다. 어차피 다음 수업은 남학생들과 함께 듣는 사교학이라 느긋이 빈둥거리다가 체르지안이 일어날 때 적당히 따를 생각이었다.

내가 돌연 흥미를 잃자 체르지안이 얼굴을 찡그렸다.

"도대체 뭔데? 이유라도 말해줘야 장단을 맞추든지 할 거 아니야."

장단은 무슨. 나는 코웃음으로 대답을 대신했다. 체르지안이 불신 가득한 손으로 내 이마를 짚더니 고개를 갸웃거렸다.

나 아픈 거 아니거든! 얼굴을 확 찌푸리면서 나는 체르지안의 손을 매몰차게 쳐냈다. 알베이흐가 식당 밖으로 나가든 말든 아랑곳하지 않고 체르지안과 유치한 말다툼을 벌이는데 별안간 끼이익하고 의자를 끄는 불쾌한 소음이 아주 가까이서 들렸다.

응? 약속이나 한 듯 나와 체르지안의 시선이 자연스럽게 돌아갔다.

가장 먼저, 자로 대고 그어 내린 듯 일직선으로 딱 떨어지는 금발이 보였다. 수백 번은 빗어 정돈한 듯한 고집스러운 생머리였다. 그 여학생의 눈은 벨모트 인 특유의 이지적인 청록색이었고, 몹시 선명했다. 전체적으로 보면 평범한 얼굴이었는데 생생한 눈 때문인지 고압적인 분위기를 풍겼다.

나는 비스듬히 고개를 기울였다. 방금 전의 소리가 저 여학생이 의자를 박차고 일어나면서 생긴 소음이라는 사실을 깨닫는 것과 동시에 기분이 바닥까지 곤두박질쳤다. 나는 즉시 상황을 이해했고, 배 속이 뒤집히는 것 같은 짜증스러운 감정을 느꼈다.

그 여학생이 바로 너였구나.

같은 학년이라 얼굴은 좀 아는 애였다. 샤트린 루브 알렉산드라 베니지아. 벨모트 왕실에 충성을 바친 베니지아 공작의 딸. 눈에 띄는 예쁘장한 용모는 아니어도 상당한 유명인사였다. 나와는 다른, 보다 좋은 의미로. 물론 쟤도 성격은 썩 좋지 못하다고 들었다.

내 찌푸린 얼굴을 보고 샤트린이 한마디 짧게 읊조렸다.

"실례, 공주님."

순간 나도 모르게 경멸의 표정이 지어졌다. 내 별명이 공주님으로 굳어진 이유는 내가 제국에서 온 공작 영애, 그것도 수백 년 동안 무수히 많은 위인이나 영웅을 배출했던 그레이스 가문을 이어야 할 외동딸이기 때문이었다. 그레이스 가문엔 나를 대신할 아이가 없었다. 오직, 나 하나. 그러나 이 별칭이 존경의 의미로만 쓰이는 건 당연히 아니었다.

지금도 봐, 여실히 비꼬는 어조잖아. 나랑 싸우지 못해서 안달 난 것 같은데 어떻게 지금껏 참았는지 모르겠다. 확실히 그녀는 보기보단 입이 가벼운 듯했다.

나는 꽃처럼 화사하게 웃으며 체르지안에게 기댔다.

"굳이 사과할 필요는 없었는데."

내가 듣기에도 사근사근한 말씨였다. 그제야 대강이나마 사정을 눈치 챈 체르지안이 우습다는 미소를 머금었다. 필시 나를 향한 것이라서, 나는 남들 모르게 체르지안의 발등을 밟았다.

샤트린이 미간을 찌푸리는가 싶더니 입을 꾹 다물고 등을 돌렸다. 나는 집요하게 그녀의 뒷모습을 눈으로 좇았다. 저 걸음걸이가 나보다 낫다는 이유를 도저히 알 수가 없다. 우리 집 고양이 이비가 두 발로 걸어도 저것보단 낫겠다고.

나는 속으로만 빈정거리며 샤트린의 모습이 사라지는 즉시 체르지안을 밀쳤다. 생각보다 힘을 줬는지 체르지안이 의자에서 떨어져 아예 나뒹굴었다.

"먼저 달라붙은 건 너거든! 왜 나한테 성질이야?"

나는 무시하고 직설적으로 물었다.

"너 쟤 좋아해?"

"이름도 모른다, 이 나쁜 마녀야. 그렇게 성질나면 만만하게 안 보이면 되잖아?"

잔뜩 얼굴을 구긴 체르지안이 볼멘소리로 투덜거렸다. 나는 아랫입술을 물고 체르지안을 잡아당겨 일으켜 세웠다.

"그게 안 되니까 그렇지."

그 말에 담긴 수많은 뜻을 나와 오래 알고 지낸 체르지안이 모를 리 없었다.

"내가 보기에 넌 레이첼을 너무 좋아해서 문제야."

사정을 아는 체르지안이 혀를 내둘렀으나 나는 미간만 살짝 찡 그리고 말았다. 아무리 생각해봐도 샤트린이 짜증스럽기 그지없 다. 작은 물고기들이 계속 들이대니까 자기도 한번 찔러보자는 속 셈인 건가? 내가 금방이라도 고꾸라질 것 같아서? 아니면 그렇게 도 체르지안이 좋다는 거라든가.

 어느 쪽이든 이상해서 나는 고개를 갸웃거렸다. 내가 들은 바, 샤트린은 외모가 잘난 것도 아니고 말주변도 없는 애였다. 일부러 혼자 다니는 나만큼이나 사교성이 없기로 유명했다. 그런데 내가 왜 사제 따위에게 그런 말을 들어야 해? 진짜로 쟤가 수작을 부렸 나?

 아무래도 더 자세히 내막을 알아봐야 할 필요성이 있었다. 만일 아리아네트가 거금을 취할 목적으로 헛소리를 한 거라면 가만두 지 않을 것이다. 물론 샤트린이 고의로 아리아네트를 꼬셔서 나를 도발하도록 시킨 거라면 더더욱.

 내가 흘려듣든 말든 상관없이 체르지안은 내 어깨에 팔을 올리 곤 뻔뻔하게 일장연설을 늘어놓았다.

 "있잖아, 안젤리크 양, 레이첼이 세상에서 제일 예쁘고 사랑스 럽고 우아하다는 사실은 나도 백 번 인정하지만 너는 레이첼의 말 이라면 무조건적으로 신뢰하고 따르는 경향이 있어. 무슨, 세상에 서 엄마가 제일 좋아도 아니고……."

 나는 식판에 놓인 부드러운 빵으로 체르지안의 입을 틀어막으 며 말했다.

"그런 개소리를 지껄일 정도면 배가 많이 부른가 보네. 팔 안 치우지?"

딸이 엄마를 좋아한다는데 그게 뭐가 문제야? 나는 여자가 너무 무섭다느니, 자기는 평생 독신으로 살 거라느니 같은 헛소리를 하며 투덜대는 체르지안을 불만스럽게 이끌었다.

샤트린이 나한테 가진 적개심이 대단하다는 것을 깨달은 건 그로부터 얼마 뒤였다. 아주 잠깐의 시간이 흐른 뒤.

가장 호기로운 낮이 넓게 퍼져 세상을 지배하자, 천 년 가까이 지속된 가뭄으로 말라비틀어진 어느 사막처럼 실외가 뜨겁게 불타올랐다. 아예 솥처럼 끓어오르고 있었다. 숲처럼 우거진 나무들이 무성한 정원 언저리에 있는 연못의 잉어들도 햇볕이 싫은 건 마찬가지인 모양이었다. 평소엔 먹이를 달라고 수면 위로 올라와 뻐끔거렸는데 오늘은 축축 늘어져서 물속 깊이 가라앉아 나올 줄을 몰랐다.

기왕 냉기 마법을 걸어두는 거, 아카데미 전체를 범위로 설정하면 좀 좋아? 빌어먹을 야외 수업을 저주하면서 나는 이상하게 쌩쌩한 체르지안에게 그늘이나 짧은 바람이라도 일으켜달라고 징징거렸다. 나는 엄마를 닮아 선천적으로 더위에 약한 체질이다. 특히나 벨모트의 더위는 정말정말 지독하고, 끔찍하리만치 살인적이었다.

내가 진짜 미치고 말지. 직선으로 내리꽂히는 햇살 때문에 눈이 아려서 앞을 보기도 힘들었으므로 기분이 배는 더 저조했다. 신경질적인 우울함이었다.

나는 무릎을 간신히 덮는 빨간색 하복 치마를 연신 펄럭이며 성질을 부렸다.

"도대체 그 많은 기부금은 다 어디에 쓰이는 거지? 멀쩡한 건물을 부쉈다 재건하는 데 쓰지 말고 마법으로 만든 온도 조절 장치나 강화시키면 좋을 텐데."

어째서 무더운 여름날에도 스타킹을 신어야 하는 건지 모르겠다! 나는 블라우스를 고정시키고 목을 조이는 풍성한 빨간색 리본을 푼 뒤, 허리에 묶인 또 다른 굵은 리본도 마저 풀었다. 규정이고 나발이고 온몸에 땀이 차서 돌아버릴 것 같았다.

그냥 스타킹까지 벗을까 고민하는 나를 지켜보던 체르지안이 실실 웃으며 말했다.

"너 그러다 갑자기 돌풍이라도 불어서 치마 뒤집어지면 어쩌려고?"

지금 당장이라도 바람을 일으킬 기세였다. 물론 내 다리 밑으로. 가뜩이나 짜증 나 죽겠는데 거기다 대고 불을 지피는 격이라 나는 까치발을 하고 그의 볼을 힘껏 꼬집었다.

"내가 지금 농담 받아줄 기분으로 보여? 닥치고 그날이 네 제삿날인 줄 알아."

녹음이 내린 산록과도 같은 수업 장소를 찾아가는 길은 언제나 힘겹고 귀찮았다. 그나마 일주일에 한 번이어서 참는 거지. 뭔 이득이 있다고 야외 수업을 강요하는지 도통 이유를 모르겠다.

늙은 노신사가 지도하는 사교학은, 여럿이서 짝을 지어 다양한 프로그램을 소화하는 일종의 특별활동 시간이다. 체스를 두거나 독서를 할 수도 있고, 검술 대련을 비롯한 스포츠를 즐길 수도 있는 퍽 알찬 시간이지만 의외로 수강하는 애들이 적었다. 이유인즉 슨, 수업이 진행되는 동안엔 아카데미 건물이 제공하는 호사를 누릴 수 없는 탓이었다.

석조 다리가 세워진 강가에 자리 잡고 있는 아카데미는 한 폭의 그림 같은 절경을 자랑했다. 위치 선정도 좋았고 시설 또한 공들인 티가 역력했다. 아카데미 내부 시설의 장점을 논하자면 셀 수도 없지만 특히 이론 강의실이 있는 건축물에선 엘리베이터 못지않은 고속 승강기가 안전하게 움직였다. 여름에는 찬 기운을, 겨울에는 따뜻한 바람을 머금었고, 백 명 남짓한 직원들이 항상 청소하는 탓에 먼지가 묻을 날이 없었다. 건물 외부의 벽면은 한겨울에만 볼 수 있는 무지갯빛 구름을 본떠서 전면이 불투명한 유리로 이루어져 있는데, 빛살을 반사해 사시사철 색의 향연을 그렸다. 아름답기로도 최고였다. 학교를 둘러싸고 있는 사계절 테마의 인공정원도 마찬가지지만. 그런데 나는 여기서 뭘 하고 있는 건지. 사교성을 기르기 위함이기는 한데 영 발전도 없었다. 그리고 이토록 더운 날씨엔 하나도 안 반갑다, 뭐.

숲의 공터로 이어지는 폭이 좁은 오솔길을 걸어가면서 나는 무고한 돌멩이를 발로 걷어찼다. 한숨이 나왔다. 여름 나무 그늘 아래도 전혀 시원하지 않잖아!

내가 신경질을 부리는 것도 무시하고 반걸음 뒤에서 걷던 체르지안이 그제야 뭔가 떠올랐다는 듯 짧은 감탄사를 뱉었다. 뚝 끊어진 단말마의 소리를 그가 일으킨 바람이 흐트러뜨렸다.

"그 여자애, 벨모트 출신의 공작 영애 맞지? 너랑 자주 비교했던 애 말이야. 이제 좀 기억난다. 달의 기사단에서 노리고 있다는 검술 천재라던데."

웬일로 조용하다 했지. 체르지안이 불러들인 바람이 마음껏 머리칼을 헝클어뜨리도록 두려고 가만히 서서 나는 따분하게 눈을 굴렸다. 물론 혹시 모를 돌발적인 참사에 대비하여 치마를 꽉 붙드는 것도 잊지 않았다.

"천재는 무슨. 그냥 실력깨나 있는 거겠지."

"보통 그런 사람들을 천재라고 부르는 거 아니냐?"

내 입술이 비뚤어졌다.

"알 게 뭐야. 그런데 정말 몰랐어? 제법 유명한 애잖아."

거봐, 아리아네트의 수업은 귓등으로 들은 거 맞다니까? 샤트린은 전혀 우아하지 않다. 예쁘기는커녕 평범한 축에나 끼면 다행이라니까!

내 의심에 동조하듯 체르지안이 고개를 가로저었다.

"이름만 가끔 들어봤어. 얼굴을 마주 본 건 이번이 처음인걸."

"수줍음이 많나 보네."

나는 불만스럽게 눈썹을 끌어 올렸다.

내가 샤트린을 적대시하는 데에는 이유가 제법 많았다. 아리아 네트로부터 과분한 평가를 받아 내 자존심을 건드렸다는 것과, 비록 출생은 벨모트여도 나와 똑같은 공작 영애의 신분을 가졌다는 것, 그리고 그 점을 믿고 나와 동등한 대우를 받겠다고 주장하는 것 정도를 예로 들 수 있겠다.

내 관점에서 보자면 퍽 얄미운 아이였다. 그런 사소한 걸림돌이 차곡차곡 쌓여 탑이 된 셈이다. 거기다 샤트린이 여성으로서의 치명적인 매력을 가진 것도 아니고.

샤트린이 나보다 공부를 더 잘하고, 검술에 천부적인 재능을 보이며, 모든 면에서 흠 잡을 데가 없더라도 우위를 점하는 것은 항상 나였다. 그러고 보니 샤트린이야말로 온전히 나를 돋보이게 만들기 위한 그림자일 뿐이라며 아카데미에 입학할 당시 교장이 안심하라는 투로 말했었지. 내가 이슬이 맺힌 꽃들의 여왕이라면 그 애는 숲이끼 정도랬던가. 무엇도 내게 장애물이 되진 않을 것이라고 장담하면서 학기 도중의 입학을 위함이라는 구실을 들어 아빠에게 거금을 뜯었다. 그 돈은 기부라는 명목으로 교장의 손에 들어갔다.

샤트린과 나는 똑같은 열다섯 살의 나이에, 공작 가문의 장녀이다. 하지만 그레이스 가문은 아카시아 제국 제일의 대귀족이었고, 그녀의 가문은 말만 연합이지 실상은 제국의 지배를 받는 왕국에 속해 있었다. 그러니 내 평가가 훨씬 좋을 수밖에. 적어도 대외적으로는 말이지.

사실 이 가식적인 평가는 내가 자초한 일이나 다름없었다. 부모님과 상의 끝에 내린 결론이기도 했고, 나 자신이 여유가 없었기도 했지.

샤트린은 밤을 새워 노력하는 천재였지만 나는 매일 밤 찾아든 악몽으로 인해 제정신을 유지하기도 급급했던 몸이라 공부든 뭐든 별 관심을 두지 않았다. 그럴 여력이 없었다고 표현해야 옳겠다. 그러니까, 내 '성장'에 관한 문제를 제외하고는 거의 대부분의 것에서 그랬다. 어차피 나는 엄마의 부탁을 들어주기 위해서라도 눈에 띄지 말아야 했고, 샤트린의 독보적인 행보는 열의 없는 학창 시절을 보내는 나를 그럭저럭 깎아내리는 데 성공했다. 물론 그렇다고 가장 유력한 황후 후보란 타이틀이 그녀에게 옮겨가지는 않았지만.

그 일이 터진 건 내 걸음이 좀 더 빨라졌을 때였다. 빨리 도착해서 그늘에 앉아 쉬기 위해 오만상을 찌푸리며 굶은 개미처럼 터덜터덜 걷는데 별안간 체르지안이 멈춰 섰다. 흥미롭다는 기색으로 앞을 보기에 고개를 드니, 샤트린이 보였다.

"응?"

과연 그렇게 넘어갈 생각은 없다 이걸까. 샤트린의 입술이 열렸다.

"잠깐만. 네게 볼일이 있어."

잘 만났다는 듯이 침착하게 접근해 오는 모양새라, 분명히 자리를 잡고 기다린 듯했다.

밤이 깃들어도 빛나는 숲처럼 환한 청록색 눈을 나는 오만으로 응시했다. 사실 나 역시 영혼을 제외한다면 뼛속 골수부터 제국민이었고, 은연중에 벨모트 왕국의 사람들을 깔보는 경향이 있었다. 부인하지는 않겠다.

그녀는 내가 아직까지 체르지안과 붙어 있는 걸 뻔히 보고도 묵인하고는, 적의를 삼킨 차분한 목소리로 말했다.

"다음 수업 말이야, 내 상대가 결석한다고 해서 그런데, 괜찮다면 이번만 나와 파트너를 하지 않겠어? 남자인 베헤모스와 짝을 이루는 것보다는 편할 거라고 보는데. 이래 봬도 나는 꽤 괜찮은 파트너거든."

참으로 뜬금없고 속 보이는 제의였다. 마침 수업도 겹쳤으니 걸린 김에 곧장 처리하겠다 이거지. 나는 노골적으로, 혼신의 힘을 다해 빈정거리겠노라 결심하고는 거울을 보며 연습했던 미소들 중 가장 예쁜 미소를 선보였다. 체르지안에게 보여줬던 미소와는 또 달랐다.

"하필 친하지도 않은 내게 부탁하는 저의가 뭘까?"

"무리할 필요는 없어, 그레이스. 나도 성미숙증에 걸린 아이에게 해를 끼쳤다는 소리를 듣고 싶지는 않거든. 두렵다면 거절해도 좋아."

"……뭐?"

치부를 건드리는 말을 이해하는 즉시 얼굴에 피가 몰렸다. 지금 당장 그녀를 치고 싶었다.

그레이스 공작의 무남독녀 외동딸, 보니 안젤리크 멜론느 그레이스가 여자로서의 성숙이 조금도 이루어지지 않았다는 사실은 아주 은밀하게 떠도는 비밀이다. 가슴도 안 나왔고 생리를 하지도 않는다. 그러나 이 일은 절대 입 밖으로 내뱉어선 안 될 말이었다. 목숨을 부지하고 싶다면.

뱃속이 우글거렸다. 나는 여전히 비웃는 채 그녀를 조롱했다.

"너 정말 제대로 돌았구나? 제국의 개 주제에 못하는 말이 없잖아."

"그러면 안 돼, 보니."

샤트린에게 곧장 달려들려는 나를 체르지안이 붙들었다. 나는 이를 갈았다. 그녀가 원하는 건 나와의 대련이겠지. 보나마나 뻔했다.

"좋아, 검 가져와. 지금 당장 너를 죽여버리겠어."

샤트린이 기다렸다는 듯이 돌아섰다. 그녀가 짧게 중얼거린 말이 들렸다.

"얼마든지."

수치스러워서 견딜 수가 없다! 울분을 참으려 필사적으로 입술을 깨물었다. 어떻게 감히. 어떻게. 주먹 쥔 손이 새하얗게 변했다. 눈에 불이 붙은 것 같았다. 나는 목 끝까지 올라온 감정을 씹어 삼키고, 분노에 눈이 멀어 상처 입은 마음이 터지도록 내버려두었다. 내가 이 일에 관해서라면 얼마나 충동적이고 예민한지 직접 겪어봐서 아는 체르지안이 드물게 정색하며 나를 나무랐다.

"그만둬. 너는 검 잡는 법도 모르잖아."

"시끄러워. 먼저 건드린 건 쟤거든?"

동요하는 심장 소리에 맞춰 호흡이 가빠졌다. 나는 눈을 질끈 감았다 떴다.

"내가 보기엔 보니 네가 먼저……, 아니, 아무 말도 아니야. 저 여자애가 백 번 잘못했지. 지금 당장 죽어 마땅해."

입 조심하는 편이 좋을걸. 말없는 경고를 남기고서 나는 체르지안의 손을 뿌리쳤다. 목 안의 살점이 썩어 문드러지고 폐에 불이 붙었다. 눈물을 흘릴 기력조차 없어서 악의와 적개심만이 나를 지켜주고 있었다. 마지막 남은 자존심이었다.

아직까지도 저런 말 한 마디 한 마디에 휘둘리는 스스로를 용납할 수가 없어 혐오감이 치밀었다. 나 자신을 향한. 상대를 향한. 역겨워서 얼마 먹지도 않은 점심을 게워내고 싶었다.

키만 자란 어린애. 완전하지 못한 여자.

심각한 하자가 있는 공작 영애. 보니 안젤리크 멜론느 그레이스.

이곳에서는 보통 열세 살이면 초경을 시작한다. 물론 초경을 하지 않더라도 가슴이 부풀고 체형이 변하기는 할 테지. 하지만 나는 그러한 자연적인 성장이 전혀 이루어지지 않는다. 단순히 더딘 것인지, 다른 문제가 있는 것인지는 어느 누구도 명확하게 설명하지 못했다. 그러나 이것이 자연스럽지 않은 현상이며, 어떤 의사나 사제도 고칠 수 없다는 건 확실했다.

아주 가끔, 참을 수 없이 우울해지는 때가 있다. 꽃물을 들인 정교한 인형처럼 고우면 뭘 해, 괜한 자격지심만 쌓여가는데.

가장 짜증 나는 건, 내가 망가지고 있다는 사실을 알면서도 어쩔 도리가 없다는 거다.

귀족은 얼어 죽어도 귀족이라고, 자신 있게 걸어가려니 대부분의 학생이 모인 공터에서 이미 발검한 샤트린이 무딘 검날을 살피고 있었다.

나는 출석 체크를 하는 교수를 지나쳐 샤트린의 앞에 멈춰 섰다. 그녀가 쳐다보지도 않고 나에게 검을 내밀었다.

차고 뭉툭한 쇠붙이를 잠깐 바라보았다가, 이제 와서 꺼릴 까닭이 없었으므로 나는 선뜻 검을 건네받았다. 길고 얇은 손잡이를 그러쥔 뻣뻣한 손가락에 천천히 힘을 실었다.

샤트린의 행동에 어처구니가 없어져서 웃지 않을 수 없었다.

"개처럼 짖어놓고도 검을 골라주는 꼴이라니 너도 천상 하인이구나?"

그 낯선 생경함에 점차 익숙해지려는 찰나, 주저하지 않고 금발 머리의 소녀에게 휘둘렀다. 목은 무리일지언정 머리카락이라도 잘라주려 했건만 샤트린이 재빨리 검집을 들어 받아쳤다. 이론도, 실전도 겪어보지 못한 주인에게 휘둘리는 대련용 검을 물처럼 흘려보냈다. 그러나 오기와 발악으로 버텼다. 뱀처럼 미끄러져 올라가 한 번 더 격렬하게 부딪쳤다.

까드득 소리를 내며 맞물리는 쇳소리가 찢기는 바람 같았다.

"안 된다, 얘들아! 갑옷은 입고 해야지!"

교수님이 뛰어오는 동안 잠깐의 신경전이 있었다. 정말 죽을 각오로 몰아붙였다. 망치로 얻어맞은 듯 손목이 저릿했다. 검을 쥔 손가락에는 이미 감각이 없었다.

부수고 싶다. 죽이고 싶다. 다시는 검을 잡지 못하게, 그 손으로 무엇도 할 수 없게 짓밟아 생뼈를 으스러뜨리고 싶었다. 백 번이고, 천 번이고 기쁜 마음으로 벼랑 끝까지 떨어뜨릴 거다. 어떤 방법을 동원해서라도.

나는 아연하게 웃으며 분노와 모욕으로 빨갛게 칠한 입술을 벌렸다.

"주제 파악도 못 할 만큼 체르지안이 좋으니? 그런데 이걸 어쩌니. 슬프지만 쟤는 네 이름도 이제 알았다는데. 너 말이야, 너무 존재감이 없다고 생각하지 않아?"

"무슨 오해를 했는지 모르겠지만 나는 베헤모스에게 일말의 관심도 없어."

어라? 그럼 누구한테 마음이 있다는 건데? 단단한 지면을 발로 누르며 나는 슬며시 미간을 찌푸렸다. 아리아네트가 말하길 분명히 내 곁에 있는 사내라고…… . 그것조차 거짓일 리는 없을 텐데.

그저 우월함을 뽐내고자 모든 위험을 감수하고 아카데미 밖에서 나를 건드렸다는 건 말이 안 되었다. 샤트린 나름대로의 절박함과, 내가 모르는 믿는 구석이 있을 거였다.

"보니 안젤리크 멜론느 그레이스."

폐부에 깊이 박히는 노여움이었다. 샤트린이 입술을 비틀었다.

"태어날 때부터 기형이었다지? 어딘가 부족했다고."

아주 제대로 처돌았구나. 눈을 가리는 한여름의 시리도록 찬란한 햇살을 뚫고 다가와, 심장을 난도질하는 칼이 이와 같은 냉혹함이겠다.

순간적으로 스쳐가는 아주 어렸을 때의 일들. 나의 엄마. 세상에서 가장 아름다운. 모두의 축복을 받으며 사랑하는 남자와 결혼했지만 뱃속에 잉태된 건 조금도 고귀하지 못한 살덩어리였다.

왜 하필 나였을까. 어째서 나였지? 엄마 같은 사람에게 나란 딸은 어울리지 않았다. 나는 그저 오점이었고, 불행일 뿐이었다. 마치 죽은 것처럼 울지도 웃지도 않는 아기였는데 엄마는 끝까지 애정으로 감쌌다. 그 따뜻한 포옹……. 무조건적인 사랑. 눈물을 삼킨 부드러운 미소가 아직도 눈에 아른거렸다. 바람을 불사르는 건조함이 사막의 것보다 더했다.

미치도록 화가 났다. 어떻게 감히. 감히 나를, 엄마를, 내가 받은 사랑을 모욕할 수가 있지?

"너, 그냥 죽어."

개 주제에.

내 입에서 나온 말이었던가. 그 이후의 일은 내 기억에 없었다.

푹 젖은 솜처럼 몸이 무겁다. 어지럽게 일그러지는 잔상을 뿌리치고 눈꺼풀을 들어올리자 붓칠을 한 듯 투명하고 하얀 천장이 보여왔다.

나는 누워 있었고, 기분이 매우 나빴다.

왜 이렇게 왼쪽 팔이 뻣뻣한가 싶더라니 얇은 붕대가 수 겹으로 복잡하게 감겨 있었다. 저릿한 느낌이 아주 희미한 걸 보면 비싼 치료제를 사용한 듯했다.

무슨 영문인지 모르겠다. 나는 멍한 채로 여러 번 눈을 깜박이다가 고개를 돌렸다. 주전자와 화병이 놓인 테이블이 보였고, 간이 의자도 보였다. 나는 살짝 한숨을 쉬었다. 침대마다 칸막이를 친 깔끔한 이 공간은 아무리 봐도 병동이었다.

어째서 도중에 기억이 끊겼는지 모를 일이었다. 샤트린이 나를 두들겨 패기라도 했나? 나는 다소 어이없어서 입을 열었다.

"내가 왜 여기에 있지?"

방금 깨어났다지만 비정상적으로 정신이 멍했다. 마치 수면제를 먹고 강제적으로 잠들었다가 깨어난 것처럼.

벽이 빙글빙글 도는 것 같았다. 지끈거리는 머리를 비스듬하게 기울이며 뻑뻑한 눈을 비비는데 맞은편에서 혼잣말에 대한 대답이 들렸다. 내 얼굴을 단번에 구기는 샤트린의 무미건조한 음성이었다.

"그야 베헤모스가 마법으로 잠드는 물을 뿌려서 너와 나를 동시에 기절시켰으니까. 그는 상당히 거칠고 무례하더군."

체르지안이야 워낙 싸움을 싫어하니 이해 가지 않는 것도 아니었다. 그래도 짜증 나는 건 마찬가지였지만. 치마를 입은 여학생

둘을 기절시키다니, 뭐 이런 개념 없는 놈이 다 있어?

나는 나도 모르게 얼굴을 찡그렸다. 내 맞은편 침대에 앉은 샤트린이 돌처럼 무표정한 얼굴로 말했다.

"그레이스 너는 언제나 평균을 유지하지. 마치 기대를 심어주기도 싫고 실망을 안겨주기도 싫다는 것처럼 모든 것에서 멀리 떨어져 있어."

그 당당한 꼴이 죽여달라고 비는 것 같아서 기가 막힐 따름이었다. 아까는 누구도 공연히 발설하지 못하는 내 비밀을 갖고 모욕을 일삼더니 이젠 다짜고짜 평가를 한다. 진짜 미친 거 아니야?

어떤 식으로 복수해도 이 화가 가라앉지 않을 것 같았다. 그때 자리에 있었던 학생들은 어림잡아도 스무 명이다. 샤트린은 그렇게 많은 애들 앞에서 나를 조롱하고 무시했다. 심지어 그녀는 나뿐만이 아니라 나를 사랑해준 엄마를 모욕했다.

"내가 너라면 지금 당장 입 닥치고 꺼질 텐데. 난 너를 반병신으로 만들기 위해 무엇이든 할 수 있거든."

샤트린을 방심시키고자 일부러 가볍게 말하고 나는 상체를 반쯤 일으켰다. 우선 샤트린을 죽이고 체르지안도 같이 저승길로 보내버릴 거다. 힐끗 눈동자를 움직이며 관찰한 결과 샤트린 역시 상태가 썩 좋아 보이진 않았다. 빈틈을 노릴 절호의 기회였다. 물론 몇 번 짓밟는다고 해서 완전히 사그라들 일시적인 화는 아니었다. 나는 그녀를 망가뜨릴 수만 있다면 그레이스의 권력도 서슴없이 이용할 생각이었다.

육체만큼이나 성장하지 못한 내 마음이 질투와 열등감으로 교활하게 꼬였다는 건 나도 안다. 나는 어찌할 바 없이 비틀려 있었고, 나와는 달리 성숙한 여성으로 성장해가는 여자아이들에게 심각한 피해의식을 갖고 있었다. 억지로 누르고 있었는데 불을 지핀 건 샤트린이었다. 그러니 책임을 져야지.

나는 붕대를 감은 손을 조금씩 움직여보며 테이블 의자를 샤트린의 머리에 내려치는 상상을 잠깐 해보았다. 그러나 샤트린은 내가 무시하든 말든 자기만의 세계에 빠져 말을 이었다. 그 고백이 실로 충격이었다.

"얼마 전 새로 즉위하신 황제 폐하께서 내밀히 벨모트의 왕성에 다녀가셨다. 너와 같은 아카데미에 다닌다고 하자 관심을 보이셨어. 그리고 몹시 불만스러워하셨지."

지, 지금 뭐라고 한 거야? 몸을 추스르던 나는 큰 충격을 받아 딱딱하게 굳었다. 루아가 벨모트 왕국에 왔었다고? 처음 듣는 얘기인데.

정말 소스라치게 놀랐다. 반가워서는 아니었다. 어린 시절의 애틋한 추억이 환상처럼 떠올라서도 아니었고, 그저 두려움 때문이었다.

루아가……, 루아가 내 얘기에 관심을 보였다니.

샤트린의 입을 통해 직접 들었음에도 불구하고 영 현실감이 없었다. 벨모트로 이주한 뒤 나에게 있어 루아는 언제나 한 발 떨어진 존재였는걸. 그 점에 나는 서운하기도 하고 안심하기도 했던 터였다.

나는 귀를 의심하며 복수도 잊고 그녀의 넋두리를 받아주었다.

"루아한테 정확히 뭐라고 말했는데?"

"네가 어느 것에도 의욕이 없다는 사실과 학기 도중에 입학한 뒤로 치른 다섯 번의 시험에서 전부 평균점에 정확히 맞춘 성적을 받았다고 했지."

하도 어처구니가 없어서 헛웃음이 나왔다.

"참 잘도 아는구나. 넌 내 감시가 취미니? 약점이라도 잡으려고 그래?"

나도 모르게 이를 악물고 소리를 높였다. 샤트린이 심한 모욕을 당했다는 듯 인상을 쓰고서 이불을 걷어찼다.

"네가 상대방에게 관심이 없다고 해서 상대방까지 그런 건 아니야. 특히 네 경우엔 더더욱 그렇지. 보니 안젤리크 멜론느 그레이스, 네가 잠재적인 황후 후보로 낙점되어 있다는 사실 정도는 알고 있을 텐데."

당연히 모를 리 없다. 쐐기처럼 내리꽂는 말에 나는 불만스럽게 입술을 오므렸다. 그치만 나는 루아가 아직 미운걸. 물론 미안한 점도 있지만 괘씸하기도 해. 그리고 나는 루아를 이성으로서 좋아하지 않는다. 있을지 없을지도 모르는 내 재능을 드러내서 황후 후보의 자리를 확고히 다질 생각은 추호도 없다는 얘기다. 내 평화와 행복만을 바라는 엄마는 이 결정에 몹시 만족해했다.

아빠와 엄마는 가문의 영위보다 하나뿐인 자식인 나의 존재 자체를 더 소중히 여긴다. 권력 중심의 냉혹한 사회에서 이토록 인간적이고 다정하고 소중한 부모님을 얻었으니 그것만으로도 나는 더할 나위 없이 충분했다. 엄마를 걱정시키고 싶지 않았다.

루아와의 재회는 분명 오래지 않아 찾아올 거다. 하지만 최대한 미룰 것이었다.

지난 3년의 시간을 꿋꿋하게 버틸 수 있었던 것은, 전부 나를 향한 부모님의 극진한 애정 덕분이었다. 세상에서 내가 제일 사랑스럽다는 얼굴로 미소 지으며 나를 안아주시는 부모님께 이 이상의 걱정을 안겨드리는 건 정말 아니잖아. 거기다 루아를 향한 내 감정은 지극히 비논리적이고 감정적이며 극도로 상반되었다. 루아가 좋으면서 싫고, 미안하면서 또 원망스럽다. 만나고 싶은 마음이 있으면서도 발은 벨모트에서 떨어질 줄을 몰랐다. 말과 행동이 일치하지 않을뿐더러 비틀린 채 어긋난 감정이 서로 다른 반대편을 향해 곤두박질쳤다.

솔직히 말하자면, 나는 실제로도 루아가 내 목을 조를지 모른다는 기묘한 불안감에 사로잡혀 있었다. 천사처럼 사랑스러운 웃음을 짓다가 돌변해서 나를 원망하고 미워하고 증오할 것만 같았다.

어렸을 적의 나는 루아의 전부였다.

그 전부가 그 아이를 버렸다.

소리 없는 한숨을 쉬며 나는 샤트린을 곁눈질했다.

"루아가 다녀간 게 이번이 처음이야?"

꽤나 정곡을 찔렀는지 샤트린은 그저 이불보를 세게 움켜쥘 뿐,

확실한 대답을 주진 않았다. 아, 이제야 좀 감이 오는군. 짐작이 가.

나는 왜곡된 승리감을 감추려 심술궂게 눈망울을 굴렸다.

"어머나, 네가 좋아하는 사람이 루아였어? 유감이네, 루아는 나한테 완전 빠졌는데."

의도하기도 전에 웃음이 터져 나왔다. 그녀를 더욱 조롱해주고자 일부러 톤을 높이고 말꼬리를 늘였더니 한결 가증스럽게 들렸다.

나는 거짓말을 잘하는 편이었다. 특히나 내가 사랑하는 사람들에게. 그리고 이 후천적인 재능은 싫어하는 사람 앞에서도 숙명처럼 진가를 발휘했다. 후환이 두렵기는 했으나 지금은 어떤 방법을 써서든 샤트린을 밟아주는 것만이 내가 할 수 있는 전부였다.

루아를 좋아한다라. 제 주제에 감히? 손끝으로 입술을 매만지다가 나는 또다시 그녀를 비웃었다. 가소롭기 그지없어 미친 듯이 홍소가 터졌다. 내 마음에서 루아가 아주 큰 부분을 차지하듯이, 루아 역시 나를 생각하는 감정이 더하면 더했지 결코 덜하지는 않을 것이리라. 비록 루아가 중요히 여기는 게 지금의 내가 아닌 열두 살의 나일지라도. 그리움과 사랑이 아닐지라도.

나는 침대에서 내려와 조심스럽게 바닥을 밟았다. 샤트린도 그 사실을 모르는 바는 아닐 테지. 그래서 나를 적대했던 것이라면, 루아 때문에 그렇게도 나를 의식했던 것이라면 이미 이것만으로도 복수가 이루어진 셈이었다. 하지만 한편으로는 루아가 내 주위

사람들을 통해 나와 간접적으로 접촉하고 있다는 사실이 무서웠다. 뭐, 지금 이 순간만큼은 샤트린이 나를 절대로 넘어설 수 없다는 데 대한 희열이 더했지만.

비뚤어진 승리도 결국 승리였다.

"아무래도 루아는 내가 기형이라도 좋은가 봐."

가짜 승리감에 한껏 도취되어 나는 일부러 애교 섞인 목소리로 말했다. 매정하게 중얼거리는 나른한 음성에 가시가 돋쳤음을 샤트린도 알 거다. 나는 발목 보호대를 질질 끌면서 샤트린의 앞으로 다가갔다. 거리낌 없는 내 기세에서 위험을 느꼈는지 덩달아 일어나려는 샤트린을 재빨리 밀어 넘어뜨린 뒤, 그녀의 복부를 무릎으로 찍고 침대에 올라 매끈하게 흘러내리는 금색 머리채를 쥐었다.

나는 샤트린의 얼굴에 내 얼굴을 가까이 대고 차디찬 웃음을 머금었다. 바로 앞에 붙박인 잎사귀색 눈이 평소처럼 무심한 듯 그저 희미하게 빛났지만, 이젠 그조차 우스웠다.

제 뺨을 물들이는 분홍색 머리카락에 샤트린이 가면을 벗고 얼굴을 일그러뜨렸다. 바다와 잎사귀와 겨울의 푸른 오로라를 섞은 듯한 그녀의 이지적인 눈동자에 내 황금색 눈이 담겼다. 한 점의 어두움도 없는 이 특별한 눈은 아빠와 똑같은 눈이었고, 제국의 실세인 그레이스 공작의 눈이었다. 오직 그레이스 가문의 피를 가진 자에게만 나타나는 별의 빛깔. 요정들조차 눈에 황금을 담지 못했으므로 우리 가문은 예전부터 상당한 우러름을 샀다. 이것은 가장 고결하고 성스러운 하나의 증표이자, 드높여 마땅한 직위의 상징이었다.

그래. 이게 너와 나의 차이지.

나는 샤트린의 머리채를 확 잡아 끌어당겼다. 그리고 또박또박 속삭였다.

"건방진 제국의 개야, 봐주는 건 이번 한 번뿐이야."

벌어진 입술에서 새어나간 나긋나긋한 속삭임이 악마의 희열을 빌린 것 같았다. 내 거짓말을 그대로 믿고 씻은 듯 노기를 감추는 샤트린을 보며 나는 흡족하게 미소 지었다.

아카데미 학생으로서 한 경고가 아님을 그녀도 잘 알았다.

입안이 말랐다. 승자의 여유를 마음껏 누리기엔 컨디션이 영 아니구나. 마법에서 덜 깬 정신은 여전히 몽롱했다. 일단 경고는 줬어도 언제 이성을 잃고 나를 공격하려 들지 모를 샤트린과 같은 공간에 있고 싶지는 않았으므로, 나는 누가 챙겨 왔는지 모를 가방을 늘어뜨린 채 미적미적 병동을 걸어 나와 기숙사로 향했다. 수업은 이미 끝났고, 어차피 다시 들어가기도 싫었던 터였다.

붕대를 동여맨 발 주위가 쿡쿡 쑤시는 느낌이 든다. 심한 통증은 아니었지만 짜증을 부채질할 정도는 되었다. 도대체 얼마나 막 다뤘길래 이렇게 아픈 거야? 체르지안이 원망스럽지 않을 수 없었다. 한 걸음씩 내딛을 때마다 눈살이 찌푸려졌다. 거기다 벌써부터 이 의료용 천이 답답해지기 시작했다. 무더운 날에 소독약 냄새를 풍기는 헝겊을 감고 있으려니 여간 기분 나쁜 게 아니었다.

기필코 체르지안에게 이 값을 받아내고야 말 거였다. 그가 어떤 보석으로 현혹하든 결코 넘어가지 않을 것이라 다짐하면서 나는 짜증을 삼켰다. 기억을 곱씹을수록 기분이 안 좋았다. 설상가상으로 질질 끌고 가던 가방이 관목 가지에 걸려서, 안에 든 내용물이 와르르 쏟아졌다.

교과서를 비롯한 각종 물건들이 나뒹구는 모습을 멍하게 바라보다가 나는 웬만한 집 한 채보다 비싼 여성호르몬제가 든 작은 약봉투를 주워들고 한숨을 쉬었다.

"왜 이렇게 되는 일이 없는 것 같지?"

못마땅한 심정을 담아 짧게 투덜거리고서 나는 아랫입술을 깨물었다. 루아가 무슨 생각인지 의문이다. 기껏 벨모트로 와서 한다는 일이 주제 파악도 못 하는 공작 영애한테 내 근황을 묻는 거라니. 루아에겐 나를 신경 쓸 정도의 여유가 있는 걸까? 물론, 선황제 폐하를 잃고 절박한 마음에 매달리고 싶어서였을지도 모른다. 일단 호감도 가졌고, 자신의 어린 시절과 비밀을 공유하는 상대니까. 하지만 그 깊숙한 내면까지는 도통 모를 일이었다. 루아가 어떻게 변했을지 상상이 안 가. 겉모습이야 예전에도 도자기 인형 같단 말을 꼬박꼬박 들을 만큼 예뻤으니 지금도 번지르르할 테지만…….

나는 미묘한 심정으로 언젠가 루아에게 선물받았던 목걸이의 보석을 만지작거렸다.

음……. 복잡한 감정이 담긴 발걸음이 늪에 담갔다 뺀 것처럼 무겁게 이어졌다. 나는 괜한 마음에 가방을 건드렸던 관목 가지들을 뚝뚝 부러뜨렸다. 샤트린의 말을 곰곰이 되새기려니 왠지 모르게 기분이 불편했다. 그녀가 주제넘게 나를 도발해서가 아니라 다른 이유 때문이다. 루아가 언제부터 벨모트와 제국을 오고갔을까? 어쨌거나, 기껏 왔으면 나한테 얼굴 한 번만 보여주고 가지 그랬어. 그게 뭐 그리 어려운 일이라고 범죄자처럼 탐색만 하고 가? 이게 더 신경 쓰이고 불편하다는 걸 모르나?

　오롯이 나만을 위해 뻗어졌던 작은 손이 기억나지 않을 리 없다. 같은 숲길을 빙글빙글 돌다가 나는 결국 서운함을 인정했다. 죄책감과 얄미움과 두려움과 한 점의 껄끄러움을 이긴 건 다름 아닌 서운함이었다. 루아를 밀어낸 주제에 나는 루아가 먼저 다가와주길 바랐다. 그런데 막상 마주하기는 겁난다. 아, 나도 내 마음을 모르겠어. 정말 울고 싶은 심정이었다.

　가방도, 교과서도 버려둔 채 새들이 둥지를 튼 나무들을 지나치며 나는 복숭앗빛 머리카락을 비비 꼬았다. 주위로 농염하게 익은 장미가 번들거리고, 분수에선 작은 물방울이 쉴 새 없이 퐁퐁퐁 솟아올랐다. 루아가 샤트린을 좋아하나? 무작정 독점할 수도 없는데 남 주기는 싫은 이 혼란스러운 심정을 말로 표현하는 건 불가능했다. 루아를 이성으로 보지도 않건만 막상 루아가 다른 여자와 있는 현장을 보면 기분이 좀 많이 이상할 것 같았다. 여러 가지 의미로.

해가 슬슬 기울기 시작하자 바람이 시원해졌다. 나는 사람들의 발길이 뜸한 정원 뒤쪽으로 돌아서, 아무도 없나 주변을 재차 확인한 뒤 등나무 꽃잎이 잔뜩 떨어진 작은 정자로 다가갔다. 이곳은 상당히 외진 곳이어서 등나무 덩굴이 포도송이 같은 보라색 꽃을 주렁주렁 매달고 있는데도 휴식을 취하러 오는 학생들이 전혀 없었다.

머리 위에 덩굴꽃이 가득 피어 있었다. 성한 발로 정자 밑의 흙을 열심히 파내리자 그동안 내가 묻어두었던 호르몬제의 껍질이 흙투성이가 되어 모습을 비쳤다.

허탈했다.

"이걸 먹는다고 나을 리가 없는데…….."

나 스스로도 너무나 잘 알고 있었지만, 그럼에도 나는 버릇처럼 알약을 입안에 밀어 넣었다. 엄마의 성의를 무시할 수 없어서였고, 어쩌면 실낱같은 바람이 아직 내 안에 남아 있어서였는지도 몰랐다.

토할 것 같은 역한 느낌을 억지로 약과 삼키고 나는 껍질을 정자 밑에 묻었다. 교복에 어울리는 밤색 구두가 흙투성이가 되는 것도 아랑곳하지 않고 깊이 몰두하는데 바로 그 목소리가 들렸다.

"이거 놓고 갔는데."

전율을 불러일으키는 음성이었다. 피가 역류하다 못해 얼어붙을 정도의. 낮고, 낮고, 그럼에도 한없이 낮은. 누구라도 사랑에 빠질 것 같은 달콤한 남자의 목소리. 한 번도 이와 비슷한 목소리를 들어본 적이 없어서, 나는 소스라치게 놀라 뒤를 돌아보았다. 당혹스러움보단 경계가 먼저였고, 경계보단 적의가 먼저였다. 봤나? 언제부터 지켜보고 있었던 거지? 분명히 주위를 잘 살폈는데…….

멀지 않은 거리였으므로, 나는 목소리의 주인을 어렵지 않게 찾을 수 있었다. 그는 스물에서 두어 살을 더 먹은 나이로 보였고, 키가 상당히 컸다.

머릿속이 얼얼했다. 신기루라도 보는 건가 싶었다.

나는 주저하며 입을 열었다.

"사람이세요?"

세상에 메피스토펠레스보다 잘생긴 사람이 있을 줄이야. 순간이지만 나는 내가 왜 그를 경계했는지도 까맣게 잊어버린 채 수줍어했다. 차마 정면으로 보기도 미안할 정도라 시선을 한 군데 고정하지 못하다가, 그의 손에 들린 내 가방을 보고는 잠깐의 백일몽에서 깨어나 급히 뒷걸음질 쳤다. 내 손에는 아직 여분의 약이든 약 봉투가 들려 있었다.

그가 내 행동을 주시하며 평이하게 답했다.

"그럼."

그러더니 어깨를 으쓱이며 덧붙였다.

"알아보면 큰일 나. 감시당하고 있거든."

"감시?"

알아보면 큰일 난다는 말은 무슨 뜻이지? 나는 손에 쥐었던 약

봉투를 주머니에 쑤셔 넣고, 한 걸음 더 뒤로 물러났다. 그가 아카데미의 선생일 리가 없다는 강한 확신이 들었다. 저 얼굴의 교사가 있었다면 진작 난리가 나고도 남았을 테니까.

그는 신기하기도 하고 뭔가 섭섭하기도 한 듯이 나를 바라보더니 곧 미소 띤 얼굴로 말했다.

"지금은 네 얘기를 하자."

"싫어요."

나는 무심코 그렇게 중얼거렸다. 그가 무슨 의도로, 어떤 생각으로 내게 이러는지도 모르면서 얼떨결에 속마음을 입 밖에 내고 말았다.

"당신이랑 내 얘기를 하고 싶지 않아요."

사실 이 비현실적으로 근사한 낯선 남자가 아니라 어느 누구라도 나는 싫었다. 남이 나를 아는 게 두려웠다. 그건 상당히 무섭고 끔찍한 경험이 될 테니까. 하지만 이런 식으로 인정하고 싶지는 않았던 바였다. 어쨌거나, 세상에서 가장 완벽해 보이는 남자와 마주하고 있으니 내가 더욱 불온하고 이상한 것 같았다.

얕잡아 봐야 할 상대에게 도리어 공개적으로 모욕을 당하고, 부상까지 입었다. 거기다 지금은 엄청나게 잘생긴 의문의 남자한테 여성호르몬제를 먹는 모습까지 들켜버렸다. 나는 이미 피곤하고 힘들어서 죽을 것 같은데 아무도 알아주지 않았다. 그들에게는 불필요한 자비일 터였다.

모두가 아는 공공연한 비밀을 대체 언제까지 숨겨야 할까.

"더 말해봐."

그가 무슨 말을 바라는지 모르는 것도 아니었다. 부끄럽고 수치스럽고, 하여간 별의별 감정이 다 들었지만, 샤트린이나 체르지안 같은 아카데미 학생 앞에서 약한 모습을 보일 바에야 차라리 완전히 처음 보는 꿈 같은 남자에게 얘기하는 편이 더 나을 듯도 했다. 더 이상은 한계였다. 누구도 나를 알아주지 않았고, 그러려는 시도조차 하지 않았다. 그럴 필요가 없으니까. 내가 아무리 감추고, 아무렇지 않은 척해도 그들은 나를 깎아내렸다.

나의 낙담과 실의와 절망이 너희의 웃음거리라는 사실을 너무나 잘 안다.

마음을 털어놓을 곳이 없다. 어쩌면 이게 가장 큰 문제일지도 몰랐다. 나는 극심한 불안에 시달려왔고, 따라서 어떤 흔적이 남을 만한 일은 무서워서 할 엄두가 안 났다. 일기를 쓸 수도 없었고, 다른 누군가를 신뢰할 수도 없었으며, 약을 먹는다는 사실조차 다른 이들에게 알려질까 두려워 복용 기간이 되면 하루 종일 전전긍긍했다. 빨리 먹고 버려서 증거를 없애지 않으면 어떤 불미스러운 사건이 반드시 일어나서 나를 옥죌 것만 같았다. 거의 강박증에 가까웠다.

차곡차곡 쌓아 올렸다고 믿어 의심치 않았던 장벽이 실은 축축한 잿더미 모래였다. 이렇게 쉽게 무너진다.

나는 자신 없이 남자를 곁눈질했다. 흥건하게 색이 물든 금발, 가지런한 속눈썹, 그리고 강제적으로 숨을 멎게 만드는 선연한 푸른색 눈. 정말이지 현기증이 날 것 같다. 새하얀 셔츠는 그의 훤칠한 몸에 미친 듯이 잘 어울렸고, 호의적인 시선은 당황한 나를 자꾸 방심시켰다. 나는 심호흡을 하고 남자의 얼굴을 다시 보았다. 기묘하게 어른거리는 금빛 잔상이 있었다. 시리도록 푸른, 하지만 낯선, 도저히 같을 수 없는 시선.

한 번. 단 한 번. 어쩌면 돌이킬 수 없을지도 모르는데.

"나, 나는⋯⋯."

실의에 빠져 입술을 열었다. 더듬더듬 새어나오는 목소리가 어쩐지 내 것이 아닌 것 같아서, 이 자신 없는 고백이 진정한 마음임을 알기에 눈을 질끈 감았다.

잠시 심장이 멎었다.

"너무 힘들어요."

고작 그 말을 하기가 그렇게 두려워서 어깨가 떨렸다. 나는 등나무 기둥 뒤에 바짝 붙어서 몸을 가리고 주저앉아 얼굴을 가렸다. 그가 그냥 가주길 바랐건만, 소리도 없이 다가오더니 내 옆에 앉았다.

파묻다 말아 고스란히 드러난 약 껍질을 뻔히 알아봤을 텐데도 그는 별다른 말 없이 내가 보인 반응에만 주의를 기울였다.

"뭐가 그렇게 힘든데?"

"진짜 몰라서 묻는 거예요?"

나는 무릎에 고개를 묻은 채 의심스럽게 물었다. 벨모트든, 아카시아 제국이든, 귀족들 중에서 나를 모르는 이는 없었고, 그는 도저히 평민 같지 않았다. 생긴 것만 보면 왕족이 아니라 신의 현신이라고 해도 믿겠다. 비록 이곳의 신은 깨어나는 것과 동시에 세계를 멸망시킬 무서운 놈이지만.

남자가 아무렇게나 늘어져 등나무 꽃잎과 함께 바닥에 흩뿌려진 내 머리카락을 살짝 그러쥐면서 말했다.

"네가 아카데미 내에서 가장 성질이 더럽다는 얘기는 들었어."

"뭐라고요?"

순간 울컥해서 나는 훌쩍이다 말고 고개를 치켜들었다. 그는 째려보는 내 눈빛에도 아랑곳하지 않고 평이하게 이어 말했다.

"그리고 가장 예쁘다고 했지."

음, 그건 좀 마음에 든다. 하지만 그러면 뭘 하냐고. 엄마가 아무리 예쁘게 낳아준들 여자로서 전혀 성숙이 이루어지고 있질 않은데. 나는 시무룩하게 입술을 오므렸다.

"그건 그냥 내가 공작의 딸이라서 해주는 말이고요."

"그럴지도."

이 남자가 지금 나를 위로해주겠다는 건지, 화를 더 돋우겠다는 건지 모르겠다. 갑자기 열이 확 뻗쳐서 나오던 눈물도 도로 들어갈 정도였다. 뭐야, 진짜? 이럴 거면 가방이나 주고 가던 길이나 가지, 왜 옆에 와 앉았담.

내가 얼굴을 찡그리는 걸 보고 그가 웃었다. 아주…… 매혹적인 미소였다. 그게 또 아니꼬워서 머리카락에 닿는 손길을 거부할까 하다가, 생각보다 썩 나쁜 기분은 아니라 그냥 놔두기로 했다. 3년을 알고 지낸 체르지안이 닿는 것도 불편한데 참 이상한 일이지.

이 남자가 누군지 도대체가 알 길이 없었다. 짐작 가능한 것도 별로 없었고. 기껏해야 아카데미에 다니는 누군가와 아는 사이여서 방문했을지도 모른단 추측만 할 뿐이었다. 그런데 어쩌자고 하필 인적도 드문 여기에 왔던 걸까. 나는 가방을 던져두고 왔던 장소와 이곳까지의 거리를 가늠해보면서 의심을 키워나갔다. 어쩌면 그는 내가 가방을 두고 오기도 전부터 나를 지켜보고 있었던 건지도 모른다.

나는 열심히 처음 보는 미남을 곁눈질했다. 망막이 화끈거릴 정도로, 소름 끼치도록 아름다운 남자였다. 단지 바라보고 있는 것만으로도 손이 떨리고 얼굴이 뜨겁게 달아올랐다. 그는 가벼운 복장이었지만 그렇다고 값싼 재질로 만든 옷도 아닌 것 같았고, 만지면 아주 황홀한 기분이 들 것 같은 손가락에는 큰 황금 반지를 끼고 있었다. 그 반지에는 윙그비아 왕조의 문장이 새겨져 있었다.

잠깐만, 왕조의 문장이라고?

어?

"다, 당신……."

내가 당황스럽게 입을 여는 것과 동시에 그가 내 머리카락을 놓으며 말을 가로막았다.

"시간이 얼마 없어."

마치 내가 무슨 말을 할지 이미 안다는 투였다. 남자가 의미 모를 미소를 띤 얼굴로 나를 바라보면서, 내 벌어진 입에 뭔가를 넣어주었다. 당연히 뭔지를 모르기에 무작정 씹거나 삼킬 수 없었는데, 그는 내가 이상하게 보는 것도 무시하더니 입안이 가득 찰 때까지 정체를 알 수 없는 작고 딱딱한 뭔가를 한가득 집어넣고는 턱을 잡아 강제로 입을 다물게 했다.

"전부 삼켜."

물론 나는 거부했다. 갑작스럽게 아주 가까이 다가온 그를 밀어내려고 하다가, 영 소득이 없자 발로 찼다. 반사적으로 익숙한 발을 뻗었는데 하필 보호대를 착용한 다친 발이라 고통이 극심했다. 차선책으로 입안에 든 뭔가를 뱉으려고 했지만 그것도 여의치 않았다. 이 남자, 완력이 상당했다. 내가 어떻게 할 수 있는 수준이 아니었다.

나는 가쁘게 숨을 몰아쉬며 아름다운 아도니스를 노려보았다. 그나마 코도 같이 틀어막지 않은 걸 감사하게 여겨야 할지.

내가 아무리 반항해도 그는 아무렇지 않다는 듯이 굴었다. 내가 누군지 모르나? 아니, 일단 그전에 얘 좀 미친 것 같다. 혹시 이거 무슨 수면제 같은 거 아닌가? 이대로 잠재워서 납치하거나 이상한 곳에 팔려고 이러는 거 아니야? 그동안 이 미남에 관한 소문이 돌지 않은 건, 그와 마주쳤던 학생들이 전부 이상한 곳으로 팔려가서 그런 거고 말이다. 하지만 그랬다면 실종자가 발생했다는 식으로라도 얘기가 돌았을 텐데.

머릿속에 온갖 추측이 난무했다. 정신이 멍해지면서 점점 패닉으로 물들어가는데, 입안에 든 뭔가가 살짝 녹으면서 아주 달고 쌉싸름한 맛을 냈다. 어……. 이거 어쩐지 익숙한 맛이다.

나는 잠시 저항을 멈추고 혀를 살짝 움직였다. 내 입안에 한가득 찬 것은 초콜릿이었다.

그 사실을 깨닫는 순간 나는 나도 모르게 침을 삼켰다. 그제야 입안에 조금 여유가 생겨서, 갈등하던 나는 초콜릿 중 일부를 씹어 넘겼다. 이걸 먹고 기절하면 어떡하지. 어쩌면 독이 들었을지도 모르는데. 지나가던 정원사가 나를 발견해줬으면 좋겠다고 바라며 나는 절망스럽게 초콜릿을 씹었다. 그는 내가 입술을 우물거리는 걸 뚫어져라 지켜보고 있었다. 전부 삼킬 때까지 놓아주지 않을 셈이었다. 초콜릿 변태다. 이상한 취향을 가진 사이코가 나타났다고. 차라리 버버리맨이 나을……, 아니, 그것도 좀 그런데. 도대체 아카데미 경비들은 뭘 하고 있는 거야? 이런 놈을 잡아들여야지!

애석하게도 초콜릿은 무척 맛있었다. 정말 인정하고 싶진 않지만. 고급스럽게 적당히 쓰면서 아주 달았는데 굉장히 부드러운 풍미를 남기며 목 안으로 넘어갔다. 너무 오랜만에 먹어서 그런 거라고 스스로를 타이르고는, 더 삼키고 싶은 충동을 애써 억눌렀다. 이게 뭔 효능을 발휘할지도 모르는데 전부 먹을 순 없다.

어느 정도 입안에 공간이 생겼을 때쯤 나는 손가락으로 내 입을 틀어막은 그의 손을 톡톡 건드렸다. 그가 여전히 여유로운 얼굴로 나를 놓아주더니, 내가 무슨 말을 꺼내기도 전에 다짜고짜 입 안으로 손가락을 밀어 넣었다. 입술을 파고들어온 그 매끄럽고 긴 손가락이 허락도 없이 입안 구석구석을 누볐다.

기어이 내 입안에 남아 있는 초콜릿을 확인한 그가 평이하게 말했다.

"아직 다 안 먹었잖아."

변태다. 얘 진짜 이상해! 이런 충격적인 경험을 해본 건 당연히 이번이 처음이다. 나는 얼어붙어서 눈만 깜박이다가 그를 확 밀었다. 그러나 오히려 그 반동으로 몸이 뒤로 쏠리고 말았다.

소, 손가락을 빼낸 건 좋은데 어째 문제가 더 커진 것 같다.

등에 닿는 푹신한 지면의 감촉이 전혀, 조금도 달갑지 않았다. 충격에 이은 충격이라, 나는 결국 그의 뜻대로 초콜릿을 전부 삼키고 소리쳤다.

"너 뭐야? 내가 누군 줄 알고……."

숨이 막혀서 제대로 말할 수도 없었다. 팔목의 통증도 무시하고서 일어나려고 애쓰는데, 그가 내 주머니에서 흘러나온 호르몬제를 보며 태연하게 말했다.

"그 약, 백날 먹어봐야 효과 없을걸."

"나도 알아!"

아예 고함에 가까운 대답이었음에도 그는 눈 하나 깜짝하지 않았다. 오히려 한참 동안 말없이 나를 주시하더니 돌연 한숨을 쉬었다.

"역시 유예기간을 주는 게 아니었어. 낫기는커녕 더 까다로워졌잖아. 하여간 공작이나 공작부인이나 도통 사람 말을 안 들어."

잠자코 들어주는 것도 한계였다. 애초에 그럴 생각도 없었지만 말이다. 그러나 내가 남자를 심문하며 패 죽이기도 전에 갑자기 나타난 누군가가 그의 정체를 밝혔다.

그러니까, 그런 명칭으로.

"폐하, 이만 돌아가셔야 합니다."

나는 얼어붙었고, 그는 따분하다는 듯이 미간만 살짝 찌푸리고 말았다. 그가 건성으로 손짓해 제복을 입은 남자를 뒤로 물리더니 다시 내게 집중했다.

"왜 아까부터 계속 그 표정이야? 이 모습이 마음에 안 들어?"

아니, 그게 아니라……. 나는 충격에 사로잡혀 눈을 깜박였다. 만져보고 싶어서 저절로 손이 올라갈 것 같은 금발, 짙푸른 눈. 하지만 찬기만 남아 있는 시선이었다. 거기다 그는 도저히 나와 동갑으로 보이지 않았다. 많이 잡으면 20대 중반이었고, 적게 잡아도 스물은 되어 보였다.

폐하. 지금 그렇게 불릴 수 있는 건 황후 폐하, 아니, 황태후 폐하와 루아뿐인데…….

공황상태에 빠진 내가 입술만 벌렸다 오므리길 반복하자 그가 또 한숨을 쉬었다.

"이 모습이 마음에 안 들면 그렇다고 말을 해. 너는 키 크고 연상인 남자 좋아한다며. 그래서 일부러 바꾸고 왔는데 왜 그런 표정밖에 안 지어? 메피스토펠레스를 안 데려와서 실망했어? 나 혼자

와서 기분 나빠?"

아니, 그러니까 그게 아니라고! 나는 여전히 뻣뻣하게 굳어서 그를 쳐다보았다. 심지어 이젠 메피스토펠레스의 이름까지 나왔다. 가만, 아까 그가 뭐라고 말했지? 공작과 공작부인?

숨을 들이켜고, 눈을 질끈 감았다 뜨고, 머리를 마구 저어보기도 했지만 이 상황을 도저히 받아들일 수 없었다. 맨 정신으로도 무리였고, 설령 제정신이 아니라도 백 번이고 천 번이고 의심할 수밖에 없을 터였다. 내가 아는 루아는 이렇지 않다. 이 남자는 천사는커녕 악마의 화신이라고 해도 믿을 정도였다. 거기다 나한테 강제로 초콜릿을 먹였단 말이야!

이해 너머의 당혹으로 일그러진 내 얼굴을 보며 그가 단조롭게 말했다.

"나도 기분 나쁘네. 화나니까 지금 이 학교에 있는 사람들 전부 죽여버릴까? 그러고 보니 너랑 친하게 지내는 놈도 마법사라며? 누구 마력이 더 강한지 재보는 것도 재밌겠네. 물론 곱게 죽이진 않을 거지만. 그런 호사는 놈에게 과하지."

더 이상 듣고만 있다간 무슨 말이 나올지 모르겠어서, 결국 나는 엉망진창인 머릿속을 수습하지도 못하고 입을 열었다.

"너, 네가 정말 루아야?"

말도 안 돼. 입 밖으로 뱉어놓고도 나는 의심했다. 그가 무슨 생각인지 모를 얼굴로 자리에서 일어나더니, 내게로 손을 뻗었다. 그러자 아무것도 없던 공간에 난데없이 새하얀 종이가 나타났다.

자세히 살펴볼 순 없었지만 그건 피와 도장이 찍힌 서류였다.

무슨 영문인지 몰라 멀뚱히 있는데 그가 웃었다.

"공작부인에게 전해. 유예기간은 끝났다고."

그 종이에 불이 붙더니 순식간에 타들어가 재로 화했다. 나는 크게 뜬 눈을 어떻게 하지도 못하고 움츠러들었다.

처음에는 질 나쁜 장난이 아닐까 하는 생각이 들었다. 나는 의심이 많았으며, 루아와 이런 식으로, 그것도 제국이 아닌 벨모트의 아카데미 안에서 만나게 되리라고는 전혀 예상하지 못했던 바였다. 더군다나 이 남자는 내가 알던 예전의 루아가 아니었다. 과거의 편린을 아무리 주워 모아도 이 남자와 루아가 연결되지 않았다.

나는 경악스러울 정도로 근사한 남자의 명령을 받들어 멀찍이 물러나 있는 수행원을 힐끗거렸다. 그는 틀림없는 황실의 제복을 입고 있었다. 황제에게 충성을 맹세한 가장 뛰어난 자들만이 입을 수 있는 제복을, 저 수행원이.

증거가 충분하다 못해 넘쳐나서 더욱 인정하기 찝찝했다. 금발에 푸른 눈을 가진 남자는 윙그비아의 문장이 새겨진 반지를 끼고 있었고, 내가 메피스토펠레스에게 호감을 갖고 있다는 사실 또한 알았다. 하지만 그렇다고 그가 쉽게 받아들여지진 않았다. 나는 루아와의 재회에 전혀 준비되어 있지 않았으니까. 루아가 귀여움이라곤 눈곱만큼도 찾아볼 수 없는 호리호리한 사내로 변해 나를 쳐다보고 있다면 더더욱.

내가 후두둑 떨어지는 까만 재와, 못마땅한 얼굴의 수행원과, 바로 앞의 자신을 번갈아 쳐다보기만 할 뿐 별다른 말을 하지 못하자 그가 어깨를 으쓱였다. 그러곤 망설임 없이 뒤돌았다.

마치 떠나려는 듯했다.

"저기!"

다행히 남자가 멈춰 섰다. 아니, 다행이 아닐지도 모른다.

"저기?"

그가 고개를 돌려 재미있다는 투로 말하며, 그러나 짜증 가득한 얼굴로 나를 응시했다. 그 모습이 정말로 화가 난 것 같아서, 나는 당황스럽게 뻗었던 손을 도로 거뒀다. 새하얗게 변한 머릿속은 나에게 어서 빨리 이 상황을 피하고, 도망치라고 명령했다.

준비되지 않았다. 나는 정말로 루아와의 만남에 단 1퍼센트도 준비되어 있지 않았다. 이제 루아의 말과 시선과 행동 하나하나가 쐐기처럼 날아와 내 가슴에 박힐 거고, 이미 지칠 대로 지친 나는 얼마 버티지도 못할 거였다. 무너지고 무너지겠지. 찢어지고, 가라앉고, 만신창이가 되어서.

나는, 하필, 왜, 어째서 하필 지금인 거지? 간신히 똑바로 서면서 나는 비관적으로 숨을 삼켰다. 루아는 내가 호르몬제를 먹는 모습을 보았다. 어쩌면 그는 여성호르몬제가 소용없다는 사실을 알려주며 속으론 나를 비웃었을 수도 있었다. 어릴 적 그렇게도 저를 괴롭혔던 여자애가 이젠 약자가 되어 제 앞에 서 있으니까, 그러니까.

드디어 복수를 할 때라고.

너는 이제 아무것도 아니라고. 그렇게 말할지도 모른다.

잡아 세울 땐 언제고 도망쳐야 한다는 생각만이 전부였다. 두려움에 사로잡혀 무작정 몸을 돌렸는데, 루아가 갑작스럽게 발을 거는 바람에 나는 앞으로 고꾸라졌다. 순간 반사적으로 뻗은 손에 엄청난 충격이 가해졌다. 부드러운 흙과 잔디와 꽃잎이 그나마 충격을 완화시켜주긴 했지만 아픈 건 아픈 거였다.

머리 위에서 끔찍하게 달고 낭만적인 음성이 들렸다.

"저기가 누군데? 말을 해야 알 거 아니야. 혹시 저 수행원을 불렀던 건가?"

나는 일어나지도 못한 채 코를 부여잡고 신음했다. 무릎도 아프고 손바닥도 얼얼했다. 나는 완전히 그의 의도에 휘말리고 있는 것 같은 느낌을 받으면서도 억지로 입을 열었다.

"너, 루아…….."

그가 내 위에 올라와 있는 느낌을 받았다. 확실했다!

"유예기간이라는 게 뭐야?"

가까스로 질문하는 데 성공했지만, 아직 나에겐 심각한 문제가 120개 정도는 남아 있었다. 그가 무릎으로 등을 누르고 있지만 않았더라도 한결 또박또박 말할 수 있었을 텐데. 확실히 얘는 내가 아는 루아가 아니었다. 아니, 어쩌면 맞을지도 몰라. 비 오던 날, 나의 악몽이자 죄책감 그 자체인 루아도 이런 식으로 난폭하게 굴었으니까.

불현듯 미치도록 가슴이 쓰렸다. 나는 루아에게 어른이 되자고 말했다. 하지만 나는 열두 살의 무렵에서 벗어나지 못했고, 루아는 그렇지 않았다. 어른이 되어 나를 찾아왔다.

내가 아는 루아가 아닐 수밖에 없었다.

"어째서 내가 아버님을 해치지 않았고 공작과 공작부인을 무사히 돌려보낼 거라고 확신했지?"

루아는 내가 원하는 답을 주지 않고 내 쪽으로 몸을 숙이며 되물었다. 그의 부드러운 머리카락이 귀를 간질여서 나는 얼굴을 찡그렸다.

"그걸 네가 어떻게 알아? 나한테 도청기라도 달았어?"

내가 루아의 무고함을 확신한다고 말했던 건 체르지안 앞에서밖에 없었다. 그렇다면 체르지안이 첩자 노릇을 했다거나, 루아가 마법을 썼든 뭘 했든 나를 감시하고 있었다는 얘기가 됐다. 아마 후자일 확률이 높을 거다. 루아는 아까 체르지안을 죽이겠다는 말을 아무렇지도 않게 했었으니까.

뭔가가 계속, 혀끝을 간질이고 있었다. 아주 중요한 사실을 잊고 있었을 때나 느낄 법한 불편한 기분이 등골을 타고 올라와 신경을 흐트러뜨렸다.

루아의 웃음소리가 몹시 가까이서 들렸다.

"굳이 그럴 필요가 있나."

루아가 웃으며 그렇게 말하고는, 내 머리를 가볍게 쓰다듬었다. 머리카락을 따라 내려와 자신이 선물했던 야명주 목걸이를 살짝 건드렸다.

등 뒤에서 느껴지는 온기에 나는 숨을 들이켰다. 얼굴은 화끈거려서 미칠 것 같은데 반대로 머릿속의 피는 전부 얼어붙는 듯했다.

루아가 녹아들 것 같은 목소리로 말했다.

"너는 내 거야."

기쁨? 설렘? 안도? 아니, 그것보단 다른 게 먼저였다.

수치심과, 분노와, 굴욕감과, 극심한 짜증이 치밀었다. 나는 누군가에게 이런 식으로 패배하는 것에 익숙하지 않다. 그레이스 공작가의 딸로서 부족한 것 없이 부모님의 사랑을 듬뿍 받으며 자란 뒤에는 더더욱 그러했다.

비상이다. 앞날이 깜깜해졌다고. 나는 불만스럽게 입술을 깨물었다. 예전에야 루아가 나를 무척 잘 따랐던 데다 백치나 다름없었으니 나보다 높은 직위를 가졌어도 그러려니 했는데 이젠 아니었다. 주객전도다. 머리와 꼬리가 뒤바뀌었어! 아니, 애초에 루아는 황태자였지만, 아무튼 간에. 이렇게 질 수는 없다. 앞날을 위해서라도 말더듬이로 각인될 수는 없어.

멀어져가는 루아를 노려보며 나는 후회할 걸 알면서도 충동적으로 목걸이를 잡아 뜯었다. 당황스럽기 그지없어서 여태껏 가만히 있었는데 더는 못 봐주겠다. 루아가 나를 싫어하지 않는다는 사실을 알게 되었으니 더는 꺼릴 게 없었다. 감추고, 숨기고, 움츠러들어야 할 이유가 사라졌다. 그는 내 모든 단점을 알고도 나를 만나러 와주었다.

그래서 더 화가 난다.

"헛소리하지 말아줄래? 나는 네가 전혀 남자로 안 보이거든?"

지난 일로 나를 미워하지 않아주는 건 고, 고맙지만 그런다고 가만히 있자니 화가 나서 도저히 무리였다. 루아는 내가 거의 키우다시피 한 애였다. 나를 이렇게 취급하는 것은 온당하지 못한 처사였다. 거기다 아직 백 퍼센트 확신할 수는 없지만 루아는 정말로 나를 놓아주지 않을 생각인 모양이었다.

내⋯⋯, 내 거라니. 부끄러워서 죽을 것 같았다. 하필이면 저렇게 커서 올 게 뭐람? 남의 남자 취향을 멋대로 캐내고 다니다니 괘씸하기 이를 데 없다!

나는 경고의 의미로 망설이지 않고 목걸이를 집어 던졌으나, 루아는 그 예쁜 덩어리를 너무나 손쉽게 받았다. 그것을 제 손목에 걸고는 웃으며 손을 흔들었다.

"지금은 바쁘니까 이따가 또 올게, 자기. 보고 싶어도 조금만 참아."

선전포고? 아니, 그게 아닌 거 같다. 그가 나한테 했던 말은 거의 고백이나 다름없었다. 차라리 어긋난 지레짐작이었으면 좋겠는데. 유사품 주의. 아니, 유사 고백 주의.

어쨌든 망했다.

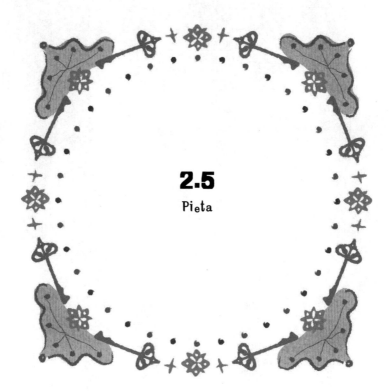

2.5
Pieta

이는 황제가 죽기 며칠 전의 일이었다.

새 우는 소리도 들리지 않는 기이한 낮이었다. 화사한 봄, 그 향기로운 끝의 저물어가는 마지막 무렵. 완연히 무르익은 달콤함을 뒤로 물리며 쓰디쓴 내음이 짙게 퍼지는 새로운 계절이 다가오고 있었다.

얼마 전 열다섯 번째 생일을 보낸 황태자가 초여름이 주는 나른함에 취해 낮게 내리떴던 눈을 한 번 깜박였다. 어릴 적부터 정교하게 빚은 인형이 따로 없다며 소문이 자자했던 외양이라, 그 게으른 모양새도 곱기만 할 뿐 도무지 백치로는 생각되지 않았다. 이제 그는 비정하다 싶을 만큼 눈물이 없었다.

"아."

몇 시간이고 이어질 것 같았던 정적을 아무렇지 않게 깨뜨린 황태자가 이내 지루한 얼굴로 책을 집어 던졌다. 2,000페이지를 넘는 두꺼운 서적이 그의 손에서 벗어나 바닥을 나뒹굴었다.

"또 던졌어."

황태자는 그렇게 말하고서 의자에 등을 기댔다. 황실의 결계를 점검한다는 명목으로 와 있던 메피스토펠레스가 그를 바라보지도 않은 채 무성의하게 답했다.

"또 던지셨네요."

그러나 황태자는 듣고 있지 않았다. 그가 감흥 없이 턱을 괴었다.

"우리 공주님께서 왜 또 화가 나셨을까."

그는 메피스토펠레스가 있는 방향이 아닌, 전혀 다른 곳을 보고 있었다. 몽롱한 무의식을 좇아, 꿈속까지 핥아지는 듯한 저문 봄을 무시하고 흐려진 망막에 전혀 다른 세계를 박아 넣었다. 그는 폐쇄되어 있는 방 안에서 성스러운 이방의 나라, 벨모트를 엿보았다. 더는 누구도 그를 백치라 말하지 못하는 데엔 제국을 통째로 집어삼키고도 남을 마력을 자유자재로 부리게 된 탓이 컸다.

머나먼 나라 그 중앙에, 장미색으로 물든 화사한 침실이 있었다. 침실의 끝에 자리한 호박마차 모양의 호화로운 침대는 주인의 방어적인 성향을 고려한 모양인지 백금을 씌운 창 부분을 전부 베일로 가려놓았고, 마호가니로 만든 계단은 박살 나 있었다. 해바라기처럼 영롱한 황금빛 눈을 가진 황태자의 어린 연인은 자신이 망가뜨린 작은 요람 안에서 서럽게 울고 있었다.

황태자는 저도 모르게 한숨을 내쉬었다. 오만하고 자존심 강한 그녀가 귀족으로서의 자부심도 버리고 울음을 터뜨리는 상황은 두 경우밖에 없었다. 성장이 더딘 육체를 저주할 때나, 가장 사랑하는 제 어미와 함께 있는 시간을 방해받았을 때 말이다. 지금은 두 경우가 모두 포함되어 있었으므로, 그녀는 몹시 우울해하고 있었다.

그녀가 떠난 제국은 여느 때와 다름이 없으나, 벨모트에서 오늘은 축일이었다. 거리 곳곳에서 가장 행렬이 줄을 잇고 연극이 펼쳐졌다. 이날은 성녀 체칠리아가 고됐던 생을 마감하고 천사의 품에 안긴 날로서, 월경을 시작한 여인이라면 가슴이나 손목에 흰

석류꽃을 다는 풍습이 있었다. 나미퓌브 같은 변방이라면 몰라도 수도 오르페데스에선 철저히 지켜지는 규칙이었다.

적어도 이날만큼은 모든 여성들이 존중받았고, 산 제물로 예비되어 있는 소녀들 또한 정갈히 목욕 후 낮잠이라는 평온을 누렸다. 키만 조금 자랐다 뿐이지 또래보다 성장이 더딘 소녀는 부모님이 외출하는 모습을 멀리서 바라볼 수밖에 없었다.

보니는 방문을 걸어 잠그고, 레뮤시와 메리의 부름도 무시한 채 오로지 자신만을 위해 존재하는 호박마차 안에서 한참을 울었다. 괜찮다고, 아무렇지 않다고 웃으며 부모님을 배웅했으나 정말로 멀쩡할 리 만무했다.

그녀는 벨벳으로 덮인 마차 벽면에 머리를 박고 눈물과 저주를 퍼부었다. 그토록 사랑해 마지않는 어미와 똑같은 분홍빛 머리카락을 잡아당기며 끓어오르는 감정의 밑바닥까지 가라앉았다.

"매년 똑같아. 변하는 게 없어. 내년이면 하겠지, 내년이면, 적어도 내년에는……. 아무리 그렇게 위안해봤자 소용없다고. 나는 실패했어. 망가졌어. 죽어야 해."

그 자기혐오와 비탄에 빠진 탄식이 전혀 다른 하늘을 머리 위에 둔 황태자의 귀에 고스란히 박혔다.

"엄마도 말은 안 하지만 나 같은 거한테 실망했을 게 뻔하다고……."

그가 무표정하게 눈을 내리떴다. 그때 단단히 걸어 잠갔던 보니의 방문이 소리 없이 부드럽게 열리면서, 솜뭉치처럼 복슬복슬한 털을 가진 고양이가 들어왔다. 방금 전까지 식당에 엎어져 있던 고양이였으나, 익숙한 냄새를 맡자 야옹거리며 보니를 찾았다. 보니가 집어 던진 동화책을 지나쳐, 어지럽혀진 방 안을 가로질렀다.

박살 난 계단을 한달음에 뛰어올라온 고양이를 보고 보니가 눈물을 닦았다.

"아……, 이비?"

시녀들이 하루에도 몇 번씩 빗질을 해주건만 고양이는 언제나 새하얀 털을 뭉쳐놓은 것처럼 둥글둥글했다. 보니가 안아달라는 뜻을 담아 제 무릎을 긁어대는 고양이를 껴안아주면서 피식 웃었다.

"이런 못생긴 페르시안 같으니."

처음 데려왔을 때부터 유독 이상하리만치 보니를 잘 따르던 고양이였으므로, 보니는 별다른 의구심 없이 이비를 꼭 껴안고 침대에 누웠다. 벽은 벨벳으로, 바닥은 푹신푹신한 고급 시트로 장식한 호박마차는 요람과 같이 완벽하게 그녀를 품었다.

보니는 느릿하게 숨 쉬며 안정을 되찾아갔다. 점차 규칙적으로 변해가는 숨소리에 맞춰 황태자가 고르게 호흡했다.

부들부들한 고양이의 털을 만지작거리던 보니가 막 잠에 빠지려 할 때였다.

"우리 사랑스러운 공주님이 어디 계실까, 어디 엄마가 한번 찾아볼까?"

마차도 잊고 뛰어왔는지 땀에 흠뻑 젖은 레이첼이 보니의 호박 마차를 노크하며 장난을 쳤다. 잠들다 만 보니가 어리둥절하게 눈을 비볐다.

"엄마?"

귀를 의심하던 것도 잠시, 레이첼이 꿈이 아니라는 것을 깨닫자 보니의 눈이 휘둥그레졌다. 보니가 얼떨떨하게 몸을 일으켰다.

"왜 벌써 왔어? 오늘 부인들이랑 파티 있다고……."

당연하지만 그 파티는 영애들도 참석하는 자리였다. 죄책감을 느낀 보니가 말꼬리를 흐리기 무섭게 레이첼이 하하 웃으며 모자를 벗어던졌다.

"그런 성가신 곳에 가서 뭐해, 수다 떠느라 입만 아프지. 광장에 있는 오벨리스크까지 네 아빠 배웅해주고 왔어. 세상에, 여기 온 지 삼 년이나 됐는데 아직도 길을 모른다는 게 말이 되니? 그러면서 시종들은 왜 떼고 다니는지 몰라. 손에서 검 놓은 지도 꽤 됐으면서 아직도 자기가 세계 제일인 줄 안다니까? 하여간 못 말려."

보니는 너털웃음을 흘리며 마차 입구에 걸터앉은 제 어미를 빤히 쳐다보았다. 세월이 무색하게 아름다웠으나 레이첼의 몸 어디에도 꽃 같은 건 없었다. 필시 하나뿐인 딸의 마음을 염려해 일부러 달지 않은 것이리라.

"엄마……."

보니의 눈에서 또다시 눈물이 솟구쳐 올랐다. 레이첼은 함박웃음을 지으며 말했다.

"아이만은 오늘 늦을 거야. 방도 개판으로 만들어놨으니 오늘은 엄마랑 같이 잘까? 며칠 전에 체르지안이 엄마한테 장미석을 선물로 줬다는 얘기 해줬니? 걔가 나이는 어려도 여자를 기쁘게 해주는 방법을 아주 잘 아는 것 같더라."

그 장난스러운 말이 보니의 머릿속을 단번에 새하얗게 만들었다.

"잠깐! 걔는 안 돼! 아빠는 어쩌고!"

"글쎄, 너도 알다시피 네 아빠도 나이가 좀 있잖니. 체르지안 정도면 가문도 훌륭하고……."

"악! 싫어! 아빠는 한 명이면 충분하단 말이야!"

보니는 자기가 왜 울었는지도 까맣게 잊어버린 채 레이첼 앞에서 체르지안의 험담을 퍼부었다. 마법만 조금 부릴 줄 알고 체력은 저질이라는 둥, 위에 형들이 있으니 작위를 받긴 글렀다는 둥, 어차피 다리 길고 예쁜 여자면 누구나 좋아한다는 둥의 얘기를 마구잡이로 늘어놓다가 결국 웃음을 터뜨렸다.

레이첼은 보니에게 점심을 먹을 것을 권유했고, 보니는 망설임 없이 어미를 따르려다 제가 집어 던진 동화책을 도로 주웠다. 내버릴 땐 언제고 가볍게 입 맞추며 소중히 품에 안는가 싶더니, 책상에 얹어두고 방을 떠났다.

황태자는 그제야 눈을 깜박였다. 연인을 살피기 바빴던 그의 눈이 빛을 되찾고 본디 비춰야 할 것을 눈에 담았다.

메피스토펠레스가 피곤한 듯 미간을 문지르는 황태자를 걱정스럽게 응시했다.

"악마라고 마력이 무한정 있는 줄 아십니까? 그리 무리하시다 간 제 명에 못 삽니다."

"너보단 오래 살 거니까 걱정 마."

황태자는 느긋하게 말하고 자리에서 일어섰다. 황실의 사정을 돌아보려 함이 아닌 벨모트로 떠나기 위함이었다. 그 하려는 바를 눈치 챈 펠레스가 미간을 찌푸렸다.

"폐하를 구해드리지 않을 셈입니까? 방관 또한 죄입니다."

이 방 바깥에서 벌어지는 불경한 일을 두고 하는 말이었다. 제국의 하나뿐인 황태자는 더 이상 백치가 아니었고, 평범하지도 않았다. 아비의 어그러진 소망을 정면으로 배반하여 악마가 되기를 자처했다. 마지막 남은 제 것을 지키기 위해 스스로 무너져 내렸다. 비뚤비뚤하게 쌓아 올린 탑을 밑의 밑까지 무너뜨린 뒤 가시와 송곳으로 처음부터 다시 쌓아 올리고 있었다.

무슨 결과를 불러들일지 알면서. 다시는 되돌릴 수 없음에도.

남들보다 앞서야 하는 주제에 도리어 그들보다 한참은 늦게 시작했다. 겨우 백치에서 벗어난 그에겐 더 낭비할 시간이 없었다. 망설일 여유도 없었고 고민할 필요조차 없었다. 그는 자신이 무엇을 원하는지 너무나 잘 알고 있었기에. 그건 고열이었고 구리 섞인 평원에서 핀 잿더미 꽃이었다. 죽은 것 같은 겨울이 지나가자 뒤집어진 땅과 아무도 수습해주지 않는 폐허만 남았다. 황태자는 먼저 떠난 시간을 붙잡기 위해 자신이 희망하는 단 하나의 목적을 제외한 모든 것을 내려놓았다. 그 사실을 달가워하지 않는 사람은 비단 황제 혼자만이 아니었다. 그러나 그 권력이 결국 피바람을 불러올 터.

버려지고, 내몰리고, 물어뜯긴 아이는 이제 타인의 손길을 구걸하지 않았다. 누구에게도 도와달라 청하지 않았으며, 누구도 구원하지 않았다. 그것이 제 아비라 해도 저버렸다.

"죄?"

여름 해에 취해 권태롭게 웃으며 황태자가 되물었다.

"곧 있으면 내가 황제가 될 텐데 무슨 죄?"

대답은 없었다. 가볍게 어깨를 으쓱인 황태자는 그 이상 지체하지 않고 벨모트로 이동했다. 주인만큼이나 엉망이고 사랑스러운 텅 빈 침실에서, 작은 소녀를 기다리는 고양이 앞에 주저앉아 살갑게 손짓했다.

"이리 와."

고양이는 그가 또 다른, 어쩌면 진정한 주인이라도 된다는 양 그의 손에 얼굴을 비비적거렸다.

만신창이가 되어 지옥에 떨어진 소년은 소녀가 다시 돌아올 때까지, 누군가가 위험한 계략을 완성시켜 실행에 옮길 때까지 고양이와 함께 그늘진 빈 방을 지켰다.

이 여름이 가기 전에 그는 아비를 잃을 것이다.

별들이 빼곡하게 모여 성좌를 이룬 밤이었다. 이미 사라진 별도, 곧 생겨날 별도 천체는 무리 없이 품었다. 작은곰자리의 북극성 폴라리스와 전갈자리의 안타레스가 낮게 내려온 밤하늘을 수놓았다. 성공적으로 즉위식을 마친 새로운 황제는 그늘에 취하지도 않으며 왕좌에 앉아 무료하게 한숨을 내쉬었다.

내가 이러다 미치고 말지. 밀린 업무가 산더미처럼 많은데도 그는 잊지 않고 버릇처럼 황실 소속 마법사를 불러와 닦달했다. 도무지 성과가 없어 짜증스럽기 이를 데 없었다.

"아직이야? 내가 시간을 얼마나 많이 줬는데 여태 못 찾아?"

"송구합니다만 폐하, 그리 쉬웠다면 진작에 없앴을 물건입니다."

"그러니까 지금 없애려는 거잖아. 네겐 이 정도 부탁도 무리인가? 분명히 나는 내가 직접 처리하겠다고 했다. 너는 찾기만 하면 된다고 했어. 사도를 찾든가, 성물을 찾든가."

악마가 사용하는 마법이야말로 그 어떤 탐욕도 이루어줄 수 있을 것이라 믿는 어린아이의 투정과도 같았다. 황제의 뻔뻔하기 그지없는 요구에 검은 머리의 마법사가 기가 찬 얼굴을 했다. 부탁? 명령이나 협박이란 단어를 써도 부족했다.

"능력 밖이라 도저히 무리입니다. 사도 하나가 가진 성력이 얼마나 대단한 줄 알면서 이러십니까? 애초에 저는 폐하와는 달리 사도에게 당하면 타들어갑니다만. 성물은 그보다 더하겠지요. 특히나 폐하께서 찾고 계시는 성물은 검이질 않습니까. 나머지 세 성물을 합쳐도 그 하나를 이기지 못한다고 들었습니다."

처음 이 명령을 들었을 때처럼 메피스토펠레스는 황제의 바람을 현실에 이끌어내기엔 한계가 있다는 입장을 고수했다. 황제는 앞을 가로막는 것은 뭐든 찢어발겨야 성이 찬 짐승처럼 난폭한 방법으로 불가능을 가능한 것으로 만들었고, 그건 언제 어느 때건 심각한 후폭풍을 몰고 오기 마련이었다.

불복종으로 목이 날아가도 어쩔 수 없다는 태도였으나 황제는 으레 그랬듯이 거들떠도 안 보고 무시했다.

"내가 살기 위해서라도 방법을 찾아야 하는데."

황제는 부루퉁하게 입술을 오므리며 투덜거렸다. 기껏 제 심장을 변형시켜 내어줬더니 한다는 일이 홀대하고 던지고 구석에 처박았다가 아예 존재조차 기억하지 못하기 일쑤인 여자가 밉지 않다면 거짓말이다. 그나마 자신이 즉위했다는 말을 들은 뒤로는 꽤 곁에 두는 것 같더니 그것도 잠시였다.

책으로 만들지 말고 장신구로 만들 걸 그랬나. 보석이라고 나름대로 애지중지 아끼는 야명주와 동화책을 본뜬 종이의 모습이라고 괄시받는 제 심장을 비교하고 있으려니 여간 서러운 게 아니었다. 이제라도 제발 좀 소중하게 여겨달라고 빌고 싶은데, 막상 얼굴을 보니 그마저도 무색했다. 그냥 그렇게 해서라도 스트레스를 풀었으면 싶었다. 제 목숨이 언제는 그녀에게 귀했나.

메피스토펠레스는 깊이 골몰하느라 미간을 찌푸린 황제를 가만히 주시했다. 일부러 성인의 모습을 취했어도 황제의 내면은 여전히 소년이었다. 오랜 학대로 망가지고 너덜너덜하게 찢긴. 그러나 그 사실을 뻔히 아는 메피스토펠레스조차 황제가 정녕 소년이 맞는지 의심스러울 때가 있었다. 황제를 처음 본 이라면 백치였던 그의 과거부터 부정하고 볼 것이다. 황제가 그나마 제 나이 같아 보일 땐 오직 그녀를 생각하는 순간밖에 없었다.

그 여자. 황제가 직접 지옥으로 몰아넣은.

그렇게 해서라도 살려야만 했던.

그 같은 타인이 보기에도 참으로 맹목적인 집착이었다. 눈에 눈밖에 없고 뇌 속에 오직 하나만이 각인되어 있다. 그러나 막을 수 없었고, 돌이킬 수 없었으며, 결국 이렇게 되어야 했다.

펠레스가 입을 열었다.

"직접 만나보니 어떠셨습니까?"

줄곧 못마땅한 표정이었던 황제가 그 물음에 씻은 듯 언짢은 기색을 감추고 입매를 휘었다.

"엄청 까칠해. 날카롭고, 예민하고, 뭐 그렇지. 살짝만 건드려도 부서질 것 같아."

그녀는 깨지기 쉬운 유리와 설탕으로 빚어서 만든 작품이었다. 요정의 숨결이 깃든 꽃보다 화려하고, 마녀의 입술에 닿았던 벌꿀같이 달콤했지만, 허락하지 않은 자가 손을 뻗으면 제 스스로를 부숴서라도 거부할 거였다. 벽을 두르는 것밖에 모르니 자기 자신을 깨뜨리는 방법으로 보호하고 있었다. 그리 덧없기에 오히려 목이 말랐다. 애원하고, 협박하고, 사랑해주고, 길들이고, 구걸해서라도 곁에 두고 싶었다.

행복에 도취되어 책상에 엎드린 황제가 그녀로부터 빼앗은 야명주를 만지작거리며 나른하게 중얼거렸다.

"세상에서 제일 아름다워. 여전히. 여전히. 쳐다만 봐도 황홀해서 아무리 더러운 일이 있었어도 금방 기분이 좋아져. 어쩌면 그렇게도 완벽할 수가 있지? 허락만 해준다면 내 안에 숨기고 싶어. 내 피와 살과 뼈를 먹여서 나로만 가득 차게 만드는 거야. 얼마든지 박아 넣어서 누가 부르든 간에 절대로 보지도 못하고 닿지도 못하게 만들겠어. 어차피 이제 나는 웬만해선 안 죽으니까 필요하다고 말만 하면 뭐든 내어줄 수 있는데⋯⋯."

하지만 그녀가 진정으로 원하는 것은 따로 있었다. 그 사실을 그녀를 가장 잘 아는 황제가 모를 리 만무했다.

다만. 아직은.

"보니가 월경을 시작하기만 해도 내 심장을 쥐어뜯으면서 하소연하진 않을 텐데 말이지. 하지만 안전하지도 않은데 무턱대고 마법을 풀 수도 없고, 결국 걸리적거리는 남은 사도들을 처리하기 위해서라도 그 검을 찾아야 하는데. 흔적도 없이 숨은 걸 보면 성물을 끼고 있는 게 뻔하지."

황제가 한숨을 내쉬었다. 그녀의 성장을 막고 있는 건 다름 아닌 황제였고, 그 사실을 그녀가 안다면 결코 가만있지 않을 것이었다. 이유가 어찌 되었건 그녀의 마음을 난도질했으니까.

공작가는 소녀의 '병'을 치료하기 위해 안 해본 것이 없었다. 딱 하나, 높은 신성력을 가진 사도들의 도움을 받는 걸 제외하고. 최고위 성직자이자 교황의 측근인 그들은 신을 핑계로 공작가와 가련한 공작 영애를 외면했다. 그럴 수밖에. 소녀를 망가뜨린 장본인이 바로 발두르의 가장 고귀한 종이었으니까.

어쨌거나, 하도 제 존재를 무시하기에 약간의 복수는 했다. 같은 아카데미의 동급생을 이용해 도발한 것 말이다. 이름도 기억나지 않는 벨모트의 공작 영애였다. 벌인 짓이라고 해봤자 눈이 마주쳤을 때 두어 번 살갑게 웃어준 것밖에 없으나, 그것만으로도 충분했다. 황제는 언젠가 빗물처럼 흘러간 부드러운 밤에 혼잣말처럼 늘어놓은 보니의 진지한 고민을 듣고 얼굴을 일그러뜨린 바 있었다.

「설마 그럴 일은 없겠지만 루아가 갑자기 엄청나게 뚱뚱해졌다거나 못생겨졌으면 어떡하지? 오징어처럼 말라비틀어졌어도 좀 그런데.」

그러나 그 뒤에 이어진 중얼거림이 더욱 그를 불쾌하게 했다.

「그러면 뭐 어때, 나는 제대로 된 여자도 아니잖아.」

「어쩌면 루아도 나중에 가선 다른 여자랑 결혼한다고 할지도 몰라. 내가 황후가 된다고 쳐도 임신할 수 있을지 없을지도 불확실하잖아. 혹시 씨받이를 따로 들일 생각인가? 나는 만질 구석도 없으니까 그냥 내버려두고? 세상에, 뭐 그런 악질이 다 있어!」

누구처럼 당장 회탁을 부수지 않은 것만으로도 대단한 일이었다. 보니의 그 쓸데없는 망상은 그녀가 태기를 보인 정부를 찔러 죽이고 황제인 자신마저 독살하고서야 끝이 났다. 황제로서는 보니의 사고방식을 도무지 납득할 수가 없었다. 황후 후보로 거론되는 게 싫어 죽겠다는 주제에 외려 자신을 파렴치한 불한당으로 만든다. 가질 생각도 없으면서 놓아줄 생각은 더더욱 없는 괴상한 마음의 소유자가 바로 보니였다. 우스운 건 그게 또 당연한 여자의 심리란다. 하여간 모를 일이었다.

　희붐하게 파래지는 새벽하늘이 밤안개에 가려졌다. 오늘도 잠은 물 건너갔군. 황제는 지루한 표정으로 잠시 내려놓았던 깃펜을 집어 들었다. 귀족파에서 제출한 탄원서를 무성의하게 훑어보던 그가 마침내 가장 꺼려하던 대화 주제로 넘어갔다.

　"어머니는?"

　"그대로십니다. 전에도 말씀드렸지만 이미……."

　"사족은 붙일 필요 없다고 여러 번 말했는데."

　황제가 딱 잘라 말하고서 턱을 괴었다. 양을 가늠하려 지루하게 서류를 넘기던 황제가 별안간 질린 기색으로 혀를 내둘렀다. 저가 확인하기만을 손꼽아 기다리고 있는 수많은 종잇장은 똑같은 내용을 토씨 하나 바꾸지 않고 옮겨 적은 듯 시작과 끝이 같았다.

　"전부 탄원서네. 참 하소연할 일도 많지."

　"소란했던 즉위였으니까요."

　펠리스가 비교적 순화해서 대답했으나 황제는 조소하지도 않았고, 화내지도 않고 그저 시큰둥한 반응이었다. 평소와는 달리 푸른 기가 조금도 남아 있지 않은 새빨간 눈으로 황제는 펠리스를 응시하다가 몸을 일으켰다. 그가 고풍스러운 황가의 문양이 수놓인 융단을 느리게 가로지르자, 머리 위의 천장화에 그늘이 드리웠다.

밤하늘을 멋대로 차지한 별처럼 천장에 박힌 수백 명의 숭고한 천사들은 황제를 경배하듯이 무릎을 꿇고 있었다.

황제를 지켜보던 펠레스의 미간이 미미하게 찌푸려졌다.

"폐하."

불만스러운 기색이 어린 부름에 황제가 성의 없이 대꾸했다.

"멀리 안 나가."

정말로 황제는 멀리 가지 않았다. 그저 느긋하게 집무실의 문을 열었을 뿐이다. 환기라도 시키려는 듯이 지극히 가벼운 행동이었다.

문틈이 미끄럽게 벌어지면서 한 자락의 새벽바람이 스며들었다. 그와 동시에, 검은 형체가 빠른 속도로 침입했다. 위험을 인식하고 피하기엔 문 앞에 선 황제와의 거리가 너무나 가까웠다. 계산을 끝낸 습격자의 눈이 목표를 정확히 조준했다.

찰나라는 시간이 지나기도 전에 잿빛으로 번뜩이는 예리한 검이 황제의 몸을 꿰찔렀다.

"폐하!"

"시끄러워. 호들갑 떨지 마."

황제가 볼멘소리를 내더니 제 가슴에 박힌 칼자루를 쥐었다. 얼굴색 하나 바뀌지 않고 손가락 마디마다 힘을 싣다가, 종국에는 단숨에 확 빼 올렸다. 희미하게나마 성력이 묻어나오는 피 묻은 검날이었다. 평범한 검이 아님에도 황제는 무료했다.

재로 만든 성물이 둘. 남은 검은 이보다 천 배는 더 끔찍하리라.

남들에겐 성스러운 구원의 빛이 황제한테는 지독한 독이었다.

피가 솟구치면서 비뚜름한 곡선을 긋던 것도 잠시였다. 맨손으로 암살자의 턱을 으스러뜨린 황제가 불만을 토로했다.

"넌 어떻게 자객이 여기까지 오는데도 몰라?"

"감시당하는 것 같아 불쾌하시다는 이유를 들어 황궁 내에서 마법을 일절 금하라 하신 건 폐하십니다. 그 위험을 감수하겠다고 말씀하신 것도 폐하시고요."

펠레스의 음성은 다소 격앙되어 있었지만 황제는 무시했다. 시체를 발로 툭 치자, 몸이 기울어지며 검은 천에 숨겨져 있던 긴 머리칼이 빠져나왔다. 영락없는 계집이었다. 그간 황제를 노렸던 자들과 같은. 고귀한 혈통이 아니라 그 어느 때에도 보호받지 못하는. 교황은 신에게 제물을 바친다는 명목으로 이 같은 아이들을 모아 황제를 서서히 죽여갔다.

황제의 목숨을 노린 계집들은 본디 신에게 바쳐질 제물이었으나, 빛의 사자라 떠벌리는 자의 농간으로 이리 생을 허비했다. 황제가 악마인 줄도 모르고, 그 몸에 성력이라는 이름의 맹독을 조금씩 주입하고 있다는 사실조차 모르는 채 교황이 시키는 대로 따르다 죽었다. 평범한 사람에겐 그저 무익한 것이 성력이니 의아할 법도 하건만.

감흥 없이 고개를 든 황제는 빠르게 아물어가는 상처를 살펴보려는 시늉조차 않으며, 오로지 자신만의 세계에 빠져 말했다.

"내가 그동안 겪어보면서 깨달은 건데 확실히 그냥 찔리는 편이 더 나은 것 같아. 목이 잘리면 미관상 보기도 안 좋고 도로 붙이기도 꽤나 힘들어서. 거기다 독을 먹으면 혀가 꼭 상한 음식처럼 보라색으로 물든단 말이지."

나른하게 말하던 황제가 미소 띤 얼굴로 눈알을 굴렸다.

"그건 그렇고 오늘 경비 담당이 누구였더라."

결코 질문 따위가 아니었다. 펠레스가 들리지도 않는 한숨을 내쉬었다.

"즉시 처리하라 이르겠습니다."

"그럴 필요 없어. 오늘은 직접 할 생각이거든. 마침 배도 고프고."

웃음기 어린 대답에 그의 그림자가 동요했다. 흑암에서 기어 올라와 가장 높은 보좌에 앉은 여인의 자궁에 뿌리를 트고 자라난 괴물이었다. 천장까지 닿아 모든 천사를 먹어치울 만큼 크고 짙었는데, 그 기형적인 거대함마저 염소의 뿔과 같은 악마의 상징을 두드러지게 만드는 역할밖엔 하지 못했다.

흰빛 창가에 거만하게 펼쳐진 날개가 드리우자 새벽의 빛마저 퇴색되었다. 근본의 어둠처럼 비정하고 위험한 그림자가 집무실을 비집고 나와 제 위용을 과시했다. 굶주리고 굶주려서, 아는 것은 허기와 목마름밖에 없어서 눈이 뒤집힌 짐승이었다.

뒤틀린 순색의 빨강으로 물든 황제의 눈이 메피스토펠레스를 박아 넣었다. 칠흑 같은 제복을 입고 오만하게 서 있는 황제의 모습은 흡사 성인과 같았다.

황제가 깨끗한 천으로 제 손을 닦아내면서 부드럽게 말했다.

"너는 이렇게도 내 옆에 남아서 죗값을 치르는데, 죽음조차 사치에 불과할 그놈은 아직도 신의 손길을 바라고 있는 걸 보면 역시 세상은 참 재미있는 것 같아. 차라리 내 자비를 바라지."

그 와중에도 황제는 장미색 머리카락을 가진 소녀를 생각했다. 그녀는 아직까지도 그를 천사 같은 아이로 기억하고 있었다.

"권세는 곧 권세로 무너지는 게 당연하니 기적 따위가 필요치 않은 것을."

아이가 손을 벌리면 사탕을 쥐여주지만, 아이에겐 그것을 지킬 만한 힘이 없다. 그러니 마냥 빼앗기고, 잃어버리고, 울기만 하지. 지키지도 못하는 주제에 숨겨봤자 금방 들통 날 게 아닌가.

그러니 한입에 삼켜 뱃속에 넣어야지.

03

오만과 편견

아무래도 내가 샤트린이나 루아를 비롯해서 거의 대부분의 사람에게 심히 얕보인 것 같다. 2차 성징을 보이지 않는다는 트라우마에 사로잡혀서, 누가 괴롭히든 가만히 앉아 당하기만 할 거라고 철석같이 믿는 게 분명해.

 샤트린과 신경전을 벌이고 루아와 만나기까지 했으니, 이 결론을 사실로 받아들이지 않을 수 없었다. 보니 안젤리크 멜론느 그레이스를 순 바보로 보고 있었다. 그동안 좀 얌전히 있었다고 허영심만 많은 얼빠진 공작 영애로 보는 모양인데.

 기숙사로 돌아가다 말고 나는 짜증스럽게 얼굴을 구기고서 손에 감긴 희디흰 헝겊을 조심스럽게 풀었다. 손가락을 구부려보고 손목을 살살 돌려보았다. 아직 간헐적으로 욱신거렸으나 이 꼴을 하고 기숙사에 들어갔다간 샤트린의 위세만 드높여주는 격이 될 테니까.

 나는 발목 보호대를 벗어 수풀에 던진 뒤 발에 감긴 붕대도 마저 풀었다. 바람이 닿아 시원하기는 한데 역시 통증이 있었다.

 보호대처럼 붕대 또한 적당히 으슥한 곳에 버리고 나서 나는 루아가 가져다준 가방을 다시 들었다. 오늘 이후로 이 가방을 다시 드는 일은 절대로 없을 거다. 기숙사에 여분의 가방이 있으니 그걸로 대체할 예정이었다. 그런데 왜 이렇게 목이 허전한 건지 모르겠다. 다른 목걸이를 걸면 좀 나아지려나?

 얼마 걷지 않아서, 우는 여인의 조각상을 첨탑 장식에 매단 이상적인 규모의 기숙사가 보였다. 그나마 다행인 점이라면, 부모님께서 제국에 머물러 계시느라 내가 샤트린과 싸웠단 소식을 보다 늦게 접하신다는 것이겠다. 두세 시간 정도의 차이일 거라고 본다. 두 분의 반응이 눈에 보이는 듯했다. 아빠는 나를 걱정하실 테고, 엄마는 승패를 가장 먼저 물어보시겠지. 어쩌면 조용한 학창 시절을 보내기로 했던 약속 따위는 잊고 검술 수업을 들으라고 하실지도 모르겠다. 엄마는 나만큼이나 승부욕이 강하셨다.

벽 뒤나 모퉁이에 가려져 보이지 않는 시선들을 느끼고 나는 한숨을 내쉬었다. 당연히 그새 열심히 소문이 퍼졌겠지. 저녁에 가까운 오후 무렵이라 수업 시간도 끝났으니 내 얘기를 하러 모인 여자애들이 기숙사에 한가득일 거였다. 슬프지만 나는 루아와의 갑작스러운 만남을 제외하고서라도 신경 쓸 일들이 아주 많았다.

다시 오겠다니. 설마 여학생 기숙사에 들어올 셈은 아니겠지.

"그레이스 아가씨."

신경질적으로 유리문을 밀고 걸어 들어온 나를 부드러운 음성이 일깨웠다. 아카데미 내에서만 나를 전담하는 제국 출신의 여시종이 수줍은 소녀처럼 무릎을 살짝 구부려 내게 인사했다. 대기하고 있던 것으로 보아 역시나 소식을 듣고 기다린 모양이었다.

"제가 도와드릴게요."

내가 대꾸하기도 전에 그녀가 가방을 들었다. 순간 루아가 가방을 주며 보였던 얄미운 미소가 생각나서 움찔했다가 나는 얼굴을 찡그렸다. 부축까지 받을 정도는 아니어서 다행이지. 절뚝거리며 들어왔다면 아마 이 투명한 시선에 낮은 조소까지 섞였을지도 모른다.

　머리가 지끈거렸다. 생각할 시간이 필요했고, 반대로 아무것도 생각하지 않을 시간이 필요했다. 휴식 시간과 작전을 세울 시간을 나는 동시에 필요로 하고 있었다. 어쨌거나 나는 엄마에게 루아를 만났다는 얘기를 하지 않을 작정이었다. 당분간은. 지난 3년의 시간이 무엇에 의한 유예였는지는 몰라도 또다시 루아 문제로 엄마를 심란하게 만들 순 없었다. 어차피 내가 루아와 '정식으로' 재회하게 될 날이 머잖았다는 사실은 모두가 아는 바니까. 그런데 그놈은 그동안 뭘 먹고 살았길래 그리 잘생겨졌는지 모르겠다. 예전에도 천사처럼 귀엽긴 했지만 이건 좀 많이 사기였다. 샤트린이 반한 것도 이해는 가.

　루아 생각을 하며 나는 다채롭게 빛나는 인조석으로 꾸며진 화사한 홀을 가로질렀다. 신성 왕국에 걸맞게 성당처럼 보이도록 지은 건물이라 화려하기 이를 데 없었는데, 그 중앙에 생각지도 못한 불청객이 보였다. 나는 멈춰 서서 인상을 썼다.

　이 아카데미에서 유일한 욜비사 인이자 엄연히 '남자'인 라야 린이 기다란 의자에 앉은 어느 여학생의 무릎을 베고 단잠에 빠져 있었다. 신비로운 푸른빛이 감도는 이색적인 피부에 열꽃 같은 붉은 기가 감돌고 있었다.

　문제는 그가 남자라는 것이었다.

　"쟤는 여기서 뭐하는 거야?"

　어처구니가 없어 비딱하게 묻자 여시종 탈리아가 질문할 줄 알았다는 듯 담담하게 대꾸했다.

"야외 수업 후 별관으로 돌아가던 길에 더위를 먹고 쓰러지셨답니다. 장시간 햇볕에 노출되어 휴식이 필요하시대요. 이 근처의 건물은 이곳뿐이니 사감님께서도 이번만 특별히 잠시 동안 머무는 것을 허락하셨어요."

"그러면 그냥 병동으로 옮기면 되지 않아? 설마 나 때문인가."

나는 어깨를 으쓱였다. 아예 황당한 일은 아니었다. 본디 욜비사는 최북단에 있는 나라였으나, 마녀들에게 땅을 빼앗겼다. 쫓겨나듯이 내려온 난민들이라 새로 이주한 메마른 땅에 살면서도 제국민보다 더위에 훨씬 취약했다.

문화적 이질감이야 어쩔 수 없었으므로 나는 내 기분을 더 이상 나쁘게 하지 않으려 병동을 비우느라 바빴을 사람들을 생각해 코웃음만 치고 말았다. 사막이 반인 두 번째 욜비사는 벨모트보다 더 살인적인 더위를 자랑하기로 유명해서, 폭염이 심한 오후면 모든 일을 중단하고 휴식을 취했다.

특출한 두뇌를 가진 것도 아니고 신도 울고 갈 미모를 가진 것도 아니다. 욜비사의 사내들은 여러 방면에서 약체임을 드러내지만, 그럼에도 여성들에겐 상당한 인기가 있는 편이었다. 그들 대부분이 뿌리가 난민이라고는 믿어지지 않을 만큼 우아한 페미니스트들인 탓이다. 수차례 인구 급감의 위기를 겪은 욜비사 인들은 여자를 숭배하고 사랑하는 행위를 아주 중요하게 여긴다. 나라에서부터 즐기는 것과 사랑하는 것을 절대로 부끄러워하지 말라고 가르치는데, 낮잠 시간이 점심시간과 구분되어 있고 러브레터 쓰기가 정식 과목에 있을 정도였다. 욜비사의 남자들은 여성을 사랑하기 위해 태어난 자신들의 사명을 자랑스럽게 여겼다. 그러니 제대로 싸워보지도 못하고 마녀들에게 땅을 내줬지. 뭐……, 마녀들에게 원한을 사지 않은 건 장기적으로 봤을 땐 잘한 일이었다.

사감도 여자는 여자였으므로, 병동이라는 선택지를 제외하고도 굳이 여자기숙사의 홀을 제공한 이유를 알 것 같았다. 욜비사 인인 라야 린이라면 괜찮다는 특유의 보증이 있는 터라. 욜비사 인에게 있어 신은 하늘의 허상이 아니라 바로 여성이었다. 그리고 안쓰럽기도 했겠지. 명색이 유학생인데 같은 남학생에겐 개처럼 무시당하기 일쑤니까. 어쨌든 한 명뿐인 욜비사 인이라 꽤나 주목받고 있음에도 라야 린이 구설수에 오른 적은 없었다.

나는 가볍게 수긍하고는 입을 열었다.

"워낙 미운털이 박혀서 기숙사까지 옮겨줄 친구가 없었나 보네. 우리야 알아서 처신하니 큰 불만은 없어도 남자들한테는 호시탐탐 순결을 노리는 늑대로 보일 거 아니야."

"양떼를 지치게 만드는 이빨 없는 늑대죠."

탈리아가 웃는 낯으로 슬쩍 덧붙였다. 나는 라야 린을 잠깐 힐끗거리다 멈췄던 발을 움직였다. 그래도 여자 무릎에 누워 잠들 정도면 아주 심각한 건 아닌 듯 보였다. 그의 갈색이 섞인 금발을 여학생이 아주 다정하게 넘겨주고 있었다.

이름이 있으면 별명도 존재하듯이, 태생부터 다른 서로가 서로를 비하하기 위해 만든 나라별 부름이 있다. 예를 들면, 욜비사 인들은 휴식과 여행을 좋아하는 마지막 평화 숭배자들이라고 불린다. 이빨이 뽑힌 늑대라거나. 정의롭고 친절하지만 이상을 꿈꾸고 태평하며 게으른 성향이 강하다는 점을 비꼬는 것이다. 반면 벨모트의 사람들은 신사를 가장한 신경과민 환자로 불리는데, 이들은 유독 고향에 집착하고 매사 신중해서 나태한 욜비사의 사람들과 퍽 사이가 안 좋았다. 회담이 열릴 땐 왕들끼리도 싸운다. 덧붙이자면 은밀히 오르내리는 제국민의 다른 말은 오크 통에 빠진 염소들이다. 딱히 좋은 뜻은 아니었다.

복도를 지나가는 동안 평상복 차림의 여학생들이 나를 곁눈질했다. 알게 모르게 뒤따르는 시선들이 내일의 암담함을 미리 예고하는 것 같아 짜증스럽다. 벨모트에서 악녀 취급을 받는 건 늘상 있었던 일이지만 루아와 샤트린이 개입된 일이라면 얘기가 달랐다. 샤트린이 루아에게 가진 감정의 깊이가 어느 정도인지가 핵심이겠다.

공개적으로 나와 대립했으니 그 감정이 가볍다고는 생각 안 해. 믿는 구석도 있을 거라고 본다. 이걸 빌미로 하는 다른 꿍꿍이도 있을 수 있겠지. 뭐, 그 믿는 구석이라는 것이 루아라면 명백하게 내 승리일 테지만. 루아는 이제 황제이고, 여전히 나를 좋아한다. 내 마음이 어떠한지를 떠나서, 샤트린에게 굴욕감과 절망을 선사하기엔 충분했다.

내 저조한 기분을 알고 탈리아가 나보다 한발 먼저 배정받은 방에 도착했다. 그녀가 방문을 열어젖히자, 기다렸다는 듯이 룸메이트가 튀어나왔다.

"괜찮아, 보니? 많이 다쳤다고 들었는데!"

캐리에타 에셸린 예카테리나가 눈을 동그랗게 뜨고 다가왔다. 내 악몽의 직접적, 간접적인 피해를 제법 오래 버티고 있는 룸메이트였으므로, 나는 탈리아에게서 가방을 받아들며 선선히 대답하려다가 방 안의 풍경을 보고 입을 다물었다. 캐리에타의 등 뒤로 보이는 방 안은 온갖 드레스가 켜켜이 쌓여 실로 아수라장이었다. 아직 상표도 떼지 않은 새 옷들이 사방에 널브러져 있었다.

덕분에 나는 한 박자 늦게 답했다.

"그럭저럭. 그런데 이게 다 뭐야?"

"미안. 난 네가 적어도 오늘 밤은 병동에서 보낼 줄 알았어."

잔뜩 어질러놓은 게 미안하기는 한지 캐리에타가 머쓱하게 웃었다. 다소 떨떠름했으나 여기서 캐리에타까지 상대하기엔 내가 몹시도 피곤한 상태였다.

나는 대충 고개를 끄덕이고서 가방을 내던졌다. 침대에 뛰어들어 편하게 다리를 뻗고는 치맛자락을 마구 펄럭였다. 마법에 의해 유동하는 찬 바람이 더위를 식혀줬으나 그 속도가 너무 서서해서 또 짜증이 났다. 그리고 목이 간지러워!

목걸이. 목걸이가 필요했다. 내가 허전해진 목을 더듬거리며 더위를 식히는 동안 캐리에타는 바쁘게 움직였다. 그녀가 바닥에 널브러진 옷들을 모조리 쓸어 제 침대에 층층이 쌓아두더니 일부러 내 침대맡까지 와서 풀썩 주저앉았다. 그러고는 망설임 없이 물었다.

"이제 어떡할 거야? 베니지아 말이야. 수업 시간에 너를 공격했다면서."

내가 어떤 강경한 조치를 반드시 취할 거라고 믿어 의심치 않는 어조였다. 나는 교복 단추를 푸르다 말고 어이없어서 눈을 굴렸다.

"내가 어떡하길 바라는 건데?"

"그거야 네가 결정할 일이지만, 최소한 경고는 해야 한다고 봐."

캐리에타가 어깨를 으쓱이자 윤기가 도는 암갈색 머리카락이 가볍게 흔들렸다. 내가 의심스러운 눈으로 캐리에타를 응시하려니 그녀가 까르르 웃음을 터뜨렸다.

"솔직히 걔 좀 많이 별로잖아? 자기 혼자만 독립투사라는 양 잘난 척한다고. 그러면서 순결 서약은 죽어도 안 하지. 뭔가 수상하지 않아? 남자랑 붙어먹는 중이지 않고서야 꺼릴 이유가 없잖아. 처녀 감별사가 사실을 알아차릴까 봐 겁내는 게 분명해."

신랄한 비난이었다. 나도 웬만큼 얕보인 면이 있지만 샤트린도 썩 좋은 평판을 얻은 건 아닌 모양이다. 캐리에타는 내 편을 들면서도 지극히 주관적인 비난을 한 적은 없었으니까.

캐리에타가 높은 톤으로 산새처럼 재잘거렸다.

"어쨌거나 다들 많이 의외라는 눈치야. 보니 너는 기초 체력이 엉망이라 달리기 같은 것도 엄청나게 못 하잖아? 관심이 없기도 했고! 그래서 베니지아와 경합했다는 얘기를 들었을 땐 깜짝 놀랐지. 네가 무사해서 정말 다행이야, 보니. 난 목숨이 위태로운 학교생활을 즐기고 싶진 않거든. 그게 주제 파악도 못 하는 베니지아 때문이라면 더더욱."

"그 일이 어떻게 부풀려졌는지는 모르겠는데 믿지 않는 편이 좋을걸."

샤트린과 내 육체적인 차이가 극명했으므로 부인하는 건 쓸데없는 일이었다. 나는 경합이라는 단어에 코웃음을 치며 스타킹을 벗다가 그녀에게로 슬쩍 눈을 돌렸다. 캐리에타는 여전히 나를 응시하고 있었다. 과연, 매일 밤 악몽에 시달리는 여자와 같은 방을 쓸 만큼 대담하다고 해야 할지. 그저 솔직한 걸 수도 있겠다.

얼마나 마음이 잘 맞는지를 떠나서, 확실히 캐리에타에게 친구라는 말을 거리낌 없이 사용하기엔 뭔가가 부족했다. 우리는 상호 간의 협력에 따라 생활하는 일종의 공생관계였다. 나는 꼭 필요할 때 듣는 사탕발림 덕분에 우발적으로 행동할 염려를 줄이고, 캐리에타는 지극히 사적인 공간을 공유하면서 얻은 나와의 친분으로 다소 특별한 혜택을 누린다. 가령 우수 학생으로 선별된다거나. 샤트린과는 달리 캐리에타는 내가 그레이스 가문의 후계라는 사실을 단 한순간도 잊지 않았다. 그녀는 다른 사람들 앞에서 나를 안 좋게 평가한 적이 단 한 번도 없었다.

교복을 풀어헤치고 나니 이번엔 머리가 문제였다. 나는 더위를 완전히 쫓아내고자 은술을 들이부은 장미색의 머리카락을 하나로

높이 틀어 올리면서 입 모양으로 웃었다.

"그래서 네 진짜 속셈이 뭔데? 나와 샤트린을 이간질하려는 거야, 아니면 내 무사함이 기쁘다고 말하려는 거야? 내 앞에서 베니지아를 실컷 욕하는 걸로 내 화가 가라앉을 거라고 생각했다면, 네 졸업을 방해할 만큼 내가 한가하지는 않다고 단언할게. 이거면 답이 됐어?"

"아, 보니. 내가 이래서 너와 룸메이트인 게 너무 자랑스럽다니까."

캐리에타가 근심을 덜고 만족스럽게 활짝 웃었다. 지극히 소녀다운 미소를 지으며, 그러면 이만 쉬라는 말과 함께 캐리에타는 순순히 물러났다. 사실 아카데미에서 캐리에타 같은 성격을 가진 애는 무척이나 드물다. 그녀는 전형적인 벨모트 인의 고아한 생김새를 갖고도 제국에서 큰일 없이 무탈하게 지낼 듯싶은 소수의 사람에 속했다.

나는 옷 정리를 시작한 캐리에타를 빤히 응시한 채, 한 손으로는 높게 묶어 올린 머리채를 쥐고 침대 밑의 보석함을 꺼냈다. 섬세하게 세공한 하트 모양의 루비가 박힌 조그만 티아라를 머리에 꽂아 고정하고 나자 한결 시원하고 좋았다. 역시 보석이 사람을 행복하게 한다는 말은 진실인 것 같다. 그것과 별개로, 내게 입에 담을 수 없는 모욕을 선사한 샤트린은 정말로 가만두지 않을 테지만.

나는 허전한 목을 문지르며 다시 보석함을 뒤졌다. 온전히 나만을 위한 작은 행성 같았던 황금 빛깔 목걸이가 사라지고 남은 허전함이 생각보다 더했다. 하지만 다른 목걸이가 있을 턱이 없었다. 나한테는 루아가 선물한 야명주만으로 충분했으니까. 반지나 귀걸이 같은 장신구는 상당히 많았지만, 집에 있을 보석함에도 목걸이는 없을 거였다.

으, 짜증 나. 나는 신음하며 보석함을 닫았다. 외출증을 끊어서라도 목걸이를 하나 구입해야겠어. 한번 익숙해지고 나니 목걸이가 없다는 사실 하나가 미치도록 짜증스럽게 느껴졌다. 문제는 그 목걸이보다 예쁘고 마음에 쏙 드는 게 없을 것 같다는 거다. 밤이면 은은하게 빛나는 보석도 보석이지만 체인도 엄청나게 부드러웠는데!

한참 동안 보석함을 잡고 시름에 잠겨 있으려니 기분이 울적했다. 나는 루아가 그리운 게 아니라 목걸이가 그리운 거다. 그 비싸고 귀하고 예쁜 목걸이가 그리운 거야! 그, 그렇다고 목걸이를 집어 던졌던 행동을 후회하지는 않겠어. 나도 자존심이 있지.

어쨌든 루아가 아직 나를 좋아한다는 사실을 알게 되었으니, 이젠 그놈을 어떻게 다뤄야 할지 생각해야 됐다. 휘둘리는 건 싫다. 싫어, 싫다고! 그런 건 나랑 어울리지 않는단 말이야! 그런 굴욕은 아까 전으로 충분해!

계속 루아를 생각하다간 정말 분하고 창피해서 미쳐버릴 것 같았기에, 나는 억지로 샤트린에게 생각의 화살을 돌렸다. 도무지 모르겠단 말이지. 캐리에타까지 샤트린을 무모하다고 비난할 정도면 확실히 그녀가 제정신은 아닌 듯했다.

인위적인 바람을 만끽하며 나는 다리를 쭉 뻗었다. 모두가 학생인 아카데미지만 결코 '평등'하지는 않다. 샤트린이 아니라 알베이흐라도 내게 직접적인 위해를 가하고도 무사할 순 없었다.

나는 여전히 1순위 황후 후보이고, 샤트린의 입장에서 보면 이건 위험한 도박이다. 제 목숨만이 아니라 가문의 존망까지 걸려 있는.

"캐리에타, 혹시 베니지아가 다혈질이야? 예전에도 이런 적 있어?"

도통 얘기를 해봤어야 짐작이라도 하지. 감각이 없는 발끝을 오므렸다 펴면서 물으려니 속이 비치는 네글리제를 가지런히 개던 캐리에타가 고개를 가로저으며 키득거렸다.

"아니. 그냥 벼랑 끝에 몰린 쥐가 고양이를 한번 할퀴어보려던 거 아닐까? 작년에 입학한 베니지아의 여동생도 제국민한테 꽤나 밉보인 모양이던걸. 매사 고지식하고 깐깐하게 구는 언니를 뒀으니까 그렇지. 조금만 누그러뜨려도 괜찮을 텐데, 베니지아는 도통 굽힐 줄 몰라. 왜, 비극에 취해서 자기 잘난 맛에 사는 애들 있잖아. '이 역경은 온전히 나를 위한 시련이니! 내가 정의니라! 나는 열사고 너희는 매국노야!'"

희극을 흉내내는 캐리에타의 말에서 혐오감이 묻어나왔다. 그녀가 어깨를 으쓱였다.

"그렇다고 딱히 동정이 들진 않아. 사서 미움받는 격이잖아? 그나마 집안이 받쳐줘서 눈총으로 끝나는 게 다행이지. 뭐, 그것도 이젠 끝일 테지만."

자업자득이라는 걸까. 나는 더 이상 질문하지 않았다.

손과 발이 자유롭지 못하니 아침부터 바빴어야 했지만 재산도, 명예도 모두 거머쥔 그레이스 가문의 권력은 이국에서도 알아주었으므로 나는 평소보다 더욱 여유로웠다. 부상이 심하면 오전 강의에 출석하지 않아도 괜찮다는 교수님의 허락이 떨어졌으므로 꺼릴 게 없었다.

나는 탈리아의 도움을 받아 기숙사로 배달되어 온 따뜻한 아침을 먹고 속 편하게 목욕을 했다. 교수들까지 나를 시한폭탄으로 여기는 것은 기분 나쁘긴 한데 눈을 뜨자마자 샤트린과 맞닥뜨릴 일이 없어 좋기는 했다.

미리 외출증을 끊어놓고 빈둥거리는 동안 하늘은 불온하게 꾸물거리더니 잿빛 구름을 몰고 오기 시작했다. 비 오는 날에 돌아다니는 행동을 가장 싫어하는 나로선 영 반갑지 않은 현상이었는데, 쿠르릉 하는 소리까지 간간이 들려오는 것으로 보아 소나기로 끝날 것 같지 않아서 더욱 불길했다. 이 아픈 몸으로 우산을 들고 보석상을 전전할 수는 없는 노릇이었다. 그렇다고 계속 목을 긁을 수도 없고.

하루 종일 손이 목에서 떨어질 줄을 몰랐다. 너무 긁고 문질러서 그런지 이미 목 주변은 빨갛게 부어올라 있었다. 임시방편으로 캐리에타의 장신구를 빌려보기도 하고, 가는 리본을 목에 묶어보기도 했으나 헛수고였을 뿐이었다. 살갗에 달라붙는 낯선 감촉이 거슬리기 그지없어서 외려 짜증만 늘어났다.

기어이 해가 완전히 가려져 세상이 깜깜해졌을 때 나는 방에서 미적미적 걸어 나왔다. 점심시간이라고는 도저히 믿을 수 없을 만큼 사방이 어두웠다. 머리 위에서 불어오는 바람은 미지근하면서 스산했고, 구름의 그림자에 덮인 유리 건물은 찬연한 빛을 잃어버렸다. 아카데미 곳곳에 세워진 가로등이 각양각색으로 다채롭게 빛났다.

노란색, 푸른색, 보라색 가로등을 차례로 지나 식당으로 가는데, 들어가지 않고 입구에 서 있는 체르지안이 보였다. 자기 죄를 아는지 그는 다짜고짜 손을 뻗어서 내 가방을 낚아챘다.

"안녕, 보니. 가방 바꿨네?"

흥, 자기가 무슨 상관이람. 나는 코웃음을 쳐주곤 식당 안으로 들어갔다. 어제 일을 생각해 두고두고 갚아주려 했으나, 내가 성한 발로 걸어차기도 전에 체르지안은 무시하기 힘든 제안을 해왔다.

"이번 주말에 우리 저택으로 오면 각하가 들여왔다던 보석들을 보여줄게. 물론 당연히 네게 선물할 생각이야. 아직 부분적인 세공이 덜 끝난 것도 있는데 지금 상태로도 대단한 가치라서 분명 네 마음에도 들걸."

나한테 준다고? 후작이 직접 들여온 보석을?

갈등하지 않을 수 없었다. 뭔가를 고를 때 까다롭기로 유명한 후작이니 그 아름다움과 값이 대단하겠다는 생각은 지난번에도 잠깐 했었지만……

내가 멈칫하자 체르지안이 신중하게 웃으며 의자를 빼주었다. 신사적으로 나를 앉혀주더니, 내가 좋아하는 음식을 골라 접시에 덜어 오는 친절까지 발휘했다.

그가 내 손에 포크를 쥐여주고는 웃으며 물었다.

"대답은?"

순간 혹했지만 나는 찡그린 얼굴을 풀지 않았다. 어차피 지나간 일이고, 체르지안의 제안이 무척이나 매혹적이긴 한데 역시 그냥 화를 풀기는 좀 그렇단 말이야? 때리지 않는 것만으로도 감사하게 여겨야지.

나는 살짝 구운 방울토마토를 포크로 툭툭 쳤다. 모락모락 김이 피어오르는 달콤한 음식에 허기가 졌다.

어쨌든 나를 놀리고 괴롭혔던 루아와는 다르게 순순히 굽히는 체르지안이 썩 싫진 않았다. 나는 방울토마토를 씹어 삼키고서 입을 열었다.

"보석이라면 발가락에도 끼울 만큼 많아."

일단 한 번 튕기자 체르지안이 비장의 수를 입에 올렸다.

"비비아나 광산에서 공수해 온 건데도?"

쉽게 오르내리는 원산지가 아니었으므로, 나는 먹기 좋게 썬 스테이크를 포크로 찍다 말고 눈을 크게 떴다. 나를 꼬드기려고 이놈이 밤새도록 머리 좀 굴렸구나 싶었다. 어쩐지 당당하게 기다리 더라니.

"음, 음음."

나는 일부러 뜸 들이는 척하면서 속으로 쾌재를 불렀다. 비비아나 광산은 전 세계에서 유일하게 여왕의 눈이라고 불리는 에리아스 원석이 채집되는 장소다. 은잔에 담긴 황금이라고도 불리는 이 투명한 광물은 보통 엄지손톱만 한 크기인데, 속이 드러나는 크리스털이 순금의 결정을 품은 독특한 모양이었다. 황금 결정을 감싼 크리스털의 모습이 전체적으로 마치 사람의 안구인 것 같아서 여왕의 눈이라는 별명이 붙었다. 에리아스라는 정식 명칭은 광산의 첫 번째 주인이었던 젊은 부인이 지었다고 들었다. 그녀의 병들어 죽은 딸 이름에서 따왔다는 어느 오래된 이야기가 있었다.

한마디로 죄 사함을 받기 위한 뇌물이라 이거지. 나는 입안에 든 고기를 느릿느릿 씹으면서 약간의 시간을 벌었다. 합당한 보상이 기는 하군.

나는 기대감이 겉으로 표출되지 않도록 침착하게 그를 응시하는 채 입술을 뗐다.

"그래서 지금 나한테 그 에리아스를 주겠다는 거야? 무슨 수로? 각하께서 그렇게 내버려두지 않을 텐데."

해적질도 잘할 것 같은 베헤모스 후작의 개도 울고 갈 더러운 성질은 나도 잘 아는 바였다. 아빠와 베헤모스 후작은 가장 젊은 원로원이다. 반면 아즈라엘의 아빠인 위보르트 공작은 황제를 지지

하는 의회의 주축이므로 목소리가 커질 때마다 고문기관인 원로원과 마찰을 빚었다. 베헤모스 후작과 위보르트 공작은 성질 더럽고 과격하기로 정평이 나 있어서, 만날 때마다 치고받고 싸웠다. 두 사람이 부순 회탁만 해도 일곱이 넘는다고 들었다.

특히 위보르트 공작은 상당한 미남으로, 아즈라엘을 뛰어넘는 자만심의 소유자인데 또 그만큼 실력이 뛰어나서 매번 난동을 부려도 어떻게 잘 넘어가고는 했다. 아무튼 노골적인 시비와 언어폭력을 특기로 삼는 베헤모스 후작과는 사이가 몹시 안 좋다. 별개로 아즈라엘과 체르지안은 퍽 친했지만.

"상관없어. 형님이 자산관리사와 미리 상의했거든. 후작가의 서명만 있으면 개인적인 용도로 사용해도 괜찮아."

체르지안이 어깨를 으쓱였다. 나는 내가 후작의 대저택에 놀러가기만 하면 동전만 한 다이아몬드나 루비를 줄 테니 한번 가까이 와보라던 체르지안의 맏형을 생각하다가 꺼림칙한 표정을 지었다. 그는 내가 보석만 주면 쪼르르 달려가는 애완동물인 줄 알았다. 사치스러운 귀중품을 미끼로 나를 놀리고 훈련시키려 들기에 하도 성질이 나서 아빠한테 고스란히 일러줬다지. 아빠가 그놈에게 뭐라고 말했는지는 모르겠다만 그 뒤로는 내 근처에 얼씬거리지도 않았다. 어쩌다 마주쳐도 일이 있다는 핑계를 들어 사라지기 일쑤였다.

주겠다는 것을 굳이 거절할 생각은 없으나, 그냥 어물쩍 넘어가기는 또 싫다. 나는 처음이자 마지막 기회라는 뜻으로 버릇처럼 거만하게 다리를 꼬았다. 의자 등받이에 몸을 파묻고, 체르지안을 뚫어져라 응시하면서 입을 열었다.

"용건은 그게 전부야?"

"미안해. 다시는 이런 일 없을 거야."

체르지안이 신중하게 내 표정을 살피다가 미소를 지었다. 변명이라고는 일절 허락하지 않은, 더할 나위 없이 깔끔한 시인이었으므로 나는 눈을 올려 뜨다가 볼을 부풀렸다. 하여간 이럴 때만 어른스러운 척이야.

이윽고 잔뜩 부풀렸던 볼에서 맥없이 공기가 빠져나갔다. 포크를 허공에 대고 휘저으며 나는 부루퉁하게 한숨을 내쉬었다.

"됐어. 베니지아에게 내가 만신창이로 밝힐 거란 사실은 모두가 예견한 미래였으니까. 차라리 물벼락을 맞고 기절하는 편이 낫지."

체르지안과 함께일 때면 은근히 주시하는 시선들이 많아서 나는 혼잣말처럼 작게 웅얼거렸다. 장난기가 많긴 해도 제법 말끔하게 생긴 놈이라, 가끔 고백도 받는다고 들었다.

빠르게 식어가는 제 몫의 음식을 쳐다도 안 보며 체르지안이 살짝 웃고는 쓸데없이 진지한 목소리로 얘기했다.

"그건 그렇고 아까 식당으로 오는 길에 베니지아를 만났어. 내가 생각하기에는 꽤나 이상한 상황이었던 터라 혹시 내게 관심이 있냐고 물었는데……."

흥미를 유발하려고 체르지안이 일부러 말꼬리를 흐렸다. 반사적으로 나는 배를 채우느라 바쁘게 움직였던 손을 멈췄다.

나는 입안에 가득 찬 음식물을 한 번에 삼키고 물었다.

"그러니까 뭐라 말하든?"

"입 다물고 꺼지라던데."

체르지안이 심히 유감스럽다는 투로 말했다. 나는 심술궂게 혀를 빼물었다.

"헛다리 짚었어. 나도 마찬가지였지만."

"무슨 일인지 얘기해줄 수 있어?"

나는 코웃음을 쳤다.

"피 튀기는 여자들의 진흙탕 싸움에 끼어들고 싶다면야 얼마든지."

그러자 체르지안이 망설임 없이 물러났다.

"실례했군. 안 끼어드는 편이 이로울 것 같네."

네가 그럼 그렇지. 나는 코웃음을 치면서 무릎에 가지런히 놓은 손수건으로 입술을 닦았다. 그래도 먼저 말까지 걸었을 정도면 샤트린이 아주 최악의 인상을 남긴 건 아닌 모양이네. 아니면 정말 엄청나게 궁금했다던가. 체르지안이 그런 타입의 여자애를 좋아하나?

흥미롭게 체르지안을 곁눈질하던 것도 잠시, 오후 수업을 들어야 할 장소가 식당에서 제법 떨어져 있다는 사실을 깨닫고 마저 식사를 했다. 이론이야 지긋지긋하긴 하지만 오전 수업을 전부 제쳤으니 오후 수업이라도 성의 있게 들어줘야겠지.

순식간에 식판을 깨끗하게 비우고 나는 왠지 모르게 떨떠름한 표정을 짓는 체르지안에게 나중에 보자고 말한 뒤 식당을 떠났다. 그러나 서두른 것이 무색하게, 이론 강의실이 있는 5번 건물의 정문에서 알베이흐와 마주쳤다.

"어, 선배?"

나는 반갑게 인사를 건네는 대신 의심스럽게 눈을 치켜떴다. 얘가 왜 여기서 나와? 5번 건물은 여학생 전용인데. 알베이흐가 이 사실을 모를 리 없었다.

구름이 드리운 그늘에 감싸여 있으니 새하얗기만 했던 알베이흐의 머리칼이 우울함을 띤 잿빛으로 보였다. 나는 경계의 의미로 한 발 물러났다. 남을 깔보는 것밖에 모를 것 같은 오만한 눈이 아직 오지도 않은 빗물을 먹은 듯 깊이 가라앉아 있었다. 오늘의 알베이흐는 날카로움만 가득했던 평소보다 더욱 부드럽고 차분해 보이는 분위기를 풍겼다. 아니, 그런데 넥타이는 또 왜 저렇게 헐렁하게 맸담?

나는 알베이흐를 주도면밀하게 살폈다. 정말 수상하다. 이 건물에서 수업을 듣는 어느 의문의 여학생과 스릴 넘치는 연애를 즐기다 나온 것 같잖아.

가방도 없고, 교복은 흐트러져 있다. 전혀 알베이흐답지 않은 느슨한 차림새였다. 주말에도 공부를 하던 놈이 아닌가.

그가 노골적으로 미심쩍어하는 나를 의아하게 바라보다가, 뒤늦게 5번 건물의 용도를 눈치 챈 듯 입을 열었다.

"다른 학생에게 잠시 전할 말이 있어 들른 것이니 오해하지 마. 그런데……."

그런데 뭐?

"오늘은 평소와 다르군."

의문의 빛이 어린 알베이흐를 노려보며 나는 얼굴을 찡그렸다.

"그건 제가 할 말인데요."

"너와 가까이 있으면 항상 불쾌한 기분이 들곤 했는데. 혹시 황제와 만났나?"

얘가 진짜 뭘 잘못 먹었나. 어처구니가 없어서 나는 눈을 올려 뜨고 되물었다.

"어째서 저랑 있으면 불쾌한 감정이 들었던 이유가 루아……, 아니, 폐하 탓인지 설명 좀 해주실래요? 전 도무지 이해가 안 가거든요. 황제 폐하는 제국에 계시잖아요."

"황제는 악마의 힘을 가졌고, 나는 성력을 타고났다. 나와 상극의 능력을 가진 그가 네게 무슨 짓을 했는지는 너보다 잘 느낄 수 있어."

루아가 나한테 무슨 짓을 했다는 건지 모르겠다. 짐작 가는 점은 체르지안과 나눴던 대화를 엿들었다는 것뿐인데.

그나저나 악마의 힘이라니. 나는 루아가 주었던 동화책을 떠올리며 슬쩍 미간을 찌푸렸다. 체르지안도 그렇고 알베이흐도 그렇고, 루아가 가진 능력을 알고 있다. 어쩌면 알베이흐의 말처럼 나보다 훨씬 더 잘 알지도 모르지. 더군다나 알베이흐는 '악마'의 힘이라고 콕 집어 말하기까지 했다.

영원히 박제되어 있을 것만 같았던 과거로부터 3년의 시간이 흐른 지금, 루아가 세상 누구보다 특별하다는 사실은 공공연한 비밀이 되어버린 모양이었다.

내가 성장하지 못한다는 사실처럼.

나는 무심결에 목으로 손을 올렸다.

"폐하께서 제게 하신 일이라고는 예전에 주셨던 목걸이를 도로 가져가신 것밖엔 없어요. 덕분에 허전해서 죽을 것 같지만."

불만스럽게 입술을 삐죽이자 알베이흐가 사람을 앞에 두고 생각에 잠겼다. 문득 체르지안이 알베이흐에게 나와 관련된 얘기를 들려주었을 수도 있겠다는 생각이 들었다. 어쨌거나 룸메이트니까. 제아무리 무뚝뚝하고 차갑기로 유명한 알베이흐라도 사적인 대화를 아예 안 나누진 않았을 테지. 특히나 사교성 좋은 체르지안 앞에선 말이다. 문제는 체르지안이 내 얘기를 어떻게 했냐는건데.

애석하지만 접점은 그것만 있는 게 아니었다. 거기다 루아가 벨모트에 다녀갔었다고 했으니, 알베이흐와도 조우했을 수도 있다. 샤트린과도 만났으니 알베이흐와 만나지 않았다는 보장은 없잖아. 그래서 저리 확신하나? 혹시 루아는 알베이흐에게도 내 얘기를 물었을까?

나는 루아와 만나고서야 안 사실을, 체르지안이나 알베이흐는 이미 예전에 간파했다. 예전에만 해도 루아를 세상에서 제일 잘

아는 사람은 나였는데, 이제는 그렇지 않다. 물론 그건 내가 자초한 일이었지만, 왠지 모르게 섭섭하기도 하고 불안하기도 했다.

알베이흐가 괜히 손깍지를 꼈다 푸는 나를 뚫어져라 주시하는가 싶더니 꽤나 진지한 투로 물었다.

"반드시 그 목걸이여야 만족하는 건가?"

"네? 아, 뭐 딱히 그런 건 아닌데…….."

알베이흐가 이런 질문을 하는 의도를 알 수 없었다. 의심에 빠진 내가 적당히 얼버무리는 것도 아랑곳하지 않고 알베이흐가 이어 말했다.

"그럼 내가 선물하는 걸 착용해도 문제없다는 뜻이군."

응? 나는 귀를 의심하며 되물었다.

"뭐라고요?"

목걸이는, 특히 애도 아니고 알 거 다 아는 남자가 여자에게 주는 목걸이는 아주 특별한 의미를 담고 있었다. 때로는 청혼을 약속하는 의미로 받아들여지기도 했다. 얘가 나한테 갑자기 왜 이러지.

도저히 납득 갈 만한 이유가 떠오르지 않았다. 이런 생각이 얼굴로 드러났는지, 알베이흐가 답지 않게 사족을 덧붙였다.

"새로 즉위한 황제는 벨모트 왕실의 일원들이 가진 성력을 혐오한다. 당연히 예부터 전해 내려온 성물도 예외는 없지. 그것만큼 강한 성력을 내뿜는 물건도 없으니까. 황제는 지금 성물을 죄 부수지 못해 혈안이 되어 있어. 너도 알겠지만 왕실은 힘이 없다. 이미 두 개의 성물이 그 손에 박살 났으니 나머지가 사라지는 것도 시간문제지."

별세계에서 들려오는 속삭임 같았다. 나는 연신 고개를 갸웃거렸다.

"저한테 성물을 준다는 거예요, 목걸이를 준다는 거예요?"

역시 평소 버릇은 개도 못 준다고, 알베이흐는 내 질문을 무시하고 제 말만 했다.

"네가 황제와 각별한 사이였다는 사실은 익히 들어 안다. 그 친분이 지금까지도 이어지고 있는 모양이니 부탁하는 거다. 네가 성물을 지니고 있다면 그가 쉽사리 파괴하려 들지 않을지도 모르니까. 어차피 어느 곳에 숨기든 황제는 찾아낼 테니 위험 부담은 똑같아."

돌연 머릿속이 멍해졌다. 도대체 왜인지는 전혀 모르겠는데 그 말이 상처가 됐다.

"제가 루아와 친하지 않았다면 이런 부탁을 하실 이유도 없었겠군요."

입 밖으로 새어나온 음성이 남의 것 같았다. 나는 내 입으로 말하고도 놀라서 미친 듯이 눈을 깜박였다. 어째서, 이렇게 느닷없이, 멍청하게 속마음을 입 밖에 낸 거지? 이건 저열하기 그지없는 질투잖아. 세상에 존재하는 모든 사람이 루아를 소중하게 여기는 건 당연하다. 루아는 단 하나뿐인 제국의 황제니까.

루아가 백치였다는 사실은 더 이상 중요하지 않았다. 루아는 나보다 훨씬 더 가치 있고 중요한 사람이었고, 이건 명백한 진리였다. 모두가 루아를 좋아했다. 동경하고, 선망하고, 우러르고, 몇몇은 자신만의 방식으로 깊이 사랑했다. 어릴 적 아무것도 모르는 그 천진난만한 아이를 우리 부모님조차 아꼈다. 때로는 나조차 뒤로하고. 머리로는 이해하지만 가슴으로는 결코 받아들일 수 없는 애정을 내가 아닌 루아에게 쏟아부으시며.

내가 루아를 처음 만났을 때 무슨 생각을 했었지?

아, 저런 애가 나중에 내 머리 위에 선다니.

그때 느꼈던 감정은?

시기와 질투, 그리고…….

결국 나 또한 그 순수한 아이를 좋아하지 않을 수 없었는데.

"거절인가?"

알베이흐가 별다른 반응을 보여주지 않는 것이 그저 고마웠으므로, 나는 고개를 가로저었다.

"아니요. 주세요. 제가 가지고 있을게요."

적당한 말로 긍정을 표하자 알베이흐가 고개를 끄덕였다.

"그럼 저녁 전에 브리싱가멘을 가져오겠다."

알베이흐는 특별한 인사말도 하지 않은 채 떠났다. 그 무심함이 다행인지 불행인지 모르겠다고 생각하면서 나는 알베이흐가 떠난 반대 방향으로 걸었다. 수업이고 뭐고 기분이 완전히 가라앉아서 지금 당장 울음을 터뜨리지 않는 게 신기할 정도였다.

우울하다. 최악이다. 가장 더럽고 치사한 인간은, 나로서는 모를 수단으로 체르지안과 나눈 대화를 엿들은 루아가 아니라 세상 물정 모르는 꼬마 애한테 질투했던 어린 나였다. 그리고 그건 현재진행형이었다.

진짜 싫다. 나란 애는 도대체…….

천둥이 치더니 빗물이 뚝뚝 떨어졌다. 더위를 먹어서인지 마냥 차갑지만은 않은 비였다. 다친 다리가 욱신거려서 더 걷는 것도 무리였으므로, 나는 누구도 나를 발견하지 못하도록 우거진 수풀에 숨어 무릎을 세우고 앉았다. 비 섞인 알싸한 향기를 풍기는 양치식물들이 기다렸다는 듯 나를 에워쌌다.

나는 루아와 어린 시절을 같이 보냈고, 루아의 고통을 알고 있다. 그러면 미워하고 질투할 게 아니라 감싸주고 다독여줘야 하는 거 아닌가? 물론 루아를 좋아하기는 해. 그 애는 이미 내 마음속에서 상당한 부분을 차지하고 있어. 하지만 역시 원망스럽다. 그런데 그 원망이 정확히 무엇에서 기인한 감정인지 모르겠어.

이 세상이 루아를 중심으로 돌아가서?

때로 부모님이 나보다 루아를 더 좋아하는 것 같아서?

다시 그 시절로 돌아갈 수 없어서? 노력해봤자 더는 그때만큼 가까워지지 않을 테니까?

나는 여전히 시기와 질투와 원망과 어찌할 수 없는 애정으로 물들어 있는데, 내가 멈춰 서 있는 동안 루아는 너무나 멀리 가버렸다. 어떨 땐 차라리 루아가 영원히 백치인 채로 남았으면 좋겠다는 생각도 했었다. 그러면 루아는 언제까지고 내 곁에 있을 테니까. 하지만 영원히 멈춰 있는 건 루아가 아니라 나였다. 루아는 떠나고 없었다.

까마득하게 멀어서, 손을 뻗어도 도저히 닿지 않아서. 더는 예전과 같지 않아서.

이제 루아도 알 테니까.

내가 얼마나 비뚤어진 눈으로 자신을 바라보고 있었는지.

자신을 향한 이 감정이 얼마나 더럽고, 불결하고, 맹목적이고, 한결같은지.

"계속 그러고 있으면 진짜 앓아눕는다."

꾸역꾸역 눈물을 삼키고 머리를 들었다.

루아였다.

기막힌 타이밍이었다. 나와 알베이흐가 나눈 얘기를 엿들은 게 아닐까 의심스러울 정도로. 어쨌거나 루아는 3년의 시간이 흐르는 동안에도 나를 놓지 않았고, 그 감정은 어쩌면 내가 예상하는 것보다 훨씬 깊을 수도 있었다. 하지만 그건 루아가 혼자서 키운 감정이었다. 일방적으로 조각을 빚어 나를 미화시킨 거다.

나는 언제나 루아를 아끼고 좋아했지만, 열등감을 느꼈고, 질투해왔다. 물론 내가 황제가 되고 싶어서라는 지나친 욕심 때문은 아니었다. 공작 가문의 후계자란 직분마저도 과분하게 느껴졌으니까. 단지 나는, 백치인 꼬마아이가 나보다 더 귀한 취급을 받는 게 얄미웠을 뿐이다. 만약 나와 백치인 루아가 같이 있을 때 어떤 사고가 발생한다면 가장 최우선적으로 구해야 할 사람은 루아였다. 루아의 안전 앞에서 나란 존재는 정말 아무것도 아니었고, 설령 우리가 불에 타거나 물에 빠져서 죽어가는 와중에 루아보다 내가 더 살아날 확률이 높아도 루아를 먼저 구하는 게 당연한 거였다.

샤트린의 목숨보다 내 목숨이 더 귀하듯이, 나보단 루아의 목숨이 더 귀중했다. 그 가격표가 눈에 보이는 것 같았다.

"왜 왔어? 그냥 가."

한숨처럼 그 말을 뱉고서 나는 다시 무릎에 얼굴을 묻었다. 한번 과거에 사로잡히고 나자 억지로나마 잊었던 기분 나쁜 기억들이 수면 위로 떠올랐다.

예전에, 루아는 시장에서 길을 잃어버렸을 때 플라워 가든에서 일하던 샤론 에니벨과 처음 만났다고 했다. 당시 나는 루아를 버리고 혼자 돌아갔었다. 루아가 실수로 발을 거는 바람에 계단에서 고꾸라졌는데, 생피가 터질 정도로 상처가 컸지만 호위 기사들은 루아만 챙기기 바빴으므로 정신적인 충격을 받았기 때문이다. 심지어 나에게 충성을 맹세한 레뮤시조차도 혹시 다쳤을까 싶어 루아를 먼저 살피고 나서 나를 보았다. 그것이 당연했다. 지극히 온당한 일인데, 그런 거라고 배웠는데, 그걸 너무나 잘 아는데.

"너 같은 거 꼴도 보기 싫거든? 그러니까 그냥 가라고."

루아의 잘못이 아닌 걸 안다. 머리로는 이해한다. 그때의 너는 티 없이 말갛고 순수했으니까. 하지만 나는 그렇지 않았지.

"내가 뭐 잘못한 거 있어?"

루아는 단지 그렇게 물을 뿐이었다. 나는 코웃음을 치며 고개를 옆으로 돌렸다.

"그걸 왜 나한테 묻니? 어쨌든 너랑 얘기하기 싫으니까 얼른 가 버려."

툭툭 하고, 방어적으로 웅크린 몸에 빗살이 부딪쳤다. 점점 굵어지고, 차가워지고, 매정해지는 빗방울이었다. 그 날 선 폭력에 맞대응이라도 하려는 듯이 몸에 열이 올랐다. 비에 젖은 눈꺼풀이 무거워지는가 싶더니 모든 게 그저 짜증스러워졌다.

전부 싫기만 했다. 비도, 루아도, 나도.

천둥소리가 들렸다. 하늘이 크게 떨며 뭉쳐든 빗물을 털고 있었다. 휘몰아치는 바람은 아무렇게나 늘어뜨린 머리카락을 마구 헝클어뜨렸으며, 흠뻑 젖은 교복은 어쩌다 달라붙은 잎사귀를 결코 놓아주지 않았다.

한참을 기다려도 답은 들려오지 않았다. 어쩌면 루아는 이미 떠났는지도 모르지. 그러나 그 생각을 하기 무섭게 몸이 들렸다. 루아가 갑자기 나를 안아 올렸다.

"무슨……."

루아는 상복 차림이었다. 검은색 일색의.

"너 하나 보려고 수천 골드를 바닥에 뿌렸는데 쳐다보지도 않아?"

어이없다는 듯한 말투였다. 이전처럼 너무나 아름다운 성인 남자의 모습이라, 나는 당황스럽게 루아를 떠밀었다. 빗물에 감긴

나직한 목소리가 숨이 멎을 만큼 듣기 좋아서 도리어 무서울 정도
였다.

"그, 그건 네 사정이지!"

확실히 지금 루아가 무리하고 있는 것만은 사실이었다. 벨모트
와 제국의 거리는 상당하고, 마력을 써서 단번에 여러 인원을 이
동시킬 수 있는 직속 게이트는 한 번 가동시키는 데만 마법사 열
명이 필요하다. 비용도 어마어마하게 많이 들고 말이다.

"뭐가 그렇게 불만인데?"

눈을 마주치기가 겁났다. 나는 이를 갈며 고개를 돌렸다.

"나는 네가 싫어."

"거짓말하지 말고."

루아는 아무렇지 않은 얼굴로 말했다. 나는 미심쩍게 루아를 흘
겼다.

"어째서 거짓말이라고 확신하는 거야?"

신경질적으로 되묻자 루아가 잠시 뜸을 들였다. 나를 뚫어져라
응시하는 것이 여실히 느껴졌으므로, 나는 또다시 움츠러들었다.
나보다 작고 여렸던 애가 이제는 나를 안아 올릴 수 있을 정도로
자랐다는 사실을 받아들이는 게 힘들었다. 그동안 내가 저질렀던
모든 실수와 대면하고 있는 것처럼 부끄러웠다. 나는 지금 이 순
간에도 과거에 머물러 있는데, 어떻게 루아는 그렇지 않은 거지?
왜 루아는 극복하고 나는 아닌 거야?

어째서 루아만…….

"나 그냥 황제 하지 말고 여기 있을까?"

느닷없고, 황당하고, 어처구니없는 물음이었다. 나는 귀를 의심하며 루아를 바라보았다.

"네가 드디어 돌았구나."

그러나 루아는 무시하고 말을 이었다.

"처음에는 내가 문제인 줄 알았어. 그런데 제국에서 벗어났는데도 너는 불행해지기만 하잖아. 말해봐, 보니. 나한테 힘들다고 했잖아. 도대체 뭐가 문제야? 왜 이렇게 예민해졌어?"

부드럽게 말한 루아가 위로하듯이 손등으로 내 뺨을 쓸었다. 그제야 나는 루아가 한 팔만으로 나를 안고 있었다는 걸 깨달았다.

순간 얼굴에 열이 올라서 나는 무심결에 루아의 어깨를 붙잡았다.

"나는, 아무것도……."

적당히 얼버무리려던 것도 잠시, 이윽고 머릿속이 뿌옇게 흐려져서 나는 입을 다물었다. 뭐가 문제냐고? 셀 수도 없이 많다. 악몽을 꾸는 것, 2차 성징을 보이지 않는 것, 제국으로 떠난 부모님이 걱정되는 것, 샤트린이 시비를 거는 것, 루아가 이렇게 불쑥불쑥 찾아오는 것 등등, 정말로 많아서 하나 고르기도 힘들 지경이었다.

이 마음을 털어놓을 곳이 없었고, 나를 둘러싼 모든 것을 향한 의심과 불안을 해소할 만한 방법이 없었다. 평생을 알고 지낸 레뮤시나 메리를 볼 때도, 캐리에타를 볼 때도, 심지어 체르지안이

나 엄마와 아빠를 마주할 때조차 나는 망막에 아로새겨진 불신을 거두지 못했다. 언제나 한 꺼풀의 의심을 안고 그들을 바라보았다.

나에게 호의적이든, 그렇지 않든 간에 모든 사람이 나를 비웃는 것 같았다. 나는 남들과 다르니까. 이 다름을 숨길 수 없어서.

어릴 적엔 울지도 않는 아기였고, 지금은 제대로 된 성장도 하지 못하는 여자애였다. 제아무리 황제의 소꿉친구여도, 1순위 황후 후보여도 뒷말은 나오기 마련이었다. 앞에서 사근사근하게 웃고 떠들다가도 뒤에선 나를 조롱하고 업신여길 거였다.

어쩌면 루아도 단지 사람들의 이목 때문에 예전부터 알고 지내 온 나에게 친절을 발휘하는 거지, 진심으로 나를 좋아하는 게 아닐 수도 있었다.

"너도 내가 웃기지? 비웃으려고 온 거지?"

무심결에 튀어나온 질문이었다. 본심이었고, 이미 극단적으로 비뚤어진 속마음이 뱉는 절규와도 같았다. 나는 나를 지키기 위한 적의로 뭉쳐져서 루아를 노려보았다. 빗물에 젖어도 소름 끼치도록 빛나는 그 눈을 직시했다.

"아무리 좋아한다고 해도 안 믿어. 어차피 너도 나중엔 다른 사람한테 갈 거잖아. 그런 너라면 필요 없어. 전부를 줄 게 아니면 그냥 가라고."

눈물이 차올랐다. 비에 섞여 차갑기만 한. 그게 또 왠지 모르게 서러워서 나는 입술을 깨물었다. 이런 말을 하는 것조차 내게는 위험한 도박이란 것을 루아는 모르겠지. 아무것도 모르고, 언젠가의 예전처럼, 나를 걱정하려는 시도조차 하지 않은 채 상처를 덮으려 할 거다. 계단에서 굴러 떨어진 나를 까맣게 잊어버리고 샤론 에니벨 같은 또 다른 인연을 찾으려 할 거야. 그 사실을 뻔히 알면서 왜 희망을 버리지 못하는 거지? 결국 나는 언제든지 그렇게 대체될 수 있는데, 왜 유독 루아한테만, 어째서.

네가 뭐라고.

네가 대체 뭐길래.

"보니."

그 부드러운 부름을 억지로 외면했다. 루아가 한숨을 쉬었다.

"나는 여전히 네가 전부야. 계속 그랬어."

빗소리가 멀어지고, 손의 떨림이 멎었다. 어떻게 반응해야 할지 도저히 감이 잡히질 않았다. 루아에게 내가 중요한 의미일 수도 있다는 생각은 전에도 종종 했었다. 나는 루아가 어른이 되고자 했던 단 하나의 이유니까. 제 부모마저 믿지 못하던 시절에 길을 제시해주었던 이가 바로 나였으므로, 이해 가지 않는 것도 아니었다. 하지만 단지 그것뿐이잖아.

루아가 나를 이성으로 여기는 건지, 어린 시절을 나눈 각별한 친구로 여기는 건지, 부모가 아닌 또 다른 보호자로 여기는 건지 모르겠다. 지금은 이렇게 안겨 있어도 어렸을 적 나는 언제나 루아와의 관계에서 우위를 점하고 있었다. 어쩌면 루아는 나를 친누나처럼 생각하고 따랐을 수도 있었다.

루아는 돌연 멍해진 나를 안고서 어디론가 향했다. 조금 전까지 나를 좀먹고 있던 분노와 서러움은 온데간데없이 사라지고 어리둥절함만 남아 있었다. 쟤는 어떻게 그런 말을 아무렇지도 않게 하지? 내가 그 고백을 비웃고 조롱하기라도 하면 어쩌려고? 2차 성징조차 보이지 않는 공작 영애한테 고백했다가 차였다는 소문이 나돌아도 상관없는 건가?

　나는 황당한 기분을 느끼며 입을 열었다.

　"너 혹시 나를 여, 여자로서 좋아하는 거야?"

　하필 중요한 부분에서 말을 더듬는 바람에 긴장한 것처럼 되고 말았다. 이 창피함을 무마하고자 나는 다시 물었다.

　"나랑 결혼하고 싶냔 말이야."

　이번엔 제법 또박또박한 발음이었다. 빗소리에 묻혀 내 귀에도 잘 들리지 않았지만.

　내심 만족스러워하는데 루아가 나를 곁눈질하며 되물었다.

　"너는 아닌가 봐?"

　당연하지! 나는 얼굴을 찡그렸다.

　"난 너를 업어 키웠어. 그리고 나는 너를……."

　입안이 메말랐다. 심장이 뛰는 소리가 들리는 듯했고, 별을 들이부은 강 같았던 푸른 눈이 이제는 차갑게 가라앉아 있기만 한 것도 조금 무서웠다. 그렇지만, 그렇지만 얘는 루아다. 여전히 나를 필요로 하는. 혼자 울고 있는 나에게 찾아와 내가 전부라고 말해 준 유일한 사람.

그때, 너무나 큰 자기만의 방에 갇혀 울던 열두 살의 루아도 이런 기분이었을까.

눈을 질끈 감았다 떴다. 루아는 내가 매정한 말을 퍼부어도 떠나지 않았고, 오히려 나를 알려고 했다. 이젠 나를 비웃을 수 있는 입장에 섰는데도 과거가 아닌 지금의 나에게 손을 내밀었어. 내가 얼마나 나쁘게 변했는지를 뻔히 알면서도.

루아는 아빠를 잃었고, 어렸을 땐 가장 사랑하는 부모님으로부터 정신적 미성숙을 강요받았다. 강제적으로 성장하지 못하게 억눌려왔던 거다. 메피스토펠레스는 루아의 기억에 공백이 있는 게 당연하다며, 정신 조작이 얼마나 끔찍한 일인지를 내게 설명해주기도 했다.

자기 자신을 추스르기도 힘들 텐데 루아는 지금 모든 것을 제쳐두고 내 옆에 와 있었다.

루아와 이렇게도 가까이 닿아 있다는 것이 아직도 신기했다. 루아는 따뜻했고, 많이 자랐고, 머릿속이 얼어붙을 정도로 아름다웠다. 그 자체만으로도 빛났다.

부어내리는 비를 들이켜고 싶은 충동에 휩싸여 나는 어물어물 진심을 털어놓았다.

"나는 너를 질투했는걸."

금방 답이 들려오지 않아서 나는 초조해졌다. 이 순간의 정적이 지독하게 싫었으므로, 나는 다급하게 덧붙였다.

"네 잘못이 아니야."

"또 거짓말한다."

루아가 코웃음을 치며 어떤 건물의 문을 열었다. 뒤늦게 고개를 돌려 보니, 여기는 화려함의 극치를 달리는 여학생 전용 기숙사였다. 얘가 이곳을 어떻게 알지? 나는 혼란에 빠져 반박했다.

"하지만 너는 백치였는걸! 하나도 기억 못 하나 본데 나는 네 옷을 직접 갈아입혀준 적도 많았어!"

"그럼 지금도 갈아입혀보든가."

지극히 단조로운 대답이었다. 아예 흘려 넘기고 있는 게 분명해서, 흠뻑 젖은 머리칼을 꽉 짜서 쓸어 올리다 말고 나는 얼굴을 일그러뜨렸다.

"내가 못 할 거라고 단정 짓지 마! 그리고 이만 내려줘! 다른 애들이 보기라도 하면……."

기숙사로 남자를 끌고 들어왔다는 일화만큼 퍼지기 쉬운 소문도 없을 거였다. 그러나 루아는 느긋하게 주위로 눈을 돌렸다.

"기숙사까지 예배당처럼 꾸며놓다니 과연 종교에 미친 벨모트답다고 해야 할지."

"새삼스럽게 경치 감상하지 마, 이 멍청아!"

일부러 나를 놀리고 있는 게 틀림없었다. 게다가 완전히 휘말리고 있어! 내가 분에 겨워 씩씩거리자 루아가 얄미운 미소를 띤 얼굴로 말했다.

"다친 데 아직 아프지? 올라갈 때까지 얌전히 있으면 마법으로 낫게 해줄게."

이건 좀 무시하기 힘든 제안이다. 하도 비를 맞아서 그런지 살살 욱신거리던 손목이며 발목이 마비되기 직전이었다. 자고 일어나면 근육통이 엄청나게 심할 것 같은 예감이 와.

결국 잠깐의 갈등 끝에 나는 루아의 머리카락을 잡아당기려던 손을 도로 내리고 입술을 삐죽였다. 왠지 모르지만 루아가 장난을 치긴 해도 진짜로 나를 곤란하게 만들진 않을 거라는 근거 없는 확신이 들었다. 다리가 정말 아프기도 하고.

루아의 말마따나 여학생 기숙사는 예배당처럼 엄숙하고 성스러운 분위기를 풍겼다. 여학생들의 바른 몸가짐을 강조하기 위해서라는 의견도 있지만, 역시 신성 왕국을 대표하는 아카데미라는 점이 크게 작용한 듯했다. 까마득히 높은 홀의 천장에는 성모와 그녀의 아이들이 그려져 있고, 그 밑엔 성인들의 흉상뿐만 아니라 파이프오르간도 구비되어 있었다.

사자를 발밑에 둔 성녀의 조각상을 지나가는데 불현듯 알베이흐의 말이 떠올랐다. 나는 루아의 젖은 옷을 잡아당기며 작게 물었다.

"네가 벨모트의 성물을 부수고 다닌다는 얘기를 들었어."

설마 질문 하나 했다고 제안을 철회하진 않겠지. 혹시나 싶어 긴장하는데 루아가 계단을 오르며 대수롭지 않게 대꾸했다.

"어차피 있으나 마나 한 물건들이잖아."

한 왕국을 상징하는, 더 나아가선 세계에 단 넷뿐인 귀중한 보물이 있으나 마나 한 물건이라니. 나는 의심스럽게 루아를 노려보았다.

"너 제대로 일하는 거 맞아? 뒤에서 막 사고치고 다니는 거 아니지?"

"때론 모르는 게 약일 수도 있는 거야."

불길하기 그지없었다. 어쩌면 루아는 제국으로 돌아가자마자 칼을 맞을지도 모른다.

"확실히 수상해. 지금은 아카시아 제국의 시간으로 치면 초저녁 아니야? 갓 즉위한 황제 폐하께서는 가장 바쁜 시간을 보내고 계셔야 할 텐데?"

"나한테는 네가 제일 중요해."

얼굴색 하나 안 변하고 내뱉는 능청스럽고 뻔뻔한 말이었다. 루아가 정확히 나와 캐리에타가 사용하는 방을 찾아 문을 열고는, 곧장 나를 욕실로 데려갔다. 둥글게 파인 욕조에 나를 내려주더니 생각에 잠겨 말했다.

"네가 정말로 나를 싫어했다면 앞에 나타나지도 않았을 거야. 그게 네가 진정으로 바랐던 거라면."

아무도 건드리지 않은 수도꼭지에서 저절로 물이 쏟아졌다. 아주 뜨거운, 살이 에일 것처럼 부드러운 물이었다. 즉시 찬기가 가시며 움츠러들었던 몸이 나른하게 젖었다.

나는 붕 뜨는 치마를 잡아 누르고 한숨을 쉬었다. 루아의 말에 어떠한 긍정도, 부정도 할 수 없었다. 루아가 밉지만 그만큼 그리웠고 좋았다. 루아가 나를 좋아해주길, 나에게 자기를 좋아해달라고 말하기를 원했다. 이 재회를 무엇보다 두려워했으면서도 그런 날이 정말로 오지 않으면 어쩌지 하고 크게 상심하기도 했다.

떨구었던 고개를 다시 들기가 그렇게도 힘이 들었다. 나는 언제부터 이렇게 위축됐을까. 지난날을 돌이켜보면 경계하고 의심하고 벽을 친 것밖에 없었다. 보니 안젤리크 멜론느 그레이스에겐 큰 결점이 있으니, 남에게 의지했다간 배신당할 게 뻔하다며 시작도 하기 전에 결론지었다. 현재의 인연을 쌓길 거부한 채 과거에만 매달려 있었다. 그리고 루아는 박제되어 있는 과거와 현재를 이어주는 유일한 사람이었다. 루아마저 거부한다면 앞으로 내가 어떻게 될지 몰랐다. 그런 두려움이 일었다.

무서워서, 미워서, 좋아해서, 그리워서, 미치도록 필요로 하고 원망스러워서 뻗어진 손을 잡았다.

"어떻게 말해야 좋을지 모르겠어."

나도 모르게 중얼거리다가, 아까부터 계속 표정을 구기고 있었다는 사실을 깨달았다. 나는 고르게 호흡하며 묵묵히 들어주고만 있는 루아를 힐끗거렸다. 더는 긴장하지 말자. 계속 이러는 것도 우습잖아? 이왕 이렇게 됐으니 조금은 더 얘기해도 괜찮지 싶었다.

루아니까.

루아에게만은.

지긋지긋하게 남을 신뢰하기가 싫은데 그렇다고 영원히 혼자 벽 안에 갇혀 죽어가기는 또 싫었다. 나는 원래부터 자존심이 강하고, 물러서는 걸 싫어했다. 루아와 함께 있으니 예전의 자신만 만했던 나로 조금은 돌아온 것 같았다.

나는 욕조에 팔을 올리고 턱을 괴었다. 나른한 온기에 취해 루아를 물끄러미 바라보자 아무리 생각해도 애가 참 사기적으로 생겼다는 생각이 들었다. 꼬마였던 시절에도 느낀 거지만 무슨 사람이 용솟음치는 전투력도 상실할 만큼 예쁜지 모르겠다. 저 지나치게 잘난 얼굴만 하염없이 볼 수 있다면 어떤 보석도 아깝지 않을 정도였다. 지금은 일부러 내 취향에 맞춰 모습을 바꿨다고 했으니, 앞으로 몇 년만 기다리면 진짜로 저렇게 자란다 이거지.

새삼스럽지만 열다섯 살인 루아의 진짜 모습이 궁금해지기도 했다. 아마 아직 애티가 남아서 엄청나게 귀여울 거라고 본다.

줄곧 쳐다봤다간 피가 역류할 것 같아서 나는 슬쩍 시선을 돌리며 루아의 옷을 잡아당겼다.

"일단 너도 들어와. 춥잖아."

어, 잠깐, 그런데 이렇게 해도 되는 건가? 둘 다 옷은 멀쩡하게 잘 입었긴 한데 뭔가 좀 불안한걸. 나는 우선 뱉었다가 멈칫했지만, 이미 엎질러진 물이었다.

도무지 속을 모르겠는 표정으로 나를 보던 루아가 욕조에 들어오는 동안, 나는 주뼛거리며 얼어붙어 있었다. 여학생 넷이 들어가도 약간의 공간이 남을 만큼 넉넉하던 욕조가 순식간에 가득 차는 느낌이었다. 물이 잔잔히 떨렸는데, 베일을 가르고 들어오는 것 같았다.

나는 고집스럽게 벽면에 고개를 고정한 채, 눈알만 살짝 옆으로 굴려서 루아를 훔쳐보았다. 정말로 다리가 길다. 손가락도 길었고 빗방울이 맺힌 머리카락도 귀를 덮을 정도로 늘어져 있었다. 그리고 가지런한 속눈썹.

나는 불안하게 눈을 깜박였다. 고작 숨을 삼키는 데만도 굉장한 용기가 필요했다. 루아의 손이 욕조의 턱을 짚었고, 뜨거운 물은 부드럽게 밀려났다. 전신을 담을 수 있도록 길게 늘어진 거울에 비친 물방울이 조명을 받아 산뜻한 연주황빛으로 반짝였다. 그러나 물방울이 전부가 아니었다.

거울에 비친 그것이 나를 얼어붙게 했다.

"루아……!"

눈을 의심하며 벌떡 일어났다가 나는 말문이 막혀 입만 벌렸다. 방금 내가 뭘 본 거지? 저 거울에 뭐가 비친 거야?

"무슨 문제라도 있어?"

루아가 슬쩍 고개만 올려 나를 쳐다보았다. 나는 황망하게 거울만 응시할 뿐이었다. 방금 저 거울에, 그러니까 욕조 안으로 들어오는 루아가 비쳐야 할 거울에 아주 이상한 게 있었다. 크고, 붉고, 징그러운 날개를 단 생물체가. 마치 괴물 같은. 아니.

악마와 같은.

거기까지 생각이 닿자 가만히 있을 수 없었다. 나는 겁에 질려 루아를 잡아당겼다. 욕조에서 완전히 꺼낸 다음 거울 앞으로 데려갔다. 루아는 순순히 끌려나오면서도 미간을 찌푸렸다.

"갑자기 왜 그래?"

"너……."

방금 아주 끔찍하게 생긴 괴물을 봤다고 말하려다가 나는 도로 입을 다물었다. 거울에 비친 루아는 그냥 루아였다. 20대의 모습을 한.

"내가 뭐?"

성의 없이 거울을 들여다보며 루아가 평이하게 물었다. 내가 생각을 정리하면서 숨을 고르느라 아무런 말도 하지 않자, 걱정스럽다는 듯이 내 이마에 자기 손을 올렸다.

"혹시 머리도 다쳤어?"

머리도 다쳤냐고? 나는 얼굴을 찡그리며 루아의 손을 피해 두어 걸음 물러났다.

"네가 걱정해주지 않아도 내 머리는 멀쩡하니까 그따위 말로 적당히 넘어가려고 하지 마. 저 거울에 네가 아니라 웬 징그럽게 생긴 괴물이 비쳤다고! 심지어 날개 같은 것도 있었어!"

손가락으로 거울을 가리키며 소리치는 말에 루아가 어깨를 으쓱였다.

"내가 왜 성물을 부순다고 생각해? 이미 알고 있잖아. 난 성력이라면 질색을 하는 악마야. 특히 처녀 제물을 좋아하지."

얘가 좀 자라더니 못하는 말이 없구나, 아주. 나는 웃기지도 않은 농담을 하는 루아의 다리를 있는 힘껏 걷어차주고는 욕실 문을 열었다.

"나가. 어차피 넌 마법으로 씻을 수 있잖아."

뛰지도 않았는데 숨이 차올랐다. 매정하다며 투덜거리긴 했지만 루아가 얌전히 나가자마자 나는 문을 쾅 닫고 아예 걸어 잠갔다. 그러나 그걸로도 왠지 불안해서 한참을 욕실 안에서 서성이다 겨우 샤워기를 붙들었다. 나 혼자서는 도저히 거울을 쳐다볼 수 없었다. 지금 당장 저 흉물을 떼서 건물 밖으로 집어 던지고 싶었다.

악마라고 했다.

어쩌면 너무나 당연한 일이었다. 체르지안도, 알베이흐도, 심지어 열두 살의 루아도 내게 얘기해주지 않았나.

혹시라도 루아가 훔쳐볼까 봐 긴장하던 것도 잠시, 찝찝함을 참지 못하고 나는 교복을 벗었다. 폭발하기 직전의 머리로 어찌어찌 생각을 이어가는데 선황제 폐하께서 서거하신 후 체르지안이 해주었던 말이 떠올랐다.

마법단장, 오직 메피스토펠레스만이 루아의 마력을 가늠할 수 있었다고 했었지. 그것이 너무나 압도적이라 오히려 다른 사람들은 눈치 챌 수가 없다고 체르지안은 말했다.

가만, 그런데 알베이흐가 나한테 루아가 못 부숴서 안달인 그 성물 중 하나를 선물하겠다고 하지 않았나? 분명 저녁 전에 브리싱가멘을 가져온다고 했는데…….

과연 루아가 알베이흐가 오기 전에 돌아갈지 의문이었다. 뭐……, 알베이흐가 마법을 부릴 수 있는 것도 아니고 어차피 여학생 기숙사엔 들어오지 못하니 시종을 보낼지도 모르지. 차라리 그 편이 좋으련만.

그때야 워낙 경황이 없어 승낙했지만, 곰곰이 되짚어보면 상당히 기분 나쁜 제안이었다. '선물'이라며 좋게 포장하기는 했으나 알베이흐는 명백하게 나를 이용할 셈이었다. 나와 루아의 사이가 각별하다는 사실에 의거하여 일명 '등잔 밑이 어둡다' 작전을 실행할 계획이었고, 내 동의까지 얻었으니 이미 절반은 완성되었다고 봐도 무방했다.

성력이라. 비누거품을 만들다 말고 나는 얼굴을 찡그렸다. 야명주에 루아의 힘이 깃들어 있었고, 알베이흐가 그것 때문에 불쾌한 느낌을 받아서 나를 멀리했다는 게 아직도 기분 나빴다. 안 씻고 다녀서 냄새나는 친구를 피해 다니는 것도 아니고 말이야. 애초에 나는 성력이고 마력이고 나발이고 전혀 구분 가지 않으니 어이없을 따름이었다.

평소보다 이십 분은 빨리 씻고 나가자, 아예 새 옷—선황제 폐하를 기리는 상복이 아니었다—으로 갈아입기까지 한 루아가 내 침대를 차지하고서 늘어지게 누워 있는 모습이 보였다.

캐리에타가 욕실에 잠옷을 걸어두는 버릇이 있는 것을 다행이라고 여기긴 이번이 처음이다. 나는 입술을 삐죽이면서 시간을 확인했다. 벽에 걸린 예쁘장한 장미시계의 줄기바늘은 벌써 오후 3시 40분을 가리키고 있었다.

"너 안 돌아가봐도 돼?"

저녁 전이라고 했다. 최소한 6시 전에는 도착할 거였다. 알베이흐의 부탁을 받고 브리싱가멘을 건네러 올 누군가가. 평소에도 강박증에 걸린 게 아닐까 의심스러울 만큼 정직하게 행동하는 놈이므로 약속을 어기지는 않을 것이었다.

"돌아갔으면 좋겠어?"

루아는 진회색 정장 차림이었는데, 아까 입었던 검은색 예복만큼이나 멋지게 잘 어울렸다. 참 끝내주는 옷걸이였다. 덕분에 잔소리를 퍼부으려던 나는 뜻하지 않게 홍조를 띠며 입을 다물고 침묵했다.

조만간, 아니, 지금 당장이라도 루아를 열다섯 살의 모습으로 돌려놓아야겠다. 연상의 남자한테 약하다는 말은 거짓이 아니었다. 특히나 저렇게도 정장을 잘 받는 남자라면 더더욱. 루아가 나와 어린 시절을 같이 보낸 백치 꼬마라는 사실을 거듭해서 상기해도 효과는 없었다. 머릿속이 어지러웠다. 빙글빙글 돌고 있었다.

사람의 탈을 쓴 악마에게 거의 홀리다시피 한 내가 '아니', 혹은 '가지 마' 따위의 달콤한 울림 섞인 말을 막 뱉으려는 찰나, 누군가 노크를 했다. 규칙적인 두드림이었다.

"그레이스."

알베이흐의 목소리였다. 나는 새하얗게 질렸다. 이것들이 진짜 단체로 돌았나. 어느 암살자가 넣은 맹독이 국경을 넘어서 정확히 같은 시간에 서로가 먹을 음식에 들어가기라도 한 거야? 그래서 지금 효력을 발휘했어?

신음하지 않을 수 없었다. 나는 뜻하지 않게 남자—비록 루아는 황제지만—를 둘이나 기숙사로 데려온 여학생이 되고 말았으니까.

"이야, 남자네?"

루아가 놀란 기색도 없이 감탄하며 나를 주시했다. 아, 왜 바람 피우다가 걸린 것 같은 기분이 드는지 모르겠다.

꽤나 긴박한 상황이었다. 심히 어처구니없기도 하지만. 아카데미에서 나와 가장 친하다고 할 수 있는 체르지안도 여기까지 찾아올 엄두는 내지 못했는데 말이야. 애초에 나는 누군가를 내 개인적인 공간에 초대한 적이 손에 꼽을 정도로 적었다. 덕분에 체르지안은 마법을 사용하여 무허가 침입을 즐겼는데, 그것도 내가 레뮈시를 비롯한 시종들이 있는 공작가의 저택에 머물고 있을 때나 시도했다. 굳이 입 아프게 말하지 않아도 체르지안은 넘어서는 안 될 선이 있음을 분명하게 인식하고 있었다.

나는 입술에 검지를 올려 루아에게 조용히 하라고 주의를 준 다음, 침대에서 도통 일어날 생각을 않는 루아를 숨기기 위해 문을 절반만 열었다. 일기예보를 귀담아듣지 않은 게 나뿐만은 아닌 모양인지 알베이흐는 잔뜩 젖어 있었다.

"선배가 어쩐 일이에요?"

등 뒤에서 루아가 "선배?"라며 비꼬듯이 물었지만, 요란한 천둥소리가 쉴 새 없이 울려 퍼져서 내 귀에도 잘 들리지 않았다. 알베이흐가 연신 초조하게 뒤를 힐끗거리는 나를 주시하면서 그 특유의 딱딱하고 신중한 어조로 말했다.

"오후 수업에 불참했다고 들었다."

나는 얼굴을 찡그렸다. 알베이흐와 맞닥뜨린 장소가 이론 강의실이 있는 5번 건물 앞이었으니, 그로서는 이상하기도 했을 거였다. 기껏 강의실 문턱까지 갔건만 수업을 듣지 않고 도로 기숙사로 되돌아왔다는 뜻이 되니까. 그런데 그건 또 어떻게 알았담. 알베이흐가 굳이 5번 건물까지 와야 했던 이유일 게 뻔한 의문의 여학생이 알려주기라도 했나?

창을 때리는 굵은 빗방울이 극단적으로 난폭해지고 있다는 것을 귀로도 알 수 있었다. 그때 루아가 심술궂은 얼굴로 침대 밑의 서랍장을 뒤지기 시작했다. 야! 거기 안에 속옷 들었단 말이야! 그거 빨리 닫으라고! 아나, 진짜…….

울고 싶었다. 작정하고 나를 놀리는 루아의 모습을 이 악물고 지켜보는데 알베이흐가 제법 진지하게 질문했다. 그 목소리가 지극히 낮았다.

"나 때문인가?"

알베이흐는 여전히 반 정도 열린 문 앞에 서 있었고, 내가 들여보내주지 않아도 아무런 문제가 없다는 눈치였다.

나는 얼굴을 구긴 채 방어적으로 눈을 치켜떴다.

"제가 수업에 빠진 게 왜 선배 때문이에요?"

"실례되는 부탁이란 사실은 알고 있었다. 하지만 세상에 단 넷뿐인 성물이야. 뿔뿔이 흩어져 있다 회수된 것도 최근이고, 각각의 이름이 붙은 지도 채 오십 년이 지나지 않았지. 하물며 이미 둘은 완전히 파괴되어 한 줌의 재도 남지 않았다. 그 안에 담긴 성력이 증발한 것은 물론이거니와, 유물로서의 가치마저 사라져버렸어. 나보다 뛰어난 왕자들이 그리 허무하게 성물을 빼앗겼으니 나 또한 그러지 않으리란 보장은 없지."

나는 멀뚱멀뚱 듣기만 했다. 알베이흐가 아주 엷은 한숨을 쉬며 눈을 내리뜨다가 화려하기 그지없는 캐리에타의 연분홍색 프릴 잠옷을 보고 미간을 살짝 찌푸렸다. 내 드레스 취향을 오해한 게 틀림없었다.

"그러나 이것은 어디까지나 왕국의 사정이고, 따라서 네 이해를 구할 수 없으리라 여겼다. 설령 성물을 부수고 다니는 자가 황제라는 사실이 드러난다고 하더라도 누가 황제를 막으려 하겠나? 그럴 수 있는 사람은 없다."

저기, 그런데 지금 그 황제가 바로 내 뒤에 있는데. 나는 어설프게 납득하는 듯한 표정 연기를 하며 보석이 박힌 문고리를 만지작거렸다. 나와 체르지안의 대화도 엿들었으니 천둥 좀 친다고 해서 지금 나누는 이 말들 또한 루아가 듣지 못하리란 법이 없었다.

내 성의 없는 동의에 알베이흐가 잠시 망설였다. 그가 올곧다는 생각밖에 들지 않는 눈으로 나를 담으며 제 생각을 입에 올렸다.

"나는 너에게 이해를 구하는 것이 아니다."

그리고 지금 뒤에서 웬 부스럭거림이 들렸다. 틀림없다. 루아가 일어났다고. 단지 상상으로만 남겨둬야 할 가장 최악의 가정을 현실로 만들 셈인 것이 분명했다!

루아가 내 머리카락을 만지는 게 느껴졌다. 일부러, 나를 골리기 위해 벌이는 행동이란 점엔 의심의 여지가 없다. 어깨에 둘렀던 부드러운 수건이 바닥에 떨어지고, 늘어뜨린 머리카락이 그 반동에 의해 살짝 떠오르며 흔들렸다. 아직 물기가 마르지 않아서 루아의 손에 너무나 쉽게 감길 터였다.

루아의 미끄러운 웃음소리가 들렸다. 가깝다. 정말로 가까웠다.

뒤를 돌아보기가 미치도록 겁났으므로, 나는 문을 조금 더 닫으면서 횡설수설했다.

"선배, 저 지금 잠옷 차림이에요."

알베이흐는 자기도 이미 아는 사실을 왜 얘기하느냐는 듯한 표정만 보일 뿐이었다. 나는 억지웃음을 지어 보이며 문을 조금 더 닫았다.

"여긴 여학생 기숙사기도 하니까 나중에 얘기하면 안 될까요? 이러다가 누가 선배를 보기라도 하면 큰일이잖아요."

"하지만 브리싱가멘은……."

"받을게요. 가져오셨으면 이리 주세요."

일단은 알베이흐를 보내는 게 급선무였다. 나는 거의 닫히기 직전의 문틈으로 손을 뻗어서 알베이흐가 잠깐의 주저 끝에 내민 꾸러미를 받아들고, 문 안으로 들이자마자 소리 나게 문을 닫았다. 그리고 재빨리 걸어 잠갔다. 심장이 튀어나오기 직전이었다.

"그럼 안녕히 가세요, 선배!"

문밖에서 알베이흐가 한숨을 쉬는 소리가 들렸지만, 아마 나를 이상한 애로 여길 것이 불 보듯 뻔하기는 한데, 어쨌든 루아는 들키지 않았으니 다행이었다. 비록 루아는 무슨 속인지 모를 얼굴로 나를 주시하고 있지만 말이다.

"왕자를 유혹하면서까지 성물을 내 앞에 가져오다니, 너무 감동적이어서 눈물이 앞을 가리는걸. 이제 부수기만 하면 되는 건가?"

"헛소리 마. 부수면 가만 안 둬."

나는 얼굴을 찡그리면서 목걸이를 감싼 극세사 천을 벌렸다. 브리싱가멘은 와인처럼 선명한 붉은색으로 빛나는 다이아와 황금으로 이루어진, 아주 섬세하고도 화려한 목걸이였다. 그러나 역시 나로서는 성력인지 뭔지 하는 기운은 느낄 수 없었다.

확실히 예쁘고, 화려하고, 내 마음에도 들었다. 수십 겹의 잎을 활짝 벌리고 있는 꽃 모양으로 커팅되어 있는 다이아를 빤히 내려다보다가 나는 고개를 갸우뚱했다.

"이거 진짜 성물 맞아?"

"시험해보면 알겠지."

루아가 대수롭지 않게 말하며 손을 뻗었다. 그 즉시 목걸이가 부르르 떨리는가 싶더니 머리가 지끈거렸다. 속이 메슥거리기까지 해서 나는 비명을 질렀다.

"야! 그만해!"

속이 뒤집어질 것 같았다. 루아가 무슨 짓을 하려는 건진 몰라도 그전에 내가 먼저 죽겠다. 갑작스럽게 찾아온 두통이 상당해서 이를 악물고 노려보자 루아는 순순히 손을 거두었다. 그러나 여전히 불만스러운 표정을 하고 있었다.

"나더러 눈앞에 있는 걸 보고도 내버려두라고? 그냥 내가 더 좋은 걸로 사줄게."

더 좋은 거라고? 차라리 야명주를 도로 돌려준다고 하지. 나는 뚱하게 눈알을 굴렸다.

"필요 없거든? 그랬다간 알베이흐가……."

"알베이흐?"

루아가 짐짓 순진한 척하며 되물었다. 또 죄인이 되어버린 기분이 들었다. 나는 루아의 시선을 피해 바닥에 떨어진 수건을 집어 들다가 괜히 억울해서 다시 눈을 치켜떴다.

"아, 아무튼……, 야, 그런데 너랑 내가 사귀는 것도 아닌데 왜 해명해야 돼?"

"그러지 않으면 내가 브리싱가멘을 부술 테니까?"

나는 얼굴을 일그러뜨렸고, 루아는 무감정한 얼굴로 돌아와 뒤돌았다.

"이만 돌아가야겠어."

전혀 예상하지 못했던, 너무나 깔끔한 작별 선언이었다. 일방적이기 그지없는.

아니, 이건 인사도 아니었으므로, 나는 당황해서 기껏 주워들었던 수건을 떨어뜨렸다.

"뭐? 지금?"

느닷없었고, 사실 서운했다. 이런 감정이 얼굴로 드러났는지 루아가 건성으로 고개를 돌려 나를 들여다보았다.

"여기 더 있어야 할 이유라도 있어?"

"그건 아니지만⋯⋯. 그럼 언제 올 건데?"

루아가 바쁘다는 것을 알지만, 지금도 이렇게 나를 만나러 와주었으니 나중에 다시 왔으면 하는 바람이 있었다. 자존심이고 뭐고, 나는 루아를 만나러 갈 수 없지만 루아는 아니니까. 부모님을 열심히 설득해서 제국으로 돌아가는 것보다 루아가 와주는 것이 훨씬 빨랐다.

"다시 왔으면 좋겠어?"

가만히 묻는 음성이 어느 때보다 달콤했다. 끄덕끄덕. 나는 생각할 것도 없이 두어 번 고개를 끄덕였다. 아무리 루아가 밉고, 질투 나고, 싫으면서 원망스러워도 나는 그만큼 루아를 좋아했다. 미워하는 만큼 필요로 했고, 그리워서 견딜 수가 없었다. 현재의 루아와 마주한 뒤부터 어린 루아가 나와 목을 조르는 악몽은 꾸지 않았지만 그것만으로는 모자랐다. 단지 악몽에서 벗어났다고 루아의 필요성이 사라지지는 않았다. 애초에 선황제 폐하께서 돌아가시기 전부터 나의 모든 생각은 필연적인 듯 루아에게 귀결되어 있었다.

"다시 왔으면 좋겠어."

이번이 마지막이라는 불안감에 나는 솔직해졌다. 루아가 한참 동안 나를 뚫어져라 응시하는가 싶더니, 뜻 모를 시선으로 브리싱가멘을 곁눈질했다.

"알았어."

1퍼센트 모자란 대답이었으므로, 나는 미간을 찌푸린 채 루아를 재촉했다.

"알았으면 언제?"

"네가 나를 보고 싶어 할 때."

뭐 이런 애매한 대답이 다 있는지. 나는 황당하게 눈살을 찌푸렸다.

"그게 뭐야."

"어쩔 수 없잖아. 저게 너한테 좋은 소리를 지껄일 리 없으니."

당혹스럽게도 루아는 그 말을 하면서 브리싱가멘을 보고 있었다. 아무리 이 목걸이가 성력이 깃든 성물이라지만 입이 달린 것도 아닌데.

어리둥절하게 목걸이를 흔들어보던 것도 잠시, 한숨 소리가 들려 나는 머리를 들었다.

"어쩔 수 없어."

루아는 피곤한 기색으로 다시 그렇게 말했다.

"너 말이야, 너무 마음 편하게 노는 거 아니냐?"

모든 강의를 제쳐놓고서도 당당히 식당에 들어가 저녁을 챙겨 먹는데 체르지안이 내 맞은편에 앉으며 말했다.

이놈이나 알베이흐나, 같은 강의실을 쓰는 것도 아닌데 왜 이리 잘 아는 거람. 어쨌든 알베이흐와의 만남을 체르지안에게 상담할 생각은 추호도 없었으므로, 나는 치즈를 한가득 얹은 파스타를 포크로 휘저으면서 부루퉁한 마음을 달랬다. 어쩌면 체르지안은 이미 내가 알베이흐로부터 브리싱가멘을 건네받았다는 사실을 전해 들었는지도 몰랐다.

"루아가 황제로서의 직무를 제대로 하고는 있는 건지 의심스러워졌어."

눈 하나 깜박하지 않고 화제를, 그것도 루아에 대한 얘기로 돌리자 체르지안이 못마땅한 표정을 지으면서도 의외라는 듯이 눈을 굴렸다.

"뭐, 요즘 들어 확실히 국경을 넘나들며 흥미로운 일들이 많이 벌어졌긴 하지. 이제 레이첼과의 약속은 완전히 어기기로 작정한 모양이야?"

짐짓 재미있다는 투였지만 나는 무시하고 물었다.

"흥미로운 일이라니?"

왜 불안한 기분이 드는 건지 모르겠다. 나는 일단 질문한 뒤 파스타를 한입 먹고, 으깬 감자와 고기 스튜를 스푼으로 열심히 떠먹었다. 왠지 체르지안의 답을 들은 이후론 식욕이 가실 것 같아서였다.

체르지안이 제 식판은 거들떠도 안 보고 턱을 매만졌다.

"어디 보자, 인신공양으로 비프로스트 산에 바쳐졌던 소녀 백명이 신체를 공격한 정체불명의 마력을 받아들이지 못하고 압사당해 죽어 있었던 것, 각국에 흩어져 있는 열세 명의 사도들이 차례로 소식이 끊겨 행방불명인 것, 누군가 아카시아 제국의 수도에 세워진 성전들을 무너뜨리고 다니는 것, 그리고 즉위식에서 황제가 교황의 축하 인사를 무시한 것 정도? 황제가 대놓고 씹어 먹은 덕분에 요새 교황의 입지가 말이 아니라던데. 아예 벨모트로 와서 본격적으로 산 제물 바치기 행사를 독려할 예정이라는 말도 있어."

루아 생각을 하며 흘려들었다가 나는 뒤늦게 고개를 갸우뚱했다.

"인신공양? 그건 여기에서나 하는 짓이잖아."

애당초 비프로스트란 이름을 가진 산은 벨모트에만 있었다. 비프로스트는 발두르가 사는 신의 세계와 우리가 사는 세계를 이어 주고 있는 다리로 불린다. 발두르의 진짜 이름은 아무도 모르고, 심지어 그 존재가 진짜 신인지, 악마인지, 아니면 천사인지조차 불분명했지만 그는 엄연히 벨모트의 국교신이었다. 제국에서도 공표만 안 했지 국교신이나 다름없고. 사실 어느 나라에서건 발두르의 취급은 굉장하다. 극과 극으로.

정말로 입맛이 사라져서 나는 스푼을 내려놓았다. 체르지안은 미소 띤 얼굴로 제가 했던 말을 강조했다.

"그러니까 '국경을 넘나들며'지. 제국도 난리지만 이쪽도 만만치 않다고."

음식 냄새가 더는 달콤하지 않았다. 나는 버릇처럼 다리를 꼬았다.

"백 명이라. 벨모트에서 여자들이 씨가 마르는 것도 멀지 않았겠어."

"어차피 전부 이름도 없는 천민들인걸. 자원으로만 이루어지는 데다가, 제물로 바쳐지기 전까진 호사스러운 생활을 만끽할 수도 있고 말이야."

이놈도 귀족은 귀족이군. 나한테도 먼 나라 이야기처럼 들리는 건 마찬가지지만. 나는 시큰둥하게 턱을 괴었다.

사도들은 행방불명이고, 아카시아 제국에 세워진 성전은 정체 모를 사람이 훼손하는 데 재미를 붙였고, 루아는 교황을 무시하기 일쑤라니 교황이 짜증 날 법도 했다. 누군가가 교황을 엿 먹이겠다고 단단히 작정하지 않고서야 이런 일들이 한꺼번에 벌어질 리 없지.

파우스트 교황은 자기 목숨을 부지하기 위해 루아를 백치로 만든 장본인이었으므로, 자업자득이라는 생각밖엔 들지 않았다.

나는 심드렁하게 코웃음을 쳐주곤 새콤달콤한 딸기우유를 한 모금 들이켰다. 차가운 액체가 목을 타고 부드럽게 넘어갔다.

"그런데 그 제물들은 왜 압사당해 죽었대? 보통 화형시키지 않나?"

"이거 진짜 바보 아니야?"

체르지안의 말이 아니었다. 머릿속으로 곧장 전달되어 오는 어린 소녀의 미성에 나는 인상을 썼다.

"제물을 가로챈 것도, 성전을 망가뜨리고 사도들을 죽인 것까지 전부 황제가 벌인 짓이잖아. 그 정신 나간 놈이 뭔 짓인들 안 했겠냐마는……. 아아, 진짜 싫다. 어차피 들어줄 수도 없는 부탁이 됐지만 이런 애의 비위를 맞추라고 시킨 알베이흐나, 알겠다고 답한 나나 불쌍하다, 불쌍해."

푸념이었고 한탄이나 다름없었다. 그러나 역시 난생처음 듣는 목소리였다. 나는 벌떡 일어나서 주변을 둘러보았다. 이토록 선명하게 목소리와 한숨 소리가 들리는데, 그만큼 나와 가까이 닿아 있는 사람은 아무도 없었다.

체르지안이 미친 듯이 고개를 돌려대는 나를 이상하게 쳐다보았다.

"보니?"

"뭐, 무슨……."

설마, 설마 싶었다. 황급히 구석으로 가서 등을 돌리고 브리싱가멘을 꺼내보는데 여자가 땅이 꺼져라 한숨을 쉬는 소리가 들렸다.

"벨모트를 한 번에 증발시킬 마력을 가졌으면서도 그렇게 머리가 안 돌아가니 원. 황제가 괜히 마력을 퍼부어놓고 있는 게 아니었어. 어휴, 너는 망했어요. 그냥 망했다고요. 혀 깨물고 죽었다가 다시 태어나는 편이 훨씬 세상에 이득이겠어요."

"그건 또 무슨 소리야? 나한테 마력 같은 건 없어. 전에 체르지안이 난 그런 거에 소질 없다고 했단 말이야. 그리고 너, 말하는 게 상당히 건방지다?”

나도 내가 어째서 이토록 성실하게 대답해주고 있는 건지 모르겠다. 머리카락이 엉키지 않도록 주의하며 브리싱가멘을 목에서 떨어뜨리는데 그녀가 새침하게 코웃음을 쳤다.

“그놈도 결국 인간일 거 아니야. 나 정도는 되어야 알지.”

“너도 썩 대단해 보이진 않는데.”

나는 그렇게 빈정거린 뒤 목걸이를 바닥에 내려놓았다. 그리고 짓밟았다.

“야! 뭐하는 짓이야!”

성물이고 나발이고 기분이 상당히 더러웠다. 나는 다가오던 체르지안이 슬금슬금 물러서는 것도 무시하고서 얼굴을 일그러뜨렸다.

“그러는 너야말로 뭐하는 짓이야? 영 주제 파악이 안 되나 봐? 알베이흐가 내 비위를 맞추라고 시켰다면 바른 말, 고운 말을 사용해야 하지 않겠어?”

“알베이흐가 부탁한 건 너한테 얌전히 짓밟히라는 게 아니었거든? 네 성장에 도움이 되라는 의미였단 말이야! 그만해, 이 멍청아! 악녀! 추녀! 내가 때릴 데가 어디 있다고!”

그 말에 나는 발길질을 멈췄다. 전신의 피가 얼어붙는 듯했다. 심장이 미친 듯이 뛰었는데 그건 나로서는 처음 느껴보는 기대감으로 인해서였다. 다름 아닌 성물이 하는 말이다. 상담사 역할밖에 해주지 못했던 아리아네트와는 달랐다.

브리싱가멘의 욕은 들리지도 않았다. 나는 은근히 꽂히는 학생들의 이목을 피해 브리싱가멘을 들고 식당 밖으로 뛰쳐나와, 엄청난 기세로 쏟아지는 비를 맞으며 인적이 드문 별관으로 달렸다. 무지개처럼 다채롭게 빛나는 가로등 불빛이 별자리와 달을 대신하여 밤을 비추고 있었다. 루아가 줄곧 욱신거렸던 다리를 고쳐준 덕분에 나는 있는 힘껏 달릴 수 있었다.

유리문을 밀어젖히고 들어가서 나는 가쁘게 숨을 골랐다. 그러나 그러는 시간조차 아까워서 브리싱가멘을 다그쳤다.

"네가 그런 것도 할 수 있어? 정말로 내 문제를 해결할 수 있는 거야?"

평범해질 수 있다. 엄마와 아빠에게 더는 폐를 끼치지 않을 수 있었다.

설렘을 주체할 수가 없었다. 불씨만 있는 희망일지언정 그것조차 간절할 만큼 나는 절박했다. 밑바닥에서 산 채로 파묻혀 있는데 돌아봐주는 이가 없었고, 누구도 신경 쓰지 않았다. 그러나 내가 바랐던 결과였다. 나는 스스로를 숨기고 가라앉혔다.

동정도, 이해도 필요 없다. 그런 인간적인 위로 따위는 없느니만 못했다. 그 혀에 불을 붙이고 싶은 충동을 참는다는 것이, 그 자비를 저변의 저변까지 파헤쳐서 조롱하고 싶은 욕구를 억누른다는 것이 얼마나 힘든지 모른다. 하지만 치료라는 명목으로 나를 찾아온 모든 이가 그러했다. 이 분노를 모조리 가지려는 미친 손짓으로밖에 보이지 않는데 어째서 그리들 측은하게 보는지.

뱃속이 우글거렸다. 달군 쇠가 그득그득 들어찬 듯했다.

내 들뜬 감정이 조금은 전달되었는지, 어떻게 자기를 비에 젖게 만들 수 있냐며 볼멘소리로 열심히 비명을 지르고 투덜거리던 브리싱가멘이 헛기침을 했다.

"그럼 내가 괜히 성물이겠니? 난 착용하는 사람을 세상 누구보다 완벽하게 꾸며줄 수 있어. 여자는 질색이지만. 하물며 악마의 기운을 풀풀 풍기고 다니는 여자애라면 더더욱! 아, 혼절할 것 같아. 알베이흐 님이 보고 싶어……. 잘생긴 왕자님이 그립다."

손이 떨렸다. 생각할 것도 없이 나는 요구했다.

"해줘, 빨리! 지금 당장!"

"나도 그러려고 했거든? 네가 날 목에 걸자마자 시도해봤단 말이야. 그런데…….."

브리싱가멘이 방금 전까지와는 어울리지 않게 머뭇거리며 잠시 뜸을 들였다. 머릿속이 새하얗게 물들면서, 입안 가득 흙이 들어찬 것 같은 구역질나는 기분이 들면서 허탈한 웃음이 비어져 나왔다.

그런데…… 라. 그럼 그렇지. 쉬울 턱이 없다.

쉬울 턱이 없다고…….

"보니라고 했나? 너, 여기서 더 성장하면 죽어."

성물조차 고칠 수 없는 병. 아니, 이것은 이제 더 이상 병이 아니었다. 처음부터 질병 따위가 아니었던 거다. 브리싱가멘은 그렇게 말했다.

고칠 수 없는 게 정상이라고.

"보니?"

문이 열리는 소리가 들리는가 싶더니, 걱정 가득한 부름이 귀를 파고들었다. 한 박자 늦게 기계적으로 고개를 올리자 잔뜩 찌푸려진 체르지안의 얼굴이 보였다. 우산을 챙기는 데 아주 잠깐의 시간을 할애하기라도 했다간 나를 놓칠 것 같다고 생각했는지 그는 빈손이었고, 비에 젖어 있었다.

나는 느릿하게 체르지안에게서 시선을 떼고 창 밖으로 눈을 돌렸다.

비. 비가 내리고 있었지. 아주 많은 비가 오고 있었어.

순간적으로 지면에 내리꽂힌 번개가 건물의 구석까지 새하얗게 물들이면서, 모든 밤과 어둠을 관통하고 흐트러뜨렸다. 눈이 시렸다. 너무나 환한 섬광 때문에 오히려 장님이 되어버린 듯했다.

차라리, 차라리 그편이 나았을지도 모른다.

"……가."

몇 번의 실패 끝에, 간신히 말의 끄트머리가 입 밖으로 나왔다. 뒤로 물러서며 나는 체르지안을 쳐다보지도 않고 말했다.

"돌아가, 체르지안. 나는 괜찮으니까."

"하지만……."

하지만이란 단어는 필요하지 않았다. 그것을 체르지안도 알았다.

"너무 무리하지 마."

체르지안이 한숨을 내쉬고서 등을 돌렸다. 그가 바깥에서 비를 맞고 서 있을지언정 지금 당장 돌아가지 않으리라는 것을 알았지만 나는 말을 아꼈다. 어차피 브리싱가멘의 음성은 내게만 들렸고, 그녀는 이미 자신이 알고 있는 지식을 내게 전달해준 뒤였다.

"누군가가 신의 이름으로 너를 저주했어. 사도, 어쩌면 교황일지도……. 어쨌거나 너는 이미 예전에 죽었어야 해. 산 채로 불에 타서, 아주 끔찍하게 말이지. 아마 무덤에 묻히는 호사조차 누리지 못했을걸? 신벌을 받아 죽은 사람의 몸에는 낙인이 남거든. 뭐, 솔직히 신벌이라는 게 상당히 '인간적인' 저주여서 성력이 모여드는 중심지인 사도들만 죽여도 해제되지만. 애초에 신이 인간 하나하나에 그렇게까지 관심이 있을 리 없잖아? 걔한테 너희는 정원의 벌레만도 못하다고."

웃음밖에 나오지 않는 말이었다. 브리싱가멘은 그리 말하며 루아가 그동안 내게 무슨 짓을 했는지도 알려주었다.

"황제가 너한테 취한 방법은 극단적이면서 다분히 정석적인 방법이기도 해. 신의 이름으로 건 저주는 즉시 발동되는 게 아니니, 그는 네 육체의 시간을 아주 천천히 흘러가게 만든 거야. 그러면서 사도들을 제거하고 있지. 네가 마법의 기본적인 상식이라도 알았다면 이게 얼마나 어이없고 실현 불가능한 짓인지 알았을 텐데. 황제는 성력을 가진 사람들하고는 완전히 상극이란 말이야. 그런 주제에 너한테 자기 마력을 거의 다 흘려 넣고도 남은 사도들을 추적하고 있어. 맨몸으로 불구덩이한테 덤벼드는 꼴이나 마찬가지지. 다른 믿는 구석이라도 있나?"

브리싱가멘이 골똘히 생각에 잠긴 모습이 눈에 보이는 것만 같았다. 브리싱가멘은 쉴 새 없이 이야기를 늘어놓았고, 말하는 것 자체를 상당히 즐기는 눈치였다. 그녀는 내가 얼어붙어 있는 동안 자신의 의견을 내놓았다.

"차라리 시간을 아예 멈추는 편이 더 편할 텐데 말이야. 물론 그렇다고 시간정지 마법이 지금처럼 간단하게 입에 올릴 만큼 쉬운 마법은 아니다만……."

알베이흐도, 브리싱가멘도 루아가 악마의 힘을 지녔다는 것을 안다.

루아는 숨기지 않았다. 숨길 수 없었다.

나를 살리기 위해 루아는 너무나 많은 것을 포기했다. 그렇게 빨리 어른이 되어야만 하는 이유가 나에게 있었다.

"언제부터? 언제부터 내가 그 저주에 걸려 있었는데?"

혀뿌리에 박힌 가시를 씹어 삼키고 뱉은 그 물음에 브리싱가멘은 제법 신중하게 나를 탐색했다. 황금빛의 고리를 만들어 음미하듯이 나를 머리부터 발끝까지 훑어 내리고서, 제법 부드러운 목소리로 답을 주었다.

"으음, 네 신체 나이는 아직 열세 살 정도니까 그전이겠지?"

결국 그런 거였다.

선황제 폐하께서는, 루아의 아빠는 나를 살려둘 생각이 없었던 거다.

3년 전의 비 오던 그날부터 나를 죽일 생각이셨다.

신성 왕국이라 불리는 벨모트에 나를 보내고, 신벌을 내려 죽인다. 흠 잡을 데 없는 깔끔한 시나리오였다. 나뿐만 아니라 우리 가문도 무사하지 못할 테니까.

처음부터, 처음부터 폐하는 이럴 생각이셨던 거다. 내가 루아에게 어른이 되고자 하는 갈망만 불어넣을 뿐 폐하께서 원하시는 도움이 되지 못한다는 사실을 실감하셨던 날, 나를 죽이기로 마음을 굳히신 것이었다. 벨모트로 유배 가는 것은 그저 일련의 과정에 지나지 않았다.

하나뿐인 아들이 악마에 씌었다는 확고한 믿음에 의해, 루아가 그렇게 빌고 빌었는데도 정신적인 성장을 억눌러왔던 분이시다. 눈을 감고 귀를 막고 그것이 루아를 위한 최선의 길이라 여기셨다. 그 정도 처벌로 끝나지 않으리라는 사실을 짐작했어야 했다. 교황의 계획에 반발하여 분노를 샀던 메피스토펠레스가 어째서 그 꼴을 보고도 순종하며 황실에 남아 있었는지를 눈치 챘어야 했다.

나는 너무 많이 알고 있었다. 이것은 곧 죄였다.

하지만 나는 메피스토펠레스만큼의 쓸모가 없었고, 이는 곧 처분이라는 결과를 낳았다.

정말 너무나 폐하다웠다.

"하, 하하하……, 진짜 웃긴다."

체르지안이 떠나고 나자마자 참았던 웃음을 터뜨렸다. 젖은 머리칼이 선명한 빛깔로 뺨에 달라붙었고, 비로 얼룩진 치마가 원을 그리며 떠올랐다가 도로 내려앉았다. 손목에 걸린 브리싱가멘이 무어라 소리치는 것도 무시하고서 나는 명랑하게 소리쳤다.

"루아야, 너 내가 보고 싶어 하면 돌아온다고 했는데 왜 지금 안 나와? 나 말이야, 지금 네가 무지무지 보고 싶거든? 그러니까 좀 나와봐."

이 분노. 이 슬픔.

"나와! 나오라고! 지금 당장 내 앞에……!"

전부 불타버리고 남은 단 하나의.

"알았으니까 그만 소리 질러."

나는 무가치하다.

그늘에서 걸어 나오는 루아는 잠옷 차림이었다. 아카시아 제국의 시간으로 치면 저녁이 아니라 새벽일 테니 무리도 아니었다. 하지만 루아는 자다 깬 것 같지 않았고, 내 눈치를 살피는 것으로 보아 브리싱가멘이 해준 말도 들은 게 분명했다.

아, 속이 울렁거려.

루아는 정신적인 성장을 허락받지 못했고, 나는 육체적인 성장을 하면 죽는다. 이 얼마나 아이러니한 커플인지 모르겠다. 그렇다고 루아와 사귈 생각은 없지만.

나는 블라우스에 붙은 리본을 괜히 잡아 뜯으면서 루아를 흘겨보았다.

"너 자꾸 나 스토킹 할래?"

"네가 나오라고 했잖아."

누가 진짜 나올 줄 알았나? 이 경우엔 오히려 나오는 게 이상한 거라고. 나는 얼굴을 찡그리며 입술을 삐죽였다.

"그냥 한 번 해본 소리였는데."

혼잣말처럼 작게 중얼거렸지만 루아는 들었을 터였다. 보통 귀로는 나와 브리싱가멘이 나눈 대화를 듣지도 못했을 테니까.

루아가 나를 뚫어져라 응시했다. 한없이, 지금이 마지막이라는 것처럼 내 움직임 하나하나를 집요하게 눈에 담았다. 쟤가 루아라는 걸 아는데도 부끄러워서 얼굴이 달아오를 정도였다.

"화 안 났어?"

"화났어."

나는 즉시 대답했다. 반 바퀴를 돌아서 발로 바닥을 건드리다가 루아가 또 이상한 오해를 할까 싶어 살짝 덧붙였다.

"너니까 괜찮은 거야. 루아 너니까."

이 한마디 대답 외에는 어떤 말도 마땅하지 않았다. 만족스럽지 않았고, 불필요했다.

참 이상한 일이지. 나는 나밖에 모르는데, 오직 내 생각만 하는데 브리싱가멘의 얘기를 듣는 순간 루아가 먼저 걱정되었고 신경 쓰였다.

루아는 강제적으로 성장하지 못했던 아이다. 나에게 똑같은 짐을 얹어주면서 얼마나 괴로워했을지 생각하는 것조차 끔찍했다.

분노도, 배신감도, 실의와 충격도 루아를 내려놓게 하지는 못했다. 나는 루아를 질투했고, 미워했고, 모래로 빚은 듯 무너져 내리고 있었지만 루아는 그것을 알면서도 나를 감쌌다. 내가 얼마나 비틀린 감정으로 자기를 보는지 알고서도.

어쩌면 나는 루아를 싫어하는 것보다 더 많이 좋아하는지도 몰랐다.

루아는 내가 전부라고 말했다. 다른 이가 말했으면 결단코 믿지 않았을 거다. 의심하고 또 의심하고, 밑바닥까지 파헤쳐 부정한 다음 조롱했을 거였다. 네가 나를 알기는 하냐며 무시하고 짓밟았을 것이었다.

하지만 역시 궁금하긴 했으므로 나는 슬쩍 눈을 들었다.

"왜 그동안 말하지 않았어?"

나한테 조금 더 다가오려던 루아가 순간 멈칫하더니 미간을 찌푸렸다.

"그럼 더 이상 찾아오지 말라고 할 거 아니야. 아직 몇 번 보지도 못했는데……."

당연히 나는 어이없었다. 어차피 내가 너와의 만남을 거부한다고 해도 스토킹은 멈추지 않을 것 같은데. 거기다 얄밉지만 성물은 성물인 브리싱가멘의 말을 근거로 추측하자면 하루 이틀 일이 아닐 터였다. 상당히 분하기는 한데 나한테 마법사가 될 자질이라고는 전혀 없어서, 자의로 막을 수 있는 것도 아니니 더 중요한 이야기를 나누는 지금 이 시점에선 잠시 넘어가기로 했다.

혀가 간질거렸다. 누구도 없는 건물에 루아와 단둘이 있으니 아까 들었던 얘기도 전부 꿈인 것 같았다. 그렇지 않고서야 내가 이렇게 멀쩡할 리 없잖아.

꼭 열두 살 때로 돌아간 것 같았다. 루아를 구박하면서도 꼬박꼬박 챙겨주고 먼저 손을 잡아주던 그 시절로.

우습지만 나는 루아를 안심시켜주고 싶었다. 루아의 기분이 좋아지면 내 기분도 따라서 좋아질 것만 같은 확신이 들었다.

시리도록 맑간 푸른빛 눈을 곁눈질하며 나는 충동적으로 입을 열었다.

"만나줄게."

나로서도 이 말이 신기했다. 이 용서가, 이 걱정이, 이 그리움이.

하지만 이것은 진심이었다.

"너라면 괜찮아."

그 어느 때보다.

기숙사엔 캐리에타가 있을 게 뻔했으므로, 나는 루아를 데리고 별관의 맨 위층에 자리한 여학생 전용 도서관으로 향했다. 증축 계획이 있어 지금은 아무도 드나들지 않는 장소였다. 마법 없이도 능숙하게 자물쇠를 따는 모습을 보며 루아가 쯧쯧거리긴 했지만, 나는 개의치 않고 루아를 안으로 밀어 넣은 뒤 문을 잠갔다.

[너희의 사명은 신이 내린 능력을 올바르게 이용하는 것이다.]

입구의 맞은편 벽면에 대문짝만 하게 걸린 표어라, 들어오는 사람은 제일 먼저 보게 되는 글귀였다. 나는 멋들어진 필기체로 쓰인 짧은 문구를 뒤로하고 초마다 불을 붙였다. 도서관은 다른 시설에 비해 고전적인 편이었고, 슬프게도 온도 조절 마법이 해제되어 있었다.

양초를 모두 밝힌 다음 나는 벽난로를 찾아 도서관을 헤집었다. 기숙사만큼은 아니지만 이곳도 제법 화려했다. 우아한 성녀의 조각상들이 부채꼴 모양으로 점점 가늘어지는 기둥들을 항아리처럼 어깨로 떠받치고 있었는데, 천장에는 발할라 아카데미의 대표적인 특징이라고도 할 수 있는 천장화가 웅장하게 수놓여 있었다. 그 밑에 온갖 나라의 언어로 쓰인 170만 권의 책이 가지런히 정렬되어 책장에 꽂힌 채였다. 증축한 후엔 책이 세 배는 더 늘어날 예정이란다.

많이 젖은 건 아니었어도 밤이라 그런지 으슬으슬한 추위가 밀려왔다. 벽난로에 장작을 집어넣으며 나는 루아를 힐끗거렸다. 하나의 벽을 허물었으니, 그다음도 시도해봐야 할 터였다. 하지만 나는 말을 돌리는 법을 잘 모른다. 아니, 정확히는 루아에게 그러고 싶지 않았다.

"네가 선황제 폐하를 시살했단 소문이 도는 거 알아?"

어차피 체르지안의 얘기를 엿들은 루아에겐 크게 놀랄 소식도 아닐 거였다. 루아가 손가락 하나 움직이지도 않고 벽난로에 불을 지피더니 소파에 앉았다.

"헛소문이야."

나는 긍정의 표현도, 부정의 표현도 하지 않았다. 춤을 추듯이 피어올라 유연하게 넘실거리는 불꽃을 빤히 쳐다본 채 다른 질문을 건넸다.

"우리 부모님은 어떠셔?"

"보니."

루아가 내 이름을 불렀다. 아주 부드러운, 부드러운 목소리로.

"넌 이제 언제든지 제국으로 돌아올 수 있어."

그 음성이 너무나 듣기 좋아서 나는 작게 한숨을 쉬었다. 쟤가 루아라는 사실을 잘 아는데도 두근거리기만 했다. 정말 억울할 따름이지.

폭우와 돌풍밖에 몰아치지 않는 쌀쌀한 밤이건만 조금도 무섭지 않았다. 오히려 아늑하고, 달콤하고, 입술이 살살 간질거렸다. 별 없는 하늘이 머리 위에 있는데 알 수 없는 설렘으로 심장이 조여들고 있었다.

그러나 역시 심술이 났으므로, 나는 브리싱가멘이 그랬던 것처럼 새침하게 코웃음을 쳤다.

"우리 부모님은 내가 너 만나는 거 별로 안 좋아해."

"하지만 너는 아니잖아. 계속 남들 모르게 만날 셈은 아니겠지."

"난 그동안 부모님을 너무 많이 실망시켰어. 내가 얼마나 문제가 많은지는 너도 알잖아? 여기서 더 부모님을 곤란하게 할 수는 없어."

불에 가까이 있는 몸이 금세 따뜻해졌다. 이 나른함이 취할 듯 좋아서 나는 우리 집 고양이처럼 무릎을 세워 벽난로 앞에 웅크리고 앉았다.

루아에게는 말할 수 있었다. 그게 뭐든지.

"나는 태어날 때부터 민폐만 끼쳤는걸."

울지도 않고 웃지도 않는 아기. 선황제 폐하께서 루아의 친구로 나를 골랐던 이유.

"너답지 않은 말을 하네."

"뭐?"

나는 어리둥절하게 되물으면서 고개를 들었다. 그러나 루아는 이미 내 바로 옆에 와 있었다. 소리도 없이 나를 제 그림자로 물들였다.

루아가 옷이 스칠 듯 가까운 거리에 와 앉으며 깨달음이라도 얻은 양 말했다.

"너답지 않은 이유가 그거였어."

"나답지 않다니?"

의아하게 물었다가, 나는 괜히 입술을 다물었다. 루아는 아버지를 잃었다. 내 불행도 자기 잘못이라고 여길지 모른다. 나는 성장하지 않는 몸을 저주했지만, 루아는 나를 살리기 위해 한 행동이었다. 그것을 내가 알면 더는 마주하고 싶지 않다고 할까 봐 숨겼고.

여전히 루아는 나에게 거부당하는 것을 싫어하는 듯했다. 그리고 그건 나 역시 마찬가지다.

장작 타는 소리가 듣기 좋았다. 비가 창문을 때리는 소리도 좋았고, 바람이 문을 덜컹거리게 하는 소리도 썩 나쁘지 않았다. 가끔, 바람이 멈추고 비가 쉬어 가는 순간의 찰나에만 들을 수 있는 루아의 고른 숨소리도 싫지 않았다. 정말로 그러했다.

나는 루아의 어깨에 머리를 기대며 느긋하게 속삭였다.

"있지, 루아야. 꼭 나쁜 일만 있었던 건 아니야. 만약 이 모든 일을 겪지 않고 평범하게 지낼 수 있는 대신 너를 포기하라고 한다면 나는 그냥 이대로 있을 거야. 나 이런 말 자주 안 하는 거 알지? 정말로 보고 싶었어. 그리웠어. 그런데 차마 제국으로 가지는 못하겠는 거 있지? 네가 나를 다시는 만나주지 않을 것 같아서, 내가 너무 못나게 변했으니까 쳐다도 안 보고 외면할 것만 같아서 도저히 만나러 갈 수가 없었어."

3년의 밤 동안 네가 나오는 꿈을 꾸었다.

시간에 빛바래 퇴색될까 두려워 너를 꿈으로 잡아두었다.

"너는 나를 싫어할 이유가 너무 많아."

참 우습지. 성장이 더딘 몸이 싫어서 미쳐 날뛰었던 적이 바로 엊그제인데, 그게 루아가 의도해서라고 하니 그동안 쌓여갔던 화가 전부 거짓인 것 같았다.

죽음이 무섭다. 신을 믿지 않으면서도 신벌은 두려웠고, 변한 루아가 낯설었다. 나를 보며 수군거리는 무리들 또한 상상하기도 역겨울 만큼 혐오스러웠다. 그런데, 그런데 루아의 마력이 나를 지켜주고 있다는 사실을 깨닫고 나자 이것이 끔찍한 악몽이 아니라 무사히 넘기고 극복해야 할 하나의 시련이자 고비로 느껴졌다.

루아가 불만스러운 표정으로 뭔가 말하려고 했으나, 나는 재빨리 쉿 소리를 내어 루아의 입을 틀어막았다. 입술이 자꾸만 벌어지는 게, 아무래도 내가 지금 미소를 짓고 있는 모양이었다. 그 모습이 새삼스러웠는지 루아가 나를 신기한 생물 보듯이 쳐다보며 귀엽게도 눈알을 굴렸다.

"너 웃는 거 진짜 오랜만에 보는 거 같아."

"그런가?"

비웃음은 이미 버릇이 돼서 하루에도 수십 번씩 날리는데 말이지. 대수롭지 않게 어깨를 으쓱이는데 루아가 갑작스럽게 고개를 확 돌렸다. 루아에게 머리를 기대고 있었으므로 그 움직임이 느껴졌다.

어리둥절해서 눈을 돌리자, 잔뜩 빨개진 루아의 얼굴이 보였다.

"역시 열다섯 살……."

덩치만 컸지 속은 여전히 애였다. 나는 쯧쯧거리며 루아를 흘겨보다가 벌어진 잠옷 사이로 훤히 보이는 상체를 발견하고 덩달아 고개를 돌렸다. 아, 젠장, 나도 열다섯 살이었지.

루아와 있는 건 즐거웠다. 비록 머리를 쥐어뜯고 싶을 만큼 심각한 문제들이 산더미처럼 쌓여 있었지만, 그저 같은 공간에 있는 것만으로도 위안이 되었다.

백향목으로 만든 벽시계는 어느덧 8시를 가리키고 있었다. 아카시아 제국의 시간으로 치면 새벽 2, 3시를 넘겼겠다. 나는 정확히 무슨 이유로 바쁜지까지는 알 수 없었지만 하여튼 황제가 세상에서 가장 바쁘다는 것쯤은 알고 있었고, 공작인 아빠가 평소 처리하는 일거리보다 배는 더 많은 양을 소화해야 한다는 것도 알았다. 루아가 걱정되지 않을 수 없었다.

"나 때문에 너무 무리하지는 마."

내가 이런 말을 하게 될 줄은 꿈에도 몰랐다. 그것도 루아한테 말이지.

수많은 의문을 애써 누르고 건네는 말에 루아가 황당하다는 웃음을 흘렸다.

"무리할 건데."

얘가 진짜.

"맞고 싶지? 너 그러다 내가 단물만 다 빼먹고 다른 남자한테 시집가면 어쩌려고 그래?"

"어쩌긴. 그놈은 죽이고 너는 데려와야지. 네가 그럴까 봐 미리 봐둔 섬이 몇 개 있는데……."

섬이라고? 바다에 둥둥 떠 있는 섬? 문명에 한참 뒤떨어진 것은 물론이거니와 단속하는 자들이 없어 공공연하게 사람 고기를 사고판다는 그런 섬 말이야? 나는 어이없어서 입을 벌렸다.

"섬에다 두지 마! 그러면 엄마랑 자주 못 만나잖아!"

아니, 화낼 이유가 이게 아닌 것 같은데. 아차 싶었다.

나는 숨을 고르고 정정했다.

"섬에 사는 놈들은 죄다 식인종인 거 몰라?"

그러나 루아는 내 말을 듣지도 않고 말했다.

"그러고 보니 어떤 무인도에는 푸른 진주가 무더기로 쌓여 있다더라."

일반 진주보다 다섯 배는 비싸다는 그 푸른 진주? 루아의 말이 내 주의를 돌리기에 충분했으므로, 나는 어처구니없어하던 것도 잊고 귀를 의심했다.

"뭐? 거기가 어딘데?"

나는 작년 겨울에 가보았던 인어의 바다를 떠올리면서, 배를 타고 멀찍이 떨어진 채 감상한 작은 산호섬들을 떠올렸다. 확실히, 굳이 푸른 진주 때문이 아니더라도 바다는 다시 가보고 싶은 최적의 여행지였다. 아름답고, 신비롭고, 몽환적이지.

푸른 진주 얘기도 들었으니, 다가올 방학을 위해 미리 작성해두었던 일정표를 새로 뽑아야 할 것 같았다. 여름에 보는 바다는 또 다를 테니까.

나는 방학 때마다 부모님과 여행을 가곤 했는데, 부모님은 내가 좋아할 만한 장소를 귀신같이 찾아냈다. 오히려 제국에서 벗어났기 때문에 부모님은 더 자유로워지셨고, 나에게 훨씬 많은 시간을 투자하셨다. 덕분에 나는 매일 똑같은 공부만 하는 다른 귀족가의 자제들과는 달리 백설공주가 살았던 북방의 얼음 궁전, 거꾸로 흐르는 은색의 강, 마녀가 만든 장미 미로 같은 전 세계적인 관광지로 여행을 다녔다. 심지어 여러 색깔의 단층을 가진 세상에서 가장 깊은 협곡에도 다녀왔었다.

어……. 나는 당황스럽게 눈을 깜박였다. 예전에는 부모님이 이렇듯 나를 챙겨주신 게 언젠가는 반드시 갚아야 할 빚으로 느껴졌는데 지금은 왠지 아니었다. 나는 나를 민폐라고 생각했지만, 지금은 어쩐지 부모님한테 사랑받고 있다는 느낌이 더 강하게 들었다. 못난 딸이라는 죄의식보단 사랑받고 있다는 데 대한 기쁨이 훨씬 컸다.

갑자기 왜 이렇게 긍정적인 사고방식이 됐는지 모르겠다. 설마 루아랑 같이 있어서?

루아가 나를 좋아한다고 해줘서?

가슴이 떨렸다. 루아가 미친 듯이 눈을 깜박이며 혼란스러워하는 나를 보고 웃었다.

"나중에 놀러 갈까?"

"당연히 좋지…… 가 아니라, 뭐, 네가 그렇게 원한다면 한 번 정도는 가줄 수 있어."

사실 부모님이랑 같이 가려고 했지만 루아가 나와 가고 싶다는데 어쩔 수 없지. 나는 자기합리화를 하며 부끄러움을 달랬다. 루아가 반드시 나여야만 한다잖아? 아니, 반드시라는 말은 안 했나……. 어쨌든!

루아가 웃으니 좋았다. 상처 입는 것밖에 몰랐던 마음을 감싸 안아주는 듯했다. 그러나 또 인정하기는 부끄러워서 나는 괜히 헛기침을 하고 적당히 얼버무렸다.

"아, 아무튼……, 섬에는 같이 가줄 테니까 얼른 가서 자. 너 지금 돌아가도 몇 시간 못 자는 거 알아? 아침에 엄청 피곤할 거라고."

"알았어."

루아가 순순히 대답했다. 왠지 모르게 순간 서운한 감정이 일었다. 얘는 나를 좋아한다면서 가란다고 진짜로 곧장 가는 건가? 보통 한 번 정도는 '아니야, 난 너랑 있으면 피로 따위는 느껴지지도 않는걸!'이라고 해야 하는 거 아니야?

나는 불만스럽게 루아를 힐끗거렸다. 역시 사람은 머리가 크면 변하는 게 맞나 보다. 그리고 루아는 나를 여자로 보는 것이 아니라 엄마나 누나나 여하튼 뭐 그런 걸로 보는 게 틀림없어. 얼마 지나지 않아 좋아하는 여자가 생겼다며 밀어달라고 부탁할 것만 같았다.

그런 생각을 하자 감흥이 식었다. 눈 녹듯이 설렘이 녹아 없어지고, 장작이 타는 소리도 불쾌하게만 와 닿을 뿐이었다.

"나도 기숙사로 돌아가봐야겠어."

나는 입술을 삐죽이면서 치마를 털고 일어났다. 도서관 문을 잠그고 계단을 내려가는 동안 루아는 그저 미소 띤 얼굴로 나를 따라오기만 했다. 아, 뭐지? 10분 전까지만 해도 완벽했는데! 그런 분위기가 잡히는 게 어디 쉬운 줄 아나……. 아니, 가만, 그런데 나는 왜 루아랑 있으면서 분위기 타령을 하는 거람?

나조차 내 생각을 알 수 없어 고개를 갸우뚱하는데, 멀리 떨어진 유리문을 통해 비 그친 풍경이 희미하게 보였다. 나는 쏜살같이 달려가 문을 살짝 열어봤다.

"비가 그쳤나 봐."

그렇게 쏟아졌는데 어떻게 갑자기 그치지? 분명 사흘은 꼬박 내릴 것만 같던 난폭한 폭우였다. 바람도 장난이 아니었고 말이지.

이런 내 의아함에 루아는 당연한 것을 묻는다는 듯이 말했다.

"너 우산 없잖아."

"설마 네가 멈춘 거야?"

눈을 의심하며 묻는 말에 루아는 어깨만 으쓱이고 말았다.

"메피스토펠레스가 내가 여기 온 걸 눈치 챘어. 이만 가볼 테니까 그 성물이 또 성가시게 하면 그냥 내다 버려."

루아는 자기 말만 하고 사라져버렸다. 덕분에 내 손은 허공을 휘저은 꼴이 되었다. 하여간 나타났을 때만큼 갑자기 획 가는구나.

부루퉁하게 비 그친 하늘을 노려보는데, 루아가 가자마자 기다렸다는 듯이 브리싱가멘의 음성이 머릿속을 파고들어왔다.

"진짜 내다 버릴 거 아니지? 응?"

"넌 여태 조용하더니……."

루아가 무섭긴 무서운가 보다. 내가 실소를 짓는 것도 개의치 않고 브리싱가멘이 열심히 서러움을 토로했다.

"내가 여자를 싫어하기는 해도 황제의 손에 부서질 생각은 없거든? 난 너를 위해 최선을 다했단 말이야! 내가 왜 죽어야 해!"

좀 이상한 말이었다. 브리싱가멘은 어디까지나 '물건'이 아닌가?

"언제는 네가 살아 있었니? 너 성물이잖아."

"나한테도 인격이라는 게 있어! 난 아주아주 감수성이 풍부하다고!"

어련하시겠어. 나는 적당히 대꾸해주고 기숙사로 향했다. 머리 위를 가득 채웠던 먹구름은 온데간데없이 사라지고 없었고, 대신 별들이 가득 차올라 있었다.

평화로운 밤이었다. 지면 곳곳에 생긴 물웅덩이와 뿌리째 뽑힌 어린나무들이 없었다면 폭우와 돌풍이 몰아쳤다는 사실도 꿈인 줄 알았을 것이었다.

정말 신기하단 말이야. 고작 3년을 안 봤을 뿐인데 루아는 이렇게도 강해졌다. 나도 모르게 의지하게 되었다.

브리싱가멘의 열변을 한 귀로 흘려들으면서 열심히 걸어 기숙사에 거의 도착했을 무렵, 식당 근처에서 웬 소란스러운 소리가 들렸다. 흡사 싸우는 소리 같았다. 이미 8시를 넘겼으니 조금 이상한 일이었다. 이 시간까지 학생들이 식당에 몰려 있는 경우는 거의 없었으니까. 차라리 항시 열려 있는 아카데미 전용 카페라면 몰라도.

불이라도 났나? 하지만 비가 그렇게 부어내렸는걸. 두 건물만

지나치면 기숙사였으므로, 나는 잠시 갈등하다가 식당으로 걸어 갔다. 무슨 일인지만 알아보고 돌아가려 했건만, 식당 근처로 가 니 체르지안뿐만 아니라 알베이흐와 샤트린까지 보였다. 얘네가 이렇게 모여 있는 건 또 처음 본다.

나는 망설임 없이 체르지안에게로 가서 그의 옷을 잡아당겼다.

"체르지안? 무슨 일이야?"

제국에서 온 백작의 아들도 보였고, 샤트린과 몹시 닮은 어린 여 자애도 보였다. 샤트린이나 백작의 아들이나 하나같이 얼굴이 일 그러져 있었는데, 샤트린을 꼭 닮은 여자애는 울고 있었다.

살얼음 같은 분위기라 체르지안에게 바짝 붙어 낮게 물으니, 그 가 나를 돌아보고 의아한 표정을 지었다가 눈꼬리를 휘었다.

"기분은 좀 나아졌나 보네."

"아, 으응."

다른 할 말이 떠오르지 않아 나는 시선을 흐렸다. 브리싱가멘이 그런 나를 비웃었다.

"너 남자 많다?"

아니거든, 이 멍청아.

나는 브리싱가멘이 조금도, 단 1퍼센트도 마음에 들지 않는다. 그나마 알베이흐의 부탁이 있었고, 루아의 심기를 거스를 수 있을 뿐더러, 생긴 게 제법 화려하니 예뻐서 착용하고 있는 거지.

확실히 브리싱가멘은 세상에서 가장 아름다운 목걸이일 터였 다. 황금은 황금이되 순색의 별처럼 투명했으며, 모든 빛을 빨아들이고 반사하는 레드 다이아몬드는 사람이 커팅한 거라고는 믿을 수 없이 섬세했다. 그러나 단지 그뿐이다. 상당히 정교하고 예쁘지만 엄청나게 시끄러웠다. 내가 상상했던-가령 흡혈귀를 불태울 수 있는 십자가라든가, 악마의 살을 녹이는 성수라든가 같은-성물의 이미지와는 전혀 달랐다. 얘의 존재 이유와 역할은 단순히 착용자를 돋보이게 만드는 것, 그 이상도, 이하도 아닌 듯했다. 실제로 본인도 절반은 인정했었지. '착용하는 사람을 세상 누구보다 완벽하게 꾸며줄 수 있어'라고. 자부심 넘치는 목소리로 말했었다.

한마디로, 브리싱가멘을 대표하는 능력은 그것뿐이라는 소리였다. 다른 대단한 게 있었다면 그 능력을 먼저 자랑했을 터.

한숨이 나온다. 브리싱가멘만큼 쓸모없는 성물이 또 있다면 그건 그것대로 충격일 것 같다는 생각을 멈출 수가 없었다.

"아니에요! 전 아무 짓도 하지 않았어요. 저녁식사 시간이 되어서 식당으로 가려고만 했을 뿐인데 저분이 부르셔서……."

브리싱가멘에게 한마디 쏘아붙이려는 찰나, 어느 여학생이 소리를 높여 흐느꼈다. 조금도 구불거리지 않고 일자로 떨어져 내리는 금발, 개암색이 낀 청록 빛깔 눈. 나는 시큰둥한 얼굴로 그녀를 슥 훑었다. 한눈에 보기에도 샤트린의 여동생이라는 사실을 알 수 있었다. 이름까지는 잘 모르겠다만.

그러나 내가 꾸물거리는 사이, 브리싱가멘은 알베이흐가 근처에 있다는 것을 눈치 챘다.

"어머, 알베이흐 님! 꺅! 저 여기 있어요! 제가 보이지 않으시나요?"

"야, 너 좀……."

이만 닥쳐줬으면 하는데. 머릿속을 울리는 고음이 신경질적인 두통을 유발하고 있었다. 알베이흐의 입가에 미미한 경련이 일었다. 들리는 거다. 들리는 게 분명했다.

나와 알베이흐의 고충을 알 리 없는 체르지안이 느긋하게 설명을 해주었다.

"샤를로트는 베니지아의 여동생이야. 보다시피 언니와는 꽤 다른 성격을 가진 모양이지만. 덕분에 샬럿 양은 제국민들에게 아주 좋은 화풀이 대상이 되어주고 있지."

"알베이흐 님? 왜 모르는 척하시는 거죠? 설마 제 고운 목소리가 들리지 않으세요? 이렇게 맑고 청아한데? 알베이흐 님? 야! 이 나쁜 놈아! 어떻게 나를 버릴 수가 있어! 내가 그동안 너한테 해준게 얼만데!"

돌아버리겠네. 나는 지끈거리는 이마를 붙잡고 신음했다. 지금 당장 브리싱가멘을 담벽 너머로 집어 던지고 싶은 충동을 억누르기란 불가능에 가까웠다.

"내가 불렀다고? 그런데 왜 나는 그런 기억이 없을까?"

비외르크가 구경꾼들에게 과시하듯이 말했다. 썩 친하지는 않고 그러고 싶은 마음도 없지만, 그는 우르줄라 백작의 외아들이었다. 제국도 아닌 벨모트에서 저리 기세등등한 꼴을 보고 있으니

헛웃음이 나올 정도였다.

"하, 하지만 저는 분명히……."

샤를로트란 거창한 이름이 아까울 정도인 샬럿이 자신 없이 말하며 흐트러진 블라우스의 앞자락을 꽉 쥐었다. 비에 젖은 가녀린 어깨를 덜덜 떨며, 그나마 제게 도움을 베풀 만한 알베이흐와 샤트린을 연신 힐끗거렸다. 무슨 영문인지 단번에 이해할 수 있도록 돕는 최악이자 최적의 제스처였다.

당연히 샤트린은 그 몸짓을 보고 튀어나가 샬럿을 감싸려고 했으나, 알베이흐가 그녀의 팔을 붙들었다. 나는 토할 것 같은 표정으로 그들로부터 눈을 돌렸다.

"어? 벌써 가게?"

체르지안이 뒤로 물러서는 나를 따라오며 물었다. 알베이흐의 이름에 음률을 붙여 쉬지 않고 세레나데를 부르던 브리싱가멘도 의아함을 감추지 않았다.

"어라, 안 도와주고 그냥 가게?"

"내가 쟤를 왜 도와줘야 하는데?"

퉁명스러운 질문에 체르지안과 브리싱가멘이 각각 답했다.

"베니지아한테 빚을 만들어놓을 수 있으니까?"

"가슴도 안 큰데 성질이라도 좋아야지 별수 있나?"

나는 지체하지 않고 브리싱가멘을 벗었다. 그러나 집어 던지려고 보니 담벽이 너무 높아서, 얼굴이 뜨거워지는 것도 아랑곳하지 않고 이를 갈며 반대편으로 던졌다. 날아간 브리싱가멘이 정확하게 비외르크의 머리를 때렸다. 뭐가 어째? 성질이라도 좋아야지 별수 있나?

속에서 불이 나는 것 같았다. 악 소리를 내며 머리를 감싸 쥐고 끙끙 앓던 비외르크가 나보다 배는 더 새빨개진 얼굴로 사납게 주위를 두리번거렸다. 샤트린이 재빨리 샬럿을 제 품에 끌어당겨 안았다.

"누구냐, 이 무례를 범한 자가!"

"야! 너 어떻게 나를 또 던질 수가 있어!"

귀와 머리가 동시에 공격당하는 기분이었다. 비에 젖은 지면을 나뒹굴었으나 여전히 브리싱가멘은 강과 밤하늘을 가로지르는 은하수 조각처럼 반짝였다.

나는 무성의하게 고개를 올리고는, 이 일의 원흉인 비외르크를 직시했다.

"주워."

네놈만 아니었으면 여기서 브리싱가멘이 알베이흐와 만나는 일도 없었고, 내가 브리싱가멘의 헛소리를 들을 필요도 없었다 이거지.

그제야 비외르크가 나를 알아보았다.

"무슨……, 그레이스?"

"주우라고."

그 말에 비외르크보다 브리싱가멘이 더 당황하여 말까지 더듬거렸다.

"지, 지금 뭐하는 거야? 농담이지, 보니? 정말로 날 저딴 놈이 만지게 둘 셈은 아닌 거지? 응? 그렇다고 해! 쟤가 저 여자애한테 무슨 짓을 했는지 너도 알잖아! 날 저런 성추행범이 만지게 하지 말란 말이야!"

이미 완전히 기분이 상한 뒤였으므로 나는 무시했다. 비외르크가 벌레 씹은 표정으로 아주 천천히 허리를 숙였다.

"싫어! 가까이 오지 마! 도와줘, 알베이흐! 계속 구경만 하고 있을 거야?"

급기야 브리싱가멘이 길 잃은 아이처럼 훌쩍였다. 어쩐지 좀 잔인한 처사였나 싶어 죄책감이 일었는데, 이미 비외르크의 손은 브리싱가멘에게 거의 닿기 직전이었다. 내가 바로 뛰어간들…….

"어?"

저보다 먼저 브리싱가멘을 낚아채는 손에, 비외르크가 의아하게 눈을 들었다.

알베이흐가 기뻐서 춤이라도 출 것 같은 브리싱가멘을 들고 내게 걸어왔다.

그가 고개를 숙여 내게만 들릴 정도로 낮게 말했다.

"일단은 성물이다. 너무 괴롭히지 마."

"하지만……."

버릇처럼 부정의 말이 먼저 튀어나왔는데, 딱히 반박할 말이 없었다. 확실히 나라도 저런 놈한테 닿느니 차라리 죽고 말겠다. 나는 어깨를 으쓱이곤 브리싱가멘을 받아들었다.

"알았어."

내 대답이 만족스러웠는지 알베이흐는 그 이상의 말을 아끼고 뒤로 물러났다. 브리싱가멘이 잔뜩 볼을 부풀린 아이처럼 징징거렸다.

"우으……, 또 가버리는 거야, 알베이흐? 그냥 나 데려가면 안 돼? 나 부서져도 상관없으니까 너한테 붙어 있을래! 황제한테 죽을 거라고!"

브리싱가멘이 애처럼 서럽게 울었다. 마냥 시끄럽다기보단 어딘가 안쓰럽고 애처로운 투정이었다. 떼쓰는 고양이 같기도 하고. 왠지 모르게 어렸을 적 엄청나게 울어젖히던 루아가 생각나서, 나는 나도 모르게 실소를 흘렸다. 아깐 그렇게 싫었는데 지금은 또 나름대로 귀여웠다. 뭐, 저렇게 언니 품에 폭 안겨서 청승맞게 흐느끼기만 하는 샬럿인가 하는 애보다야 이쪽이 훨씬 마음에 든다.

나는 일일이 시선을 마주치는 수고를 들여 구경꾼들을 쫓아내면서, 잔뜩 골이 난 브리싱가멘을 부드럽게 달랬다.

"미안해. 다시는 안 그럴 테니까 기분 풀어."

"내가 네 말을 어떻게 믿어!"

불신 가득한 거부였다. 나는 브리싱가멘의 보석 부분을 살살 쓰다듬으며 속삭였다.

"정말이라니까. 기숙사에 돌아가자마자 내가 가지고 있는 가장 비싼 천으로 깨끗하게 닦아줄게. 그리고 앞으로 루아가 너를 괴롭히지 못하게 할 거야. 미남 구경도 자주자주 시켜줄 거고 말이지.

하여튼 갖은 호사는 다 누리게 해줄게."

"흥, 그래놓고 또 던질 줄 내가 어떻게 알아?"

"알베이흐도 들었잖아. 비외르크가 너를 만지지 못하게 막아주기까지 했으니, 내가 약속을 어기면 알베이흐도 가만히 있지 않을걸."

물론 어디까지나 위로용 멘트였다. 알베이흐는 이미 브리싱가멘에게 모든 관심을 끄고 체르지안과 얘기하는 중이었으니까.

"지, 진짜 믿어도 되는 거야?"

브리싱가멘이 순식간에 의심을 절반이나 덜고 물었다.

은근히 다루기 쉬운 성물이었다.

쓰다듬어주는 손길이 마냥 싫지만은 않은지, 브리싱가멘은 불만 어린 목소리로 칭얼거리면서도 건드리지 말라는 말은 하지 않았다. 그에 나도 모르게 입매를 휘는데 머리 위로 그림자가 졌다.

"무슨 짓이지, 그레이스 양?"

체르지안을 밀치고 내게 가까이 온 비외르크가 사납게 눈을 부라렸다. 나는 귀찮다는 뜻을 여실히 담아 성의 없이 고개를 기울였다.

"뭐가?"

"다른 녀석들 앞에서 나를 욕보인 것 말이다. 너는 설마 같은 제국민인 내가 아닌, 이다지도 하잘것없는 종속들의 편에 서겠다는 건가?"

제 옆에 있는 동급생이 벨모트의 여섯 번째 왕자라는 것도, 제가 추행한 여자애가 비록 벨모트 인일지언정 공작 가문의 딸이라는 사실도 까맣게 잊은 듯했다. 보다 정확하게는, 그만큼 우습게 본다는 것이겠지. 알베이흐는 그러거나 말거나라는 눈치지만.

머리가 덜 자란 건지, 겁이 없는 건지 모르겠다. 나보다 나이도 많은 주제에. 하기야 저런 놈들이 한둘쯤은 있는 게 어찌 보면 당연하겠다.

나는 대수롭지 않게 무시하고는 미련 없이 시선을 돌렸다.

"난 이만 갈게. 내일 봐, 체르지안."

건성으로 흔드는 손에 체르지안이 미소로 화답했다.

"잘 자, 보니."

비외르크의 얼굴이 붉어지다 못해 새파래지는 게 보였으나 누구도 신경 쓰지 않았다. 시간을 가늠해보다가 나는 불현듯 떠오른 일정에 눈을 가늘게 떴다.

"주말에 보석 준다는 거 안 잊었지?"

"물론이지."

"좋아."

만족스러운 즉답에 기대감 가득한 미소를 띠던 것도 잠시, 비외르크가 고함을 치는 바람에 나는 미간을 찡그렸다.

"멈춰! 어째서 답하지 않는 거냐! 설마 내가 누군지 잊은 건가? 죄는 중요치 않다. 누가 선하고 악한지 또한 중요하지 않아. 판단의 잣대가 되는 것은 그저 신분일 뿐이라고, 너는 그리 배우지 않았나?"

나는 무시하고 발을 옮기려다 말았다. 샤트린이 나를 구역질나는 눈으로 쳐다보는 이유를 알 것도 같았다. 비외르크의 말은 내 사상이나 마찬가지였으니까. 주입받고, 세뇌당하고, 별다른 의구심 없이 받아들인 진리였다. 내가 나보다 낮은 계층의 귀족을 살해해도 그것은 나한테 잘못 걸린 그 귀족의 잘못이지 내 죄가 아니다. 혈류를 타고 흐르는 피는 무엇보다 고결하고 드높은 증명이며, 나의 모자람은 나보다 저열한 계층의 귀족이 태어났을 때부터 가진 계급의 한계에 비할 바가 못 되었다.

이것은 사실이었고, 불변이었다. 받아들이는 편이 빨랐다. 나는 세상에 반항하며 정의와 평등을 추구할 생각이 추호도 없었을뿐더러, 오히려 그 합리와 불평등에 의해 보호받고 있으니까.

울지도 않고 웃지도 않던 아기.

2차 성징을 보이지 못하는 소녀.

그러나 그레이스 공작의 하나뿐인 딸이자, 장차 황후가 될 가능성이 가장 높은 여자였다.

"베니지아가 네게 모욕을 주었다는 소문은 나도 들었다. 너는 그러한데도 제국의 긍지 높은 귀족으로서의 자긍심을 잊고 저들을 포용하겠다 이거냐?"

아 짜증 나. 나는 얼굴을 잔뜩 일그러뜨린 채 비외르크를 바라보았다. 당연하지만 그를 나와 똑같은 선상에 놓고 편들어줄 생각은 추호도 없었다. 애초에 아비의 권력을 제 것인 줄 알고 한다는 짓이 겨우 성추행이었잖아. 심지어 샤트린 본인을 직접 건드리기는 또 왠지 위험할 것 같아서 소심함의 극치를 달리는 여동생을 목표로 삼았다. 모르긴 몰라도 비외르크가 앙심을 품은 건 샬럿이 아니라 샤트린일 거였다. 저 연약한 성미로 누군가의 심기를 건드린다는 건 상상도 못 할 일일 테지.

샤트린도 싫은 건 마찬가지였으나, 역시 여자를 건드리는 놈은 공공의 적이었다. 그리고 나를 먼저 건드린 것은 비외르크였다. 가만히 내버려뒀으면 알아서 돌아갔을 텐데 말이지.

이왕 이렇게 됐으니 독설이라도 퍼부어주려 했건만, 체르지안이 웃으며 껴들었다.

"별것도 아닌 일 가지고 너무 화내시는 거 아니에요, 선배? 우리 보니가 선배한테 무슨 실수를 저질렀다고 그렇게 야박하게 구는지 모르겠네."

우리 보니는 무슨. 코웃음을 치는데 비외르크가 분노의 화살을 체르지안에게 돌렸다.

"무슨 실수를 저질렀냐고? 너는 아까 그걸 보고도 그런 말을 하는가!"

"그거라니요?"

체르지안이 순진하게 되묻자, 비외르크가 으르렁거렸다.

"저 계집이 나한테 목걸이를 던졌단 말이다!"

계집이라니. 이젠 아주 막나가고 있었다. 쟤가 저렇게 다혈질이었나? 뭐, 어쩐지 어울리고 싶지 않기는 했다. 차라리 아즈라엘이 백 번 낫지. 자기애에 푹 빠졌긴 해도 몽글몽글한 곰 인형처럼 귀여운 건 사실이니까. 더군다나 그는 이런 식으로 실례를 범하진 않았다.

"글쎄요, 제 눈에는 선배가 엄청나게 단단한 그 머리로 보니의 소중한 목걸이를 구타하고 있던 걸로밖에 안 보였는데요."

"뭐, 뭐?"

체르지안의 말에 아직까지 꿋꿋하게 구경꾼 역할로 남아 있던 몇몇 아이들이 숨죽여 키득거렸다. 비외르크가 할 말을 잃은 사이, 내 손길에 얌전히 몸을 맡기고 있던 브리싱가멘이 돌연 어리둥절한 목소리로 중얼거렸다.

"응? 황제가 다시 왔나? 아니, 그렇다기엔 좀 다른데."

"브리싱가멘? 무슨 소리야?"

기껏 자라고 보내줬더니 또 스토킹을 하는 건가 싶어 나는 다소 조급하게 되물었다. 브리싱가멘이 퉁퉁 부은 목소리로 한 단어를 뱉었다.

"악마야."

"악마?"

"지금 나를 뭐라고 말한 거지?"

어, 너한테 한 거 아닌데.

수치심으로 눈에 뵈는 게 없어진 비외르크가 반사적으로 손을 올렸으나, 안타깝게도 내 주변엔 그를 제지할 수 있는 자들이 넘쳐났다. 내가 짓밟혀도 무표정일 것만 같았던 알베이흐조차 한심하다는 듯 미간을 찌푸리고 있었으니까. 연신 뜻 모를 말을 중얼거리던 브리싱가멘마저 기겁하며 황금빛 막으로 나를 감싸려고 했다. 다행히 가장 가까이 있던 체르지안이 팔을 뻗어 나를 물러나게 하는 바람에 브리싱가멘이 단순한 목걸이가 아니라 성물이라는 사실은 들통 나지 않을 수 있었지만, 문제는 그다음이었다.

기울어지는 등을 받쳐주는 부드러운 손길에 고개를 돌리자, 한 번 망막에 박고 나면 영원히 잊지 못할 것 같은 남자가 보였다. 그 역시 놀란 듯 눈을 크게 떴다.

"그레이스 아가씨?"

듣기 좋은 나직한 음성이었다. 적당히 감미로운데 미치도록 낮아서 손끝이 저릿할 정도였다. 속눈썹까지 떨려서 앞이 흐렸다.

"펠레스!"

그 이름을 읊는 동시에, 심장이 미친 듯이 뛰었다. 그가 반가워서 소름이 끼치는데도 성으로 나를 불렀다는 것이 조금 서운하게 느껴졌다. 펠레스가 나를 이름으로 부른 적이 없음에도 불구하고.

그는 여전했다. 검은색 머리칼은 너무 짧지도, 길지도 않은 길이로 다듬어져 있었고, 그늘진 곳에선 청록빛으로 변하는 녹빛깔의 눈이 으레 그렇듯 능숙하게 감정을 숨겼다.

나를 보고 놀랐던 것도 잠시였다. 그는 3년 전의 어느 날처럼 부드럽게 입꼬리를 올리며 주위를 훑었다.

"폐하께서는……."

루아를 찾으러 온 걸까. 그러고 보니 루아는 떠나기 전에 자신이 여기에 온 것을 펠레스가 눈치 챘다고 했었다.

"길이 엇갈렸나 보군요."

그의 말투, 몸짓, 시선 하나하나가 경이로울 만큼 어른스럽게 느껴졌다. 그의 억양은 어떤 단어를 발음해도 단지 부드러웠고, 그것이 낮은 음역과 더해져 진한 호소력을 발휘했다.

펠레스가 얼떨떨하게 굳어 있는 나를 바로 세워주고는, 비외르크를 직시했다.

"단지 귀족이라 하여 다른 사람보다 나은 것이 아닙니다. 그리 취급받고 싶으시다면 우선 걸맞은 예의를 보이셔야 하지 않겠습니까? 하물며 남의 영지에 발을 붙이고 있을 땐 더더욱."

놀란 건 나뿐만이 아닌 듯했다. 나보다 훨씬 감이 좋은 체르지안조차 당황한 기색을 숨기지 않고 있었다. 비외르크는 아예 눈이 튀어나오기 직전이었고.

"제국에 있어야 할 당신이 어떻게……."

"제가 어디에 있든 당신이 아가씨에게 무례를 범한 것보다야 중요하겠습니까? 일의 우선순위를 뒤바꾸려 하지 마십시오. 당신이 한 짓을 아신다면 폐하께서 달가워하시지 않을 겁니다."

차분한 음성에 분노의 기미라곤 없었다. 어른이 아이를 훈계하는 것과도 같았는데, 펠레스는 그 말만 간단히 남기고 돌아섰다.

그냥 떠나려는 게 분명했으므로, 나는 황급히 펠레스를 뒤따랐다.

"잠깐만!"

"저는 한시라도 빨리 폐하를 찾아야 합니다만. 아직 제게 볼일이 남으셨나요?"

감미로운 미성이었으나, 경계하는 기색이 역력했다. 브리싱가멘 또한 그랬다.

"으, 기분 나빠. 난 악마가 싫어."

기껏 3년 만에 만나놓고 왜 저리 쌀쌀맞은지 모르겠다. 내가 기억하는 펠레스는 얄밉게 굴긴 했지만 나를 경계한 적은 한 번도 없었다. 맞아. 오히려 현혹 마법을 걸어서 내가 자기를 마음에 품게 만들었지. 내게 진실을 알려주려고 말이야.

잠시 멈춰 섰던 펠레스가 한 걸음 뒤로 물러났다. 물론 나는 개의치 않고 펠레스를 붙잡았다. 순간이동이라도 할까 싶어 옷자락까지 붙들고 입을 열었다.

"가, 같이 가. 나도 루아를 찾고 있었어."

급조한 거짓이라 잠깐 더듬거리긴 했어도 이 정도면 썩 괜찮은 핑계였다. 브리싱가멘이 의아한 듯 목소리를 높였다.

"웬 거짓말? 찾기는커녕 빨리 돌아가서 자라고 닦달했잖아. 너 혹시 저 악마한테 관심 있는 거야? 목소리도 끝내주긴 한데 어차피 쟤도 악마잖아. 황제가 알면 난리 나겠군. 더군다나 생긴 걸로만 치면 황제가 더 낫지 않아? 빌어먹게 잘생기긴 했더만."

부디 펠레스가 브리싱가멘의 목소리를 들을 수 없기만을 바랄 뿐이다. 그런데 왜 브리싱가멘은 펠레스를 자꾸 악마라고 하는 건지 모르겠다. 궁금하긴 한데 지금 물어볼 수도 없고.

"늦은 시간입니다. 또한 아가씨께선 저를 신뢰할 만한 근거를 하나도 안 갖고 계시질 않습니까? 솔직히 말하자면 저를 믿는 것만큼 무의미한 일도 없습니다만."

"정말로 중요한 할 말이 있어. 지금이 아니면 안 돼."

나는 일단 우겼다. 지금 펠레스를 놓치면 앞으로 언제 다시 만날지 모르는 거였다. 언제 다시. 둘이서.

"하지만……."

"귀찮게 하지 않을게. 너는 삼 년 만에 재회했는데 이렇게 빨리 헤어져야겠어? 모르는 것 같아서 하는 말인데, 우리 다시 만난 지오 분도 안 지났어."

나도 내가 왜 이러는지 알 수 없었다. 하지만 펠레스를 그냥 보내주기는 싫었다. 현혹당한 거긴 하지만 메피스토펠레스는 내 첫사랑인걸. 그 미련이 아직까지 남았다 해도 과언이 아니었다. 펠레스도 제 죄를 아니까 무작정 나를 밀어내지 않는 거겠지.

"그레이스 아가씨."

그토록 좋은 목소리로 이름이 아닌 성만 줄창 불러대는 통에 조금 심술이 났다. 나는 갑작스러운 펠레스의 등장으로 벌어진 등 뒤의 소란을 무시한 채 얼굴을 찡그렸다.

"우리 엄마도 그레이스고 아빠도 그레이스거든? 보니라고 부르기 싫으면 안젤리크라고 해."

지극히 뻔뻔한 내 말에 펠레스가 곤란하다는 듯 잠시 한숨을 쉬다가, 엷게 미소 지었다.

"어쩔 수 없지요. 그럼 동행을 부탁드리겠습니다."

유독 짙게 물든 밤이었다. 비도 그쳤고 더는 돌풍도 불지 않았으나, 밤이 깊어갈수록 쌀쌀함은 더해져만 갔다. 얼어붙은 지면에서 피어오른 시린 냉기가 발끝을 적시며 올라오고 있었다. 얼음 위에 서 있는 듯한 기분이었다.

여름용 교복으로 이 추위를 버티는 건 역시 무리인 모양이다. 내가 어깨를 움츠리는 것을 본 메피스토펠레스가 얼마 걷지도 않아서 걸음을 멈췄다.

"날이 춥습니다. 두꺼운 옷으로 갈아입으시는 편이 좋겠군요."

"싫어."

나는 딱 잘라 거절했다. 내가 돌아가는 동안 그가 도망치지 않으리란 법이 없었다. 틀림없이 사라져버릴 테지. 펠레스가 누구보다 뛰어난 마법사라는 사실은 나도 잘 안다. 황실을 수호하는 마법단장으로서 아카시아 제국의 인정까지 받질 않았나. 눈앞에서 감쪽같이 없어진데도 이상하지 않았다.

감기에 걸리는 한이 있더라도 놓치지 않을 것이라 단단히 다짐하는데, 그가 또 미소를 보였다. 간신히 형태만 유지하고 있는 위태로운 경계를 단번에 허물어뜨리는 미소였다.

"저는 여기서 기다리고 있겠습니다."

하마터면 그 말에 순진하게 고개를 끄덕일 뻔했다. 혹시 또 현혹 마법을 걸려는 건 아니겠지. 나는 황급히 의심으로 재무장하고서 눈을 치켜떴다.

"안 믿거든?"

"제 이름을 걸고 약속하지요. 무슨 일이 있어도 저 혼자 떠나지 않겠습니다."

나는 못마땅했다.

"무슨 일이 있어도?"

믿기 싫어서 의심하는 것이 아니었다. 단지 펠레스를 신뢰하여 얻은 결과가 고작 배신뿐일까 봐 겁이 나서 그렇지. 펠레스는 지금 당장이라도 떠날 수 있었고, 나는 그를 붙잡을 만한 수단이 없었다. 설령 붙잡더라도 그는 달가워하지 않을 거다. 지금은 이렇게 물고 늘어져도 결국 나는 나를 두고 떠나는 펠레스를 멀거니 쳐다보는 것밖에는 못 할 거였다.

사람의 혀는 거짓도 진실처럼 내뱉는다. 입으로 하는 약속은 보이지도 않으니 상황에 따라 얼마든지 변형시키거나 깨뜨릴 수 있었다.

그동안 쌓아 올린 불신의 벽이 너무나 높았으므로, 나는 누구에게도 선뜻 신뢰를 보여주지 못했다. 특히나 가벼운 말만으로도 나를 상처 입힐 수 있는 사람이라면. 그만큼 내가 마음을 쏟는 이라면.

좋아하는 사람일수록 오히려 더 믿지 못한다니 나도 참 이상한 것 같았다.

나는 펠레스가 나를 두고 떠난 상황과 직면하고 싶지 않았다.

"무슨 일이 있어도."

펠레스가 선언하듯이 내가 했던 말을 따라 읊었다. 나는 펠레스의 눈을 응시한 채 잠시 뜸을 들였다가 느릿느릿하게 고개를 끄덕였다.

"알았어. 그럼 기숙사에 잠시 다녀올게."

아무렇지 않은 척하며 새침하게 걷던 것도 잠시였다. 나는 모퉁이를 돌아 펠레스에게 내 모습이 보이지 않게 되자마자 전속력으로 달렸다. 워낙 운동을 좋아하지 않아서 금세 턱까지 숨이 차올랐지만, 나는 멈추지 않고 입을 열었다.

"브리싱가멘, 아까 했던 말은 뭐야? 악마라니?"

"어? 몰랐어? 저 남자 악마야."

충격으로 인해 숨쉬기가 배는 더 힘들어졌다. 나는 천천히 속도를 늦추며 인상을 썼다.

"펠레스가 악마라고?"

"그러니까 황제가 곁에 두는 거겠지."

머리가 지끈거렸다. 확실히 메피스토펠레스가 악마라면 그동안 이해하지 못했던 일들을 그럭저럭 납득할 수 있었다.

후계를 이을 자식이 없어 고민하던 선황제 폐하는 악마와 계약하여 아이를 얻었고, 그 악마는 루아에게 스며들었다. 교황은 악마의 능력을 가진 루아의 성장을 강제로 막았고, 펠레스는 성장하지 못하는 루아를 안타깝게 여겨 나에게 진실을 말해주려고 했다.

성력이 악마에게 얼마나 악영향을 미치는지는 모르겠지만, 필시 내가 생각하는 것보다 심각할 게 틀림없었다. 그런데도 펠레스는 교황의 가까이에서 머물며 황성을 떠나지 않았다. 선황제 폐하와 계약한 악마는 이미 사라졌다고 했으니, 어쩌면 루아에게 스며든 악마와 펠레스가 아는 사이일 수도 있었다. 같은 동족이라고 무작정 보살피지는 않을 거 아니야. 하물며 사악하기론 따를 자가 없다는 악마인데.

악마. 희디희었던 날개를 검게 물들인 존재들. 아카시아 제국에 전해져오는 이야기에 따르면 더 이상 새하얀 날개를 가진 천사는 한 명도 남아 있지 않았다. 악마들은 모두 한땐 광명한 빛을 뿌리는 아름다운 천사였으며, 신을 수호하는 성스러운 사자들이었다. 그러나 그것은 기록하는 것조차 무의미할 정도로 까마득한 옛날의 영광일 뿐.

악마는 요정보다 교활하고 괴물과 같이 흉측했지만, 무의식의 저변까지 타락했음에도 불구하고 여전히 압도적인 존재감을 자랑했다. 세상과 단절되어 사는 요정이나 정령, 인어, 마녀와는 달랐다. 거인을 숭배하는 북방에선 악마를 신의 또 다른 일면으로 여긴다는 얘기도 들었다. 달의 뒷면처럼.

"괜찮은 걸까? 펠레스가 루아 곁에 있어도?"

어쩌자고 나는 악마를 믿은 거지? 다시 되돌아가고 싶은 마음이 간절했으나 이미 기숙사가 코앞이었다. 한숨을 쉬며 문을 여는데 브리싱가멘이 입술을 삐죽 내밀고 투덜거리는 것처럼 불만스럽게 틱틱거렸다.

"네가 가장 경계하고 조심해야 할 상대는 나도, 메피스토펠레스도 아니라 황제야. 걔가 제일 위험하다고. 어떻게 악마의 힘을 가졌는지는 알 수 없지만 황제는 이미 악마나 다름없어. 아니, 하는 짓으로만 따지면 악마보다 더하지."

조금 거북한 말이었다. 반항심이 피어오르는.

나는 시중을 들고자 다가오려는 탈리아에게 손을 휘저으면서 되물었다.

"루아가 무슨 짓을 했는데?"

"정말 몰라서 물어? 성물을 부수고 사도들을 죽이고 다니잖아. 단순히 사도들만 죽이는 게 아니라 주변까지 쑥대밭으로 만들어서 더 문제긴 하지만. 벌써 성역이 다섯 군데나 파괴됐다고."

"하지만 그건 나 때문인걸. 나한테 신벌이 내려졌다며."

익숙한 방문을 열다 말고 나는 멈칫했다. 성물을 부수고, 사도들을 죽인다.

나 때문에 루아는 사람을 해치고 있었다.

"그게 꼭 너만을 위해서겠니? 악마는 성력에 약해. 약한 놈들은 성물에 살짝 닿기만 해도 녹아버린단 말이야. 제 목숨을 위협하는 흉기가 주변에 널려 있는데 가만 내버려두는 게 더 이상하지. 하여튼 참 이상해, 어렸을 적엔 엄청나게 얌전하고 순진했다던데 왜 갑자기 무시무시하게 변했담? 그 힘은 또 어디서 났고? 어쨌든 몸이 마력을 감당하지 못하는 건 아닌 듯한데."

입이 저절로 벌어졌다. 나는 나도 모르게 큰 소리로 물었다.

"몸이 마력을 감당하지 못할 수도 있어? 그러면 어떻게 되는데?"

"육체가 붕괴되고 정신이 망가지겠지. 사람의 형상을 유지할 수 없는 건 물론이고 햇빛을 받지도 못할 거야. 그런데 황제는 태어났을 때부터 악마였던 것처럼 그런 조짐이 전혀 없어. 네가 나를 착용하고 있는데도 가까이 오는 데 아무런 거리낌이 없었잖아. 심지어 여전히 네 몸에는 황제의 마력이 한가득 잔류하는 중이라고. 도저히 정화가 안 돼……. 윽, 조금만 방심했다간 잠식될지도 몰라."

태어났을 때부터 악마였던 것처럼.

어쩌면 그 말이 옳을지도 모르겠다. 그러나 루아의 비밀을 설명해주고 싶은 마음은 없었으므로 눈알만 굴렸다.

"너는 모르는 것 같은데 나 지금 엄청 고생하고 있거든? 황제의 마력에 잡아먹힐지도 모른다니까!"

브리싱가멘의 투정을 한 귀로 넘기며 나는 조용히 문을 닫았다. 방 안엔 캐리에타의 가방만 얌전히 놓여 있을 뿐, 정작 캐리에타는 어디에도 없었다.

나는 차라리 다행이라고 생각하며 빠른 속도로 교복을 벗었다. 펠레스가 도망가기 전에 붙잡아야 한다는 생각은 여전했다. 그는 틀림없이 선황제 폐하의 죽음에 관한 진상을 알고 있을 거다. 루아가 알려주지 않는 것들을 그에게서 들을 수 있었다.

바닥에 널브러진 교복을 발로 적당히 밀어버린 뒤 나는 옷장 문을 열었다. 그나마 교복보다는 따뜻할 것 같은 드레스가 몇 벌 있는 게 다행이었다.

나는 브리싱가멘이 열심히 조잘거리는 동안 자연스럽게 걷어 올린 것처럼 팔꿈치 근처에서 레이스가 물결치는 심플한 분홍색 벨벳 드레스로 갈아입었다. 움직이기 편하면서도 어깨와 등에 리본이 달려서 마냥 밋밋하지만은 않았다.

펠레스가 어디로 루아를 찾으러 갈지가 미스터리였다. 한 손으로는 빗을 들고 헝클어진 머리를 정돈하면서 나는 다른 한 손으로 브리싱가멘을 꼼꼼히 닦아주었다. 자수조차 놓지 않은 데다 가위로 어설프게 도려낸 듯 끝이 삐뚤빼뚤한 천이지만, 감촉이 제법 마음에 드는지 브리싱가멘이 나른하게 웅얼거렸다.

"이거 되게 부드럽다. 부들부들해."

"200만 파운드짜리야. 마음껏 즐겨."

이 손바닥만 한 천 조각을 살 돈으로 큰 방이 다섯 개는 딸린 저택 한 채를 구입할 수 있었다. 그만큼 귀했다. 아카시아 제국의 황실에서나 흔히 사용될 정도니까.

나는 웃으며 말했다.

"예전에 루아가 선물로 준 거야."

"황제가 줬다고?"

믿기지 않는 눈치였다. 나는 머리칼을 하나로 높이 틀어 올려 간단하게 묶었다.

"응. 열 살 때였나, 내가 갖고 싶다니까 자기 옷 잘라서 줬어. 놀랍지도 않지. 황실의 인장까지 찍은 땅문서도 줬었는데 뭐."

"음……, 어떤 의미에선 네가 황제보다 더 무서운 것 같아."

웃음을 터뜨리지 않을 수 없었다.

확인차 거울을 보자, 일부러 수수하게 꾸몄지만 여전히 예쁜 여자애가 보였다. 아, 이게 나라니. 여전히 믿기지 않아. 뭘 입어도 어울려서 난감할 정도였다. 역시 사람은 운이 좋아야 돼. 얼굴도, 성격도 아름다운 엄마와 아빠를 만나서 정말 다행이었다.

브리싱가멘을 목에 걸고서 나는 펠레스와 헤어졌던 곳을 향해 뛰어갔다. 펠레스는 정말로 그 자리에서 한 발자국도 움직이지 않은 채 나를 기다리고 있었다.

"안 갔네."

나는 머뭇거리며 흙이 튀지 않도록 붙잡고 있던 치맛자락을 놓았다. 펠레스가 미소 띤 얼굴로 부드럽게 대답했다.

"약속했으니까요."

하지만 정말 지킬 줄 몰랐지. 나는 어색하게 눈알만 굴렸다. 펠레스가 쇄골 위에 보란 듯이 자리 잡은 브리싱가멘에게 시선을 두었다.

"상당히 아름다운 목걸이군요."

"부수려고 들지는 않을 거라고 믿어."

나는 그렇게 말했다. 펠레스가 어떻게 행동하나 보기 위함이었는데, 그는 단지 속 모를 웃음만 머금을 뿐이었다.

"아가씨에게 이리도 잘 어울리는데 제가 왜 훼손하려 들겠습니까?"

"여전히 번지르르한 말을 잘도 하는구나."

약한 악마는 브리싱가멘한테 닿기만 해도 녹아버린다고 했는데. 얘는 브리싱가멘이 자기 정체를 모를 거라고 생각하는 건가? 나한테 알려주지 않았을 거라고?

어이가 없어 황당하게 중얼거리자 펠레스의 입가에 맺힌 미소가 더욱 진해졌다.

"저와 같이 가서도 괜찮겠어요?"

여러 의미가 함축되어 있는 물음이었다. 저리 자신만만한 모습으로 보아 브리싱가멘이 닿아도 즉사하지는 않겠다.

"가기나 해. 루아는 어디 있는데?"

"짐작 가는 곳이 있습니다. 아가씨와도 계시지 않고, 황궁에도 돌아오지 않으셨으니……."

펠레스가 말끝을 흐리더니, 수상쩍은 눈으로 나를 바라보았다.

"사도를 죽이러 가셨거나, 마지막 성물을 처리하러 가셨거나. 둘 중 하나겠지요."

그 말이 부드럽게 끝났을 땐 이미 주변 풍경이 판이하게 바뀌어 있었다. 하늘도, 공기도, 바람이 실어 나르는 향기도 전혀 달랐다.

"무슨……."

"으으, 갑자기 속이 안 좋아. 왠지 불길한 예감이 들어. 진저리 치게 싫은 놈이 근처에 있을 때만 느껴지는 극심한 짜증이 무럭무럭 피어오른다고."

브리싱가멘이 알 수 없는 소리를 지껄이다가 돌연 입을 꾹 다물었다. 너한테 안 좋을 속도 있냐고 묻고 싶었으나, 태평한 질문을 건네기엔 장소가 좋지 않았다. 심지어 여긴 폭우와 돌풍이 할퀴고 지나간 아카데미보다 훨씬 추웠다.

이곳은 남색으로 빛나는 어스름한 새벽의 하늘을 두고 있었고, 쉬지 않고 혼탁한 잿빛의 연기를 피워 올렸으며, 나는 무너진 폐허의 한가운데에 서 있었다.

모든 게 부서져 있었다. 온전하게 남아 있는 건물이라고는 단 하나도 없었다.

"펠레스?"

바람이 불었다. 저절로 눈이 크게 뜨이고, 호흡이 멎었다. 불현듯 느껴지는 인기척에 황급히 뒤를 돌아보자, 언제 와 있었는지 모를 남자가 보였다. 키가 훤칠했고, 다소 떨어진 거리에서 보아도 단단한 몸을 가지고 있었다. 잘 짜인 직물을 보는 것 같았다.

무섭도록 견고한. 거기에 범접하기 힘든 분위기까지 더해져서.

그의 회보라색 눈동자는 건물의 파편을 옮겨놓은 듯 생기 없이 곧았다. 그저, 곧기만 했다.

"미치겠네. 하필 남아도 쟤가…….."

브리싱가멘이 한탄하는 소리가 들렸다. 어떻게 해야 할지 몰라 무심결에 발을 조금 움직였는데, 남자가 그에 응답하듯 아래로 늘어뜨렸던 장검을 올렸다. 아주 긴, 기다란 검이었다.

그가 입을 열었다.

"다가오지 마라."

명백한 적의. 살의. 그리고……, 뼛속까지 얼어붙는 증오.

그러나 얼굴만은 지극히 무심했다. 어떤 감정도 보이지 않았다. 몸 안의 피가 얼어붙을 정도로 차가운 목소리 또한 차분하기는 마찬가지였는데, 그럼에도 화가 느껴졌다. 선연하게 와 닿았다.

"네 더러운 피로 나를 오염시키지 마."

노골적으로.

04

악의 꽃

당혹스러움을 금할 수 없었다. 내가 뭘 했다고 저 남자가 저런 반응을 보이는지 모르겠다. 생각할 것도 없이 나는 저 낯선 남자를 지금 처음 보았다. 이질적인 검푸른빛 머리카락도, 생기 없다 못해 인위적이기까지 한 회보라색 눈동자도 그저 생소하기만 했다.

물병이 흘린 듯한 바람은 남자를 중심으로 불었지만, 그에게 어떠한 위해도 가하지 않았다. 남자는 빛이 빠진 미색으로만 이루어져 있었으며, 눈앞에서 부서진대도 전혀 이상하지 않을 것같이 위태로웠다.

보이지 않는 장벽이 유리처럼 남자를 가두고 있는 것 같았다. 확실히 평범한 사람은 아닌 모양인데.

삭막하고 무자비한 돌풍에 눈 뜨기도 힘들었다. 세계와 동떨어진 남자는 머리카락 한 올 흐트러지지 않는 반면, 주위는 난장판이었다. 풀도, 생명도 짓물러버린 재투성이 땅 위를 무너진 건물의 잔해가 떠다니고 있었다. 남자는 자신을 제외한 모든 것을 밀어내기로 작정한 마이너스극 같기도 했는데, 옅은 보랏빛을 띠는 입술이 미동조차 않는 그를 더욱 비인간적으로 보이게 했다.

짓궂은 날씨는 아카데미에서 겪은 것만으로도 충분하다고 생각하는데 말이지. 연기 덕분에 흰 달과 별자리의 중심인 알파별조차 보였다 안 보였다 했다. 기회만 생긴다면 망설임 없이 나를 공격할 듯한 남자와 천천히 거리를 두면서 나는 옆쪽을 곁눈질했다. 왜 이리 조용한가 했더니 펠레스는 어느새 나와 1미터는 멀리 떨어져 있었다.

"당신 언제 거기까지 갔어?"

어처구니가 없어 묻는 말에도 펠레스는 지극히 침착했다.

"저 검에 찔리면 저는 죽습니다."

"모르는 것 같아서 하는 말인데 나도 저런 무시무시한 검에 찔리면 그냥 죽거든?"

지금 나랑 장난하자는 건 아니겠지. 핀잔이 절로 튀어나왔다. 긴장한 탓에 목소리가 한층 높아졌으나, 펠레스는 조금도 개의치 않고 자신이 나보다 위험한 상황에 처했음을 피력했다.

"즉사할 수 있다면 행운이겠지요. 저 검이 단 한 번이라도 저를 벤다면, 그것이 아무리 작은 상처인들 전신으로 불이 번져 타죽을 겁니다. 성물이란 것이 악마에게는 그리 작용하니까요. 안젤리크 아가씨께선 얼굴만큼 마음 또한 고우시니 이해하시리라 생각합니다만."

저게 꼭 자기 불리할 때만……. 처음으로 안젤리크라 불린 나는 짜증스러운 표정을 지었다. 그나저나 자기가 악마라는 사실은 숨길 생각도 없는 건가. 설마, 설마 싶지만 브리싱가멘의 목소리가 펠레스에겐 들리는지도 모른다. 부디 아니었으면 좋겠는데.

찝찝한 기분에 휩싸여 나는 날카롭게 물었다.

"저 검이 성물이라도 된다는 거야?"

나는 펠레스에게 물었지만, 대답은 브리싱가멘이 했다.

"검뿐만이 아니야. 저 남자가 성물 그 자체니까."

"뭐? 그게 가능해?"

귀를 의심하면서 나는 고개를 돌렸다가, 어느새 지척까지 와 있는 남자를 보고 화들짝 놀라 뒷걸음질 쳤다. 그의 가슴에 코가 스칠 정도였다.

남자가 나를, 보다 정확히는 내 목에 걸린 브리싱가멘을 보며 입을 열었다.

"이리 몰락할 것을 알았다면 내 손으로 죽였을 터."

소름이 돋았다. 돌이 미끄러지는 것 같은 그 음성이 지독히도 싸늘했다. 무겁고, 죽은 것 같고, 절멸하는 듯한 느낌이었다. 생판 남도 이보다는 살갑게 말하겠다. 죽였을 거라니. 그가 왜 브리싱가멘을 하나의 생명으로 생각하는 건지 모를 일이었다. 같은 성물이라 그런 건지, 아니면······.

"너는 결국 재가 되어 바스라질 운명이라. 내 너처럼 한심한 동기를 둔 적이 없다."

"동기라고? 네가 언제는 나를 그렇게 여기긴 했었니?"

브리싱가멘이 코웃음을 치며 조소했다.

"애초에 너는 누구도 그렇게 여겨주지 않았잖아, 미가엘. 그러니 이지스와 프라가라흐가 황제의 손에 부서질 때도 구경만 했지."

"그리 마감할 생이었으면 찾아가 구한들 한 해를 못 넘기고 죽었을 것. 그만큼 부질없고 무익한 일이 없노라. 그러나 그런 개죽음이 합당해 보일 만큼 너는 구차하구나."

"저게 뭐라는 거야. 어차피 죽을 놈들이었으니까 안 구했다고?

그걸 말이라고 지껄이는 거야?"

나 또한 어리둥절하긴 마찬가지였다. 성물끼리 사이가 안 좋을 수도 있나 싶어 당황스럽게 눈알을 굴리는데 미가엘이 돌연 물러났다.

어떤 전조도 없었건만, 방금 전까지 미가엘이 있었던 자리가 새까맣게 그을려 있었다. 그러나 자세히 살필 겨를도 없이 귀를 파고드는 목소리가 있었다.

"저리 꺼져. 닿지 마. 쳐다보지도 마."

얼굴이 화끈거리도록 듣기 좋은 음성에 반사적으로 고개를 돌렸다. 펠레스가 맞게 찾아오기는 한 모양이었다. 미간을 찌푸린 루아가 손에 묻은 피를 손수건으로 닦으며 미가엘을 주시하고 있었다.

루아와 미가엘이 풍기는 분위기가 극명하게 달라서 나는 조금 멍해졌다. 양극단에 선 왕들을 마주한 느낌이었다. 하나는 바로 앞에서 보고 있는데도 가물거릴 정도로 흐린 인상이고, 하나는 불에 달군 쇠붙이로 지진 것처럼 지나치게 선명했다. 모난 구석이 없고, 전체적으로 조화를 이루면서 뚜렷하고. 숙련된 조각가가 빚은 것처럼 완벽하게 정교했다. 그 아름다움이 도를 넘어선 듯 비현실적이어서 더 낯설고 위험하게 보였다.

"앞으로 셋 남았다. 네가 아무리 숨겨봤자 그놈들은 죽어. 너도 죽고, 교황도 죽고, 결국 네가 평생을 바쳐 지켜온 모든 게 부질없어질 거다."

갑자기 말을 멈춘 루아가 나를 곁눈질하더니 눈을 가늘게 떴다. 그 시선에 불안을 느꼈는지 브리싱가멘이 작은 목소리로 속닥거렸다.

"아까 했던 말 안 잊었지?"

"물론이지."

나는 경황이 없으면서도 성심성의껏 브리싱가멘을 안심시켜주었다. 느릿하게 시선을 돌린 루아가 우울한 건지, 조롱하는 건지 모를 얼굴로 입을 열었다. 나는 한동안 루아를 뚫어져라 쳐다보고만 있었다.

"개처럼 살려달라고 빌다가 죽은 사도가 열이니, 너한테 빌붙어 목숨을 연명하는 놈이 셋이겠지. 당연히 아직 이 근처에 있을 테고 말이야."

"나를 부수어 네가 원하는 바를 얻을 수 있을 것이라 착각하지 마라. 너는 결국 악마가 아니냐. 그 이상은 파악할 가치도 없다."

그의 검 끝이 당장이라도 루아의 살을 파고들 것만 같았는데, 그럼에도 루아는 눈 하나 깜박하지 않고 여유롭게 말을 이었다.

"나는 너에게 한 가지 제안을 할 생각이다. 이걸 받아들이고 말고는 순전히 너의 자유고, 그에 따른 결과를 감당하는 것도 네 몫이지. 나와 거래를 하자, 미가엘. 네가 사도 셋의 위치를 알려준다면 이지스와 프라가라흐를 돌려주지. 한 점의 흠집도 없이 완벽한 상태로 네 손에 쥐여주겠다."

"뭐라고?"

그 말에 당황한 건 비단 나뿐만이 아니었다. 루아의 눈치를 살피기 급급했던 브리싱가멘이 경악스럽게 외쳤다.

"하지만 걔네들은 죽었어. 네가 부쉈잖아! 우리는 영혼으로 연결되어 있는걸? 그때 느꼈던 충격이 아직도 생생한데……."

나는 미친 듯이 눈을 깜박였다. 루아는 내 쪽을 쳐다보지도 않고 말했다.

"난 뭐든지 할 수 있거든. 현명하게 판단하는 게 좋을 거다. 제 목숨만 귀하게 여기는 세속적인 사도들을 구할지, 불합리한 신벌을 받아 죽을 위기에 처한 가엾은 공주님을 구할지 선택해. 물론 네가 응하지 않는다고 해서 그만둘 생각은 없지만. 결국은 지금이냐, 며칠 뒤냐의 차이일 뿐이지."

미가엘은 놀란 기색도 없이 눈을 내리떴다.

"신벌이라."

"교황이 무슨 짓거리를 하고 돌아다니는지는 너도 알 텐데. 그는 신께 제물을 바친답시고 아무것도 모르는 애들을 데려가 암살자로 키웠다. 그것들이 하루가 멀다 하고 궁전에 찾아와 내 가슴에 칼을 꽂아 넣지. 그런 방법으로 교황은 내 안에 성력을 주입시켰고, 그것이 독처럼 스며들어 나를 죽이고 있다. 악마의 힘을 가진 인간 하나를 처단하겠답시고 수백 명을 희생시키는 꼴이야. 그런데도 너는 정녕 그런 자를 위해 부서질 것이냐? 가장 신성한 자의 도구로 쓰이는 계집들이 불쌍하지도 않아?"

전혀 불쌍하지 않다는 나른한 어조로 루아는 미가엘에게 동정을 가질 것을 요구했다. 거의 명령이나 다름없었다.

"사도 열셋을 죽이면 신벌은 철회되고, 따라서 내가 성물을 노릴 필요도 사라지지. 너희는 보다 나은 교황을 섬길 자격이 있다. 넷 전부가."

최근 들어 인신공양이 부쩍 늘었다는 말은 나도 들어 알고 있다. 하지만 그 제물이 신에게 바쳐지는 것이 아닌, 루아를 해치기 위한 용도로 쓰이고 있다는 사실은 받아들이기 힘들었다. 어째서 교황은 그렇게까지 하는 거지? 루아가 그에게 무슨 죄를 지었다고?

"악마와 타협하는 걸 마냥 거북해하지 말았으면 좋겠는데. 어차피 악마도 예전엔 천사였다잖아? 거기다 나는 인간이야. 일단은."

루아가 부드럽게 말을 마쳤다. 일단은, 이란 사족이 왜 붙는 건지 모르겠다. 얼굴을 찡그린 나는 형언하기 힘든 감정을 느끼며 루아에게 다가갔다. 메피스토펠레스도 감당하기 버거워하는 성력을 몸 안에 담았다니 루아가 멀쩡할 리 없었다.

"루아 너……."

그때, 나를 탐색하던 미가엘이 생각을 끝낸 듯 어느 한 지점을 곁눈질했다. 그 방향에 있는 것이라고는 뼈대만 남은 앙상한 건물뿐이었으나, 거인이 발로 짓뭉갠 것 같은 다른 건축물들과는 달리 당장 무너질 것 같지는 않았다.

의미심장한 눈짓이 의미하는 바를 알아챈 루아가 만족스럽게 입꼬리를 올렸다.

"현명한 처사였어."

시리도록 푸른 눈에 광기라고밖에 설명되지 않는 섬뜩한 이채가 돈다 싶더니, 어떤 징조도 없이 미가엘이 가리킨 건물이 꼭대기부터 와르르 무너져 내렸다. 그 무자비한 굉음이 지면을 난폭하게 진동시키는 가운데 언뜻 사람의 비명 소리가 들렸다. 마지막 절규였다.

그리고, 불에 그을린 침묵.

주문을 읊었던 것도 아니고, 다분히 수상쩍은 기류가 일었던 것도 아니다. 마력을 끌어 모으려는 행동조차 하지 않고, 너무나 손쉽게 건물을 무너뜨린 루아가 속이 다 시원하다는 얼굴로 침묵을 깼다.

"펠레스."

나는 루아를 붙잡으려 올렸던 손을 도로 내렸다.

"미가엘을 황성으로 데려가."

펠레스와 미가엘이 눈앞에서 사라지고 나서도 나는 못 박힌 것처럼 서 있었다. 먼지 자욱한 폐허로부터 시선을 돌린 루아가 마치 칭찬해달라는 듯이 나를 바라보았다.

"정확히 셋이야."

맞붙은 입술이 떨어질 줄을 몰랐다. 루아가 어리둥절하게 물었다.

"기쁘지 않아? 이제 넌 자유야."

혼란스러웠다. 교황은 루아를 백치로 만들었던 것에 만족하지 않고 서서히 고통스럽게 죽이고 있었다. 제물로 바쳐진 소녀들을 이용해서, 루아에겐 독이나 다름없을 성력을 몸 안에 넣었다. 또한 사도들을 죽여야 내가 살 수 있었다. 모든 이가 선이라 믿는 집단과 줄곧 사투를 벌여온 루아로서는 정당방위라고 해도 과언이 아니었다.

그런데 왜 이렇게 루아가 무섭게 느껴지는 거지?

어째서 나는 루아에게 다가가지 못하는 거야?

"불쾌한 반응이네."

그 말에 유독 놀란 내가 절망스럽게 고개를 들자, 루아가 새벽이 스며든 눈 한가득 나를 담았다. 그러고는 미소 띤 얼굴로 부드럽게 중얼거렸다.

"뭐, 상관없어. 신벌은 풀렸으니까."

메마른 바람이 실어온 부드러운 음성에 귀가 아렸다. 그러나 그 말을 되짚을 시간도 없이, 어떤 특정한 감정을 드러낼 겨를도 없이 나는 얼굴을 찡그려야만 했다. 왠지 모르게 아랫배가 뻐근했다. 그리고 좀, 상당히 찝찝한 기분이 들었다. 아닌 게 아니라 다리 사이에서 미친 듯이 당황스러운 현상이 일어나고 있었다.

"어……."

순간적으로 머릿속이 텅 비었다. 어찌할 바를 모르고 머리를 숙였는데, 무릎을 덮는 연분홍빛 드레스에 기묘한 작은 꽃무늬가 퍼진 게 보였다. 붉디붉은 선혈이 다리 선을 따라 실처럼 미끄러지고 있었다.

나는 기겁하며 확 주저앉아 몸을 웅크렸다. 아, 빌어먹을. 뭐지? 갑자기 이러면 어쩌란 거야? 이게 뭐냐고!

당혹스럽기 이를 데 없었다. 나는 열셋의 사도를 살해한 소꿉친구가 보는 앞에서 초경을 시작했다.

무, 물론, 지극히 당연하게도 나는 이런 일이 생기리라고는 전혀, 정말 짐작도 못 했던 바였다. 기쁨을 누리기는커녕 몸 둘 바를 모르고 있었다.

기다렸다는 듯이 2차 성징이 나타나기 시작하는 것은 좋다. 신벌로 죽을 필요가 없어진 것도 만족스러워.

다 좋은데, 어째서 하필 루아가 보는 앞에서…….

"오, 오지 마! 오면 죽어버릴 거야!"

나는 비명을 지르며 더욱 처절하게 몸을 웅크렸다. 나한테 다가오려던 루아가 즉시 멈춰 서는가 싶더니 어리둥절하게 눈알을 굴렸다.

"기쁘지 않아?"

"하나도 안 기뻐! 나, 난 지금……."

제대로 말할 수조차 없었다. 내 2차 성징의 대가는 성스러운 성인 열셋의 목숨이었고, 루아는 방금 건물을 통째로 무너뜨려 사람을 죽였다. 불가능한 일을 가능하다고 말하며 성검을 꼬드긴 것도 모자라 살인에 대한 어떤 죄책감도 느끼지 못하는 듯 보였다!

어쩔 수 없는 선택이라는 것을 안다. 이미 루아를 망가뜨린 전례가 있는 교황은 순순히 신벌을 철회하지 않았을 테고, 나는 우울증에 빠져 자살하기 직전이었으니까. 내가 루아였어도 똑같은 죄를 범했을 거였다.

루아는 순전히 나를 위해서 제 손을 더럽혔다. 어른이 되어 나에게 먼저 손을 내밀어주었어. 그러니까 내가 루아를 외면해서는 안 되는 거잖아.

그런데 왜, 어째서 자꾸 루아가 무섭다는 생각이 드는 걸까.

뱃속이 울렁거렸다. 뒤집어진 땅에서 솟아오른 검은 흙으로 인해 발밑은 기묘하게 우글거렸고, 머릿속은 폭발하고 있었다. 심지어 속옷이 다 젖었다고! 나는 밀려드는 혼란을 감당하지 못하고 결국 울음을 터뜨렸다.

"너 미워. 진짜 너무해."

2차 성징이 나타나기 시작했다는 기쁨과, 나는 기형아가 아니었다는 데 대한 안도와, 이 사실을 얼른 엄마에게 알려주고 싶어 미치겠는 설렘은 보다 압도적인 충격과 당혹스러움에 뒤섞여 마음의 저변까지 가라앉은 지 오래였다. 나는 훌쩍이며 원망의 화살을 루아에게 겨눴다. 이것이 옳지 않음을 아는데도 불구하고 어쩔 도리가 없었다. 애초에 루아가 받아주리라는 확신이 있어 기대는 마음이었다. 그저 어처구니없을 따름이지. 3년의 시간이 흐르고 나자 응석받이가 된 것은 나였다.

루아에게 너니까 괜찮다고 했던 말은 단순한 자기최면이 아니었다. 다, 당연히 그렇다고 루아가 보는 앞에서 초경을 시작한 게 아무렇지 않다는 것은 아니다. 정말로 부끄러워서 죽고 싶었다.

"네가 펠레스와 같이 있지만 않았어도 훨씬 신사적으로 시간정지 마법을 해제했을 텐데 말이지. 거기다 너, 방금 나한테 오려다 말았잖아."

그 쏟아진 설탕 병처럼 달콤한 음성에 나는 서럽게 울다 말고 얼굴을 찡그렸다. 얘가 지금 뭐라는지 모르겠다. 내가 메피스토펠레스와 함께 자기를 찾으러 왔기 때문에 일부러 지금 이 순간에 마법을 해제했다 이건가? 하지만 내가 루아에게 뻗었던 손을 도로 거둔 건 루아가 사람을 죽이고도 태연해서지, 펠레스 때문이 아니었다.

그러나 그렇다고 이미 상처 입은 자존심으로 해명하기는 또 싫어서 나는 눈가를 벅벅 문질렀다.

"여기 더 있고 싶지 않아. 집에 보내줘."

여러 가지 이유로 몹시 놀랐던 탓인지 아직도 어깨가 덜덜 떨렸다. 한순간에 쑥대밭으로 변모한 이 마을에 시체가 몇 구나 더 있을까? 생각도 하기 싫었다.

루아가 나를 바라보았고, 나는 반사적으로 머리를 비틀어 그 시선을 외면했다. 지금은 어떤 미사여구를 붙여도 부족한 루아가 꼴도 보기 싫었다.

애꿎은 레이스를 잡아 뜯으면서 초조함을 달래는데 이해가 담긴 루아의 음성이 귀를 파고들었다.

"내가 무서워?"

나는 침묵의 시위를 했다. 자기랑 나랑 사귀는 것도 아닌데 내가 왜 눈치를 봐야 해? 펠레스와 같이 오든 말든 무슨 상관인지 모르겠다. 그나마 펠레스에겐 이 꼴을 안 보여 다행이지만, 이것 또한 역시 루아가 철저하게 계산적으로 꾸민 계획이리라.

어쩐지 루아는 나를 괴롭히는 것도, 보듬어주는 것도 자신이어야만 한다는 이상한 생각을 가지고 있는 듯했다. 그저 터무니없는 짐작에 불과했으면 좋으련만.

숭고한 기운이 떠난 이곳은 추웠고, 황량했고, 메말라 있었다. 여름철의 환한 별들도 이곳에선 시든 것처럼 연기에 그을려 있을 뿐이었다. 눈알이 뻑뻑해서 쉬지 않고 눈을 깜박이자 잠시 그쳤던 눈물이 도로 솟구쳐 올랐다.

다리 사이에서 느껴지는 생경한 이질감에 더욱 서러움이 북받쳐 오르려는 찰나, 선이 미끄러운 루아의 팔이 어깨를 감싸는 게 느껴졌다.

루아가 대단히 불만스러운 기색을 담아 물었다.

"이제 안 무섭지?"

어쩐지 아까보다 여리고 상냥한 음성이었다. 언제까지고 듣고 싶은 부드러운 울림인 것은 마찬가지였는데 뭔가가 달랐다. 아주 판이하게.

다소 미심쩍어하며 고개를 들자, 한참은 어려진, 아니, 아마 정확히 열다섯일 것 같은 루아가 보였다.

나는 서러워하던 것도 까맣게 잊고 입을 벌렸다.

"귀, 귀엽다."

나도 모르게 본심을 입 밖에 내고 말았다. 눈앞의 루아는 정말 미친 듯이 귀여웠다. 귀엽고 귀엽고 귀엽고 사랑스러웠다! 세상에.

부풀어 오른 벌꿀색 금발은 전보다 훨씬 빛깔이 짙어졌으나, 빗물처럼 말간 눈동자는 도리어 연해져서 흰 물결이 일렁이는 것 같은 하늘색에 가까웠다. 물병자리의 투명함을 빼온 듯했다. 설탕을 덧바른 듯한 복숭앗빛 입술은 뭐가 그리도 싫은지 비틀려 있었지만 그조차 황홀하지 않을 수 없었다. 오밀조밀하게 짜인 이목구비는 성장이 덜 된 소년의 것이었고, 고르게 다듬어진 속눈썹은 몹시 길었다. 깨물어주는 걸로는 턱없이 모자라다. 밤새도록 껴안고 설레 해야만 성이 찰 것 같은 사랑스러움이었다.

만져보고 싶어. 숨 막혀 죽을 때까지 안아보고 싶어! 아무도 모르는 곳에 숨겨서 질리도록 깨물어주고 싶다고!

열다섯 살의 루아는 설탕과 살구와 크림으로 빚은 인형이었다. 이렇게 귀여운 애가 존재해도 되는 건가. 마구 만져도 괜찮은 거야? 내가 히끅거리다 말고 정신없이 쳐다보자 루아가 한숨을 내쉬더니 제 겉옷으로 나를 감싸고는 그대로 안아 올렸다.

"저택으로 데려다줄게."

심지어 목소리조차 기절할 듯이 귀여웠다. 으으, 내가 미쳐!

"나 만지게 해줘! 하루 종일! 아니, 일 년 내내! 죽기 직전까지!"

흔히 잘생긴 남자를 보면 그 축복받은 유전자를 세상에 널리 퍼뜨려줘야 할 것 같은 의무감을 느낀다고 하는데, 나는 정반대의 충동을 느꼈다. 나만 만지고 나만 독차지하고 싶었다. 이 살인적인 사랑스러움은 진짜 범죄다. 무슨 남자애가 이렇게 예쁜 거냐고! 너무 귀엽잖아! 어떻게 된 게 열두 살이었을 때보다 천만 배는 더 귀여워졌어!

도저히 인정하기 힘든 사실이었다. 얼굴에 몰린 피가 역류할 것만 같았다. 이러다 쌍코피를 쏟을지도 모르겠어. 나는 루아의 심술을 완전히 잊어버린 채 잘못도 없는 치마를 쥐어뜯으며 신음했다. 으아, 진짜 돌아버리겠네. 쟤는 왜 이렇게 푸딩처럼 귀여워서 사람을 시험하는 거람? 가뜩이나 엉망인 머릿속이 아예 거꾸로 뒤집힌 것 같았다. 세상에서 제일 귀엽다! 몽글몽글하고 따뜻해!

경련하는 손을 열심히 꼬물거리다가 나는 참지 못하고 기어이 루아를 껴안았다.

"너, 누가 맛있는 거 사준다고 해도 절대 따라가면 안 돼! 아는 사람 말도 믿지 마! 아니다, 그냥 나 말고는 전부 나쁜 사람이야!"

"너나 따라가지 마."

루아가 부루퉁하게 대답했지만 들리지도 않았다. 환장하게 귀여운 루아에게 딱 붙어 열심히 부비적거리는데 별안간 문 열리는 소리가 났다. 순간이동이라도 한 모양이었다. 그 소리가 제법 난폭해서 가까스로 눈을 돌리자, 당황한 기색이 역력한 시녀 메리가 보였다.

"그레이스 아가씨! 이 늦은 시간에 어떻게……, 옆에 계신 분은……."

"가서 씻겨."

매정하다 싶은 어조로 말한 루아가 메리에게 나를 넘기려고 했으므로, 나는 비명을 지르며 루아에게 매달렸다.

"싫어! 더 만지고 싶단 말이야!"

"아, 아가씨?"

"루아 네가 어떻게 나한테 이럴 수 있어!"

나는 진심으로 루아에게 배신감을 느꼈다. 박제하고 싶을 정도로 예쁘고 앙증맞은 주제에 나를 내치다니 도저히 용납할 수가 없었다.

필사적으로 메리의 손을 거부하는데 루아가 어이없다는 얼굴로 물었다.

"그럼 내가 씻겨줘?"

"어……, 으응?"

순간이나마 고민에 빠졌다는 게 문제였다. 도대체 내가 언제부터 제정신이 아니었는지 모를 일이다.

이제라도 정신을 차려서 나중에 후회할 짓을 하지 말아야 하건만, 루아가 나를 보며 화사하게 웃는 바람에 그마저도 무색해졌다.

"네가 그렇게도 원하는데 어쩔 수 없지."

나는 어리둥절하게 눈을 깜박였다. 루아가 메리한테 나를 내주지 않은 건 좋은데 어쩐지 뭔가 심각하게 잘못되고 있는 것 같은 느낌이 든다. 어, 그러고 보니 나 조금 전까지만 해도 루아를 무서워하지 않았나? 내가 보는 앞에서 루아가 아무렇지 않게 사람을 죽인 바람에 엄청 겁먹었는데…….

나는 얼이 빠져서 하염없이 루아를 바라보았다. 예전부터 나는 어린애들을 싫어하는 편이었고, 귀여운 것보단 성숙하고 우아한 것을 더 높이 쳤다. 그건 일종의 동경이나 다름없었다. 2차 성징이 늦었기 때문에 나는 어른스러운 것을 사무치게 싫어하면서도 한편으론 미치도록 숭배했다. 내가 갖지 못한 것을 당연하다는 듯이 가진 모든 사람이 부럽고 증오스러웠다.

열등감에 사로잡혀서.

키가 훤칠한 모습의 루아는 나를 부끄럽게 하고 움츠러들게 만드는 반면, 열다섯으로 돌아온 지금의 루아는 내가 먼저 다가가게 만드는 이상한 힘이 있었다. 이제야 내가 아는 루아다웠다.

나는 손가락으로 루아의 부들부들한 뺨을 집요하게 문질렀다. 아, 진짜 부드럽다. 말랑말랑했다. 버터와 우유를 듬뿍 넣은 생크림 푸딩 같아. 입이 저절로 벌어지고 있었다.

루아가 나를 어디로 데려가는지도 모르는 채 한참 볼 만지기에 몰두하고 있는데, 느닷없이 들이닥친 나와 루아로 인해 몹시 당황한 듯 보이는 메리가 루아의 뒤를 졸졸 따라오다 말고 갑자기 숨넘어가는 비명을 질렀다. 공작가에서 일한 지도 10년이 넘어가는 그녀가 루아를 알아보지 못할 리 만무했다. 더군다나 내 입으로 직접 루아라고 부르기까지 했으니.

"설마 화, 황제 폐하? 어째서 이곳에……."

"바쁘니까 따라오지 마."

루아는 그렇게 말하고서 곁눈으로 메리에게 잠깐 시선을 두었다. 새하얗게 질린 메리가 즉시 걸음을 멈추었다.

루아에게 안겨 있는 덕분에 메리의 표정이 뚜렷하게 보였으므로, 나는 루아의 목덜미에 코를 묻은 채로 말했다.

"아직 엄마한테 얘기하지 마. 내가 직접 얘기할 거야."

루아와 재회했다는 것도, 초경을 시작했다는 것도 전부 내가 직접, 내 입으로 알려주고 싶었다. 어쩐지 임신 사실을 남편에게 가장 먼저 전하려는 새신부가 된 느낌이지만, 아무렴 어때. 엄마가 기뻐하는 얼굴을 맨 처음으로 볼 자격이 있는 건 나뿐이다.

메리가 여전히 굳어 있어서, 나는 불만스럽게 미간을 찡그렸다.

"메리, 대답."

"물론이죠. 아가씨 좋을 대로 하세요."

그제야 나는 만족스럽게 고개를 돌렸다. 어떻게 알았는지 한 번 헤매지도 않고 내 전용 욕실을 찾은 루아가 나를 의자 대신 꽃 모양으로 섬세하게 구부러진 욕조 테두리에 앉혀주었다. 자세가 바뀌자마자 잠시나마 잊고 있던 이질감이 확 찾아들었는데, 여간 찝찝한 게 아니었다. 이 성가신 걸 하지 못해서 그동안 안달이 났었다는 사실이 우습기도 하고 처량맞기도 해서 한숨이 나왔다. 아이고, 내 신세야.

허리가 욱신거렸다. 일단 스타킹부터 벗으려는데 루아가 나갈 생각도 않고 멀뚱멀뚱 주시하고만 있어서 나는 얼굴을 구겼다.

"안 나가?"

"넌 별로 안 기쁜 것 같아."

루아는 의심의 기색도 없이 단정 지었고, 나는 그것이 못마땅했다.

"기뻐. 엄청나게."

오로지 루아의 기분이 나아지기를 바라고 적당히 대답했다가 나는 생명이 떠난 폐허의 풍경을 떠올리고 다시 시름에 잠겼다. 이 잠깐의 평화에 취해 현실을 돌아보지 않는 것도 한계가 있다. 루아를 겨누고 있는 화살이 수도 없이 많은데 나만 평온하자고 외면할 수는 없는 노릇이었다. 성장하지 않았던 몸은 변화를 시작했고, 더 이상 둘러댈 핑계도 없는걸.

솔직히 말하자면 나는 루아에게 실망하고 싶지 않았다. 루아를 무서워하는 나 자신을 받아들이기가 힘들었다.

이 얼마나 이기적이고 안일한 마음인지.

애꿎은 손은 차가운 욕조 벽면을 쓸었고, 숨은 소리도 없이 흐트러졌다. 차마 루아를 마주할 자신이 없어 나는 조용히 눈을 내리떴다.

"전에 어째서 네가 황제 폐하를 해치지 않았고 우리 부모님을 무사히 돌려보내줄 거라고 확신했는지 물었지? 넌 내가 물어보면 대답할 거야?"

"그렇게 해서 네 기분이 나아진다면."

망설이지 않는 대답에 기쁘면서도 곤혹스러웠다. 나는 치마를 최대한 잡아당겨 내리면서 조심스럽게 말했다.

"너는 나한테 내려진 신벌을 무효화시키려고 악마의 능력을 써서 사도 열셋을 죽였지. 그러고도 지금 내 앞에 멀쩡하게 서 있어. 그런데 왜 너를 망가뜨린 교황은 내버려두는 거야? 네 입으로 직접 말했잖아, 교황이 너를 죽이는 데 산 제물을 이용하고 있다고."

루아에게 있어 성력은 독이다. 그 사실을 교황은 무척이나 잘 알고 있을 터였다. 그럼에도 당장 해치우려 들지 않는 걸 보면 루아가 가진 능력이 얼마나 대단한지도 아는 게 분명하다. 어쨌거나, 대외적으로도 교황은 우위를 차지하고 있었다. 성력은 곧 신성하고 옳은 것, 새하얀 순백이지만 악마는 그 빛의 그림자와도 같으니까. 아카시아 제국에서 타락한 천사인 악마는 불경하고 위험한 것으로 간주되었다.

만약 루아가 악마의 힘을 가졌다는 게 드러난다면 다른 귀족들도 가만히 있지는 않을 거다. 애초에 모든 상황이 루아에게 불리하게 돌아가고 있었다. 내가 믿어준다고 해도 원로원이 물고 늘어지면 루아는 아버지를 살해하고 황위에 오른 반왕이라는 혐의를 벗기 힘들 거였다. 어찌어찌 아빠를 설득하는 데 성공하더라도 개 같은 성미로 유명한 귀족들이 버티고 있으니.

아무리 봐도 부족함이 더하다는 듯 루아가 열심히 나를 제 망막에 박아 넣으며 입을 열었다.

"어머님은 교황에게 필요 이상으로 의지하고 있어. 사람 말을 귓등으로 흘려듣는 건 아버님과 똑같지. 그놈이 결국 어머님도 죽일 거라고 아무리 말해도 들으려 하지를 않아."

"뭐? 황태후께서 왜……, 빌어먹을."

생각 없이 벌떡 일어났다가 나는 대형 참사를 겪고 말았다. 자세를 바꾸자마자 기다렸다는 듯이 고였던 피가 쏟아지고 있었다.

욕조 벽에 머리를 처박아서 자살하고 싶은 충동을 느끼며 나는 비명을 질렀다.

"너 계속 그러고 있을 거야? 내가 지금 얼마나 창피한 줄 알아?"

토끼눈을 뜬 루아가 고개를 갸우뚱했다.

"아직도 나한테 창피할 게 남았어?"

차라리 어른 모습이면 패주기라도 할 텐데, 능청스럽게 구는 것조차 진저리치게 귀여워서 돌아버릴 것 같았다. 또다시 눈알이 시큰거려서 나는 훌쩍이며 텅 빈 욕조 안으로 들어갔다. 욕조와 욕실을 구분 지어주는 와인빛의 장식용 커튼을 캐노피처럼 내린 뒤, 그 뒤에 숨어서 샤워기로 뜨거운 물을 틀었다. 이 와중에도 루아라서 다행이라는 생각이 드는 게, 이러다가 진짜 쟤한테 코 꿰이는 건 아닌가 모르겠다.

"씨, 시집 다 갔네."

스타킹을 벗으면서 혼잣말처럼 중얼거린 말에 루아가 천연덕스럽게 답했다.

"나한테 오면 되잖아."

말은 잘한다. 나는 코웃음을 쳤다.

"됐으니까 가서 메리 불러오고 내 방에서 기다려. 도망치면 정말 죽여버릴 거야."

최대한 빨리 씻고 나가서 루아를 닦달하려고 했건만, 루아는 내 얘기를 무시하고 불쑥 말했다.

"아버님 죽인 거 나 아니야."

"……너 지금 안 나가려고 일부러 말해주는 거지?"

떨떠름하기 그지없는데 그렇다고 벗은 걸 도로 주워 입을 수도 없는 노릇이었다. 살랑이는 벚꽃 같은 연분홍색 벨벳 드레스는 구겨져 엉망인 데다, 브리싱가멘은 자는 척이라도 하는지 아까부터 줄곧 조용하기만 했다.

나는 한숨을 쉬고 샤워기의 물줄기를 조금 약하게 했다. 화를 내든, 부탁을 하든 해서 루아를 내보내야 하는데, 어쩐지 루아가 지금 하려는 말을 더 들어줘야 할 것 같은 느낌이었다. 확실히, 다시 분위기를 잡느라 고생하는 것보단 지금 몇 초 참는 게 이득인 듯한데.

벗은 스타킹을 대충 던져놓고, 곧 있으면 사방으로 번질 것 같은 피 냄새를 원천 봉쇄하기 위해 장미향의 입욕제를 바닥에 들이붓는데, 이상하리만치 달콤하고 차분한 루아의 목소리가 귀를 간질였다.

"교황이 어머님을 시켜 아버님을 죽였어. 나는 멀리서 지켜보기만 했고. 예전부터 이런 일이 생길 줄 짐작했는데 어차피 아버님은 나를 믿지도 않는 데다가 다시 백치로 만들려고 혈안이 되어 있었으니, 내 손 더럽힐 일 없이 끝나게 되어 다행일 따름이지. 너야 모르겠지만 아버님은 교황의 명령이라면 개처럼 기는 짓이라도 의심 한번 하지 않았거든. 뭐, 그건 어머님도 똑같지만……. 사실 아버님이 목줄에 걸린 짐승 꼴이 된 까닭은 어머님 탓이 크지. 하루 종일 옆에서 교황이 곧 살아 있는 신이자 진리라 속삭이는데 어떻게 현혹당하지 않을 수 있겠어."

불붙은 듯 뜨거운 물방울이 무리를 지어 떨어지고, 바닥에 부딪힌 물보라가 산산이 부서지는 동안에도 루아의 부드러운 음성은 계속해서 이어졌다.

"마르가레테 그렌트헨. 그게 어머님의 존함이지. 교황은, 그 파우스트는 사적인 공간에서 어머님을 그레첸이라고 부르더군. 자기가 지어준 이름이라면서 말이야. 알고 보니 어머님도 어린 시절에 신께 바쳐질 산 제물로 낙점되었던 적이 있었다나 봐. 그때, 신의 성전에서 머무는 동안 우연히 아버님의 눈에 들어 살아남은 뒤부터 교황을 그리 맹목적으로 따랐던 거야. 교황이 자기를 황후로 만들어준 신이라도 된다는 양."

부드럽고, 부드럽고, 그저 달콤하기만 하다. 분노와 실망과 적의라고는 애초부터 없었던 듯 여상했다. 단 한 번도 기대하지 않았던 선물이 제 손끝을 스치고 지나갔을 때의 반응이었다. 처음부터 바라지 않았으니, 영영 가지지 않아도 상관없다는 듯한. 어차피 제 것이 아니라 탐낼 필요도 없다는 것 같은.

루아는 제 부모님의 이야기를 남의 일처럼 늘어놓고 있었다.

도무지 루아의 저의를 헤아릴 수가 없었다. 눈앞에서 와르르 쏟아져 복사뼈를 적시는 물이 아리도록 뜨거운데도 나는 얼어붙은 채 그 소름 끼치도록 자비로운 말만을 귀에 박았다.

"참으로 순진하시지. 나약하고, 수동적이고, 이보다 한심할 수가 없어. 교황이 자기를 도구로 써서 아버님을 죽였다는 사실을 뻔히 아는데도 현실을 부정하느라 하나뿐인 아들이 모함 받도록 내버려두고 계시잖아. 그러니까 나도 어머님을 외면하는 거야. 정당하게. 있잖아, 다들 어머님이 그 일로 충격 받아서 쇠약해지신 줄 아는데 전혀 아니거든. 어머님은 순전히 내 얼굴이 보기 싫어서 바깥으로 나오지 않는 거야."

낮은 호흡조차 소음이 될까 두려워하며 일렁이는 와인빛 커튼을 붙잡았다. 손이 떨렸다. 지금 당장이라도 이 천을 거둬서 루아를 보고 싶은데, 왠지 그러면 안 될 것만 같았다. 루아가 허락해주지 않을 거라는 생각이 들었다.

나는 쉴 새 없이 눈을 깜박이며 루아를 이해하려고 애썼다. 오로지 청각으로만 느끼는 루아는 평상시와 같았지만, 오히려 섬뜩할 만큼 평화로웠지만 뭔가가 달랐다.

"이래야 서로 공평하지."

처음부터 가지지 않았으니.

혼란스럽다. 그 음성을, 감정을, 실의와 낙담을 뼈째로 받아들이고 나자 숨이 막혔다. 제멋대로 얼굴이 일그러졌다. 루아 너는 어째서 눈 닿지도 않는 곳에 숨어서야 나한테 진실을 털어놓는 거니. 줄곧 빼앗기기만 했던 네가 내려놓을 게 뭐가 있다고, 이다지도 겁에 질려서.

선황제 폐하와 황후 폐하조차 부정하면서도 루아는 내 시선이 닿지 않는 곳에 있었다. 이 이상 가까이 오지 않았다.

오직 이 거리에서만 나눌 수 있는 대화였다.

"루아야."

입 밖으로 새어나간 부름이 몹시 작았지만, 루아에게는 닿을 거다. 손끝에 스며들 듯 색이 진한 휘장을 뚫어져라 보고 있으려니 루아가 생각보다 가까이 있는 것같이 느껴졌다. 그러나 역시, 먼저 다가오지는 않을 테지.

나는 한숨처럼 물었다.

"내가 무서워?"

내리뜬 눈을 속절없이 감자 대답이 들려왔다.

"응."

제 아버지의 죽음을 논할 때와는 달랐다. 이미 포기하고 체념한 것을 이야기할 때의 그 덧없이 초연한 음성이 아니었다.

금방이라도 울 것 같은.

무너져 내리는 세계로 숨어버릴 것 같은.

그 잡은 손부터 불타고 있는데 도저히 놓칠 수 없어서.

"네가 나를 싫어할까 봐 겁이 나."

나한테 남은 건 너뿐인데. 처음부터 너밖에 없는데.

피의 베일 같은 휘장 너머에서 루아는 그렇게 말하고 있었다.

한숨이 나왔다. 눈을 감자, 잠긴 눈꺼풀 안에 그 모습이 선연히 떠오른다. 위로를 바라고 털어놓은 진심이 아님을 너무나 잘 아는 바였으므로 섣불리 입을 열기가 꺼려졌다.

루아가 진정으로 원하는 것은 동정이 아니다. 애당초 나는 누군가의 처지를 안타깝게 여겨 가여워할 만큼 자비로운 심성의 소유자가 아니었다. 권선징악을 우습게 여겼으며, 악한 자는 심연에 떨어져 영원히 고통받을 거란 믿음을 불쌍한 자기위안이라 여겼다. 예전 삶에서도, 전생을 기억하고 있는 지금도 나는 비관적이고 부정적인 사고방식을 완전히 고치지 못했다. 나에게 다가오는 그것이 설령 순수한 호의와 애정일지라도 의심부터 했다.

순수한 호의.

애정.

사도 열셋을 죽인 것도 루아고, 이 커튼 너머에서 울 것 같은 목소리로 두려움을 호소하는 것도 루아였다.

문득 성물을 위협하고 많은 사람을 죽이고도 아무렇지 않아 하던 루아가 이렇듯 나에게 약한 소리를 늘어놓는 게 가식일 수도 있겠다는 생각이 들었다. 물론 전부 다 거짓은 아니겠지만……, 어쩐지 수상하단 말이지. 여전히 나를 어떻게 보는지 알 수가 없어.

수단과 방법을 가리지 않고 적극적으로 구애하는 것 같으면서도, 열병에 걸린 것처럼 맹목적으로밖에 느껴지지 않는데 그것이 애정인지, 본능인지 헷갈렸다. 이다지도 내게 매달리며 쉬이 진실을 털어놓는 이유가 단순히 동지애 때문이라면 나는 어떡해야 하지?

루아와 보낸 시간이 7년. 결코 짧지 않은 시간이었다. 어쩌면 루아는 단지 부모님에게 배신당한 자신과 비슷한 상처를 나눠 가졌기에 나한테 집착하는 걸 수도 있었다. 참 징그럽기도 하지. 나는 루아에게 헛된 망상을 품었다가 상처받고 싶지 않았다. 루아가 얼마나 힘든지를 뻔히 알면서, 그 처지가 결코 나보다 나을 게 없다는 사실을 아는데도.

내가 티 없이 순수했던 어린 루아를 좋아했던 가장 큰 이유는, 결코 배신당할 염려가 없었기 때문에서였다.

나는 베일에 숨어 말했다.

"루아야? 안아줄 테니까 잠깐만 기다려."

굳이 대답을 들을 필요는 없었다.

계속 틀어두었던 물 덕분에 사방이 희뿌옇게 일그러져 있었다. 나는 늘어뜨린 머리를 하나로 묶고서, 와인 빛깔 휘장이 흐트러지지 않도록 고정한 다음 드레스를 집어 던지고 최대한 간단하게 샤워를 했다. 그런 뒤 양털처럼 몽실몽실한 가운을 걸치고 쏜살같이 욕실과 연결되어 있는 나만의 방으로 돌아가서, 언젠가 올 이날을 위해 용돈을 털어 사 모았던 생리대를 착용했다. 비싼 값을 하는지 실크처럼 보드라웠다. 아, 내가 지금 감상에 젖을 때가 아닌데.

나는 감격의 눈물을 닦고 재빨리 루아에게 뛰어갔다. 제자리에 얌전히 서 있던 루아가 다짜고짜 달려드는 나를 잡아주면서 눈을 굴렸다.

"무슨 반응을 보여야 할지 모르겠네."

나는 무시하고 말했다.

"지금 당장 돌아가도 되는 거 아니지? 설령 그렇더라도 시간 좀 내줘. 이번 기회에 확실히 하지 않으면 안 될 것 같거든."

너를 위해서도. 나를 위해서도.

나는 뒷말을 삼킨 채 루아를 내 방으로 끌고 갔다. 새벽빛이 어스름하게 피어오른 창 밖은 몽환적인 남색의 기류를 흩뿌리며 곧

다가올 아침을 맞이하고 있었다. 이미 제국에선 동이 텄을지도 모르겠다.

한숨도 자지 못한 루아에게 죄책감이 들지 않는다면 거짓이다. 나는 머쓱하게 방문을 닫고, 루아를 몇 주 전에 새로 장만한 철제 침대에 밀어 넣었다. 나는 걷잡을 수 없이 화가 날 때면 방 안의 가구들을 부수곤 했는데, 덕분에 내 방에 있는 가구들은 대부분이 몇 번 사용하지도 않은 새것이었다.

체리색 캐노피에 감싸인 루아가 미치도록 귀엽다는 생각을 천 번째로 하면서 나는 입을 열었다.

"나를 의지하는 것도 좋고 좋아해주는 것도 좋아. 네 부모님을 저버리는 것도 이해할 수 있어. 그들이 한 짓이 있고, 나 역시 신벌로 죽을 뻔했으니까."

나는 어깨를 으쓱였다.

"전부 다 좋은데 말이야, 루아야, 너 나를 여자로 보기는 하니? 열렬히 사랑하는 반려자로 맞이하고 싶은 게 아니라 또 하나의 가족으로 생각하는 건 아니고? 누나라든가, 동생이라든가 같은 방식으로 말이야."

잔인하게 들릴 수도 있는 말이었으므로, 나는 몹시 신중하고 조심스럽게 말을 이었다.

"물론 나도 너를 좋아해. 누구보다 소중하게 여기고 있어. 너만큼 나한테 큰 영향을 끼친 애도 없거든. 그러니까 더 모르겠는 거야. 너와 살기로 마음먹었는데 나중에 가서 네가 진심으로 사랑하는 여자가 생겼다고 하면, 그 여자야말로 네 운명이고 나는 단순히 가족 같은 소꿉친구였다고 하면 나는 어떻게 해? 나는 여자로도 안 보인다고 하면? 내가 나 좋다는 남자들 죄 마다하고 네 정부로 얌전히 생을 끝마칠 줄 아나 본데……, 에라이 씨."

도저히 참을 수 없어서 나는 욕지거리를 하며 루아에게 달려들었다.

"짜증 나, 짜증 나, 이건 반칙이야."

잠깐 못 만졌다고 그새 금단 증상이 일어나고 있었다. 나는 경악스러울 만큼 사랑스러운 열다섯 살의 루아를 있는 힘껏 껴안고 보들보들한 뺨에 얼굴을 문질렀다. 히잉, 진짜 미치겠네! 귀여운 걸 좋아하지도 않는데 왜 이렇게 주체할 수가 없는 거냐고! 아무리 귀엽다지만 나보다 한 뼘은 더 큰데!

"너 혹시 나한테 마법 부린 거 아니야? 펠레스처럼!"

기어이 충동을 참지 못하고 설탕뭉치처럼 달달한 볼을 깨물어 보려니 얼떨결에 뒤로 넘어간 루아가 무척 어이없다는 반응을 보였다.

"그랬다간 아예 나를 갈아 마실 것 같은데."

당연히 나는 무시했다.

"너 되게 부드러운 거 알아? 진짜 생크림으로 만든 것 같아. 거기에 버터랑 우유랑 설탕이랑 잔뜩 넣은 거! 나 그동안 달콤한 음식은 입에도 안 댔는데 이러다 다시 먹을 것 같아. 네가 아무리 맛있게 생겼다지만 널 먹을 순 없으니……."

불현듯 루아가 강제로 입에 넣어줬던 초콜릿 생각이 나서 나는 입맛을 다셨다. 루아가 좋아해야 할지, 싫어해야 할지 모르겠다는 얼굴로 한숨을 쉬었다.

"기껏 모습을 바꿨을 땐 경계하기만 하더니."

루아가 내 밑에 깔렸던 제 손을 들어서, 혹시 나를 밀어내려는가 싶었다. 당황스럽게 눈을 깜박이다가 무심결에 루아에게 더 붙으니 루아가 안심하라는 뜻인지 내 머리를 쓰다듬었다.

풀린 머리끈이 바닥에 떨어지는 것도 개의치 않고서 나는 가만히 중얼거렸다.

"있잖아, 루아야, 나는 솔직히 네가 남자로 보이는지, 아닌지도 잘 모르겠어. 그런데 네가 다른 여자한테 푹 빠져서 이러고 있으면 좀 기분 나쁠 것 같아."

"그것 참 영광인데."

루아가 못내 빈정거리며 코웃음을 쳤으나, 나는 무시한 채 루아의 가슴에 팔꿈치를 대고 턱을 괴었다. 다른 한 손은 여전히 루아의 뺨에 머물러 있었다.

"너도 알겠지만 나는 독점욕이 꽤 심하거든? 어렸을 때 네가 에니벨인가 뭔가 하는 여자랑 노닥거리는 것도 진짜 마음에 안 들었어. 너한테 배신당했다는 생각까지 들었단 말이야."

어쩌면 그때 깨달았는지도 모르겠다. 이 관계는 영원하지 않을 거라고.

나와 루아, 단둘만의 세계는 언제든지 부서질 수 있었다.

그리도 위태로운 것이었다.

"내가 준 책."

졸린 듯 나른한 어조로 루아가 잠깐의 침묵을 깨뜨렸다. 루아가 나에게 준 책이라고는 루아의 비밀이 담긴 동화책밖에 없었다.

잠자코 이어질 말을 기다리는데, 루아가 반쯤 감은 눈으로 대수롭지 않게 폭탄선언을 했다.

"그거 내 심장이야."

귀를 의심할 수밖에 없었다.

"뭐……, 뭐?"

얘가 잠을 못 자서 미쳤나? 정신을 놓은 거야?

"내가 너 괴롭히면 그거 태워. 성검으로 찌르든가. 그러면 난 죽어."

당연히 쉽게 받아들일 수 없는 말이었다. 나를 놀리는 건가? 심히 어처구니가 없어서 나는 벌떡 상체를 일으켰다.

"잠깐, 잠깐만? 그 동화책이 뭐라고? 심장? 심장이 어떻게 동화책으로 변해? 아니, 그게 문제가 아니라……, 어떻게 그렇게 중요한 걸 나한테 줄 수가 있어? 내가 그걸 함부로 대하면 어쩌려고? 거짓말이지? 나를 뭘 믿고 그런 중요한 걸 맡겨?"

숨도 쉬지 않고 몰아붙이는 말에도 루아는 그저 태연했다.

"하긴, 던지고 물어뜯고 난리도 아니었지."

즉시 말문이 막혔다. 그걸 어떻게……. 그러나 루아는 내가 어이없어하는 것도 아랑곳하지 않고 하품을 하더니, 느릿하게 눈을 깜박였다.

"나 졸려."

"야! 지금이 장난할 때야!"

온몸의 피가 발밑으로 사라지는 느낌이었다. 심장이 사람에게 있어 얼마나 중요한 기관인지는 다섯 살짜리 애도 안다. 세상에. 루아는 미친 게 분명하다! 그렇지 않고서야 나한테 제 목숨을 맡길 리 없다고!

지난 3년 동안 나는 루아에 대한 화풀이를 동화책에 하곤 했었다. 루아의 말마따나 하루 이틀 집어 던진 게 아니었다.

"그럼 계속 구경해? 나야 좋기는 한데."

루아가 고개를 비스듬하게 기울이며 물었다. 그 모습이 무지개를 섞어 구름으로 빚은 천사처럼 사랑스러워서 나는 또 무심결에 마음을 놓았다. 그런데 구경이라니? 대체 뭘…….

"악! 뭘 보는 거야, 이 멍청아!"

나는 비명을 지르며 거의 다 벗겨져 있던 가운을 황급히 수습했다. 아, 진짜 시집 다 갔다. 빌어먹을.

우울하기 그지없었다. 나는 루아를 걷어차고 볼을 세게 꼬집어 준 다음 드레스 룸으로 도망쳐서 옷을 챙겨 입었다. 발목까지 오는 실크 잠옷을 입고서도 선뜻 나가기가 꺼려져 문 앞에 쭈그리고 앉아 있으려니, 기다리다 지친 루아가 짜증스럽게 문을 열어서 앞으로 고꾸라지고 말았다.

"시, 싫어! 안 나갈 거야! 여기 있을 거라고!"

창피해 죽겠는데 도무지 신경을 안 써준다! 얼굴이 뜨겁게 달아올라서 거울을 보지 않고도 내 표정이 어떨지 짐작이 갔다.

내가 문고리를 잡고 버티자 루아가 얼굴을 찡그렸다.

"나 사흘 동안 한숨도 못 잤어."

"그게 나랑 무슨 상관이야!"

나는 버럭 소리쳤지만, 양심이 찔리는 바람에 더 버티는 걸 포기하고 문고리를 놓아줄 수밖에 없었다. 어렸을 땐 내가 얘보다 위에 있다는 게 너무나 확실했건만, 어쩐지 지금은 매번 놀아나는 것 같다. 단순히 착각이라 치부하고 넘어가기엔 영 꺼림칙하다 이거지.

떨떠름한 기분을 감출 수 없으면서도 나는 순순히 루아를 내 예쁜 침대에 뉘고, 이불을 덮어주었다. 그 옆에 누우려니 불현듯 예전 생각이 났다. 벌써 3년도 더 지난 일들인데, 마치 어제 겪은 것처럼 생생했다.

황성에서 마지막으로 루아를 재워주었을 때만 해도 이런 날이 오리라고는 상상도 못 했는데. 나는 언제까지고 루아가 순수할 줄 알았다. 같이 어른이 되자고 했지만, 선황제 폐하보다 루아를 믿는다면서 입맞춤을 해주었지만 그러는 와중에도 비관적이었다.

나는 루아를 지켜주지 못했는데 루아는 나를 지켜주고 있다.

나는 루아를 외면했는데 루아는 나를 외면하지 않았다.

단지 가진 능력의 차이일까? 만약 나한테도 루아 같은 엄청난 마력이 있었으면, 더 높은 작위와 권력이 있었으면 루아를 두고 떠나지 않았을까? 선황제 폐하와 맞서 싸우는 한이 있더라도 루아를 지켜주었을까?

확신할 수 없었다. 그렇기에 더 미안했다. 이 손이 무엇에 기인해서 내밀어진 것이든 나는 그만큼 보답하지 못할 테니까.

루아가 나를 연인으로 보든, 가족으로 보든 신기하고 얼떨떨하긴 마찬가지였다. 정말로 루아는 나 자체를 좋아해주는 것 같았으니까. 내가 얼마나 모나고 뒤틀리고 상처받았는지 아는데도.

심히 부끄러워 죽겠는데, 인정하지 않기란 불가능하다. 루아는 내가 자기 때문에 성장하지 못했다는 데 대한 죄책감으로만 나를 위해주는 것은 아닌 게 분명했다.

죄책감이라. 차라리 그랬더라면 더 상황이 간단했을 테지. 아, 진짜 이러다가 얘랑 결혼할 것 같아. 무슨 방법이 떠오르질 않는다고.

"왜 그렇게 인상을 쓰고 있어?"

루아가 졸음 가득한 눈으로 불만스럽게 물어서, 나는 입술을 삐죽였다.

"네가 너무 귀여워서 그래. 얼른 자. 나도 졸려."

그렇게 말하고서 나는 재빨리 눈을 감았다. 머릿속이 복잡해서인지 쉽게 잠이 오지 않았으나, 어떻게든 자려고 노력했다.

나는 피곤했고, 지쳐 있었고, 어쩐지 예전과는 달리 루아와 같이 자는 게 조금은 어색했다. 확실히, 루아가 어른 모습이었다면 선뜻 침대를 내주진 않았을 것 같아. 응, 아마 제국으로 돌아가서 자라고 했을 거다.

나는 아직 '남자'인 루아가 낯설기 그지없었다.

루아가 옆에 있다는 걸 의식하지 않으려고 한참을 뒤척이다가, 어느 쯤엔가 겨우 잠들었나 보다. 희미한 잔상만이 남은 꿈에서 깨어났을 땐 이미 루아는 가고 없었다. 대신 내가 엄마만큼이나 그리워했던 아빠가 와 있었다.

"아빠!"

반가운 마음에 나른한 졸음을 마저 털어버리고 활짝 웃는데, 아빠가 너무 가까이 있는 게 이상했다. 당황한 나는 흠흠거리며 아빠를 놓아주었다. 내가 왜 루아가 아니라 아빠를 껴안고 있지. 심지어 아빠는 이제 막 도착한 듯 근사한 외출복 차림이었다. 아마 내가 잠결에 엉겨 붙어서 편한 옷으로 갈아입지도 못하신 듯했다.

"일어났구나, 우리 공주님."

다른 사람이라면 몰라도 부모님이 나를 공주님이라고 불러주는 건 무척이나 좋았다. 애정이 한가득 느껴지니까.

나는 생글생글 웃었다. 나는 문득 올려다본 하늘의 별무리, 저무는 해가 걸린 들판의 오렌지나무 같은 황금색 눈을 가진 아빠가 내 이마와 뺨에 키스하도록 내버려두었다.

"언제 왔어? 나 보고 싶어서 빨리 온 거야?"

내가 너스레를 떨자 아빠가 미소 띤 얼굴로 받아주었다.

"참을 수가 있어야지."

아빠가 왔으니 엄마도 같이 왔겠지? 엄마는 아래층에 있나? 빨리 초경을 시작했다고 말해주고 싶은데!

내가 기대감에 찬 눈으로 문을 힐끗거리자 아빠가 미안함을 감추지 않고 부드럽게 미소를 지었다.

"레이첼은 며칠 뒤에 올 거란다. 아직 참여해야 할 공식적인 행사가 여럿 있거든."

"어……."

나는 어리둥절하게 눈을 깜박였다. 그럼 아빠가 일정을 전부 뒤로하고 왔다는 건가? 내가 아는 아빠는 엄마가 일벌레라며 혀를 내두를 만큼 공작가의 업무에 충실한 분이신데. 그리고 아직도 엄마를 엄청나게 사랑해서, 잠시라도 떨어져 있는 걸 끔찍이 싫어하셨다.

내가 의아한 기색을 감추지 않자 아빠의 입가에 머문 미소가 더욱 진해졌다. 아빠가 한없이 부드러운 눈에 나를 담고서 말했다.

"어째서 아카데미에 있어야 할 우리 아가씨가 저택에 있는지 묻지 않는 조건으로 데이트 신청을 하고 싶은데……, 어떻게 생각해?"

"읏, 물론 환영이지! 여기엔 아주 슬프고도 복잡한 사연이 있어."

나는 자신 없이 웅얼거리며 아빠의 시선을 피했다. 아빠가 내 목에 걸린 브리싱가멘을 잠시 눈여겨보는 듯하더니 자리에서 일어섰다.

"그럼 준비하고 나오렴."

심장이 두근두근해서 견딜 수가 없었다. 나는 손톱을 물어뜯으면서 그동안의 행적을 낱낱이 되새겼다. 아카데미에서 빠져나온 것 말고 잘못한 게 또 뭐가 있더라? 샤트린이랑 싸운 것? 오늘 수업을 필히 빠질 예정인 것? 설마 아빠가 루아를 봤나?

찔리는 점이 한두 가지가 아니라서 문제였다. 아빠는 거의 언제나 상냥하고 다정하지만 한번 화나면 정말 무서운데. 거기다 아빠는 레뮤시보다도 검을 잘 다뤘다. 예전에 잠깐이나마 황실 근위대로 근무한 적도 있다고 하니 그 실력이 알 만하지.

불길하다. 불길해. 엄마를 두고 돌아온 걸 보면 단단히 각오하신 게 틀림없었다.

아빠가 문을 열고 나가는데 몽실몽실한 털을 잔뜩 부풀린 페르시안 고양이가 그 틈을 노려 방 안으로 뛰어들었다. 나는 야옹거리는 이비의 턱을 긁어주며 정체불명의 신음을 흘렸다. 곧 다가올 상황을 피할 수만 있다면 수명을 5년 정도는 악마에게 바칠 수 있을 것 같았다. 으, 이제 어떻게 한다?

"어떡하지? 그냥 도망칠까? 아니, 아니, 아, 맞아! 브리싱가멘!"

문득 좋은 방법이 생각나서 나는 여왕이나 목에 걸 것 같은 화려한 목걸이를 살살 문질렀다. 웃는 낯에 침 못 뱉는다고, 엄청 예쁘게 꾸미면 아빠도 좀 좋아하지 않을까 싶었다.

"불타는 로맨스가 끝나니 이제 와서 날 찾으시겠다?"

기다렸다는 듯이 들려오는 퉁명스러운 음성이 지금은 반갑기만

했다. 헛소리만 덜 지껄이면 좋으련만. 나는 마지못해 얼굴을 찡그렸다.

"그런 거 아니거든? 누가 누구랑 불타는 로맨스를 한다는 거야?"

"흥! 너랑 말 안 해!"

이런 버릇없는 꼬마 성물을 봤나……. 목걸이 주제에 웬 심통이람. 나는 목 끝까지 올라온 욕을 간신히 삼키고서, 부모님한테 추가로 용돈을 달라고 조를 때마다 지었던 웃음을 머금었다.

"아잉, 그러지 말고 나 좀 도와줘. 응? 세상에서 가장 예쁜 성물인 네 도움이 꼭 필요하단 말이야. 나 이제 생리도 시작해서 기분 좋은……, 아니, 허리도 쑤시고 배가 아파서 꼭 좋지만은 않지만 어쨌든 네 도움이 필요해. 너만이 도와줄 수 있는 일이야."

"입에 발린 말 하기는. 정확히 뭘 도와달라는 건데?"

여전히 딱딱거리는 투였으나, 대꾸도 안 하는 것보단 훨씬 나은 반응이었다. 그럼, 좋은 징조고말고.

나는 마저 아양을 부리며 말했다.

"네가 제일 잘하는 거."

과연, 브리싱가멘의 능력은 실로 놀라웠다. 목욕 후 보드라운 비누 향에 감싸인 나는 거울 앞에서 빙그르르 돌며 로맨틱한 레이스가 달린 드레스를 마음껏 감상했다. 소매가 아주 짧은 여름용 드레스는 부푼 치마와 어울리지 않게 가벼웠다. 허리가 살짝 들어갔으며, 가벼운 바람에도 밑단이 나풀거렸다. 드레스와 색깔을 맞춘 망사 장갑은 솜털처럼 부드러우면서 감촉이 거의 느껴지지 않았고, 손목 부분에 달린 꽃 장식과 미치도록 잘 어울렸다. 음, 적어도 하루 종일 부채질만 할 염려는 없겠어.

나는 만족스럽게 미소를 지었다. 더워 보이지 않게 하나로 높이 묶어서 오른쪽 어깨로 늘어뜨린 머리카락은 머리장식에 붙은 초록색 줄기와 함께 구불거리며 허리 밑까지 떨어져 내렸다. 덕분에 내 장밋빛 머리카락 자체가 이미 꽃인 것 같았다.

"내가 해줄 수 있는 건 여기까지야. 네 아빠를 유혹할 생각이 아니라면 말이지."

화장을 한 것도 아닌데 맨얼굴에 불그스름한 생기가 도는 것이 신기했다. 분칠도 하지 않은 둥근 이마가 어느 순간 망막에 박힌 달처럼 하얗게 빛났다. 도톰하게 부푼 입술은 붉은빛이 아닌 산뜻한 산호색으로 반짝였고, 어른스러워 보이려는 티가 조금도 나지 않았다. 과하지 않은 적당한 치장이면서 가장 돋보이게 만들어주고 있었다. 거울에 비친 나는 열다섯, 그 이상도, 이하도 아니었다.

예전엔 어떻게든 성숙해 보이려고 별 화장품을 다 썼건만, 지금은 이것도 마음에 들었다. 거울 속의 소녀가 제 나이로 보이는 게 무척이나 좋았다.

나는 가슴 언저리를 쓸어보면서 생경한 기쁨에 사로잡혔다. 확실히 나는 월경만 시작한 것이 아니었다. 조금씩, 오직 내 눈에만 띄는 변화일지 몰라도 자고 일어나니 체형이 약간 변해 있었다.

굴곡이라는 것이 희미하게나마 생기고 있었다. 아, 또 눈물이 날 것 같아. 외출하고 돌아오자마자 서랍에 쌓아둔 가슴 패드를 모조리 불살라버릴 테다.

브리싱가멘을 드레스 안으로 밀어 넣어서 그 신비롭고도 화려한 테두리만 언뜻 보이게 만들며 나는 솔직하게 감사를 표했다.

"코르셋을 피해줘서 고마워. 가뜩이나 욱신거려서 죽겠는데 허리까지 조였다간 집 밖으로 나가기도 전에 미쳐버렸을 거야."

자기 딸이 얼마나 예쁜지 아빠가 다시 한 번 깨닫고 화를 풀었으면 좋으련만. 나는 후천적 기형도 아니었고, 주눅 들어 있지도 않았다. 적어도 지금만큼은.

나는 노래를 흥얼거리면서 마지막으로 옷차림을 점검했다. 뭐가 문제인지, 내 감사 인사도 무시한 브리싱가멘이 다소 망설이는 어조로 나를 불렀다.

"있잖아, 너 말이야."

"응응? 나 왜?"

기분이 좋아서 환하게 웃는 채 대답하려니 브리싱가멘이 또 입을 다물었다. 그러나 내가 추궁하기도 전에 메리가 문을 두드렸다.

"드레스를 가져왔어요, 아가씨."

"아, 필요 없어. 이미 다 입었거든."

정확하게 표현하자면 브리싱가멘이 짠 하고 만들어줬지. 나는 혼자 키득거렸다.

내 대답에 반신반의하며 들어온 메리가 눈을 휘둥그레 떴다.

"정말 예뻐요, 아가씨. 어쩜 이렇게 공작부인을 꼭 닮으셨는
지……. 그 드레스는 처음 보는 것 같은데, 오실 때 가져오셨나
요? 아가씨께 아주 잘 어울려요."

나는 뒷말을 무시하고 내가 예쁘다는 말만 귀담아들었다.

"그렇지? 메리가 봐도 내가 많이 예쁘지? 아무튼 이미 준비 다
끝냈으니까 도와주지 않아도 돼. 그것보다 욕실에 놔둔 옷들 좀
치워줘. 스타킹은 그냥 버리고."

아무리 깨끗하게 빤다고 해도 찝찝한 느낌이 되살아날 것만 같
아서 말이지. 나는 지난밤 루아의 횡포를 떠올리고 입술을 삐죽였
다.

내 손이 닿지 않는 등 뒤쪽을 살펴주던 메리가 고개를 갸우뚱했
다.

"옷이라면 이미 세탁해뒀으니 걱정 마세요. 그런데 스타킹도 있
었는 줄은 몰랐는데요."

"어라, 못 봤어?"

완전 피투성이인데 어떻게 그걸 못 봐? 숨겨놓은 것도 아니고
욕조 앞에다 벗어던지고 나왔는걸. 옷이랑 같이.

자신이 봤던 욕실의 풍경을 떠올리는 듯 잠시 미간을 찌푸렸던
메리가 이내 고개를 가로저었다.

"음……, 전혀요. 이따가 다시 한 번 찾아볼게요."

뭐지, 이 미묘하게 불편한 기분은? 공작가의 저택에 도둑이 들

리도 없거니와, 그 도둑이 생리혈이 묻은 스타킹만 훔쳐 갈 리는 더더욱 없는데. 더군다나 그건 내 다리 길이에 정확히 맞춘 스타킹이었다. 솜씨 좋은 디자이너가 한 땀 한 땀 공들여 완성시킨.

갑자기 브리싱가멘이 낮게 헛기침을 했다.

별로 생각하고 싶지 않은 의혹이 스멀스멀 피어오르는 듯싶어서 나는 재빨리 머릿속을 비웠다. 나도 모르게 얼굴을 일그러뜨렸던 것도 잠시, 발밑에서 야옹거리는 이비 때문에 정신을 차렸다.

나는 기꺼이 몸을 숙여서 안아달라고 조르는 고양이를 몇 번 쓰다듬어주었다.

"집 잘 지키고 있어, 야옹아. 내가 살아서 돌아오면 간식 사줄게."

욕실로 향하는 메리를 뒤로한 채 떨떠름하게 계단을 내려가자, 외출복으로 갈아입은 아빠가 문 앞에서 기다리고 있는 모습이 보였다. 나는 아빠를 볼 때마다 어째서 엄마가 아빠에게 반할 수밖에 없었는지 진심으로 이해하고는 했다. 아빠는 어떤 남자보다 훌륭한 신사였다. 상대를 바라보는 시선은 부드러우면서 항상 곧았고, 따뜻한 느낌을 주는 암갈색 머리카락은 어느 옷에나 어울렸다. 멋지다고밖에 설명할 수 없는 근사한 아빠를 둔 덕분에 덩달아 내 눈도 높아지고 있었다.

"많이 기다렸어?"

후다닥 뛰어가 아빠의 손을 잡자, 아빠가 마주잡아주곤 부드럽게 웃었다.

"이렇게 예쁜 아가씨를 기다릴 수 있는 기회를 줘서 영광일 따름이지. 배고프지 않니? 저택에서 먹고 나올 수도 있지만 왠지 아쉬워서 말이다."

"아냐, 괜찮아. 아빠랑 둘이서 외식한지도 꽤 됐는걸? 그리고 나 지금은 그다지 배 안 고파."

나는 손사래를 치고, 아빠가 더 미안해하기 전에 재빨리 마차에 올랐다. 아빠가 뒤따라 오르며 어쩔 수 없다는 미소를 보였다.

이윽고 마차가 움직이기 시작했다. 고즈넉한 공간에 아빠와 남겨진 나는 곧 들이닥칠 아빠의 분노를 직감하고 잔뜩 겁을 먹었다. 아빠가 정확히 무엇 때문에 화난 건지 아직도 모르겠다. 짐작 가는 게 너무 많아서 어디부터 찔려야 할지 모르겠다고!

숨 쉬는 소리가 적막을 깨뜨릴까 두려워 나는 낮게 호흡했다. 잔뜩 긴장한 채 얼어붙어 있으니, 보다 못한 아빠가 입을 열었다.

"보니."

"으, 으응?"

차마 아빠를 정면으로 마주 볼 엄두가 나지 않았으므로, 나는 살짝 어긋나게 시선을 맞추었다. 아빠가 그런 나를 뚫어져라 응시했다.

"아빠가 불편하니?"

어……. 나는 진심으로 당황했다.

"그게 무슨 말이야? 그럴 리가 없잖아!"

충격적이기만 한 질문이었다. 불편하다니? 다른 누구도 아닌 아빠를, 내가 왜?

어째서 아빠가 이런 생각을 했는지 도무지 납득 가지 않았다. 잘못을 해서 혼나는 게 두려운 것과, 아빠가 '불편한' 것에는 아주 큰 차이가 있었다.

속에 담았던 기쁨이 역류하면서 구역질 같은 뒤틀림이 남았다. 패닉에 빠진 내가 귀를 의심하는 것도 아랑곳하지 않고 아빠는 버릇처럼 미소를 머금고서 말했다.

"부모가 되는 건 참 어렵지만 행복한 일이야. 보니, 너무나 당연하기 때문에 자주 말하지 않았지만 네가 나와 레이첼을 부모로 선택해줘서 얼마나 기쁘고 고마운지 몰라. 네가 우리에게 와준 건 기적이란다. 아주, 아주 소중하고 대단한 결실이지. 나와 레이첼은 언제나 너를 사랑해. 네가 어떤 어른으로 자라는지에 관계없이 그 마음은 불변이야. 결코 변하지 않아."

아빠의 음성은 여느 때처럼 부드러웠지만, 나는 아빠가 화났다고 확신했다. 귀를 틀어막고 싶은 충동이 일었는데 손이 떨려서 힘을 실어도 무력하기만 했다.

이제 부모님을 아프게 하고 실망시키는 일은 끝났다고 생각했는데.

할 수만 있다면 뱃속에 그득그득 들어찬 자기혐오와 역겨움을 모조리 뱉고 싶었다. 그것이 고치처럼 나를 보호해줄 테니까. 날카롭고, 예민하고, 누구의 침입도 허락하지 못하도록. 밖으로 나오지도 못하고 안에서 그냥 죽어버리게. 그러나 나를 둘러싼 얇은 보호막은 내가 사랑하는 사람들 앞에선 몹시 약해지고 말았다. 지금도 아빠의 말 한 마디 한 마디에 투명한 거미줄처럼 힘없이 찢기고 있었다.

부모님이 없으면, 부모님'마저' 나를 버리면 나는 정말 아무것도 아니게 된다. 돌이킬 수 없게 되기 전에 어서 잘못했다고 말해야 하건만, 백 번을 빌어도 모자란데 도대체 어디서부터 어그러졌는지 모르겠다. 피가 솟구치더니 현기증이 났다.

나는 잠시라도 행복해질 자격이 없는 걸까?

내가 받아들일 시간을 주려는지 잠시 뜸을 들인 뒤에 아빠가 말했다.

"때때로 너는, 우리의 딸이라는 사실 자체를 버거워하는 것 같아. 그걸 언젠가는 반드시 갚아야 할 빚으로 여기는 듯이 보여."

"무슨……."

꿰뚫리는 게 싫다. 남이 나를 아는 게 무엇보다 두렵다.

그런데 그 '남'에 아빠가 포함되었던가? 아빠와 엄마가, 내 가족이?

그래서 이렇게도 무서운 거야?

"대가 없는 애정을 받는 건 결코 죄가 아니야. 내 아가, 내가 너를 사랑하는 덴 이유가 없단다."

그 따스한 말이, 애정 어린 눈빛이, 나를 향한 무조건적인 호의와 신뢰가 담긴 손짓이 무엇보다 두려웠다. 무섭고 무섭고 공포스럽기 그지없었다.

시리도록 따뜻해서 심장이 얼어버릴 것만 같았다.

"아빠……, 나는……, 내가 잘못했어."

나를 지켜주던, 그러나 도리어 질식하게 죽이고 있던 막이 잘려나간다. 싹둑, 싹둑. 그렇게 눈앞에서.

정신을 차리고 보니 나는 울고 있었다. 아빠가 쓰게 웃으며 나를 안아주었다.

"나는 너를 사랑해. 나와 레이첼의 사랑으로 태어난 너를 누구보다 행복하게 만들어주고 싶어. 너를 사랑하니까. 무엇보다 소중해서 가슴이 벅차오르니까."

어느 겨울이었다. 허리까지 쌓인 눈이 그날따라 유독 좋아서 혼자 열심히 정성 들여 눈사람을 만들고 있는데 막 저택에 돌아오신 아빠가 그런 나를 발견했었다. 아빠가 무슨 말을 하기도 전부터 극심한 부끄러움을 느낀 나는 몇 시간을 공들여 만들었던 눈사람을 발로 차버렸다. 그러고는 이것은 그저 실없는 장난이었고, 이제 보다 어른스러운 취미 생활을 해야 한다며 적당히 둘러대고 내 방으로 도망쳤었다. 그날 나는 아빠가 엄마에게 이 사실을 이야기할까 두려워 전전긍긍했다.

내가 좋아하는 것을 좋아한다고 솔직하게 말하는 것이 두렵다. 그게 남들의 눈에 어떻게 비칠지 모르니까.

그런데 나는 그 '남'의 기준에 부모님도 끼워 넣고 있었다.

사랑한다는 건 순 말뿐이지. 구역질이 났다. 나는 어째서, 매번 이렇게 상처만 주는 걸까. 나는 왜 이렇게 못났지? 왜 실패만 하고 조롱거리만 되는 거야?

나는 나를 좋아해주는 사람을 바보로 만든다.

"네가 어떤 사람이든 너는 내 딸이야. 평범한 학창 시절을 보내라는 말이 오히려 독이 됐는지도 모르겠구나."

"미, 미안해……, 진짜 미안해, 아빠. 내가 다 잘못했어. 내가 전부……."

아빠가 조심스럽게 내 머리를 쓰다듬어주었다. 급기야 손만이 아니라 몸 전체가 덜덜 떨렸다. 아니야, 말뿐이 아니야. 나는 진정으로 부모님을 사랑한다. 너무나 좋아서, 가슴에 사무치도록 행복해서 놓치고 싶지 않을 뿐이야.

버림받고 싶지 않을 뿐인데. 바라는 것은 단지 그것밖에 없는데.

태어난 직후엔 울지도 않는 아기였고, 그 고비를 딛고 자라니 후천적 기형아라는 소문을 달고 다녔다. 그러나 약해질 수는 없는 노릇이었다. 나보다 훨씬 괴로울 엄마와 아빠가 있는데 내가 무슨 낯으로 울어. 내가 무슨 낯으로 힘들다고 해. 만약 그랬다가 나를 낳은 걸 후회하시기라도 하면 나는 어떡하라고. 나는.

대가없는 사랑이 부담스러우면서도 그조차 받지 못해 안달이 난 나는.

"다 괜찮아, 보니. 우리는 네가 착한 아이인 걸 바라지 않아."

그 상냥함에 목이 졸렸다. 산 채로 매장당하기 직전에 꺼내졌고, 소리 내서 마음껏 숨 쉴 자유를 얻었다. 힘들다고 말해도 되고 울어도 괜찮다는 허락을 받았다.

신세를 졌다고 생각했다. 가족은 가족이되 동경 같은 감정을 품고 있었다. 그림으로 그린 듯 아름다운 엄마와 아빠는 사사건건 말썽만 일으키는 나한테 천 번이고 만 번이고 실망할 게 뻔하다고 단정 지었다. 두 분의 애정을 머리로 이해하고 가슴으로 받아들였으나 여전히 나는 죄인이었다. 그 한심한 죄인이 지금 이기적인 발버둥을 치고 있었다.

아빠는 따뜻했다. 엄마도 그랬다. 언제나 나를 보며 웃어주셨다.

내가……, 내가 두 분의 딸로 태어났을 때부터.

"아, 아빠는……, 아빠는 내가 조, 좋아?"

더듬더듬, 우물쭈물, 망설임이 가득한데 또 기어들어가서 나조차 짜증이 샘솟을 것 같은 목소리였다. 그런데도 아빠는 미소를 지었다. 처음부터 거두지 않았다.

항상. 늘 그러했듯이.

"세상에서 제일. 이건 비밀이지만 레이첼보다 너를 더 사랑한단다."

내가 만든 눈사람을 발로 차서 망가뜨린 그다음 날, 저택은 누군가가 서툰 솜씨로 엉성하게 만든 눈사람들로 가득했다.

숨겨야만 한다고 생각했다. 죽음에서 가져온 이 비밀을 경계와 상처와 불신으로 얼어붙은 마음의 밑바닥까지 가라앉혀서 어느 누구도 찾을 수 없게 감춰야 한다고 믿어 의심치 않았다. 다른 방법은 상상조차 하지 못했고, 단지 그것만이 유일한 길이라 여기고 있었다. 이미 이상한 아이라 낙인이 찍혔는데 내 입으로 하나 더 시인할 필요가 있나 싶었다.

엄마와 아빠는 그런 나를 보면서 무슨 생각을 하셨을까.

어떻게 그저 아무 말 없이 기다리고만 계셨을까.

"나, 예전에 꿈을 꿨어. 엄청나게 생생해서 정말 현실인 것 같은 이상한 꿈을."

어렸을 때도 그랬지만, 아빠의 품에 가만히 안겨 있으면 세상에서 가장 안전해진 것 같다는 느낌이 들었다. 내가 어떻게 감히 나를 향한 두 분의 사랑을 의심하겠는가. 나는 엄마와 아빠가 나를 세상에서 가장 사랑하고 있다는 사실을 너무나 명확히 알았다. 그것이 눈에 보이는 듯 분명하고 또 선연했다.

그렇기에 더 죄스러워서.

눈을 들어 아빠를 바라보았다가, 겨우 생긴 용기가 도로 사그라들 것 같아서 입술을 깨물었다. 나는 한숨을 베어 물고 이야기를 시작했다.

"꿈에서 나는 친구도 없고 부모님한테도 외면받는 쓸쓸한 애였다? 할 줄 아는 거라고는 의심하고 미워하고 남의 물건을 훔치는 것밖에 없어서, 무엇에 대한 후회인지 모를 회한과 분노만 갖고 살았어. 어디서부터 잘못됐는지도 모르는 채 그저 막연하게 떠밀려가고 있었어. 그런데 꿈에서 깨어나니까 모든 게 변해 있는 거야. 나만 봐주고 나만 사랑해주는 엄마와 아빠가 있고, 나를 아늑하게 품어주는 작은 요람이 있었어. 나는 미친 듯이 울기만 했는데 그럴 때마다 엄마랑 아빠는 나를 안아줬어. 계속, 계속, 계속. 단 한 번의 추위도 느끼지 못할 만큼."

차라리 영원히 그 품에 안겨서 잠들었으면 하고 바랐다. 행복했다. 그 다정한 온기에 취해 무엇도 단념하고 싶지 않았다. 탐욕이 생기고 희망이 부풀어 오르더니 기어이 사랑하게 되었다. 그러나 언제나 불안했다. 이 세계가 깨어질까 봐. 재가 되어 사라질 것만 같아서.

처음에는 이 현실이 당황스러워서 울었고, 그 뒤에는 욕심이 나서 울었다. 엄마와 아빠가 언제까지고 나만 봐주었으면 했다. 나는 갓 태어난 아기라는 점을 이용하여 애정과 관심을 구걸했던 거였다. 이 비열하고 이기적인 욕망도 모르고 부모님은 내 소망을 이루어주었다.

눈도 뜨지 못하던 시절에 들은 사랑한단 말의 횟수는, 내가 전생의 삶을 살아오면서 평생 들은 것보다 곱절은 더 많았다.

나는 사랑이라는 단어를 가장 먼저 배웠다.

"버려질 거라고 생각했어. 나 되게 무서웠어."

아빠의 옷자락을 붙잡은 손이 간헐적으로 경련했다. 나는 나쁘다. 하지만 엄마와 아빠가 세상 무엇보다 좋다. 가지고 싶었다. 오로지 독점하고 싶은 욕심뿐이었다. 그분들의 팔에 감싸여서 보호받고 싶었다. 영원한 아이로. 성장하길 거부했던 동화 속 피터 팬처럼. 그리고 나는, 이제야 이 극단적으로 비뚤어진 속마음을 부모님이 전부터 짐작하고 있었다는 사실을 깨달았다. 아, 부모님이 두 번째 아이를 가지지 않는 이유는 필시 나 때문이리라.

결단코 엄마와 아빠의 잘못이 아니었다.

"보니."

"그치만 그렇게 생각할 수밖에 없었어. 불안하고 또 불안해서 매번 움츠러들 수밖에 없었다고. 그렇지 않아? 나 진짜 이상하잖아! 뭔가 잘못됐단 말이야! 엄마랑 아빠는 나한테 무척 잘해줬는데, 이보다 더한 사랑을 베풀어줄 수가 없었는데 난, 나는 전생에서 조금도 나아지지 못하고 한심하게 병신처럼……."

급기야 갈피를 못 잡고 닥치는 대로 지껄이려니 아빠가 내 어깨를 붙잡았다. 고개를 숙여 나와 눈높이를 맞추고, 내 눈을 똑바로 망막에 박아 넣으며 말했다.

"너는 내 딸이야. 네가 어떤 사람이든 이 사실은 절대로 변하지 않아. 나와 레이첼은 죽어서도 네 곁에 있을 테니까. 오직 너만이 우리의 딸이란다."

그저 멍했다. 부질없이 그러쥐었던 옷자락이 어느샌가 손가락 틈새로 빠져나갔다. 목이 꽉 막히는가 싶더니 감정의 저변에서 기어 올라온 눈물이 볼을 타고 떨어져 내렸다.

나도 아빠를 똑바로 바라보았다.

"진짜……?"

"그래."

아빠는 한숨을 쉬지 않았다. 분노의 기색도, 당혹스러운 기색도 없이 마냥 묵묵했다. 아까처럼 웃어주지도 않았으며, 그렇다고 화내거나 슬퍼하지도 않았다. 사춘기를 겪는 예민한 딸을 달래고 진정시키기는커녕 그 마음에 붙은 감정의 찌꺼기까지 모조리 쏟아내도록 들어만 주었다. 그러나 볼을 타고 떨어지는 눈물을 닦아주고 머리를 쓰다듬어주는 손길만은 찬란한 봄의 햇살처럼 다정했으므로, 섣불리 움직일 수도 없었다. 나는 이 손이 거둬지길 절대로 원하지 않았다.

참으로 새삼스럽지만, 머리에 머무는 아빠의 손이 정말 커 보였다.

"그, 그럼 나 루아랑 결혼해도 돼?"

괜히 부끄럽고 머쓱해져서 분위기라도 조금 가볍게 해보고자 말을 돌렸는데, 당황스럽게도 아빠가 즉시 미간을 찌푸렸다.

"그건 전혀 다른 별개의 문제야. 설령 내 딸의 침실에 멋대로 들어온 남자가 황제 폐하시라도 아빠는 받아들이기 힘들구나. 애초에 왜 받아들여야 하는지도 모르겠다만."

역시 봤던 거였어!

나는 생각보다 격한 아빠의 반응에 더 이상 말하지 않고 입술을 다물었다. 엄마가 벨모트의 사내들과 데이트하라며 떠밀었을 땐 웃기만 하셔서 이성교제에 관대하실 줄 알았더니 그것도 아닌 모양이다. 하긴, 단순히 식사 몇 번 하고 산책 몇 번 하는 데이트와 침실에서의 밀회는 차원이 다르긴 해.

코를 훌쩍이며 슬금슬금 아빠의 눈치를 살피자, 아빠가 헛웃음을 지으며 손수건으로 내 뺨을 마저 깨끗이 닦아주었다. 여덟 살 때였나, 내가 두 달치 용돈을 털어서 구입한 천에 어설프게 눈꽃 모양의 자수를 놓아 만든 것이었다. 엄마한테 선물한 것엔 장미 모양의 자수를 넣어주었는데, 한 꽃잎만 유독 비대하다며 구박하면서도 마법사를 시켜서 보존마법까지 걸었다.

"루아가 그러더구나. 너를 혼자 두지 말라고."

아빠한테 좀 더 편히 기대다 말고 나는 눈을 깜박였다. 그래도 아빠는 아직 루아를 이름으로 불러주는구나. 내가 칭찬받은 것도 아니건만 어쩐지 기분이 약간 좋아졌다.

"너를 한 달 안에 제국으로 돌아오게 할 수 있는 방법이 1,260가지 정도 있다던데."

내 입이 저절로 벌어졌다. 뭐, 뭐라고? 1,260가지?

"이러다 정말 코 꿰이는 거 아니야?"

경악스럽지 않을 수 없었다. 아빠가 혼잣말로 웅얼거리며 무턱대고 안겨드는 나를 받아주면서 부드럽게 물었다.

"너도 루아를 좋아하지 않니?"

나는 잠깐 고심하다가 어깨를 으쓱였다.

"잘 모르겠어. 별로 남자로 보이지도 않는걸? 그도 그럴 게 걔는 삼 년 전까지만 해도 바보에 울보였잖아. 그런데 나 말고 다른 여자한테 붙어서 좋다고 실실거리면 기분 더러울 것 같아."

아빠에게서 좋은 냄새가 났다. 안개가 걷혀가는 잔디밭 위에 머무는 차분한 햇살, 나뭇가지 끝에 걸터앉은 먼 황금빛 언덕 같은. 차양 밑으로 훅 들어오는 알싸한 숲바람과도 같았다. 엄마와 똑같이 나를 안심시켜주는 친숙하고도 정겨운 느낌이라 신기하게 코를 킁킁거리던 것도 잠시, 나는 이어진 아빠의 말에 조용히 자세를 바로 했다.

"내 아가, 아빠는 네가 아카데미를 무사히 졸업했으면 싶구나."

한마디로 향후 몇 년간 제국으로 돌아갈 생각은 꿈도 꾸지 말라는 뜻이었다. 아마 내 방에만 따로 결계를 치든가 해서 루아가 들어오지 못하도록 방법을 취하실 게 틀림없다. 오르페데스의 마법사들을 죄 갈아 넣는 한이 있더라도 여자기숙사의 보안을 몇 배는 더 강화시킬 게 분명해. 아, 갑자기 왜 식은땀이 날까.

애꿎은 손톱만 물어뜯을 뿐, 숨죽이고 있으려니 아빠의 표정이 조금 변했다.

"대답은?"

"으응, 무, 물론 졸업도 중요하지."

내가 떨떠름한 티를 숨기지 않으면서도 적당히 수긍하자 아빠가 그제야 평소답게 부드러운 미소를 지었다.

"이제 우리 공주님과 마음 놓고 식사할 수 있겠는걸."

아빠가 그렇게 말하며 한참도 전에 멈춘 마차의 문을 열어주어서, 나는 눈알을 굴렸다. 문득 아빠가 성질 더럽기로 소문 자자한 개차반 귀족—대표적으론 아즈라엘의 아빠와 체르지안의 아빠가 있다—들 사이에서도 멀쩡하게 버티고 있는 이유가 따로 있을 것이란 생각이 들었다.

우리가 도착한 곳은 성스러운 호수, 황금 눈 이슈타르였다. 먼 옛날, 벨모트의 국교신인 발두르가 지상에서 자취를 감추어 별들이 떨어지던 시절, 추락한 황도 12궁의 별들이 이슈타르의 물을 먹음으로써 원기를 회복하여 하늘로 올라갔다는 전설이 있다. 그 전설을 증명이라도 하듯이 이슈타르 호수의 물은 언제나 희미한 황금빛으로 반짝이고 있었다. 사실상 벨모트에선 오르페데스 전체가 성역이지만, 이곳은 특히나 명당이었다. 물론 저 신비로운 물을 평범한 사람이 맛보는 건 철저하게 금지되어 있다. 애초에 왕의 대관식 때나 퍼 올리는 성수였다.

아빠가 나와의 외식 장소로 이곳을 고른 게 조금 기뻤다. 입장료가 상당히 비싸서-호수 근처를 잠깐 돌아보는 데만도 내 용돈의 절반을 투자해야 한다-생각날 때마다 나중으로 미뤘는데.

나는 기대에 차서 주위를 둘러보았다. 방학을 제외하고는 학교와 집만 반복하다 보니 이렇게 멀리 나와본 지도 꽤 되었고, 내 돈이 나가는 것만 아니라면 나도 이슈타르 호수의 절경을 마음껏 순수하게 음미할 수 있었다. 이 호수의 빛은 곧 별의 잔해다.

그리고 나의 놀라움은 거기서 끝나지 않았다. 호수의 풍경을 잘 감상할 수 있도록 한쪽 벽면 전체가 유리로 되어 있는 고급 식당으로 가자, 놀랍게도 엄마가 우리를 기다리고 있었다.

"엄마!"

당황스럽기도 하고 기쁘기도 해서 조개껍데기로 장식한 별자리 모양의 타일을 마구 짓밟으며 뛰어가니 엄마가 나를 안아주며 활짝 웃었다.

"깜짝 놀랐지! 우리 딸은 볼수록 더 예뻐지네?"

"어떻게 왔어? 아빠가 며칠 걸린다고 했는데!"

나는 입술을 삐죽이며 장난스럽게 아빠를 흘겼다가, 엄마가 볼에 뽀뽀를 하는 바람에 또다시 웃었다. 당연하지만 이런 식의 깜짝 쇼라면 전혀 화나지 않았다. 그나저나 두 분 다 벌써 돌아오셔도 괜찮은 건지 모르겠다. 벨모트에서야 모든 게 먼 나라 이야기처럼 들려도 제국은 아직 살벌할 거였다.

엄마가 정확히 내 나이만큼의 뽀뽀를 한 뒤에야 나를 놓아주며 어깨를 으쓱였다.

"우리가 남아 있는다고 해서 달라질 것도 없는걸? 생각보다 상황이 나쁘지 않았다고 해야 되나, 어쨌든 여기서 더 최악일 수도 없으니까."

영 석연치 않은 대답이었으므로 나는 짧게 지적했다.

"그거 충분히 나쁜 것 같은데. 이미 최악이라는 얘기잖아."

"어쩔 수 없었어. 혼란이 당장 가라앉을 것 같지도 않은 데다, 새로 즉위하신 황제 폐하께서 우리가 벨모트로 돌아가지 않으면 아예 영구적으로 추방령을 내린다고 했거든. 너를 데리고 돌아오든지, 얼른 벨모트로 가든지 결정하라고 말이야. 루아는 우리가 너를 두고 제국으로 돌아갔던 게 현명하지 못한 판단이라고 생각하는 것 같더라. 한 시간마다 찾아와서 필요 없으니 꺼지라고 닦달하는 통에 두 손 다 들었지 뭐야."

문득, 루아와 도서관에서 나눈 대화가 떠올라서 나는 미간을 찡그렸다. 그때 루아는 언제까지 이렇게 숨어서 만날 셈인지 물었고, 나는 부모님이 루아와의 만남을 달갑지 않게 여기므로 난감하지 않을 수 없었다. 꽤나 직설적인 밤이었다. 나는 루아에게 그동안 부모님을 너무 실망시켰기 때문에 여기서 더 곤란하게 만들 수는 없다고 솔직하게 털어놓았다. 나는 태어날 때부터 민폐만 끼쳤으니까.

루아는 나답지 않은 이유가 거기에 있었다고 말했다.

이걸 좋아해야 할지, 말아야 할지 도통 모르겠다. 도를 넘은 참견이라 분노하기엔 얻은 게 너무나 많았다. 아빠는 나를 있는 그대로 봐주었고, 이해해주었는걸. 내가 어떤 어른으로 자라든 간에 나는 언제까지나 아빠의 딸이라고 해주셨다. 가장 듣고 싶었던 말을, 의심할 수 없는 확신을 담아서 들려주셨어. 더군다나 엄마와 아빠가 루아를 아주 싫어하진 않는다는 사실도 알게 되었다.

루아의 가장 큰 장점이자 단점은, 나를 무척이나 잘 안다는 거다. 내가 외로워하는 걸 알고 무리해서 부모님을 돌려보낸 게 틀림없었다. 그냥 돌려보내기만 한 것도 아니지. 나는 전보다 천만 배는 더 아빠가 좋아졌으니까. 쳇. 나는 볼을 부풀렸다.

"그치만 진짜 괜찮은 거 맞아?"

예상했던 것보다 부모님을 빨리 만나게 돼서 기쁜 건 사실이지만, 이 잠깐의 재회를 만끽했다고 나중에 더 많이 기다려야 하는 일이 생기는 건 또 싫었다. 그 생각을 눈치 챘는지 엄마가 세월도 빗겨가는 꿀빛 얼굴로 내 머리를 쓰다듬었다.

"대관식을 비롯한 공식적인 의식에는 모두 참여했으니까 뒤탈은 없을 거야. 네가 개 얼굴을 봤어야 하는 건데. 좀 더 제국에 버티고 있어줘야 베헤모스 후작이 개처럼 짖지 않을 거라니까 우리 분신까지 만들어서 조종하려고 했었어. 사실 후작의 차에 전염병 환자의 체액을 주입하려는 행동이 더 빨랐지. 주변이 워낙 난장판이라 누구도 신경 쓰지 않았다마는."

좀처럼 시종을 곁에 두지 않는 아빠를 위해 보조관 자격으로 종종 회의에 참여했던 엄마가 진저리를 칠 정도니 그 폐해가 알 만했다. 엄마는 그땐 특히 더했다며, 개싸움도 대의회보단 교양 있고 얌전했을 것이라 투덜거렸다. 확실히 그동안 내가 들은 회의는 점잖은 신사들의 토론이라고 보기엔 적잖이 무리가 있는 것도 사실이었다. 10분이 지나면 서로 반말을 하고 20분이 지나면 주먹이며 의자며 온갖 게 오고간다고.

잠시 뒤 벨모트에서 상당히 귀한 음식에 속하는 해산물 요리가 차례로 나왔다. 엄마는 능숙하게 홍합 찜과 사프란을 곁들인 생선살을 내 접시에 덜어주며 말했다.

"재미없는 얘기는 이쯤 하기로 하고……, 우리 공주님은 그동안 어떻게 지냈어?"

월경을 시작했다는 말을 어떻게 꺼낸담? 쑥스럽긴 해도 빨리 알려주고 싶은데. 일단 나는 조금이라도 형을 감해보고자 샤트린과 싸웠던 일을 직접 털어놓았다. 알베이흐가 성력이 깃든 성물 중 하나인 브리싱가멘을 맡겼다는 사실도 고백하고서, 조심스럽게 전부터 루아와 만나왔다는 사실을 고백하는데 엄마가 깔깔거리며 나를 놀렸다.

"인기 많네, 서큐버스 아가씨."

나는 낯 뜨거워서 죽을 것 같았다.

"윽, 아니거든? 내가 정말로 인기가 많았으면 그것들이 나를 무시하거나 째려보는 대신 선물을 바치면서 데이트 신청을 했어야지! 물론 전부 차버렸을 테지만, 적어도 기분은 한결 나아졌을 거야. 그건 그렇고 루아랑 무슨 계약을 한 거야? 유예기간은 또 뭐고?"

지난번 루아가 내 앞에서 불태웠던 정체불명의 서류는 피와 도장이 찍혀 있었다. 언뜻 본 거라 확신할 수는 없어도, 무척 화려하고 익숙한 문장으로 날인되어 있었으니 피는 루아의 것이겠다.

성공적으로 말을 돌린 내가 포크를 휘두르며 눈을 가늘게 뜨려니 엄마가 능청스럽게 대꾸했다.

"결혼은 신중하게 판단해야 되는 거란다, 보니. 넌 아직 혼인 적령기도 아니고, 학생이잖아? 엄마는 너한테 얼마든지 선택의 여지가 있다는 걸 말해주고 싶어서 나름대로 시간을 벌어본 거야."

그 말을 듣고 나자 어쩐지 무슨 내용인지 알 것도 같았다. 아마 3년 동안은 내 앞에 얼씬거리지도 말라는 거였겠지. 유난히도 예뻤던 엄마는 어렸을 때부터 인기가 엄청났는데, 덕분에 구애하는 남

성의 수도 장난이 아니었다고 한다. 당연히 남자 보는 눈도 높았을뿐더러, 누가 신사고 누가 개차반인지 고르는 재주도 탁월했고.

엄마는 내가 '황후가 되어야 한다'는 강박관념에 빠져 맹목적으로 루아만 따르기를 바라지 않았다. 하지만 아무 남자나 만나고 다니면 아빠가 썩 좋아하지 않을 것 같은데 말이지. 어쩌면 침실에 들어온 것도 그나마 루아여서 넘어간 걸 수도 있었다.

나는 새콤한 향신료를 뿌린 생굴을 우물거리며 아빠를 힐끗거렸다.

"음, 그거 아빠도 동의한 거 맞아?"

"글쎄."

"아이만?"

엄마가 미소 띤 얼굴로 살벌하게 눈을 부라리는데도 아빠는 눈 하나 깜짝하지 않고 말했다.

"루아가 보니의 침대에 있지 않았더라면 내 대답은 '그래'였을 거야."

"어머나."

엄마가 입을 벌리고 나를 훑어봤다가, 이내 어깨를 으쓱였다.

"이제 막 초경을 시작한 애인데 별일이야 있었겠어."

그 말에 막 입안에 넣은 고래 고기가 입 밖으로 주륵 미끄러졌다.

"뭐, 뭐? 어떻게 알았어?"

충격적이기 그지없었다. 이제야 겨우 드러나기 시작한 몸의 굴곡은 극히 미미해서 속치마만 걸쳐도 완벽하게 가려질 정도였고, 바늘로 찌르는 것처럼 배와 허리가 뻐근하긴 해도 전혀 티내지 않고 있었다. 브리싱가멘의 도움을 받아 준비 시간이 훨씬 절약되었기 때문에 다른 부분에 더 공을 들였던 터였다. 피 냄새가 날까 봐 향수도 잔뜩 뿌렸는걸. 나한테서 붉고 산뜻한 장미향이 풀풀 풍겼다.

혹시 한번 찔러본 건 아닐까. 내 인상이 유독 환해 보여서 유추한 걸 수도 있어. 내가 의심의 눈초리를 거두지 못하려니 엄마가 내 입에 부드러운 생선살을 넣어주면서 뿌듯하게 말했다.

"엄마잖아. 엄마는 하루 동안 네 머리카락이 몇 개나 빠졌는지도 알 수 있어."

"말도 안 돼!"

이거야말로 명백한 거짓말이었다. 능청스러운 어조로 나를 경악시킨 엄마가 고개를 홱 돌려서 아빠에게 말했다.

"파티는 언제 여는 게 좋을까? 좀 빡빡하지만 이번 주말도 괜찮을 것 같은데."

엄마가 말한 파티가 무엇을 위한 파티인지는 불 보듯 뻔했으므로 나는 비명을 질렀다.

"잠깐, 잠깐, 잠깐! 파티는 싫어! 창피하단 말이야!"

그러나 애석하게도 엄마는 내 사양을 미덕이라고 여기는지 전혀 귀담아듣지 않고 있었다. 파티라니. 파티라니! 그것도 하필 월경을 축하하는 파티였다.

얼굴이 화끈거려서 미칠 것 같다. 여자애면 누구든 하는 건데, 조용히 넘어가도 될 것을 굳이 이런 식으로 화려하게 축하해야 하나 싶었다. 더군다나 내가 벨모트에서 아는 사람이 몇이나 된다고! 엄마도 내 얄팍한 인간관계를 잘 아니 아카데미 애들이나 잔뜩 불러들일 게 뻔했다. 체르지안이라든가, 체르지안이라든가, 체르지안 같은. 진짜 망했다!

머릿속에 그려지는 것은 10년은 족히 갈 것만 같은 창피함뿐이었다. 다시금 거절의 의사 표현을 확실히 할까 싶어서 입을 열었다가, 아빠에게 파티 계획을 얘기하는 엄마가 무척이나 들떠 보여서 나는 도로 입술을 오므렸다. 지금 엄마는 엄청나게 좋아하고 있었다. 선상에서 열렸던 내 열다섯 번째 생일 파티를 구상했을 때보다 더. 용돈에는 인색한 주제에 생일 파티에는 엄청난 거금도 선뜻 쏟아붓는 게 바로 엄마였다. 에라이, 나도 모르겠다. 어떻게든 되겠지.

체념의 한숨을 쉬며 나는 빈 잔에 물을 한가득 따랐다. 한 번에 마실 셈으로 넘치기 직전까지 아슬아슬하게 채웠건만, 갑자기 현기증이 이는 바람에 헛손질을 하고 말았다.

"어······."

순간 머리가 띵해서 나는 입술을 깨물었다. 엄청나게 격한 운동을 한 것도 아니고, 죽을 기세로 숨을 참고 있었던 것도 아니다. 그런데 왜 이러지? 뭐가 문제야?

빙글빙글, 거꾸로 땅에 처박힌 정신이 두 개로 쪼개지는 듯했다.

먹었던 음식이 역류할 것 같았으므로, 나는 고르게 호흡하고자 노력했다. 생각이 뒤엉켜 엉망인 머릿속에 브리싱가멘의 다급한 목소리가 더해졌다.

"큰일 났어."

"뭐?"

손끝에 차가운 물 잔이 닿았는데, 시리도록 투명한 물방울이 일그러져 보였다. 잔이 엎어지면서 흘러나온 물이 식탁을 장식한 레이스 천을 빠른 속도로 적셨다.

브리싱가멘이 평소처럼 딱딱거리는 것도 잊고서 소리쳤다.

"빨리 나를 빼! 황제한테 무슨 일이 생긴 것 같아. 너한테 머물러 있던 마력이 빠져나가고 있어. 나, 나는 이걸 조절하지 못해."

"그런데 그게 왜……."

문제냐고 말하려 했으나, 속이 뒤틀리는 바람에 황급히 머리를 숙였다. 엄마가 기대오는 나를 황급히 감싸 안았다.

"보니?"

"나와 황제는 상극이라고 했던 거 잊었어? 넌 지금 불과 얼음을 동시에 품고 있다고. 한쪽이 약해지면 그만큼 다른 한쪽의 기운이 강해지는 건 당연하지. 최대한 억누르고는 있는데 나도 명색이 성물이라 한계가 있어. 애초에 내가 만들어진 이유는 악마의 마력을 정화하기 위해서라, 마음먹는다고 간단히 자제할 수 있는 게 아니라고! 얼른!"

머리가 몹시 무거워져서 당장 뒤로 넘어가지 않는 게 신기할 정도였다. 상극이라. 그러고 보니 알베이흐도 그런 말을 했었다.

나는 힘겹게 눈을 깜박이며 브리싱가멘의 말에 집중하려고 애썼다. 언젠가 브리싱가멘은 내 안에 루아의 마력이 한가득 잔류하고 있어서, 조금만 방심해도 잠식될지 모른다고 불안해했다. 그럼 내가 현기증을 느끼는 이유는 그 마력이 빠져나가서인 걸까? 브리싱가멘을 억누르던 압력이 사라져, 이제야말로 그녀가 나를 정화하고 있는 탓에?

한숨이 나왔다. 지끈거리는 머리를 엄마의 어깨에 묻고 나자 한결 어지러움이 가셨다. 방금 전까지 맞은편에 앉아 있었던 것 같은데, 언제 왔는지 아빠가 걱정스러운 얼굴로 나를 안아들었다. 나는 식은땀으로 범벅이 되어 있었다.

하필 부모님 앞에서 아프게 될 줄이야. 그것도 간만의 즐거운 외식 중에 말이다.

나는 얼굴을 찡그렸다. 하지만 역시 루아가 더 걱정이었다.

"루아한테 무슨 일이 생겼단 말이야?"

브리싱가멘은 침묵했다. 뭔가가 상당히 심려스러운 듯, 불안한 듯 떨떠름한 신음을 흘리더니 별안간 탄식했다.

"아마도 미가엘과 한 약속을 정말 지킨 모양이야."

무리해서라도 아카데미에 돌아가 루아의 심장이나 다름없다는 동화책을 가져올까 고민하는데, 브리싱가멘이 세상에서 가장 끔찍한 악몽이라도 꾸는 양 중얼거렸다.

"느껴져. 프라가라흐와 이지스가."

나는 의아하게 눈살을 찌푸렸다.

"루아가 그들을 되살렸으면 좋아해야 되는 거 아니야?"

"공명이 끊기기 전에 그것들이 뭘 하고 있었느냐가 관건이지."

왜 이리 불안한 예감이 드는지 모르겠다. 결국 브리싱가멘의 충고에 따라 화려한 목걸이를 벗으려는데 나를 마차로 데려가던 아빠가 급작스럽게 걸음을 멈추었다.

굳이 이유를 물을 필요도 없었다.

"이곳에서 아카시아의 귀족분들을 뵙게 될 줄은 몰랐는데요."

생각할 것도 없이 나는 브리싱가멘이 끄트머리라도 보이지 않도록 레이스 속에 숨겼다. 그리고 정말, 가까스로 고개를 들었다.

정면에서 길을 가로막은 남자는 빌어먹게도 내가 아는, 잊어본 적 없는 사람이었다. 3년의 시간이 흘렀어도 그는 여전히 소년 같았다. 달인 듯 새하얀 피부에 생기라고는 없었고, 비늘 같은 은색의 눈동자는 여전히 소름 끼쳤다. 선의가 아닌 다른 무언가가 담긴 눈이었다. 성스럽기는커녕, 구역질이 올라왔다.

교황이 정확히 나를 바라보며 웃었다.

"오랜만이네요, 그레이스 양. 이것 참 우연이죠?"

우연은 무슨 개나 줄 우연. 나한테 내린 신벌이 철회된 걸 알고 찾아온 게 틀림없다.

초경도 시작했고, 아빠는 있는 그대로의 나를 이해해주셨다. 좋은 일이 있으면 나쁜 일도 있어야 한다는 법칙 때문인지 천국까지 닿을 듯했던 내 기분은 나락을 향해 곤두박질치고 있었다.

교황이 어떤 인간인지 모르는 엄마와 아빠는 비록 의아한 표정이긴 했어도 그에게 답인사를 했다. 교황은 정중하게 웃으며 나를 살펴보았다.

"저런, 몸이 안 좋으신 모양이군요. 실례가 되지 않는다면 제가 도와드려도 되겠습니까? 성스러운 호수 이슈타르에서 만난 것도 인연이니 인근에 있는 성전으로 모시겠습니다. 제가 직접 치료해 드리지요. 성력은 육체를 괴롭히는 모든 해로운 것을 없애버리니까요."

해로운 것? 물론 그 안에 분명히 루아의 마력도 포함되어 있겠지. 어쩌면 교황은 나를 백치로 만들려고 할지도 모른다.

"필요 없……."

아, 진짜 머리가 깨질 것 같다. 코웃음을 쳐주려다 나는 신음하며 아빠의 품에 머리를 묻었다. 루아는 괜찮은 걸까? 설마 성물 셋이 덤비고 있는 건 아니겠지? 그저 불안할 따름이라 눈앞에 있는 교황도 걸리적거리기만 했다.

한탄스러울 뿐이지. 교황이 내가 성물 브리싱가멘을 소유하고 있다는 사실을 알 리 없으므로, 지금 와서 목걸이를 뺄 수도 없었다. 그가 나에 대해 한 가지라도 더 많이 알게 된들, 나한테 이득될 것이 없으니. 어쩌면 교황에게 브리싱가멘을 빼앗길 수도 있었다.

교황은 성물을 소유할 자격이 있다.

나는 신성 왕국의 왕족이 아니니 교황이 지금 당장 브리싱가멘을 가져가도 할 말이 없었다.

튀어나오기 직전의 욕을 간신히 삼키려니, 아빠가 잔뜩 얼굴을 구긴 채 힘없이 늘어지는 나를 힘주어 껴안으면서 말했다.

"성하께서 봐주신다니 안심이 되는군요. 그럼 부탁드립니다."

그게 아니야, 아빠. 저놈은 내가 아는 한 세상에서 가장 위험하다고! 쟤가 루아를 백치로 만든 주범인 데다 나를 성장하지 못하게 만들었단 말이야!

문제는 이 사실을 여기서, 지금 이 상황에 털어놓을 수가 없다는 거였다. 보는 눈이 너무 많았다.

나는 전혀 표정 관리가 안 되고 있다는 사실을 알면서도 아빠의 옷을 마구 잡아당겼다. 아빠가 걱정스러운 얼굴로 내 이마에 키스했다.

"괜찮을 거야, 보니."

내가 괜찮을 수 있는 유일한 방법은 저놈으로부터 최대한 멀찍이 떨어지는 거야, 아빠. 그렇게 신뢰 가득한 눈으로 보지 말아줘. 나는 한 번도 그런 눈으로 본 적 없으면서! 속으로만 투덜거리던 것도 잠시, 곰곰이 기억을 되짚어보던 나는 미간을 찌푸렸다. 어, 생각해보니 정말로 부모님은 나한테 신뢰의 눈빛을 보여준 적이 없다. 오히려 언제 사고칠지 기대하기만 했지.

나 갑자기 눈에서 눈물이…….

"일났군."

브리싱가멘이 한숨을 쉬었다.

일단은 이슈타르가 있는 이곳도 성지였으므로, 멀지 않은 곳에 성전이 마련되어 있었다. 나는 벨모트 건축물 특유의 단아하면서 멋스러운 외관을 곁눈질하며 못마땅한 신음을 흘렸다. 이슈타르의 이름을 본떠 아스타르라 불리는 이 성전은 꽤 큰 규모로, 성전의 입구에서부터 뻗어 나온 열주 회랑이 신의 손처럼 광장을 감싸 안고 있었다. 일렬로 늘어지다가 누군가를 껴안은 사람의 팔처럼 구부러진 그 백색의 기둥들은 광장 중앙에 있는 분수를 중심으로 하여 정확히 320개가 절반씩 나뉘어 있었다.

나는 분수 앞에 멈춰 서 동전을 던지고 기도하는 신자들을 긴장한 눈으로 살피다 파우스트 교황에게로 시선을 고정했다. 저놈이 무슨 속셈인지 알 길이 없으니.

신은 언제나 선하고, 악마는 불경하다. 이것은 너무나 널리 알려져 있어서 뿌리 뽑을 수조차 없는 각인이었다. 교황이 내 안에 악마의 기운이 잠들어 있으며 그 근원이 루아라고 하면, 엄마와 아빠는 틀림없이 걱정하실 거다. 애초에 아직도 산 제물이 판치는 세계였다.

"이쪽으로."

성전 안으로 들어선 교황이 부모님을 응접실로 안내했다. 새하얀 것투성이인 성전의 앞머리에 부모님을 데려다놓고는, 아빠에게 손을 뻗었다.

"여기서 잠시 기다려주십시오. 그레이스 양은 제가 맡겠습니다."

싫어! 싫다고! 지금 당장 교황의 만행을 떠벌리고 싶은 충동을 애써 참으며 나는 아빠에게 달라붙었다. 버릇없는 애로 보이든 말든 나는 루아를 망가뜨린 교황이 끔찍이도 싫었다. 더군다나 지금 나를 안으려고 하고 있잖아! 저 빌어먹을 자식한테 안겨서 어딘가로 얌전히 끌려가느니 머리가 터져서 죽는 쪽을 고르겠다.

내가 우는 연기를 하면서 아빠의 품에 파고들자 아빠가 머뭇거렸다. 교황이 짐짓 서운한 기색으로 아빠에게 한 걸음 더 다가갔다.

"설마 신을 모시는 제가 아가씨에게 해악을 끼치겠습니까?"

황제도 죽인 놈인데 한낱 공작 영애는 얼마나 우습겠니. 내가 증거만 있었어도…….

"부탁드리겠습니다."

아빠가 마지막으로 내 뺨에 입을 맞추자 엄마도 똑같이 했다. 아빠는 내게 익숙하지 않아도 조금만 견디면 괜찮을 거라고 속삭인 뒤 나를 교황에게 넘겼다.

교황은 기다렸다는 듯이 나를 받아 안았다.

응접실 문이 닫히자마자 나는 입을 열었다.

"당신 성력은 필요 없어."

하늘 끝까지 솟을 것 같았던 기분이 졸지에 곤두박질치자 남은 건 분노와 짜증뿐이었다. 경계의 기색을 감추지 않으려니 교황이 웃으며 대꾸했다.

"악마의 딸에게 낭비할 성력은 없으니 걱정 마시길."

"악마의 딸이라. 그러는 넌 신의 아들이고?"

이번에야말로 코웃음을 쳐주었다. 교황의 품은 불편하기 짝이 없었으나, 언제 쓰러져도 이상하지 않은 상태라 내 발로 걸으려는 노력은 시도조차 할 수 없었다.

루아가 걱정되는 바람에 교황한테 집중하지를 못하겠다. 이지스와 프라가라흐가 루아를 공격하면 어쩌지? 되살린 것도 루아지만 죽인 것도 루아니, 그럴 가능성은 충분했다. 거기다 미가엘까지 합세하면……. 확실히 성물 셋이 한꺼번에 덤비면 몹시 위험할 거였다.

허리 숙여 인사하는 신도들을 지나 성전 깊숙이 들어서며 교황이 고상하게 나를 응시했다.

"영애께선 참으로 오만하군요. 선황제 폐하조차 저를 이리 대하진 않았는데 말입니다."

"너 같은 놈한테도 방긋방긋 웃어주기엔 내가 변죽이 좋질 못해서."

어째 복도를 지날수록 맞닥뜨리는 사람이 적어지는 것 같은데. 점점 외지고 어두운 곳으로 들어가는 것같이 느껴지는 건 결코 내 착각이 아닐 거다.

"산 제물이 되어도 그런 말이 나올지 궁금하군요."

웃기지도 않은 협박에 나는 실소를 흘렸다.

"내가 처녀라고 확신해?"

"그건 확인해보면 알겠고."

여전히 웃는 낯으로 답한 교황이 멈춰 서더니 백향목으로 만든 문을 열었다. 어디 보자. 기도실을 지나쳐 왼쪽으로 두 번 돌았고, 무늬 없는 흰 난간이 있는 계단을 이용하여 한 층 내려갔다. 구부러진 콧수염을 기른 성인의 조각상—제법 다부진 몸에 근사한 생김새였다—이 있는 복도를 길게 가로질렀지. 끝에서부터 세 번째에 있는 오른쪽 길목으로 꺾은 다음, 순교자들의 초상화 스물여덟 점이 차례로 걸린 음산한 통로를 지나 이곳으로 왔다.

빌어먹게 복잡하다. 부디 나갈 때도 기억하고 있어야 할 텐데.

방 안은 의외로 평범했다. 불특정한 신도들이 기도실처럼 무작위로 드나드는 곳이 아닌, 교황이 개인적으로 이용하는 티가 명백히 나고 있었다.

교황이 나를 소파에 내려주고는, 3년 전과 다를 바가 없는 미끈한 얼굴을 가까이 하며 물었다.

"악마의 딸이여, 제가 두렵습니까?"

"그래야 할 이유라도 있어? 그리고 우리 엄마랑 아빠 악마 아니거든?"

나는 평소처럼 새침하게 쏘아붙이고서 등받이에 등을 묻었다. 미친 듯이 어질어질해서 벽면과 교황의 얼굴이 구분 가는 것만도 기적이었다.

성전 안으로 상당히 깊이 들어왔으니 아빠도 쉽게 찾기는 어렵겠다. 여간해선 다른 사람들도 오지 않겠어. 애석하게도 나는 교황 앞에서 기절하기 직전이고 말이지. 믿을 건 브리싱가멘밖에 없는데 얘도 성물이라 영 신뢰가 안 갔다. 교황 편으로 돌아서지만 않아도 다행이게?

교황은 단지 속 모를 미소만 머금을 뿐이었다. 그가 제 손으로 내 이마를 짚는가 싶더니 눈을 감았다.

갑자기 구역질이 올라올 것 같았다.

"꽤나 흥미롭군요. 빠져나가는 악의 기운을 성력이 채워주고 있는데도 고통스러워하다니. 과연 기분 나쁜 몸이에요. 하지만 호기심이 이는 것도 사실이군요. 제가 지금 영애를 정화하면 무슨 일이 벌어질 것 같습니까? 궁금하지 않아요?"

하나도 안 궁금하니까 저리 꺼져. 나는 기어이 욕설을 중얼거렸다.

내 거부를 들은 척도 안 하고 무시한 교황이 아예 옆에 앉는가 싶더니 친근하게 몸을 붙여왔다. 내 문제를 확인하느라 이마에 머물렀던 교황의 손이 밑으로 내려가 뺨을 어루만졌다. 그는 나를 멍청한 공작 영애로 취급했고, 예전이나 지금이나 쉽게 해치울 수 있다고 생각하는 듯 보였다. 그는 몹시 차가웠는데 내가 열이 나서 그런지, 그의 체온이 낮아서 그런지 모를 일이었다.

교황이 미소 띤 얼굴로 나른하게 눈을 내리떴다.

"확실히 영애는 입을 다물고 눈을 감아야 더 아름다울 것 같군요. 시체처럼 굳어 있으면 장미꽃으로 만든 인형 같을 거예요."

"지랄 마."

예전에도 어렴풋이 느낀 거지만, 요한 블라디미르 파우스트는 진짜 이상하다. 곁에 있으면 나까지 피폐해지는 듯한 기분이 들었다. 구원받기는커녕 이놈이 나를 밑바닥으로 떨어뜨린 장본인이었으며 황제든, 공작이든 전혀 꺼리질 않았다.

어차피 권력이란 다 부질없다는 듯이. 그 어떠한 것도 자신의 뜻을 감히 헤아릴 수 없다는 양.

아, 어지러워……. 도무지 나을 생각을 안 한다. 나는 밤새도록 토할 수도 있을 것 같은 기분으로 브리싱가멘을 움켜쥐었다. 아까부터 유독 조용한 모양새가, 그냥 이대로 나를 외면할 셈이거나 루아와 세 성물의 상황에 더 집중하고 있는 듯했다. 차라리 후자였으면 좋겠다. 루아의 심장은 아카데미 내의 여학생 기숙사에 안전하게 보관되어 있을 테지만, 그래도 걱정되는 것은 당연했다.

나도 참 미쳤지. 내 코가 석 자인데 누굴 걱정하고 있담. 예전 같았으면 꿈도 못 꿀 일이었다.

자꾸만 감기려는 눈을 억지로 치켜뜨고서, 가빠지는 숨을 몰아쉬었다. 보이지 않는 압력이 목을 조르는 것 같았다. 아마 눈앞의 남자 때문이리라. 도무지 늙지 않는. 나를 저주하는 데 거리낌이 없는 가장 신성한 자 때문에.

그가 나를 향해 상냥하게 웃어 보였다.

"영애의 시체에선 무슨 맛이 날까요?"

나는 대답하지 않았다. 곧 교황이 정화 의식을 위한 기도문을 읊기 시작했다.

가뜩이나 열이 확확 올라서 죽을 것 같건만, 브리싱가멘이 부르르 떨며 열기를 발산했다. 뜨거운 금속이 목덜미에 붙어 떨어질 생각을 하지 않았으므로, 나는 짜증스럽게 숨을 몰아쉬었다. 어째서 얘가 가만히 있는지 모르겠다. 지켜보고 있다고, 도와줄 생각이 있다고 말 한마디 해주면 어디 덧나나? 그럴 생각이 없으면 없다고 말해줘야 내가 다른 방법을 모색할 거 아니야.

속이 메슥거려 입을 틀어막는 와중, 갑작스러운 깨달음으로 인해 불안이 엄습했다. 설마 교황도 브리싱가멘의 말을 들을 수 있는 걸까? 메피스토펠레스처럼?

알베이흐도 그녀의 목소리를 들었으니……, 무리도 아니었다.

"그렇군요. 영애도 결국 여성이 되었어요. 그 여자처럼."

느릿느릿하게 신을 부르던 교황이 상념에 젖어 말했다. 공기의 냄새조차 역해서 홧홧한 게 목 끝까지 올라오려고 했다. 더 이상 앉아 있기도 힘들다고 생각한 순간, 어찌할 바 없이 몸이 옆으로 기울었다. 아, 진짜 싫다. 역겨워서 돌아버리기 직전이었다. 내가 생각한 오늘 하루는 이런 게 아니었는데. 아빠한테 혼날까 봐 조금 무서웠지만 이 정도로 끔찍한 상황이 들이닥치리라고는 상상도 못 했다.

나는 엄마와 아빠와 배부르게 식사를 하고, 호수를 둘러보며 못다한 이야기를 나눌 생각에 잔뜩 부풀어 있었다. 그런 다음 더 멋진 곳에서 저녁을 먹었겠지. 오늘 밤 아빠는 기꺼이 엄마를 내게 양보했을 거다. 나는 엄마와 저녁 내내 수다를 떨 수도 있었다. 루아에 대한 내 마음을 보다 자세히 털어놓고 조언을 구했을지도 모른다.

그 소박한 꿈을 전부 이놈이 다 망쳐놓았다. 심지어 부모님이 보는 앞에서 아파했기에, 엄마와 아빠는 지금도 나를 걱정하고 계셨다.

소파에 부딪친 어깨가 얼얼했지만, 이를 악물고 몸을 틀었다. 나는 눈치가 빠른 편이고, 루아가 털어놓은 말들을 하나도 놓치지 않았다. 선황제 폐하를 직접적으로 살해한 게 교황일지 몰라도 루아는 그 사실을 미리부터 알고 있었다. 루아는 모든 걸 방관했다. 또다시 백치가 되지 않으려고 나를 제외한 모든 유대를 끊어버렸다. 다른 가치 있는 것들을 쓰레기처럼 내려놓은 거다.

목줄에 걸린 짐승 꼴이라고 했었나. 아무리 원망스러워도 제 부모를 그리 칭하다니, 루아가 확실히 달라지긴 한 모양이었다.

헛웃음이 나왔다. 교황이 입에 올린 그 여자가 누구인지 알 만했다.

"황태후 폐하가 산 제물이었다는 얘기는 들었어."

눈앞이 가물거렸다. 이 빌어먹을 소꿉친구 놈 같으니. 결혼이라고? 내가 여기서 잘못되면 너는 죽을 줄 알아라.

"그렌트헨은 아름다운 아이였습니다. 제 운명이 주는 비극에 취해서, 금방이라도 부서질 듯 덧없었지요. 아직도 그때의 그레첸이 생각나요. 참으로 착하고 순수했는데."

교황은 나를 경계하지 않았다. 그가 내 어깨 뒤로 손을 밀어 넣어서 나를 제 눈높이만큼 들어올렸다. 그 바람에 나는 더욱 가까이서 그를 볼 수 있었다. 그의 입매는 부드럽게 휘어 있었고, 귀를 파고드는 음성은 몹시 차분해서 나를 달래려는 것같이 들렸다. 기분 더럽게도 그는 경계심 심한 짐승의 새끼를 대하듯이 나를 다루고 있었다.

그가 진심으로 안타깝다는 듯이 나를 내려다보며 제안했다.

"그러지 말고 제게 오시는 건 어떻습니까? 영원히 지금 이 상태로 머물러 있겠다고 약속만 해준다면 저는 영애에게 많은 걸 해드릴 수 있습니다. 저는 제 사람에겐 상당히 너그러우니까요. 영애를 늦게 찾은 것이 참으로 후회되는군요. 선황제의 명령에 따라 신벌을 내렸지만, 이렇듯 싱그럽게 피어날 줄을 알았으면 결코 그리하지 않았을 거예요. 좀 더 자세히, 신중하게 영애라는 고귀한 꽃을 살펴보았을 텐데."

그가 심히 서글프다는 듯 탄식했다. 이 남자가 뭔 개소리를 지껄이는 건지 도무지 모르겠다. 교황은 소년 같은 얼굴로 터무니없이 허황된 망상을 꿈꾸고 있는 듯했다.

"곧 초경을 시작하겠지요? 아니면 이미 시작했거나. 시간은 기다려주지 않으니까요. 하지만 아직 되돌릴 수 있어요. 늦지 않았습니다."

"또 신벌을 내려서 내가 성장하지 못하게 막을 셈이야?"

어처구니가 없었다. 가장 끔찍한 방법으로 나를 죽이려고 했던 주제에 교황은 내가 더 이상 성장하지 않기를 바랐다. 그뿐 아니라 아예 없었던 일로 무르기를 원했다.

"영애는 지금도 충분히 아름답습니다. 변해야 할 필요가 있습니까?"

어쩐지 루아가 진심으로 안타까워지는 순간이었다. 내가 없는 동안 이런 미친놈을 상대하고 있었으니 루아가 비딱해진 것도 이해가 간다. 나도 엄마를 무척 닮은 내가 예쁘다는 건 알겠는데, 그렇다고 이런 정신이상자의 관심까지 달가운 것은 아니었다. 일단 이놈이 아무리 겉으로는 열여덟 살처럼 보인다지만 속은 백 살을 먹었을지, 천 살을 먹었을지 모르는 게 아닌가. 그리고 나이를 떠나서 이놈은 내게 도를 지나친 애정 공세를 펼쳤던 그 어떤 남자보다 더 최악이었다. 어차피 황후가 될 테니 자기는 거들떠도 안 볼 거라며 다짜고짜 울어젖혔던 애는 귀여울 따름이지.

어쨌거나, 교황이 마음에 둔 그렌트헨은 산 제물로 낙점되었던 시절의 그렌트헨인 모양이고. 한 아이의 어미가 돼버린 지금은 영 흥미가 없는 듯한데.

나는 슬며시 미간을 찌푸렸다. 교황의 지시에 따라 주기적으로 바쳐지는 순진한 소녀 제물이라. 더군다나 교황은 내 시체에서 어떤 맛이 날지 궁금하다고도 했었다. 이거야 원, 샤트린의 동생을 희롱했던 비외르크는 어린애 장난 수준이었다. 교황이 산 제물에게 무슨 짓을 하는진 몰라도 그녀들은 결국 루아를 죽이기 위해 목숨을 낭비했다. 결코 신께 바쳐지지 못했다.

나는 머리핀의 위치를 확인하느라 눈알을 굴리면서 입을 열었다.

"어른이 되는 게 싫어서 그 꼴로 몇 년을 버텼나 본데."

"몇 년이 아닙니다, 안젤리크."

"짜증 나니까 내 이름 부르지 마."

메피스토펠레스도 아직 한 번밖에 안 불러줬건만, 제가 뭐라고 저리도 친근하게 불러오는지 모르겠다. 나는 빠르게 눈을 깜박였다. 더 이상 지체했다간 정말로 최악의 상황이 벌어질 것만 같았으므로, 우선 교황을 방심시키고자 몸에서 힘을 뺐다. 힘없이 늘어진 상체를 받치고 있던 그의 팔이 기쁘다는 듯이 나를 더 끌어당겼다.

참을 인이 세 번이면 그냥 병신이라고 했는데. 나는 떨떠름한 표정이 되지 않도록 주의하며 호흡을 가다듬었다. 브리싱가멘이 진짜 목걸이보다 도움이 안 되는 이상, 나 혼자 해결해야 할 일이었다. 애초에 내가 다른 사람의 도움을 바랐던 적이 있던가?

"나를 영원히 이 상태로 머물게 해줄 수 있어?"

나는 속삭였다.

"이 한시적인 아름다움을 영원의 것으로 만들 수 있냐고 묻는다면, 물론이죠."

"어떻게?"

부디 토할 것 같은 표정이 아니라 호기심 어린 표정으로 보여야 할 텐데.

교황이 웃으며 답했다.

"전혀 아프지 않을 거예요. 난 아주 능숙하니까."

"박제라도 할 셈이야?"

"그렇다고 해야 할까요?"

"그럼 루아는? 걔 나 좋아하는데."

그 말에 갑자기 교황의 얼굴이 굳어졌다. 그가 방금 전까지와는 달리 퍽 상냥하지 못한 손길로 소파에 나를 내려놓고는, 벌떡 일어나 등을 돌렸다.

얘가 갑자기 왜 이런담? 얼떨떨했지만 그 잠깐의 틈을 기회 삼아 나는 브리싱가멘을 벗었다. 고작 목덜미에서 치운 것뿐인데도 훨씬 정신이 또렷해졌다. 울렁거리던 속이 약간이나마 가라앉았고, 현기증도 한결 덜했다.

"루아라. 그렇지요. 당신은 그의……."

흉기나 다름없이 날카로운 머리핀을 뽑아 손에 쥐는데 그가 못마땅한 신음을 흘렸다. 나는 브리싱가멘을 소파 틈새에 숨기고서 일어나 앉았다.

"네가 백치로 만든 애가 나를 좋아한다는 게 그렇게 놀라운 일이야?"

그러나 교황은 무시하고 제 말만 했다.

"이건 잘못되었습니다. 처음부터 다시 바로잡아야 해요. 저는 신의 종이며, 신에게 가장 가까운 사람입니다. 그러니 신이 인간의 육체를 입는다면 당연히 저를 이용해야지요. 그렇지 않습니까? 그게 당연한 순리이질 않나요?"

교황이 끓어오르는 분노와 증오를 담은 눈으로 나를 돌아보았다. 눈꺼풀 속에 숨겨졌던 두 개의 달이 지독하게 흰 빛으로 번들거렸다. 아예 정신을 놓기로 작정했는지, 그는 자신조차 알아들을 수 없을 장황한 말만을 늘어놓았다.

"황제는 제 아비를 따라 죽어야 합니다. 아, 그냥 죽어버리는 것만으론 부족하죠. 저는 그의 절망을 방해하는 모든 자를 부숴버리기 위해 이 자리에 있습니다. 오직 저만이 신께 닿을 권리가 있고, 그분의 음성을 들을 수 있으며, 이 생을 아낌없이 바칠 준비가 되어 있는데 왜 제가 선택받지 못했을까요? 참으로 부조리한 일입니다. 뭔가가 잘못되었어요."

루아와 교황이 믿는 신이랑 무슨 관련이 있는지 모르겠다. 나는 공격을 감행하기 위한 적당한 타이밍을 재느라 한 귀로 흘려들으며 대답하지 않았고, 교황은 그 사실에 분노했다.

가장 신에 가까이 닿아 있는 자가 나를 내려다보며 냉소적으로 질문했다.

"신의 사랑을 받으니 좋습니까? 황홀해서 몸 둘 바를 모르겠나요?"

나는 얼굴을 찡그렸다.

"왜 갑자기 빈정거리는 거야? 그리고 그건 신벌을 받아 죽을 뻔했던 사람한테 할 만한 질문이 아니잖아."

진짜 개 같은 헛소리만 골라서 지껄이고 있다. 아깐 악마의 딸이라더니 이젠 신의 사랑을 받으니 좋으냐고 묻는다.

루아만 아니었어도 산 채로 불타 죽을 뻔했던 내가 노골적으로 불쾌해하자 교황이 입을 다물었다. 천 가지의 말을 입안에 담아둔 것 같은 표정으로 한참 동안 나를 뚫어져라 응시하다가, 귀에 들렸나 싶을 정도로 작게 말했다.

"결국 본질은 같습니다. 신이 자신을 부정한 것으로 정의했다면, 불경하고 악한 것으로 보이길 바란다면 그것을 번복할 수 있는 존재는 없어요. 단지 그러고자 하는 마음만 먹는다면 신은 자신을 악마로도, 신으로도 보이게 할 수 있습니다."

"세상에."

브리싱가멘이 그렇게 중얼거린 것도 같았다. 교황이 허탈하게 웃으며 다가왔다.

"결국 다 그런 것입니다."

내가 듣기에 파우스트의 말은 철저히 모순이었다. 루아가 가진 마력은 악마의 것이었고, 불온함에서 기인한 것이었다. 루아가 주었던 동화책—이라 쓰고 어이없게도 심장이라고 읽는다—이 아니더라도, 브리싱가멘의 증언에 의하면 루아는 성력과 상극이라는 말이다. 나도 딱 한 번뿐이지만 거울을 통해 악마의 모습을 본 적이 있었다.

그런데 교황의 말을 들으면 꼭……, 루아한테 깃든 게 신이라도 되는 것 같잖아. 악마가 아니라 악마로 '가장'한 신인 듯, 의심의 여지도 없다는 투로 단정 지어서 얘기하고 있었다. 차라리 천사라고 주장하는 편이 더 설득력 있겠다. 악마는 본디 천사였다고 하니까.

"그럴 리가 없어."

"부정하고 싶으시면 그리하십시오. 하지만 안젤리크 양이 그러지 않을 걸 압니다. 당신이 그 정도로 멍청했다면 지금껏 살아 있을 턱이 없으니."

그의 혐오와 증오는 뱉을 때마다 새로워지는 날것이었다. 가장 신에게 가까이 닿아 있던 자의 교활한 분노였다.

믿기 어렵지만 만약 교황의 말이 사실이라면 이것 참…… 기막힌 일이 아닐 수 없었다. 오랫동안 아이가 없어 매일같이 성전을 드나들던 부부에게 아이를 준 것은 악마가 아니라 정말로 신인 셈이었고, 그 신을 다름 아닌 사도들이 찢어 죽였다는 얘기가 되잖아. 그렇다면 교황은 단순히 '살기 위해서' 루아를 백치로 만든 게 아닌 것이었다. 망할. 이런 끔찍한 시나리오라니.

절로 욕이 튀어나오게 만드는 진상이었다. 교황이 지껄인 소리가 모두 사실이라는 전제 하에 의하면, 그가 루아를 백치로 만든 이유는 신이 자신이 아닌 루아에게 깃들었기 때문이다. 그렌트헨에게 아이를 준 악마가 진짜 악마가 아니어서였다.

교황은 모든 걸 알고도 루아를, 루아의 부모님을 망가뜨렸다.

차라리 자폐아로 보이길 바라며 나는 아주 작게 속삭였다.

"어떻게 좀 해봐, 브리."

교황에게서 단 한순간도 시선을 떼지 않은 채 나는 손을 더듬거려 소파 틈새에 숨겼던 브리싱가멘을 찾았다. 그런 뒤 급한 대로 손수건으로 감싸서 가렸다. 도움이라곤 쥐뿔도 안 되는 성물을 굳이 챙겨야 하나 싶었지만, 시야에 들어오는 교황은 정말 미친 것 같았다. 그러나 브리싱가멘은 도통 나한테 협조를 안 해주고 있었다.

"말도 안 돼……. 이해할 수가 없어."

야! 너까지 저 말에 휘말리면 어쩌라는 건데!

"지금 중요한 건 내가 여기서 무사히 빠져나가느냐, 아니냐거든? 저놈이 망상증에 걸렸는지, 아닌지도 확실하지 않은데 무턱대고 믿지 마."

나 역시 경악스러운 것은 마찬가지였으나, 전혀 제정신이 아닌 듯 보이는 교황의 말을 무조건적으로 신뢰할 수는 없는 노릇이었다. 더군다나 지금은 누구도 신경 써주지 않는 내 목숨을 스스로 챙겨야 할 때고 말이지.

내가 씹어 뱉은 말에 빈정이 상했는지, 교황의 얼굴이 일그러졌다.

"지금 무어라 하셨습니까? 망상이요?"

"그렇잖아? 신이 할 짓이 없어서 악마로 변장하게?"

조금만 더 가까이 와라, 조금만 더. 나는 풍성하게 퍼진 치맛자락에 감춰둔 머리핀을 꽉 잡으며 침을 삼켰다. 교황에게는 단순히 주먹을 쥐는 것처럼 보일 거다.

"아니면 어지간히도 네가 싫었다든가."

나는 자신 있게 그를 비웃어주었다. 내가 가장 잘하는 것 중 하나가 남을 깔보는 것과 무시하고 업신여기는 거였으므로, 아주 손쉬운 일이었다. 3년 동안 아카데미에서 배운 게 이것뿐이라.

아니나 다를까, 교황이 거의 달려들 듯이 내게 다가왔다. 목이라도 조를 셈이었는지 즉각 손을 뻗었는데, 나는 그 틈을 놓치지 않고 몸을 일으켜 교황의 오른쪽 눈에 머리핀을 찔러 넣었다.

꽃의 줄기를 본뜬 초록색 장신구라 바늘처럼 가늘고 날카로워서, 속이 메슥거릴 만큼 깊이 파고들었다.

교황의 손이 아슬아슬하게 나를 놓쳤다.

한순간이나마 그와의 시선이 정면에서 맞물렸다.

"너 같은 놈이 교황이라니 통탄할 일이지."

그는 비명을 지르지도 않았고, 고통에 몸부림치거나 나를 붙잡으려고 하지도 않았다. 시체처럼 무감각했다.

시간적 여유가 없었으므로 나는 교황을 아주 찰나 동안만 응시했다가, 손수건으로 급하게 가린 브리싱가멘을 꽉 움켜쥔 채 혼신의 힘을 다해 뛰었다. 조금이라도 굽이 높은 신발을 신었더라면 진작에 카펫 위로 넘겨졌을 테지만, 그럭저럭 비틀거리면서도 문을 열고 뛰쳐나오는 데 성공할 수 있었다.

교황을 찌른 손이 덜덜 떨렸다. 생살을 파고드는 끔찍함에 토할 것 같았다. 두 번 다시 경험하고 싶지 않았다. 아, 이건, 너무. 누군가가 진심으로 죽길 바라고 공격한 것은 난생처음이다. 두려움은 있었지만 후회는 없었고, 도망쳐야 한다는 생각밖에 없었으나 시간을 되돌린다고 해도 똑같이 교황을 찔렀을 거였다. 하지만 역시 무서웠다. 극도로 강한 공포와 혐오감이 손바닥에 가득 묻어 있었다.

나는 신을 믿지 않는다. 따라서 교황이 루아를 시샘하는 이유를 전혀 용납할 수가 없었다. 그 말이 사실이라도 그는 죽어 마땅하고, 나를 혼란스럽게 만들고자 꾸민 거짓인들 죽음밖에 허락되지 않을 거다. 설령 교황이 진실만을 알려주었더라도 루아는 교황의 신이 아니다. 신은 교황이 그 혀로 죽이질 않았나. 루아는 단지 그 힘을 가지고만 있을 뿐인데…….

고작, 고작 그런 이유로 루아의 삶을 부숴버렸다니 아직도 믿지 못하겠다.

왔던 길을 더듬으면서 나는 복도 모퉁이를 돌았다. 교황이 따라올 기미를 보이지 않았으므로, 잠시 멈춰 서 숨을 고르다 기어이 눈물을 떨어뜨렸다.

참으로 오랫동안 아이가 없던 부부였다.

힘겹게 얻은, 너무나 사랑스러운 아이였다.

죽이고 싶다. 죽여버리고 싶었다. 지금 당장 그를 죽여서 루아의 일그러진 과거가 원래대로 돌아온다면 천 번이고 만 번이고 그를 찔러 죽일 자신이 있었다. 악마는 따로 있는 게 아니다. 그놈이 바로 악마였다. 그러나 그리 말하기에도 악마한테 미안해서.

"아……, 으, 나 어떡해……."

비어져 나오는 울음을 꾸역꾸역 삼키며 입을 막았다. 루아는 나에게 기대지 않는다. 동정받을 생각이라고는 애초부터 없었던 아이였다. 루아는 그런 식으로 내 마음을 얻으려 하지 않았다. 나는 여전히 루아의 고통으로부터 자유로웠고, 지금도 루아와 멀리 떨어진 벨모트에 있었다.

갑자기 정신이 맑아지는가 싶더니 시야가 또렷해졌다. 색채의 세계에 뛰어든 것처럼 믿을 수 없이 눈앞이 환했다.

무언가 몸 안으로 쏟아지는 느낌이 들었다. 머리 위에서 떨어지고 손목 안으로 깊이 스며들었다. 혹시 루아의 마력일까? 한꺼번에 너무 많은 물을 들이켰을 때처럼 숨이 가빠졌는데, 단순히 기분 탓이 아님을 증명이라도 하는 듯이 코앞에 있던 콧수염을 가진 성인의 조각상이 찌그러졌다. 순간적으로 엄청난 압력을 받은 것처럼 납작하게 짓이겨져서, 나는 생각할 것도 없이 루아와 상극의 기운을 가진 브리싱가멘을 바닥에 내려놓았다. 나는 멀쩡한 데 반해 주변은 작살이 난 것을 보면…….

"그 정도로 죽을 놈이었으면 진작 죽었어."

핏기 없는 얼굴로 루아가 무심하게 말했다. 루아가 브리싱가멘을 집어 들었다. 훌쩍이는 브리싱가멘이 가여워 빼앗으려던 것도 잠시, 뒤이어 나타난 부모님을 보고 반색했다.

"아빠!"

"괜찮니, 보니?"

아빠와 엄마가 걱정 가득한 얼굴로 내게 다가왔다. 나는 망설임 없이 아빠에게 달려가 품에 안기려고 했으나, 루아가 마음에 걸렸다. 내가 위험하단 걸 알고 필시 무리해서 왔을 텐데 그냥 모르는 척할 수는 없는 노릇이잖아. 심지어 루아는 마법으로 나이를 높이지 않은 모습이었다. 내가 지켜주고 보듬어줘야만 할 것 같은 엄청나게 귀여운 생김새로 나를 뚫어져라 보고 있었다.

으, 나도 모르겠다. 갈등하던 끝에 나는 결국 아빠를 부르다 말고 루아를 껴안았다. 이 정도는 괜찮겠지. 이 위로라면 루아도 받아줄 거야.

"이야."

껴안고 있기 때문에 루아가 어떤 표정을 지었는지는 몰라도, 엄마와 아빠의 얼굴이 동시에 구겨졌다. 루아와 닿는 것과 동시에 손의 떨림이 멎어서 신기하게 눈을 깜박이는데 루아가 웃음기 어린 목소리로 부모님에게 말했다.

"삼 년이 지났으니 이제 내가 사흘을 받을 차례네. 그렇지? 우리 계약했잖아."

"빌어먹을."

엄마가 내 귀에까지 닿을 정도로 탄식했다. 루아의 손이 등을 감싸 안는 바람에 나는 곧장 떨어지지 못하고 머리만 기울였다.

"사흘이라니?"

"내가 삼 년 동안 네 앞에서 얼쩡거리지 않으면 보상으로 사흘 동안 너랑 같이 있는 걸 허락하기로 했거든."

"보니가 동의한다는 전제 하야."

그렇게 말한 엄마가 못내 불안한 듯이 딱딱거리는 투로 덧붙였다.

"허튼 수작을 부려서도 안 돼. 그리고 보니는 파티에 참석해야 된단 말이야. 주인공이 없는 파티가 열리는 게 말이 되니?"

엄마가 핑계 삼은 파티라면 분명 내 월경을 축하하는 의미로 벌이는 연회일 터였다. 윽, 생각만 해도 창피해 죽겠다. 내가 몸을 움츠리자 루아가 안심하라는 듯이 등을 쓸어주었다. 그에 더더욱 못마땅해진 엄마가 성큼 걸어왔다.

"어쨌든 지금 당장은 너무 일러. 보니의 몸 상태도 별로 좋지 않고……."

"제국엔 교황보다 뛰어난 의사가 깔렸으니 걱정 마. 그리고 내가 너라면 다시는 교황한테 보니를 넘기지 않겠어."

루아가 태연하게 말했고, 나와 엄마는 동시에 당황했다.

"뭐? 제국?"

"심히 안타깝지만 내가 타지에 사흘씩이나 머물 수 있을 정도로 한가한 게 아니라서. 그럼 나중에 봐, 레이첼. 그리고 그레이스 공작. 보니는 내가 잘 보살펴줄게. 그동안 너는 내가 한 말이나 되새기고 있어."

"뭐라고? 야! 너 지금 무슨……."

등 뒤가 섬뜩할 정도의 불길함을 느낀 내가 황급히 루아를 밀어 냈으나, 이미 일은 벌어지고 난 뒤였다. 주위 풍경이 완전히 달라졌다 싶더니, 나만큼이나 당황한 듯 보이는 메피스토펠레스가 보였다.

"아가씨?"

울지 않을 수 없었다. 나는 지금 아카시아 제국의 황성에 와 있었다.

- 2권에서 계속.